KB052222

너의 집이
대가를
치를 것이다

# YOUR HOUSE WILL PAY

*by Steph Cha*

# 너의 집이 대가를 치를 것이다

스테프 차

이나경 옮김

황금가지

마리아 주에게 바친다

우리는 살아남을 수 없게 되어 있어.
그렇게 계획되었으니까.

—투팍 샤커, 라타샤 할린스 추모곡
「머리를 들어라(Keep Ya Head Up)」


오늘날까지도 우리 가족에게 이런 일이
벌어졌다는 사실이 믿기지 않습니다.

—1991년 10월 25일 두순자가 조이스 칼린 판사에게 보낸 편지,
루 캐넌의 『공인된 과실(Official Negligence)』에서 인용

# 차례

1

"아, 여기구나." 에이바가 말했다. "이제 그 멍청이들을 어떻게 찾지?"

숀은 길 건너에 모인 사람들을 보고 입을 딱 벌렸다. 영화는 한 시간 반 뒤에 시작할 예정이었지만, 극장 앞에서 기다리는 사람이 수백 명이었다. 해가 진 후라, 보도에 가로등이 줄지어 서 있어도 얼굴을 구별하기가 어려웠다. 에이바는 웨스트우드 가 백인 영역이라고 했지만, 여기 모인 사람들은 거의 다 흑인 이었고, 고등학생이 많았다. 레이와 친구들을 찾으려면 더 다 가가야 했다.

에이바는 숀의 손을 잡고 길을 건넜다. 숀은 누나에게 끌려 가는 모습을 나이 많은 아이들에게 보이기 싫어 손을 뺐다.

"아, 봐, 내가 무슨 아기야."

"누가 너더러 아기래? 잃어버릴까 봐 그러지."

둘은 매표소부터 천천히 보도를 따라 걸었다. 매표소 현수 막에 「뉴 잭 시티」 상영 중'이라고 적혀 있었다. 숀은 미소를 지었다. 일주일 내내 오늘 밤을 기다렸다. 학교에선 이 영화 이

야기뿐이었고, 숀은 개봉일에 바로 왔다. 「늑대 개」를 보겠다고
하니, 실라 이모가 레이와 에이바에게 숀을 데리고 가라고 허
락한 거지만 상관없었다. 어차피 다 같이 몰래 R등급 영화를
보러 들어가니까.

"에이바! 숀!"

레이가 다가오고 있었다. 친한 친구 덩컨도 활짝 웃으며 함
께 오고 있었다. 숀은 그들이 보지 못했길 바라며 에이바의 손
을 놨다.

"거기 있었네." 에이바가 말했다. "큰일 났어. 저 줄에서 기다
려야 한다고? 우리 자리를 버리고 온 건 아니지?"

"걱정 마. 저건 표 사는 줄이야. 우린 벌써 표를 샀으니까."

덩컨이 양손으로 표를 펼쳐 보이자, 레이는 뒤에서 환호성을
올리며 춤을 췄다.

"정말 바보 같아." 에이바가 웃었다. "잘 봐라, 숀. 극장에 가
려고 학교를 자꾸 빠지면 이렇게 되는 거야."

"어이, 고맙다는 인사나 하시죠. 몇 시간을 기다렸는데." 레
이는 주먹을 쥐고 숀을 향해 흔들었다. "그리고 엄마한테 말하
면 어떻게 되는지 잊지 마."

"레이 형은 무섭지 않아. 하지만 실라 이모가 우리 셋 다 죽
여 버릴걸."

레이는 웃음을 터뜨리더니 주먹을 내렸다. 어차피 농담이었
다. 숀이 입 다물 것을 레이도 알고 있었다. 숀은 아무것도 모

르던 어린 시절부터 레이나 에이바의 잘못을 이르지 않았다. 게다가 숀에겐 그들을 괴롭힐 방법이 얼마든지 많았다. 실라 이모는 갱 영화를 보는 걸 금지할 정도인데, 레이가 진짜 갱단에 들어간 걸 안다면 어떻게 될까?

실라 이모는 이해하지 못할 것이다. 숀과는 달리. 실라 이모는 갱단이 있다는 건 알았지만, 전혀 상관없는 일이라는 듯 말했다. 아이들에게 갱단에 들어가지 말라고 한 적조차 없었다. 말썽꾼이나 불량배를 키우지 않았으니 그런 주의를 줄 필요도 없다는 듯이 말이다. 이모의 아이들은 나쁜 놈이 아니니까. 앙심으로 개에게 총을 쏘거나 엄마 말을 거역하는 그런 놈들이.

하지만 이웃 아이들 절반은 갱단에 들어간 것 같았다. 무서운 애들도 있었다. 이웃의 개를 총으로 쏜 건 확실히 나쁜 놈이었다. 그렇지만 숀이 아는 아이들은 아니었다. 덩컨은 위협적이긴 했지만 그런 악질은 아니었다. 존재감 있고 웃기고 말재주 좋고 여자들에게 인기가 많을 뿐이었다. 숀도 열여섯 살이 되면 덩컨처럼 되고 싶었다. 그리고 세상에서 레이보다 무섭지 않은 사람은 없었다. 다섯 살 때부터 레이와 한 방을 쓴 숀은 잘 알았다. 레이는 번들거리는 파란 옷 밑에 스파이더맨 팬티를 입었다. 자기 전에 여자 목소리로 라디오에 나오는 노래를 불러 숀을 웃겼다. 레이와 에이바는 동갑이었지만, 에이바는 레이를 남동생처럼 놀리고, 머리를 이상하게 잘랐다고, 성적이 나쁘다고 구박했다. 레이가 크립스* 단원이라면, 누구든지 크립

15

스 단원일 수 있었다.

문 닫은 전자제품 가게 쪽에 가니 레이와 에이바 또래 이웃 아이들이 여럿 모여 있었다. 열일곱 살짜리도 몇 명 있었다. 속임수를 안 써도 극장에 들어갈 수 있는 나이였다.

"누가 왔는지 봐!" 덩컨이 에이바를 가리키며 외쳤다.

모두 에이바 주위에 모여들어 포옹하고 손바닥을 마주 치며 인사했다. 아이들은 9학년까지 그들과 함께 학교에 다니다가 웨스트체스터에 입학한 에이바를 만나 반가웠을 것이다.

여자아이 중 하나가 숀에게 고개를 끄덕여 알은체했다. 숀이 이름은 모르는 아이였지만, 얼굴은 기억했다. 에이바와 중학교 합창단에서 활동한 아이였는데, 숀은 그 애가 노래할 때 입술 모양이 기억났다. 그때보다 더 예뻐졌다. 숀은 주머니에 손을 넣고 마주 끄덕였다.

"동생 보는 거야?" 그 애가 에이바에게 물었다.

숀은 부끄러웠다. 얼굴에 드러나지 않기를 바라며 몸을 웅크렸다. 에이바가 자기를 보며 미소 짓기에, 숀은 누나가 제 마음을 꿰뚫어 보는 것을 알 수 있었다. 에이바는 숀 어깨에 팔을 두르더니 모인 아이들에게 말했다. "내 동생 숀, 다들 알지?"

다른 아이들과 모일 때, 숀은 에이바에게 꼭 붙어 있었다. 잠자코 서서 아이들이 마치 자기 집 앞마당인 양 보도에 편안하게 흩어져 어울리는 광경을 지켜보았다. 집에서보다 나이도

_____
* 로스앤젤레스 지역의 폭력 조직.

더 들고 침착해 보이는 레이와 에이바도 그 속에선 어색했다. 숀은 뒤로 처져서 귀를 기울이며 끼어들 자리가 나기를 기다렸다. 뭔가 웃기고 신랄한, 멋진 말을 해서 자신이 그저 에이바의 못난 동생이 아님을 보여 주고 싶었다.

에이바는 배낭에서 워크맨을 꺼내더니 한쪽 귀를 가리도록 헤드폰을 비스듬히 썼다. 숀도 워크맨을 갖고 싶었다. 에이바가 받은 크리스마스 선물이었다. 숀도 받고 싶었지만, 실라 이모는 숀에겐 필요 없다고 했다. 어차피 욕설이 나오는 카세트테이프를 사 줄 리도 없었다. 에이바는 재생 버튼을 누르더니 꿈꾸는 표정이 됐다. 손끝으로 허벅지를 톡톡 두드려 박자를 맞췄다.

"뭐 들어?" 덩컨이 물었다.

숀은 엄격한 이모가 더욱 원망스러웠다. 저 워크맨만 있으면, 무슨 음악을 좋아하는지 덩컨이 숀 자신에게 물었을 텐데. 좋아하는 뮤지션은 언제든지 이야기할 수 있었다. 아이스 큐브, 투팍, 어 트라이브 콜드 퀘스트, 마이클 잭슨. 마이클 잭슨은 빼는 것이 나을까.

"네가 모르는 음악." 에이바가 미소를 지으며 말했다.

덩컨은 헤드폰을 빼앗아 썼다. "뭔데?"

"아주 죽여주는 1890년대 곡이야." 에이바는 헤드폰을 다시 빼앗았고, 모두가 웃었다. 아이들 모두 에이바가 클래식 음악을 듣는 것을 알게 되었지만, 에이바는 부끄러워하지도 않았다.

"나도 쇼팽은 알아. 우리 다 안다고."

"이건 드뷔시야. 그리고 너희가 쇼팽을 아는 건 내 덕이잖아."

사실이었다. 적어도 숀과 레이에겐 그랬다. 에이바는 피아노를 쳤다. 게다가 실력도 좋아서, 온갖 대회에 다 나갔다. 실라이모는 멀리, 글렌데일이나 어바인 같은 곳까지 모두 에이바의 연주를 보러 가게 했다. 에이바가 잉글우드에서 연주했을 때는 친구들도 전부 참석했다. 에이바를 놀리려고 간 거라고 했지만, 연주가 시작되자 모두 입을 다물고 경청했다.

하지만 아이들은 여전히 에이바를 놀렸다. 예전에도 학교 붙박이 모범생이라고 놀렸던 것처럼. 모범생이라고 놀리는 게 이상하단 걸 모르는 것처럼.

"이따위를 재미로 듣는다고?" 덩컨이 물었다.

"'네가' 재미로 뭘 하는지는 알고 싶지도 않다." 에이바는 헤드폰을 도로 쓰며 말했다.

숀은 믿을 수가 없었다. 숀은 거기에 우두커니 서 있을 뿐인데, 여자인 누나는 덩컨이며 모두가 탄성을 올리고 무릎을 치게 하다니. 에이바는 편안한 얼굴로 미소를 띠며 집중하고 있었다. 숀은 팔짱을 끼고 딴청을 부렸다.

주위에 구경거리가 많았다. 웨스트우드는 쇼핑몰처럼 깔끔했다. 질서 있는 거리에 환한 상점, 건물보다 키가 큰 야자수가 들어서 있었다. 그들이 사는 곳보다 훨씬 더 잘 정돈되어 있었고, 색이 바래거나 부서져 가는 데도 없었다. 오는 길에 에이바는 몇 년 전에 갱단 총격으로 이곳에 난리가 났었다고 했다.

충격 사건에 이목이 쏠린 건 그때뿐이었는데, 여기서 일어났고 희생자가 아시아계 여자였기 때문이었다. 웨스트우드는 멀긴 했지만 그렇게 멀지도 않았다. 에이바가 리처드 이모부 차를 부수지 않으려고 할머니처럼 운전을 했어도 45분이 채 걸리지 않았다. 하지만 전혀 다른 도시 같았다. 매표소 앞에 줄을 선 사람들이 초조한 표정, 흥분한 표정을 짓고 있었다. 저들도 이 영화를 보러 그렇게 멀리서 왔을까.

줄은 아직 길었고 점점 뒤죽박죽이 되는 것 같았다. 영화는 30분 뒤 시작인데, 표가 매진돼 이 사람들이 다 못 보고 돌아가는 것은 아닐까 숀은 걱정했다. 그러다가 사람들이 움직이기 시작했다. 사람들이 매표소를 향해 밀고 들어오면서 줄이 점점 더 흐트러졌다. 무슨 말인지 알아들을 수 없지만, 고함 소리가 점점 더 커졌다.

에이바가 헤드폰을 벗었다. 눈빛을 보니, 에이바도 숀과 같은 것을 느끼고 있었다. 무엇인가 새롭고 무거운 분위기가 감돌았다.

"얘." 에이바가 말했다. "극장에 무슨 일이 있나 봐."

레이가 발뒤꿈치를 들고 무슨 일인지 보려고 했다. "문을 연 건가. 시작할 때니까."

덩컨이 숀의 어깨를 손으로 쳤다. "심부름 좀 할래? 가서 무슨 일인지 보고 와."

"내가?" 숀은 눈을 동그랗게 떴지만, 쓸모 있는 존재임을 증명하려고 허리를 폈다. "알았어. 그렇게."

"같이 가." 에이바가 워크맨을 배낭에 넣으면서 말했다.

"아냐, 누나. 괜찮아. 금방 올게." 숀은 누나가 뒤따라오기 전에 달려갔다.

숀은 길을 건너 사람들 틈바구니를 찾아 밀고 들어가더니, 매표소에서 6미터는 족히 떨어진 지점에서 사람들에게 파묻혀 보이지 않게 됐다. 더 이상 들어갈 수 없었다. 치아 사이에 낀 고기 조각처럼, 옴짝달싹할 수 없이 갇혔다. 모든 게 쿵쾅거리며 요란했다. 누군가의 체취가 목구멍에 닿았다.

왼쪽 남자가 양손을 들어 입 앞에 모으자, 숀은 고개를 들었다. 남자가 외쳤다. "우리더러 웨스트우드에 오지 말란 거냐!"

숀이 어깨를 두드리니, 남자는 눈을 이글거리며 돌아보았다.

"무슨 일이에요?"

"표를 너무 많이 팔아서 돌아가라는 거야."

"표를 벌써 샀는데요?"

"그래도. 영화가 취소됐대." 남자는 다시 목소리를 높였다. "우리가 무서우냐. 흑인이 열 명만 모이면 갱단인 줄 아느냐고."

"우린 표가 있어요. 돈도 다 냈다니까요."

"그래 봤자야."

"그건 불공평하잖아요."

남자가 웃었다. 레이와 친구들보다 나이가 별로 많지 않은 사람이었지만, 늙고 씁쓸한 웃음소리였다. "저자들에게 공평이다 무슨 소용이야? 로드니 킹 얘기 못 들었어?"

숀은 다 안다는 듯 고개를 끄덕였다. 로드니 킹, 그 이름은 확실히 알았다. 지난주였나 경찰이 두드려 팬 흑인. 실라 이모는 경찰이 잘못했지만, 그 남자가 경찰에게서 달아난 것도 잘못이고 애초에 중범죄를 저지르지 않았으면 일어나지 않았을 일이라고 했다. 이모와 에이바는 저녁식사를 하다가 그 문제로 거의 싸울 뻔했다.

"그럼 영화는 못 보는 건가?" 숀이 마지막으로 한 번 더 물었다.

숀은 돌아가려고 했지만, 길이 막혀 버렸다. 나갈 길이 보이지 않았다. 키가 좀 더 크면 좋았을 텐데. 다시 꼬마가 되어 오도 가도 못 하고 땅바닥에 붙어 어쩔 줄 모르는 느낌이었다.

갑자기 모두 다 떠들어 댔고, 목소리가 점점 더 뭉쳐 거대한 소음 덩어리로 변했다. 숀은 만화의 한 장면처럼 그 소리가 불덩이같이 터질 때까지 점점 더 부풀어 오르는 모습을 보는 듯했다.

가슴이 두근거리고 손에 땀이 찼다. 뭔가 잘못된 느낌이었다. 뭔가 파괴적이고, 거대하고, 영영 바꿀 수 없는 일이 다가오는 게 느껴졌다. 엄마가 돌아가신 뒤, 한동안 악몽을 꾸던 때가 있었다. 꿈속에서 숀은 전에 본 적 없는 어둡고 낡은 집에 있었고, 혼자임을 알 수 있었다. 잠에서 깨어나면 자세한 내용은 늘 증발해 버렸지만, 그때의 숨 막히는 공포와 이해할 수 없이 깊은 심연에서 빠져나왔을 때의 안도감은 지금까지도 기억났다. 잠에서 깨어나 어머니를 찾았던 때도 있었지만, 숀이 마음을 진정시키기 위해 얻은 습관은 눈을 뜨자마자 에이바를 찾는 거였다. 에이바의 단단한 몸과 숨소리를 찾고 나면 자기집, 자기 방을 느낄 수 있었다. 그래서 애들에게 알려지면 놀림감이 된다는 걸 알고도 누나의 침대에서 옆에 붙어 잤다.

그건 오래전, 어린 시절의 한때였고, 너무 먼 옛날이라 얼마나 그랬는지 기억도 잘 안 났다. 하지만 여전히 한밤중에 깨어나, 의식이 돌아오기 직전에 꿈에서 완전히 벗어나지 못한 채정신없이 방을 둘러보다가, 이제 자신은 열세 살이고 에이바는바로 옆방에 있다는 걸 기억할 때가 있었다.

에이바는 어디 있을까? 누나를 찾아야 했다. 누나가 시야 속에 있어야 했다. 이리저리 밀리며 숀은 입을 벌리고, 눈을 동그랗게 뜨고서 사람들 사이를 비집고 움직였다. 두려워서 누나를 찾으며.

그때, 사람들이 거리로 퍼져 나갔다. 팽팽한 긴장감과 땀과에너지가 함께 번져 나갔다. 흥분이 숀의 온몸을 관통했고, 그것과 함께 뭔가 새로운 것, 분노 같은 열기가 혈관 속을 내달렸다.

누군가 쓰레기통을 엎었다. 밤중에 도시를 비추는 희미한빛 속에서, 흘러나온 쓰레기가 반짝이는 것 같았다.

한 남자애가 음료수 캔 크기의 돌멩이를 들고 옆을 지나가는 걸 보고, 숀은 꼭꼭 걸어 잠근 문과 유리창뿐인 그곳에서 그런 자연물이 어디서 났을지 의문이 들었다. 어깨가 넓은 남자 셋이 나무 한 그루를 에워싸고 가지를 부러뜨리는 것이 보였다. 침착한 모습이었다. 그들의 눈 속에서 이글거리는 빛은 광기가 아니라 차분히 억누른 분노였다.

숀은 그들을 따랐다. 숀뿐만이 아니었다. 사람들 무리가 그 주위에 모이는 것 같았다. 한 아이가 주차된 차 위로 휙 뛰어오르는 모습이 한쪽 시야에 들어왔지만, 숀은 나뭇가지를 든 남자 셋을 홀린 듯 따랐다. 주위에서 사람들이 주먹을 치켜들었고, 활기와 분노를 띤 목소리가 솟아올랐다. 그들이 하는 말이 구호로 변했다. "흑인의 힘을 보여 주자!" "권력에 맞서 싸우자!"

그리고 세 남자가 나뭇가지를 휘둘러 유리창을 박살 냈다.

숀은 유리가 깨지는 광경을 자주 보았지만, 그렇게 크고 깨끗하고 단단한 유리창이 깨지는 건 처음이었다. 그것은 다른 세계의 침범이었다. 사람들은 다시, 이번에는 승리의 환호를 지르며 깨진 유리를 밟고 달려들었다. 다시 전자제품 상점 앞이었다. 에이바나 레이, 친구들은 보이지 않았다. 사람들 무리에 휩쓸려 모두 흩어졌나 보다. 숀은 어디로 가야 할지 몰라서 앞으로 밀고 나갔다. 깨진 유리가 삐죽삐죽 튀어나온 문턱을 넘을 때, 온몸이 쿵쿵 울리는 듯했다.

숀은 빈 벽을 찾아 그 앞에 움츠리고 서서 아는 사람을 찾았다. 처음 보는 사람들이 처음 보는 방식으로 행동했다. 나뭇가지를 든 남자들이 당당하고 확신에 찬 걸음걸이로 군중 사이로 들어가자 광기가 웅웅거렸다. 가게 안에 가득한, 연약하고 값비싼 물건들은 희미한 불빛에 표면을 반짝이며 사람들이 가져가기를 기다리고 있었다. 모두 닥치는 대로 움켜쥐었고 그 소리가 너무 커서 삑삑거리는 경고음 소리는 들리지도 않았다. 숀은 그 광경을 보고 큰일 났다고, 거기서 벗어나야 한다고 생각했다.

가게에서 거리로 비집고 나오는 데 5분은 족히 걸렸다. 사람들은 제멋대로 굴었지만, 거센 강물처럼 그 흐름에도 방향이 있었다. 숀은 모두가 움직이는 방향을 거슬러 앞으로 밀고 나갔다.

"비켜!"라고 외치는 소리에 돌아보니, 덩치 큰 남자가 아동용으로 보이는 새 자전거를 타고 지나갔다. 남자가 넘어져서 사람들이 쓰러지면 싸움이 날 것 같았다.

그때 숀의 이름이 들렸다. 누나 목소리였다. 숀은 바른 방향이라고 생각하며 고개를 돌렸지만, 에이바가 보이지 않아서 착각인가 했다.

"숀! 여기 위야!"

에이바가 사람들보다 60센티미터쯤 위에 있었다. 숀이 자신을 발견할 수 있도록 화분 가장자리에 올라서 있었던 것이다.

에이바는 숀이 다가올 때까지 씩 웃으며 기다렸다. 다가가 보니 레이와 덩컨도 함께 있었다.

"이제야 만났네." 에이바가 뛰어내리며 말했다. 에이바를 끌어안으려다 참은 숀은 대신 누나가 자신을 끌어안자 기쁘고 부끄러웠다.

덩컨이 휘파람을 불었다. "됐다. 가자."

덩컨은 한쪽 어깨에 붐박스*를 메고 있었다. 카세트테이프와 시디플레이어가 모두 있는 크고, 검고, 반짝이는 기계였다. 스피커 두 개가 파리 눈알 같았다.

"그거 어디서 났어?" 숀이 바보처럼 물었다.

"원래 있었잖아. 몰랐어?" 덩컨은 웃더니 전자제품 가게를 가리켰다. "너도 갖고 싶으면 잽싸게 움직여야지."

"난 됐어." 다음번에는 붐박스를 훔칠지 몰라도, 오늘은 안 내킨다는 투로 숀이 말했다.

사실 숀은 아이스크림 하나 훔친 적 없었다. 에이바와 함께 실라 이모 집에서 살게 된 첫해, 레이는 동네에 있는 프랭크 주류 상점에서 물건을 훔치다 걸렸다. 별건 아니고, 표지에 여자 가슴이 나온 잡지 한 권이었다. 숀은 그 사진을 생생하게 기억했다. 하지만 괴팍한 프랭크는 레이를 시켜 실라 이모에게 전화를 했다. 안 그러면 경찰에 신고하겠다고 으름장을 놨다. 그는 덩치가 크고 입에서 담배 냄새를 풍기며 서툰 영어를 쓰는 한국인 노인으로, 늘 레이를 말썽을 부릴 놈으로 취급하는 사

---
* 휴대용 음향기기.

람이었다. 어쨌거나 그들은 그가 시키는 대로 해야 했다.

실라 이모는 울며 달려와서 하느님이니 교도소니 고함을 질렀다. 그때의 소동 탓에 단골 가게를 바꿨고 숀은 절도란 하느님의 분노와 종신형, 실라 이모의 슬픔을 의미한다는 것을 확실히 배웠다.

"마음대로 해." 덩컨은 레이와 에이바에게 고개를 끄덕였다. "하지만 얘들은 자기 몫을 챙겼어. 숀한테 보여 줘."

"시끄러, 덩컨. 이건 다 현실이 아니야, 알겠어, 숀? 모두 꿈이라고." 레이는 숀의 눈앞에 대고 손가락을 흔들었다. 그러면 이 일이, 숀이 평생 처음 경험하는 이날 밤이 더욱 꿈처럼 변할수 있다는 듯이.

에이바는 어이없다는 표정을 짓더니 뒷주머니에서 카세트테이프 하나를 꺼냈다. "오래된 거지만, 이걸 보니 네가 갖고 싶어할 것 같았어. 내 워크맨 빌려줄게. 실라 이모에게 말하지만 마."

숀은 그걸 받아들었지만, 뭐라고 해야 할지 알 수 없었다. 마이클 잭슨이 딱 붙는 검정 바지에 검정 가죽 재킷을 입고 심각한 표정으로 그를 올려다보고 있었다. 마이클 잭슨 머리 위에 붉은 글씨로 'BAD'라고 적혀 있었다. 숀은 비닐 포장 위를 엄지로 훑었다.

"고마워." 숀이 말했다. 에이바가 숀의 머리를 흐트러뜨렸다.

덩컨은 붐박스 위로 양손을 맞잡았다.

"좋아, 도둑들. 이제 가자."

숀은 앞장서는 덩컨이 낡은 윈드브레이커는 허리에 묶고 새 재킷을 입고 있는 걸 보았다. 무슨 훔친 물건이 들었는지, 주머니가 불룩했다.

"웨스트우드에서 도둑질한 그린치* 같아."

숀의 말에 레이와 에이바가 웃음을 터뜨렸다.

상점들이 내장을 토해 낸 것처럼, 온통 유리와 쓰레기가 흩어져 있었다. 연기와 오줌 냄새가 났고, 사방에서 사람들이 고함을 지르고 허우적거리며 아이처럼 날뛰었다.

하지만 숀은 이제 두렵지 않았다.

거리 가운데 금속 행거가 나와 있었는데 살코기를 깨끗이 발라 먹고 남은 뼈대처럼, 옷걸이는 다 비어 있었다. 숀은 지나가면서 발을 내밀다가 삐끗해서 넘어졌다.

"숀!" 에이바가 외쳤다. 하지만 기뻐하는 목소리였다.

그날 밤의 사람들과 요란한 함성. 숀은 이런 것들이 해롭지 않다는 걸 본능적으로 알았다. 이것이 화재라면, 그들은 불꽃이었다. 그들도 일부였고, 그 불길 속에서 다칠 일은 없었다.

---

* 아동문학 작가 닥터 수스가 창조한 캐릭터로서 크리스마스를 싫어해 그날에 또 다른 종족의 집을 터는 등 훼방을 놓는다.

# 1장

2019년 6월 15일 토요일

그레이스는 주차장을 찾는 데 20분이나 썼다. 더 싼 곳이 있을 거라 생각하며 7달러짜리 주차장을 지나쳤고, 가격에 깜짝 놀라며 점점 더 멀어지다가 결국 처음 본 주차장이 낫다 싶어서 돌아왔다. 시내는 일방통행 도로의 미로였고, 그레이스는 목적지에서 점점 멀어지는 느낌이었다. 두 차례 엉뚱한 방향으로 돌고 나니, 거리 양쪽에 텐트가 늘어선 거친 지역에 들어섰다. 그레이스는 차 문이 잠겨 있는지 확인했다.

차를 생각보다 꽤 먼 9달러짜리 주차장에 세우고 나니, 약속 시각에 늦으면 늘 그렇듯이 기분이 좋지 않았고, 얼굴이 붉어지며 살짝 땀이 났다. 법원까지 걸어가려면 또 10분이 걸릴 테고, 모인 사람들 속에서 미리엄과 블레이크를 찾아야 했다. 그레이스는 언니에게 메시지를 보냈다.

미안. 방금 차 세웠어. 어디 있어?

사과할 말을 준비하며 거의 도착했을 때, 미리엄이 답장을 보냈다.

지금 가고 있어! 우버 택시로.

6시 13분, 미리엄이 정한 시각에서 15분 가까이 지났다. 그레이스는 안도했지만, 제시간에 오려고 애쓴 것이 후회됐다. 이럴 줄 알았어야지. 미리엄은 "코리안 타임"에 맞춰 살았는데, 사실 가족 중에서 시간을 잘 지키지 않는 사람은 그녀뿐이었다. 그렇다 해도 이건 알폰소 쿠리얼의 추모 행사였다. 미리엄이 중요하다고 한. 그래서 그레이스는 미리엄이 예외적으로 집에서 일찍 출발할지도 모른다고 생각했다.

미리엄과 만나는 게 3주 만이었다. 화를 내는 건 좋지 않았다. 비록 두 사람의 약속을 미리엄이 마지막 순간에 멋대로 바꿔, 언니와 태국 음식이나 먹고 싶었던 그레이스를 제삼자로 만들었어도. 오늘 밤은 자매만의 시간이었는데, 미리엄이 갑자기 이 추모식 이야기를 꺼내더니 그레이스에게 저녁식사 전에 함께 가자고 했다.

미리엄은 페이스북에서 늘 이런 행사를 소개했다. 그레이스는 한 번도 가지 않았고, 미리엄은 이따금 그레이스의 무관심과 게으름을 꾸짖곤 했다. 그레이스가 노스리지에서 직장에 다니는 건 상관없다는 듯이. 이번만큼은 그레이스도 피할 핑계가 없었다. 약국은 하루 휴가를 내고 LA에서 미리엄을 만날 계획이었다. 블레이크를 데리고 온다고 해도 반대할 수 없었다. 집회에 참석하겠다는 사람을 막을 순 없었다. 그레이스는 블레이크가 센스 있게 저녁은 따로 먹기를 바랐지만, 미리엄이 시내 식당 어딘가에 세 사람 자리를 예약했다. 물론, 그가 낸다는 것이었다. 그레이스는 이후 몇 시간을 어떻게 보낼지 가뜩이나 불편했는데, 미리엄은 벌써 약속에 늦었다.

추모식은 애플 스토어처럼 번쩍번쩍 위압적인 정육면체 건물, 연방 법원 앞에서 열렸다. 100명쯤 되는 사람들이 모여서, 체격이 큰 흑인 남자의 열정적인 연설을 조용히 경청하고 있었다. 그레이스는 언니를 어디서 기다리면 좋을까 생각하며 멀찍이 서 있었다.

보도에 서 있던 그레이스는 조금 떨어진 곳에서 또 다른 사람들 무리를 봤다. 20대에서 30대로 보이는 백인 남자 열 명 정도가 어슬렁거리고 있었는데, 모두 대학교 사교클럽 회원이나 악대처럼 붉은 모자에 검정 폴로셔츠를 입고 있었다. 한 명은 '와서 한판 붙어 보시지, 안티파*'라고 쓴 팻말을 들고 있었다. 그레이스는 안티파가 누군지 기억나지 않았지만, 어쨌든 저들은 다가가고 싶은 무리는 아니었다. 대학교 시절 여학생을 구경하려고 한국어 수업을 듣는 백인 남자들처럼 그들에게서도 오싹한 느낌이 났다.

그레이스는 모인 사람들 뒷줄에 서서 무리에 섞이기 위해

---

* 반파시즘(anti-fascism) 운동 혹은 단체의 약어.

모두 바라보는 쪽으로 시선을 향했다. 이왕 왔으니 관심을 가져 보기로 했다.

그레이스라고 마음을 안 쓰는 건 아니었다. 세상에는 비극적인 사건이 많았고, 물론, 사람들이 인종차별을 하고 끔찍한 짓을 벌이고 흑인들이 죽어 가는 건 안타까웠다.

그리고 그런 일 중에서도 이 사건은 특히 끔찍했다. 알폰소 쿠리얼은 베이커스필드에서 부모와 함께 사는 평범한 고등학생이었다. 이틀 전, 한 경찰관이 그 애를 집 뒷마당에서 사살했다. 알폰소의 친구 하나가 바로 한 시간 전 그 애와 극장에 갔었다는 글을 페이스북에 올렸다. 알폰소는 늘 열쇠를 잊고 다녔으니 뒷마당으로 집에 들어가려 했을 텐데, 어느 이웃 주민이 경찰에 신고했을 거라면서.

그 이야기를 들어 보면 알폰소는 아무 죄도 짓지 않았다. 정말이지 안타까운 일이었다.

앞에 선 남자가 큰 소리로 말했지만, 시내 소음 때문에 잘 들리지 않았다. 그는 검은 셔츠와 검은 타이에 검은 슈트를 입고 당당히 서 있었다. 성직자가 분명했다. 연설을 듣지 않아도, 성스럽고 권위 있는 자세와 쩌렁쩌렁 울리는 말소리만으로 알 수 있었다.

죽은 아이의 이름이 들리더니, 설교자가 뭐라고 하는지 몸을 앞으로 당기고 고개를 조금 숙였다.

"그저 자기 집에 들어가려던 것이었습니다. 부모와 함께 사는 자기 집에. 보십시오, 미국에서는 흑인이 무슨 행동을 하는 지는 상관없습니다. 자신이 사는 동네, 사는 거리에 있는데도, 경찰이 찾아올 수 있습니다. 무기 하나 없는 흑인 소년인데도, 누군가가 법의 비호 아래 살해할 수 있습니다. 그리고 그건 우리 여성이나 어린 소녀들도 마찬가집니다. 우리 자매들을 기억합시다. 샌드라 블랜드*를, 레키아 보이드**를 기억합시다."

남자는 옆에 서 있는 나이 든 여자에게 돌아서서 어깨에 커다란 손을 얹은 뒤 다시 연설했다.

"바로 여기, LA에 살았던 에이바 매슈스를 기억합시다."

그레이스는 설교자의 음성에서 느껴지는 힘에 굴복하고 경청했다. 속삭임과 손가락이 맞부딪히는 소리가 들렸다. 그레이스는 처음 보는 광경이었지만, 그것이 기도임을 알 수 있었다.

"알폰소 쿠리얼의 어머니는 어젯밤 인터뷰를 하셨습니다. 알폰소는 착한 아이였고, 말썽을 부린 적이 없다고 하셨습니다. 성적도 좋았고. 의사가 되고 싶어 했지요. 알폰소는 그런 아이였습니다. 바른 일을 하는 아이. 지금 천국에 있을 겁니다. 거기에 대해선 의심의 여지가 없습니다. 하지만 지상에서 꿈을 이룰 기회를 얻지 못했습니다. 그리고 여기서, 우린 또 한 아이를 잃었습니다. 우리가 여기서 알폰소를 위해 구할 것은, 오직

---

\* 2015년, 차선 변경을 근거로 강경하게 체포하려 한 경찰과 실랑이한 끝에 공무집행 방해 혐의로 구금되었다가 목을 매 숨진 채 발견되었다.
\*\* 2012년, 동행한 남성이 소지한 휴대전화를 총으로 오인한 경찰에 의해 머리에 총상을 입어 사망했다.

정의뿐입니다."

그레이스는 설교자 옆에서 손수 만든 표지판을 들고 있는 여자를 보았다. 긴 자 같은 것에 보드판을 테이프로 붙인 것이었다. 다른 손으로 눈물을 훔치는 여자를 보며 그레이스는 한순간 알폰소의 어머니라고 생각했다. 하지만 아니었다. 나이가 너무 많았다. 정수리의 곱슬머리가 희끗희끗했고, 부드럽고 동그란 뺨에 깊은 주름이 져 있어서 적어도 60대처럼 보였다. 그렇다면 할머니인가. 그녀는 너무나 슬픈 모습으로 선 채였고, 표지판도 비탄에 빠져 앞으로 기울어져 있었다. '알폰소 쿠리얼에게 정의를'이라는 문구 아래 흑백 사진이 있었다. 얼굴이 동그랗고 잘생긴 아이가, 심각하지만 반짝이는 눈빛으로 셔츠를 입고 있는 모습이었다. 학교 사진. 그 애는 대학에 진학할 계획이었다. 의사가 될 계획이었다.

그레이스는 어지러워 눈을 감았다. 다시 눈을 뜨자, 그레이스 역시 눈물을 글썽이고 있었다.

미리엄의 말이 옳았다. 세상이 온통 부당한데, 외면하는 건 잘못된 일, 이기적인 일이었다. 알폰소 쿠리얼을 위해 아무것도 하지 않고, 그 애의 죽음을 모른 척 지나가기는 너무나 쉬웠다. 무관심 속에서 현실 세계와 단절된 삶을 누렸다.

그레이스의 가슴은 쓰라린 부끄러움과 정의로운 열정에 뭉클해졌다. 교회에 다니던 시절, 그리스도의 부활에서 느끼던 익숙한 감정이었다. 모든 타락한 영혼에게 손을 뻗고, 만인의 슬픔에 함께할 만큼, 그레이스는 풍부하고 순수하며 보편적인 사랑으로 가득했었다.

너무 집중한 나머지 언니가 블레이크를 이끌고 옆에 다가선 것도 몰랐다. "왔네." 귓전에 울린 미리엄의 속삭임에 그레이스의 집중이 흩어졌다. 미리엄은 그레이스를 재빨리 포옹하더니 물러나서 모습을 살폈다. "차려입었네. 잘했어."

그레이스의 얼굴이 달아올랐다. 오늘 밤에는 메이크업도 하고 제대로 옷도 입었는데, 늘 하얀 가운에 편한 신발을 신고, 나이 많은 한국인 환자를 진료하며 보내느라 이러는 경우가 드물었다. 그레이스는 허벅지 위로 조금 올라오는 검정색 캡 소매 원피스에 얼마 전 교회 할머니의 장례식 때 신었던 불투명 타이츠 차림이었다. 그날 오후, 옷장을 뒤지다가 그 정도면 적당한 선택이라고 여겼다. 추모식에 어울리게 점잖고, 저녁식사 모임에도 알맞은 귀여운 차림이었으니까. 하지만 주위를 둘러보니 유행에도 뒤떨어지고 지나치게 차려입은 것 같았다. 검정색 옷을 입은 이들도 있었지만, '숨을 쉴 수가 없어'라든가 '흑인 여성의 마법' 같은 글귀가 적힌 티셔츠였다. 그레이스는 사람들 사이에서 눈에 띄지 않고 싶었을 뿐인데, 웬즈데이 애덤스*처럼 등장한 셈이었다.

미리엄은 짧은 상의와 찢어진 청반바지 위에 섹시한 실크 꽃무늬 가운 같은 옷을 걸친, 음악 페스티벌에나 어울릴 모습

* 영화 「애덤스 패밀리」의 딸.

이었다. 장소를 감안하지 않더라도 터무니없는 옷차림이었지만, 미리엄이기 때문에 멋있게 보였다. 그레이스는 늘 언니의 감각을 부러워했지만, 미리엄이 옷을 빌려주거나 추천해 줘도 따라 할 수 없었다. 미리엄이 그레이스보다 항상, 나이 차만큼이나 꾸준히 키는 2.5센티미터 더 크고 체중은 5킬로그램쯤 덜 나가는 까닭도 있었다. 이 옷을 훔쳐다 내일 입을 수도 있겠지만, 그래 봐야 싸구려 한인 미용실 직원처럼 보일 것을, 그레이스도 잘 알고 있었다.

"빌어먹을 나치 패거리가 와 있어." 그레이스가 좀 전에 보았던 백인 남자들 쪽으로 블레이크가 고갯짓했다.

"무시해." 미리엄이 말했다. "누가 싸움 걸기만을 기다리고 있을걸."

블레이크는 벌서라는 말을 들은 아이처럼 얼굴을 찡그렸다.

"대체 어떤 놈들이 추모식에서 반대 시위를 한대?"

대놓고 들으라는 양 큰 목소리였다. 몇 명이 고개를 돌려 그를 봤다. 블레이크의 말에 일리가 있었지만, 설교자가 말하는 동안에는 아무도 동요하지 않았다.

블레이크와 미리엄이 사귄 지도 2년 가까이 됐지만, 그레이스는 여전히 언니가 그의 어떤 점을 좋아하는지 알 수 없었다. 미리엄이 트위터에서 노닥거리고 각본이나 오랫동안 써 온 소설을 끼적이는 동안 그가 생활비를 낸다는 점을 제외하면 그랬다. 키가 크고 파란 눈을 지녀 잘생겼다고 할 수도 있었지만, 미리엄보다 열다섯 살이나 많았다. 금발은 숱이 줄어들었고, 눈에 띄는 재킷에 번쩍이는 운동화를 신는 버릇이 있었다. 블레이크는 적어도 성공한 사람이긴 했다. 애팔래치아의 마약 중독자가 나오는 인기 있는 텔레비전 프로그램 작가였으니까. 그레이스는 미리엄이 할리우드 백인 중의 백인 남자와 사랑에 빠졌으면서도, 할리우드의 백인 남성 중심주의를 욕하는 것이 흥미롭다고 여겼다. 그레이스도 그가 만든 프로그램에는 백인만 나오는 건 알고 있었다. 미리엄이 지적하듯이, 그레이스는 그런 문제에 민감하지 않은데도.

블레이크는 자신이 페미니스트이며 사실상 공산주의자라고 말하고 다니고, 미리엄에게 묻거나 구글 검색을 하면 될 것을 페이스북에다 유색인종 여성이 쓴 책을 추천해 달라고 올리는 등, 아주 짜증 나는 방식으로 그런 점을 상쇄하려 들었다. 그레이스는 그의 트위터를 본 적이 있었는데, "여러분, 잘 들어요. 오럴 섹스는 쌍방 거래예요." 따위의 말이 적혀 있었다. 미리엄은 그 트윗에 마음을 찍었는데, 그레이스는 그걸 본 기억을 지울 수 있다면 거금이라도 투척할 의향이 있었다.

박수 소리에 그레이스는 깜짝 놀랐다. 설교자가 말을 마쳤지만, 그레이스는 한참 전에 듣기를 멈춘 상태였다.

"자, 이제 실라 할러웨이 자매님의 말씀을 들어 봅시다."

설교자가 나이 지긋한 여자의 어깨에 손을 얹었다.

미리엄은 간절한 눈빛으로 보고 있었다. 도착한 뒤로 미리엄은 온통 집중했다. 그레이스는 호기심이 충족될 때까지 경청했다. 앞에 나와 연설하는 사람은 앞선 설교자보다 말소리가 작았다. 사람들 소리 때문에 귀를 기울여야 했고, 잠시 후 그레이스는 포기했다. 다시 빠져들 수 없었다. 이미 그 순간의 감정이 사라지고 있었다. 좋은 꿈을 마저 꾸기 위해 다시 자려고 노력하는 것과 비슷했다.

저녁을 먹으러 간 곳은 제대로 된 레스토랑도 아니었다. 리틀 도쿄에 자리한 음식 파는 바였고, 주문한 건 모두 일본 선물 가게에서 파는 장난감 음식처럼 작고 귀여웠다. 그레이스는 스크루드라이버*를 조금씩 꾸준히 마신 덕에, 뜻하지 않게 취했다. 술을 잘 마시지 못하는 체질이라 보드카 때문에 온몸이 화끈거렸다.

스크루드라이버는 처음 절반보다 나중 절반이 더 나았다. 그레이스가 아직 그걸 마시고 있는데 블레이크가 바에 가더니 갈색 액체 세 잔을 들고 돌아왔다. "여기 괜찮은 일본 위스키를 많이 팔아. 이건 야마자키 싱글 몰트야."

그레이스가 세 개의 잔을 보고 있는데, 블레이크가 미리엄에게 한 잔을 권했다. 참을 수 없이 잘난 척하는 태도를 보니 위스키가 비싼 모양이었다. 미리엄은 한 모금 마시더니 좋다는 소리를 냈다. 블레이크는 기쁜 표정을 짓더니 스크루드라이버

---

* 오렌지와 보드카로 만든 칵테일.

를 다시 마시는 그레이스에게도 일본 위스키를 내밀었다.

"마셔 봐요." 그가 세 번째 잔을 밀면서 말했다. "꿀맛이에요. 정말로."

그레이스는 냄새를 맡았다가 토할 뻔했다. 원체 도수가 강한 걸 좋아하지 않는데, 이 갈색 술은 최악이었다.

"내 취향은 아닐 것 같네요." 그레이스가 잔을 내려놓았다.

"아, 그러지 말고. 그 쓰레길 마실 수 있으면, 뭐든지 마실 수 있죠." 블레이크는 스크루드라이버를 가리켰다. 똑같이 잘난 체하는 미소를 지으며 두 번째로 한 소리였다. "이건 고급이라니까."

그레이스는 언니가 블레이크에게 관두라고 말하기를 기다리며, 눈을 깜빡였다.

"조금만 마셔 봐." 대신 미리엄이 그렇게 권했다. "싫으면 내가 마실게."

그레이스는 잔을 다시 들고 마음의 준비를 하며 내려다봤다.

"음, 좋은 거라면야."

그레이스는 코로 숨을 쉬지 않고 단번에 위스키를 마셨다. 목이 타는 것 같았다. 콜록거리며 남은 스크루드라이버로 입가심했다.

"별로 꿀맛은 아니네." 그레이스는 눈을 깜빡이며 혀를 내밀었다.

블레이크는 그레이스가 아기 목을 조르는 광경이라도 본 것 같은 표정이었지만, 미리엄은 웃음을 터뜨렸다.

"그거 한 잔에 25달러인데." 블레이크가 말했다.

그레이스의 짐작보다 훨씬 높은 액수였다. "어머, 와. 몰랐어요." 그레이스가 순진하게 말했다. 가슴에 불이 붙은 느낌이었다.

"자기야, 그레이스에겐 스크루드라이버나 한 잔 더 사다 줘." 미리엄이 웃으며 말했다. "그 정돈 해 줘야겠네."

블레이크가 반대하려고 입을 열었지만, 미리엄은 끈기 있게 미소를 지었다. 그가 거절하면 분위기가 험악해질 게 분명했다. 그레이스는 술을 더 마시고 싶지도 않았지만, 미리엄이 편을 들어 주고 블레이크가 바로 달려가는 걸 보니 기분 좋았다.

"두 잔이면 충분한 거 같아. 그라나다로 운전해서 가야 해."

미리엄은 어이없다는 표정을 지었다.

"제발 밸리에서 좀 나올래? 만날 수가 없잖아. 게다가 여기로 나와도 6시면 떠나야 하고."

"지금 9시가 다 됐어."

미리엄은 세련된 전문직 종사자들이 사는 실버레이크에 살았고, 거기로 이사 간 이후로 밸리를 경멸했다. 특히 그라나다 힐스를. 미리엄은 그레이스가 지금 상태를 좋아한다는 걸 믿지 않았다. 룸메이트와 아파트를 빌려 쓰는 다른 선택지가 있다는 걸 그레이스도 알고 있었다. 룸메이트와 살아 본 적도 있었다. 대학과 대학원 시절. 하지만 직장이 집에서 10분 거리이고, 부모가 함께 살기를 바라며, 어머니 이본이 식사 준비와 세탁을 해 주고 싶어 하는데 집세에 돈을 쓸 필요가 있을까? 미리엄도 이해해야 했다. 미리엄도 대학을 졸업하고 나서 꿈을 이루기 위해 컨설팅 일을 그만둔 후에 몇 달 동안 집에서 살았다. 하지만 미리엄은 밸리를 마치 사람들이 앨라배마나 오하이오의 작은 시골 고향 이야기하듯이 말했다. 진정한 삶을 위해 탈출한, 수치스럽고 야만적인 시골 마을처럼. 사실 그곳은 로스앤젤레스 시에 속한 교외 지역이었고, 미리엄이 사는 곳에서 차로 30분밖에 안 걸리는데 말이다.

미리엄이 집에 오지 않은 지도 이제 2년이다. 그레이스가 그라나다 힐스에 사는 게 아니라, 바로 그것이 문제였다. 미리엄이 어머니와 대화하기를 그만두고 집에 돌아가려 하지 않아서 서로 볼 기회조차 그다지 없었다.

그걸 '싸움'이라고 부를 수 있을지 모르겠지만, 싸움 전에 그레이스가 일주일이나 미리엄과 안 만나는 경우는 드물었다. 둘은 자매치고도 가까운 사이였다. 한 방을 쓰면서 서로의 비밀을 지키며 자랐으니까. 그러다 미리엄이 이본과 연을 끊고 블레이크를 만나기 시작했고, 이제 그레이스는 언니와 공통점이 드문 것에 자꾸 놀랐다. 자매는 서로의 선택과 생활 방식, 목표, 일자리, 사랑하는 사람도 이해할 수 없게 됐다. 이런 거리감이 그레이스에겐 소름 끼치게 느껴질 때도 있었다.

"오늘은 자고 가." 미리엄은 언니답게 염려하는 표정이었다. "벌써 좀 취한 거 같아. 블레이크가 네 차를 운전하면 되니까,

자고 가."

"알았어."

미리엄은 그레이스가 그렇게 빨리 말대답 없이 응하는 데 놀라더니 미소를 지으며 손을 꼭 잡았다. 그레이스는 블레이크와 늦게까지 함께 있고 싶지도, 그의 프로그램 포스터를 붙이고 철제 침대를 놓은 손님용 방에서 자고 싶지도 않았지만, 언니가 그리웠다.

그레이스가 부모에게 자고 간다고 메시지를 보내는데, 누군가 테이블 옆에 나타났다. 키가 큰 그 중년 백인 남자는 동그란 금속테 안경을 쓰고 플란넬 셔츠에 낡은 가죽 메신저백을 멘, 근사한 교수 같은 모습이었다. 남자는 손가락 끝으로 미리엄의 어깨를 건드렸다.

미리엄은 그를 보더니 몸을 세웠다. "어, 안녕하세요. 줄스." 미리엄답지 않게 당황하며 의자에서 반쯤 일어나 악수를 했고, 남자는 테이블에서 한두 걸음 물러났다.

"당신 같더라니. 방금 알폰소 쿠리얼 추모식에 다녀왔어요. 그 추모식 이야긴 들었어요?"

"나도 갔었어요."

미리엄은 '우리'가 아니라 '나'라고 했다. 그레이스가 주위를 둘러보니 블레이크가 바텐더와 말하고 있었다. 아마 그래서 미리엄이 이렇게 어색하게 구는 모양이었다. 질투가 심한 블레이크가 돌아오기 전에 이 남자를 보내려는 것 같았다.

"그럼 웨스턴 보이즈가 온 것도 봤어요?"

그레이스는 폴로셔츠를 입은 화난 표정의 백인 남자들을 떠올렸다. 그들을 가리키는 게 분명했다.

"봤죠."

"캘리포니아의 백인 우월주의와 인종 폭력에 관한 프로젝트로, 그들에 대해 글을 쓰는 중입니다. 사실, 당신을 만나서 반갑네요. 이 문제에 대해 의견이 있을 테니까. 혹시……."

"그러죠." 미리엄이 서글서글한 미소로 그의 말을 끊으며 말했다. "내 이메일 주소 있죠? 주중에 만나서 이야기해요."

"좋습니다. 연락할게요." 남자는 미리엄이 돌아가라고 한 걸 눈치 채지 못한 것처럼 버티고 서 있었다. "어머니는 잘 계신가요?"

그레이스는 언니의 표정을 확인했다. 이상한 질문이었다. 이 백인이 이본을 알 리가 없었으니까. 하지만 미리엄은 그레이스 쪽을 돌아보지 않았다. 미리엄의 얼굴에 뭔가 스치고 지나갔다. 당혹감이라고, 그레이스는 확신했다.

"좋아요." 미리엄이 대답했다. "저기, 만나서 반가웠어요."

"저도요." 남자는 그레이스에게 미소를 지었다. "동생인가요?"

또 이상한 질문이었다. 둘은 별로 닮지도 않았으니까. 그레이스는 갑자기 취한 느낌이 들었고, 주위가 흔들리는 것 같았다.

그레이스가 자기소개를 하려는데, 미리엄이 대신 대답했다. "네." 음성에 적대감에 가까운 냉랭함이 있었다.

남자도 그걸 알아차렸다. "메일 보낼게요." 그는 그레이스를 다시 한 번 봤고, 시선이 몇 초 더 오래 머무르는 것 같았다. "만나서 반가웠어요." 그렇게 말하고는 걸어갔다.

"무슨 일이야?" 그레이스는 구석 테이블에 혼자 앉아 가방에서 붉은 몰스킨 수첩을 꺼내는 남자를 보면서 물었다.

"아무것도 아냐. 미안. 저 사람이 너랑 얘기하는 게 싫어서."

그레이스는 그에게서 성적으로 불쾌한 느낌은 받지 않았다. 블레이크보다도 더 나이가 많은 남자였다.

"누군데?"

"그냥 아는 작가야."

블레이크가 그레이스의 칵테일과 자신과 미리엄 몫의 일본 위스키를 들고 바에서 돌아왔다. 그레이스는 고맙다고 하고, 주스 마시듯 스크루드라이버를 들이켰다. 미리엄이 작가 이야기를 하기를 기다렸지만, 그러지 않아서 그레이스도 다시 꺼내지 않았다. 대신 두 사람은 술은 마셨고, 블레이크와 그레이스는 서로 일에 대해 물었다. 미리엄을 위해서 나눈 대화였지만, 약학에 관심을 가진 척하다니, 블레이크가 고마웠다. 네 잔째 술은 그레이스가 샀고, 약간 행복한 기분이 들기 시작했다. 블레이크에게 고마운 마음마저 들었다. 그는 분명 언니를 숭배했고 만난 시간 중에 확실히 짜증스럽게 군 건 10퍼센트 정도였다. 아니, 5퍼센트일지도.

"이런 젠장." 블레이크의 말에 그레이스는 퍼뜩 정신이 들었다.

그 작가란 남자가 돌아왔나 싶어 고개를 들었다. 하지만 남자는 여전히 구석 자리에 앉아서 바 입구를 보는 중이었다. 그도 블레이크와 같은 것을 보고 있었다. 웨스턴 보이즈 대여섯 명이 땀에 젖은 불콰한 얼굴로, 추모식 때보다 구겨진 유니폼 차림으로 잘난 체하며 밀고 들어왔다. 세련된 바여서 그들은 마치 초원의 펭귄처럼 눈에 띄었다. 그러려고 그런 옷을 입었을 것이다.

남자들은 가슴을 내밀고 주위를 둘러봤다. 바에 있는 사람들이 모두 그들을 주목했다. 사람들이 고개를 돌리고 대화가 중단됐다. 그리고 웨스턴 보이즈도 그 사실을 알고 있었다. 그중 하나가 앞으로 나서더니 바로 향하자 나머지도 뒤따랐다. 나이는 서른 살쯤 되고 네모나고 큰 머리, 두툼한 이두박근에 폴로셔츠 소매가 꽉 끼는 남자가 리더였다.

미리엄은 휴대전화로 뭔가 읽고 고개를 저었다. "이게 모임이래." 미리엄이 전화기 화면을 기울여 페이스북 페이지를 보여주었다. "'진보 멍청이 바 순회' 중이래."

그레이스는 이상한 작가를 돌아봤다. 그는 자기 자리에서 펜과 수첩을 들고 지켜보고 있었다. 그들이 거기 올 것을 알고 있었던 모양이다. 미리엄이 어색하게 굴지 않았다면, 그가 정보를 줬을 것이다. 대단한 걸 아는 것 같진 않았지만.

"얼굴에 주먹을 날려야 되는데." 블레이크가 말했다.

"쟤들 전부 다요?" 그레이스가 물었다.

"낯짝도 더럽게 두껍군."

"누구죠?"

"우익 얼간이들." 미리엄이 대답했다. "미국인은 백인이어야 하고, 여자는 부엌에 있어야 한다고 생각하는 인간들. 뭔지 알겠지."

"그런데 왜 추모식에 왔지?" 그레이스는 그다지 행사에 참석하고 싶지 않았지만, 그 애의 죽음이 비극이라고는 생각했다. 어떻게 10대 소년이 살해당한 사건을 보고 슬픔 이외의 감정을 느낄 수 있는지, 게다가 추모객들을 괴롭히기 위해 모일 정도로 강한 혐오를 느낄 수 있는지 이해할 수 없었다. 저들을 보니 '신은 호모를 증오해'라고 외치는 미치광이들이 떠올랐다. 장례식 앞에서 화를 내며 시위하는, 어리석은 백인들이.

"얼간이들이 하는 짓이니까. 진보주의자를 건드릴 수 있다고 생각하면, 어디든 찾아가는 거야. 그 자체가 목적이지." 미리엄은 잔을 비우더니 일어났다. "도어맨에게 알려야겠어."

그레이스는 문 쪽으로 걸어가는 언니를 불편한 심정으로 지켜봤다. "언니. 같이 가." 미리엄을 부른 그레이스는 화를 내는 블레이크를 테이블에 혼자 두고 언니를 뒤따랐다.

도어맨은 남미나 필리핀계로 보이는 갈색 피부의 남자였는데, 근육질이라 뚱뚱해 보였다. 미리엄을 보고 그는 얼굴이 밝아졌다.

"무슨 일이에요?" 서로 아는 것처럼 도어맨이 물었다. 다시 생각해 보니, 신분증을 확인하면서 그가 미리엄과 말장난을 치기도 했다. 미리엄을 좀 좋아하는 눈치였다.

"저기요." 미리엄이 말했다. "방금 들어온 사람들, 누군지 알아요?"

"모자는 봤어요." 그가 어깨를 으쓱였다. "하지만 모자를 썼다고 내쫓을 순 없으니."

"증오 단체예요. 남부 빈곤 법률 센터* 리스트에도 올라가 있을 거예요."

"남부 뭐라고요?"

그레이스는 언니의 팔을 잡았다. 아무도 들어 보지 못한 리스트 이름을 댄다고 도어맨이 여섯 명의 손님을 쫓아내진 않을 것 같았다.

그래도 미리엄은 계속했다. "여기 술 마시러 온 게 아니라니까요? 말썽을 일으키러 왔어요. 이 바가 세 번째일 거예요."

"이상한 옷을 입고 술 시키는 것뿐인데요." 도어맨은 성가시다는 말투였다. 미리엄은 가끔 이럴 때가 있었다. 외모와 달리 귀엽지 않은 행동에 사람들은 충격을 받았다.

"매니저 좀 볼까요?"

"그래서 뭐라고 하려고요?"

"자기 바에 나치가 온 건 알아야죠. 그다음은 매니저가 알아서 할 일이고."

---

* 미국의 비영리 법률기구로서, 주로 인권 문제를 다룬다.

도어맨은 한숨을 쉬었다. "자기네끼리 모임 하는 건데, 그냥 내버려 둬요."

"나치 클럽 모임이라니까요."

두 사람은 마주 보고 서로 물러서길 기다렸다. 그때 도어맨의 시선이 움직였다. "친구들에게 돌아가요." 그가 말했다.

그 순간 모임 리더가 뒤에 바짝 붙어 서서 말을 거는 바람에 그레이스는 깜짝 놀랐다. "무슨 문제라도 있습니까?" 남자의 얼굴에서 느껴지는 기대감에 구역질이 났다.

그레이스는 언니가 입 다물길 바랐다.

미리엄은 망설이지도 않았다. "난 여기 시미 밸리 히틀러 청년단이랑 술 마시러 온 게 아니라서요."

"우린 나치가 아니에요." 그런 소리를 자주 해 본 말투였다.

"난 내가 나치가 아니란 말을 할 필요가 없거든요."

"어쨌든 우린 여기 술 마시러 왔어요. 우릴 쫓아내려는 건 당신이지." 남자가 고개를 저으며 씩 웃었다. "이봐요, 얼마 전까지만 해도 당신 같은 사람들이 가게에서 차별을 받았어요. 흑인, 유태인, 중국인 출입 금지."

미리엄은 코웃음을 쳤다. "모자는 벗을 수 있지만, 피부는 벗어 버릴 수 없지. 학교는 4학년까지만 다녔나?"

"버클리 대에 갔거든." 남자가 팔짱을 꼈다.

그레이스는 그 말에 미리엄의 말문이 막힌 것을 알 수 있었다. 미리엄은 학벌을 중시했다.

그때 경비 직원이 끼어들었다. "그만 됐고. 거기." 그가 모임 리더에게 말했다. "나가 달라고 할 구실을 주지 마쇼."

"변명 좀 한 거뿐이에요." 모임 리더가 양손을 들고 과장된 몸짓으로 굽실거리며 물러났다.

"저들이 원하는 걸 던져 주는 셈이에요." 아까의 도어맨이 말했다. "당신 같은 여자가 저런 남자 수작을 언제 또 받아 주겠어요?"

미리엄은 화해하자는 도어맨의 말을 무시했다. "매니저도 알아야 해요. 내 말 믿어요. 저 남자는 조용히 한잔하러 온 게 아니에요."

자매가 테이블로 돌아오자마자, 블레이크가 떠들기 시작했다. 휴대전화를 보여 주는 그는 흥분해서 가만히 있지 못하는 표정이었다. 화면에는 웨스턴 보이즈가 바에서 웃는 모습을 찍은 저화질 동영상 트윗이 있었다.

@TheCrookedTail에서 @MiriamMPark와 함께 있는데 이 파시스트들이 나타난 게 아닌가. 놈들은 방금 도착했다. 이리 와서 우리 LA는 놈들을 환영하지 않는다는 걸 보여 주시길. #웨스턴보이즈나이트아웃.

"5분 전에 포스팅했는데 벌써 리트윗이 서른 번도 넘게 됐어." 블레이크의 트위터 팔로워가 2만 명이 넘는다는 얘길 그레이스는 다섯 번도 넘게 들었다. "아까 벨스 앤드 휘슬스에 갔었나 봐. 해시태그가 생겼어. 거기서 쫓겨나기 전에 나온 모양인데, 저 자식들과 맞서려고 모인 사람들도 있어. 이제 그 사람들이 여기로 올 거야."

그레이스는 취중에도 두려움을 느꼈다. "정말요? 누가요?"

블레이크는 흥분을 감추지 못하고 씩 웃었다. "오고 싶은 사람은 누구나. 민주사회주의자, 운동가, 토요일 밤에 할 일 없는 사람도 몇 명은 오겠죠. 추모식에 갔던 사람들도. 이 쓰레기들을 본 건 우리만이 아니니까."

그레이스는 스릴을 원하는 독선적인 백인뿐 아니라, 성난 흑인들까지 모이는 광경을 떠올렸다. 이 웨스턴 보이즈를 보고 블레이크도 화를 내는데, 정말 원한을 가진 사람들이 나타나면 어떻게 될까?

"세상에, 블레이크. 저 사람들이 한심한 건 알지만, 한심한 백인들은 총을 갖고 다니잖아. 상황이 정말 나빠질 수 있어."

그레이스는 마음이 놓였다. 언니에겐 적어도 지각이 있었으니까. "가야겠어."

"뭐?" 블레이크가 놀랐다. "가긴 어딜 가요. 여기서 버텨야지, 여러분."

두 사람 다 미리엄을 쳐다봤다. 그레이스는 언니가 자기편을 들어 주기를 바라며 실내가 빙빙 도는 걸 느꼈다. 그때 미리엄이 블레이크의 손을 잡았다. "토요일에 살해당한 10대 아이 추모식을 반대하는 새끼들이야. 저놈들에게 쫓겨나지 않겠어."

미리엄은 마음을 정했다. 그레이스는 알 수 있었다. 그리고 미리엄이 마음을 한번 먹으면 꿈쩍하지 않는다는 것도 잘 알았다.

"음, 난 집에 갈래."

"오늘 밤에 우리 집에서 잔다며." 미리엄이 반대했다.

"그건 둘이서 서부의 결투를 시작하기 전이었지."

"운전은 할 수 있어?"

"괜찮아. 술은 깰 거야."

"정말? 나한테 화난 건 아니지?"

미리엄은 동생의 손을 꼭 잡았고 그레이스는 언니에게 화를 낼 이유를 다 생각해 봤다. 미리엄은 그레이스가 혼자 취한 채 바에서 나가, 강도나 강간을 당하거나 5번 도로에서 사고를 당해 죽게 내버렸다. 멍청이 같은 싸움에 끼어들기 위해서. 몇 주만에 만났는데 블레이크를 데리고 나타나서 자매만의 시간을 그의 위스키와 아침으로 얼룩지게 했다. 미리엄은 어머니와 연락을 끊고 가족을 갈라 놓았지만, 그레이스는 아직도 왜 그랬는지 이해할 수 없었다. 혼란스럽고 얼떨떨한 감정이 그레이스에게 밀려들었다. 계속 서 있기 위해, 울지 않기 위해, 미리엄에게 기대야 했다.

"그냥 집에 가고 싶어." 그레이스는 미리엄을 끌어안으며 말했다. "총 맞지 않도록 조심해."

그레이스는 차를 찾기 위해 한참을 헤맸고, 운전석에 앉자 밸리까지 돌아갈 수 없음을 깨달았다.

자정이 지난 시간이었지만, 전화를 거니 이본이 곧바로 받았다. 이본은 무슨 일이냐고 묻더니 딸이 혀 꼬부라진 소리를 하자 폴을 깨워 데리러 간다고 했다. 꾸짖거나 불평하지도 않았다. 그렇게 간단한 문제라니, 해결할 수 있는 일이라니 안도한 듯했다. 40분 뒤, 그레이스는 운전하는 어머니 옆에 앉아 안전띠에 침을 흘렸고, 폴이 모는 그녀의 차가 그 뒤를 따랐다. 부끄러움과 고마움과 쓰라림과 애정으로, 머리가 지끈거렸다.

# 2장

그들은 주차장에서, 아스팔트 위에 일렬로 서서 내리쬐는 햇볕을 받으며 레이를 기다렸다. 벌써 한 시간이 지났지만, 차 안에서 에어컨을 켜고 편히 앉아 있는 모습을 보이고 싶지 않아 자리를 고수했다. 레이는 그들을 찾아 나올 것이다. 그가 그들 쪽으로 시선을 돌렸을 때, 맞이할 준비를 하고 있는 것이 중요하게 느껴졌다.

그늘에서 피크닉을 하거나 동네를 산책하기엔 좋은 날이었지만, 손에게는 후덥지근하게 느껴졌다. 니샤의 입술에도 땀방울이 맺힌 게 보였다. 오는 동안 차에서 그렇게 신났던 아이들도 삭막한 주차장에서 더위에 시달리며 오랫동안 기다리는 바람에 흥분이 가라앉아 조용해졌다. 실라 이모가 집에서 저녁 식사를 준비하기로 해서 다행이었다. 이 환영 파티에 더위 먹은 할머니라니.

다샤는 자기 몸통만 한 풍선을 들고 있었다. 은청색 바탕에 무지갯빛으로 '환영'이라고 적힌 풍선이 햇빛에 반짝였다. 다샤는 그걸 골라서 매주 받는 용돈으로 직접 샀고, 케이크와 나머지 파티 준비물과 함께 집에 두는 대신, 롬폭까지 가져오겠다고 졸랐다. 숀은 그럴 만한 가치가 있었다고 생각했다. 그 풍선과 샛노란 원피스 덕에, 레이가 자유의 몸이 되어 처음으로 보는 건 다샤가 되리라.

대릴은 실라 이모가 억지로 입힌 버튼다운 셔츠 겨드랑이를 땀으로 적신 채 다샤 옆에 서 있었다. 오는 동안 넥타이는 느슨하게 풀었다가 완전히 빼 버렸다. 숀은 나중에 넥타이를 다시 매어 줄 생각이었다. 아니면 레이가 다시 매 줄지도 몰랐다. 방법을 기억한다면.

대릴은 풍선을 잡아서 접이식 부채처럼 다샤와 자신 사이에서 이리저리 흔들었다. 대릴이 잡자 풍선에서 끽끽 소리가 났고, 다샤는 늘어진 끈을 꽉 움켜쥐며 오빠를 말렸다. 그러다가 포기한 다샤는 대신 더 가까이 다가갔고, 풍선은 얼결에 바람을 받아 날아올랐다. 머리를 맞대고 아버지를 찾는 아이들의 모습이 기도하는 천사들 같다고 숀은 생각했다.

주위는 온통 콘크리트와 쇠사슬이었고, 그 옆에는 여기저기서 풀들이 죽어 가고 있었다. 주차장 너머에는 연방 교도소를 구성하는 삭막하고 고요한 건물들이 버티고 있었다. 거기서 레이는 지난 10년을 보냈다.

마침내 펜스가 에워싼 건물에서 문이 열리더니, 한 남자가 상자를 들고 혼자 나왔다. 그가 고개를 들어 내다보았다.

"나왔다." 니샤가 발뒤꿈치를 들고 섰다. "나왔어!" 니샤는 두 팔을 흔들며 소리쳤다. "레이!"

레이는 그들을 보더니 미소 지었다. 몸을 펴고 더 빠르게 걸었다. 그렇다, 레이였다. 한순간 그 모습에 숀은 믿을 수 없는 느낌 같은 것에 사로잡혔다. 사촌은 새 셔츠와 세련된 검정 진을 입고 있었다. 니샤가 한 달 전, 출소 때 입으라고 보낸 옷이었다. 예전에 허영스러운 옷을 즐기던 그가 평범한 옷을 입은 모습을 보니 기분이 이상했다. 마치 상상 속의 신기루처럼 흐릿하게 보였다.

하지만 레이는 정말로 그 자리에 있었고 그 몸에서 세월이 느껴졌다. 바로 몇 달 전 접견 때가 아니라, 마지막으로 자유의 몸이었던 시절에 비해 훌쩍 나이가 들었다. 시간의 흐름을 느낄 수 없던 접견실에서 나와 보니, 그 사실이 분명했다. 이제 마흔넷인 레이는 마지막 남은 젊음의 흔적은 비좁은 감방에 두고 나왔다. 머리는 희끗희끗했고, 예전에 탄탄하던 몸은 홀쭉해져 있었다. 팔뚝의 문신은 검은 잉크가 흐릿한 녹색으로 바래 부드럽고 낡은 느낌을 줬다. 커다란 고딕체로 '대릴'과 '다샤'라고 적힌 주위에 빽빽한 가시나무 모양으로 문양과 상징이 새겨져 있었다.

가슴에는 니샤의 이름이 적혀 있었던 것을 숀은 기억했다. 두 사람이 결혼도 하기 전에, 레이는 심장 위에 '레니샤'라고 문신을 새겼다. 밤늦게 성급하게 내린 결정이었음에도 여기까지 왔다. 그리고 오른쪽 이두박근에는 또 하나의 이름이 적혀 있었다. 에이바. 숀도 같은 자리에, 같은 이름을 새겼다. 숀이 열네 살이 되던 해, 친구 트래멀이 두 사람에게 문신을 해 줬다. 두 사람은 등에도 문신을 했다. 그들의 갱단 이름, 배링 크로스(BARING CROSS)가 R에서 교차하도록 십자로 적었다. 숀은 그 글자가 살갗에서 따뜻하게 빛을 발하는 것을 느꼈다. 레이가 자유의 몸이 되다니, 초현실적인 느낌이었다. 날아갈 듯 기뻤다. 하지만 여기까지 오게 된 과정이, 얇지만 떼어 내기 어려운 겹겹의 과거를 좀 더 또렷이 각성시키기도 했다.

아이들 덕분에 숀은 멍한 상태에서 깨어나 눈부신 현재로 돌아왔다.

"아빠!" 다샤가 벌떡 일어나 펜스에 달린 문으로 나오는 그를 향해 달려갔다. 대릴과 니샤도 차례를 기다리느라 눈을 반짝이며 뒤따랐다. 숀은 뒤처져 휴대전화로 사진을 찍었다. 나중에 사진을 보고 싶어 할 테니까.

레이는 상자를 내려놓고 딸을 꼭 끌어안고서 어깨에 얼굴을 파묻었다. 숀은 눈을 감고서 눈물로 딸의 노란 원피스를 적시는 레이를 보았다.

"감사합니다." 레이는 딸을 안고 고개를 끄덕이며 말했다. "오늘을 주셔서 감사합니다."

"안녕, 아빠." 대릴이 수줍게 손을 흔들며 말했다. 최근 들어 숀은 열여섯 살인 그 애가 스스로를 어른이 됐다고 여기는 걸 알고 있었다.

레이는 웃으며 다샤의 손을 놓았다. 그는 대충 흔드는 손짓을 흉내 내고, 다른 쪽 손으로 눈물을 훔쳤다.

"인사가 그게 뭐냐?" 그가 팔을 벌리며 말했다. "이리 와."

대릴은 양팔을 옆구리에 꼭 붙인 채 아버지 품에 안겼다. 레이가 놓아주지 않자, 아이는 한쪽 팔을 들어 아버지의 등을 두드렸고, 레이는 아들을 더욱 세게 안았다.

숀은 조카와 사촌 중에 누가 더 키가 큰지 이제 모르겠다는 생각이 들었다. 대릴은 또 한 차례 급속도로 성장하는 중으로, 부드러운 뼈대가 일주일마다 늘어나고 있었다. 가끔 아이들이 얼마나 빠르게 변하는지 숀은 놀라웠고, 이런저런 이유에서 며칠마다 이이들을 만났다.

"대릴이 운전했어." 니샤가 환하게 웃으면서 말했다. "아빠를 차에 태우고 싶대."

대릴은 레이에게서 몸을 빼더니 어깨를 으쓱였다.

"연습하기 좋았어."

레이는 어깨를 안은 채로 아들을 빤히 보았다.

"너 운전할 줄 알아?"

"다음 달에 면허 따요."

"통과하면 말이지." 아이의 어머니가 말했다. "벌써 잘난 체하지 마."

대릴은 1월에 연습 면허를 땄다. 숀이 운전을 가르쳐 주었다. 숀의 그랜드 체로키를 타고서 시속 30킬로미터로 다른 운전자들 틈에서 연습할 수 있는 동네를 돌아다니고, 몰링 로드를 돌았다. 지난 두 달 동안, 대릴은 고속도로 운전을 시작했다. 롬폭 교도소로 오는 이 길은 여태까지 가장 긴 여정이었는데, 대릴은 잘 해냈다. 숀은 조카가 자랑스러웠다. 여러모로 숀은 아이들에게 아버지나 다름없었다. 그런 말을 하는 건 금기였지만, 숀은 레이도 비슷하게 느끼지 않을까 싶었다. 롬폭은 팜데일에서 세 시간 반 거리였다. 아이들이 어렸을 때는 니샤가 기회가 있을 때마다 함께 면회를 왔지만, 그녀에게도 직장이 있었고, 아이들은 자라면서 각자 계획이 생겼다. 아이들은 수감되어 자녀의 관심을 요구할 수 없는 아버지와 점점 더 멀어졌다. 거리도 멀고 기간도 오래라, 아이들의 죄책감은 크지 않았다. 이따금 숀이 데리고 면회를 오긴 했지만, 그게 전부가 아닐까 짐작했다. 1년에 서너 번. 레이는 아이들이 자라는 모습을 드문드문 봤다.

숀도 교도소에 간 적이 있지만, 그 안에서 10년의 세월을 잃는 것이 어떤지 상상할 수는 없었다. 연방 교도소에 들어간 적은 없었지만, 어렸을 때 센트럴 소년원과 트윈 타워스 구치소에서 잠시 지냈고, 마지막으로 랭커스터 주립 교도소에서 3년을 보냈다. 삶에서 분리된 그 기간 동안, 발밑이 안전하다고 느낀 적 없었고, 이따금 끔찍하고 늘 불편했다. 매번 석방될 때마다 코마 상태에서 깨어나듯 어지러웠고, 바깥에서 보낼 수 있었던 시간은 회복할 수 없었다. 다른 사람들이 나눈 추억이 부러웠다. 그들이 보낸 조용한 시간과 쌓은 우정, 크리스마스 만찬 같은 것들이. 자신이 무엇을 놓쳤는지 모르는 편이, 레이에겐 다행일 듯했다. 대릴의 축구 경기, 「스타워즈」에 대한 열광. 다샤가 초경을 맞았을 때 벌어진 난리법석, 실라 이모가 축하한다고 구워 준 레드벨벳 컵케이크. 니샤가 잠들지 못했던 힘겨운 밤들. 니샤와 숀이 두려움과 외로움을 공유하며 부엌에서 이야기를 나눌 때면 진짜 가족처럼 하나가 됐다.

레이는 아들에게서 손을 놓고 아내를 봤다. 니샤는 근사했다. 머리도 하고 메이크업도 했고, 단정한 옷을 입고 있었다. 결혼반지도 닦았다. 반지가 새것처럼 빛났다. 니샤는 레이 또래였고, 남편과 떨어져 있는 동안 당연히 나이가 들었다. 하지만 오늘 그녀는 임신한 여인처럼 빛났다.

"큰 디, 작은 디." 레이가 니샤를 바라보며 말했다. "잠깐만 눈 좀 돌려라."

그 명령과 별명이 무슨 뜻인지 몰라, 아이들은 오히려 아버지를 뚫어지라 쳐다봤다. 숀도 조카를 '큰 디(Big D)'라고 부르는 건 처음 들었다. 모두 계속 보고 있는데, 레이가 니샤에게 깊고 뜨거운 키스를 했다. 숀은 아이들 표정이 혼란에서 혐오로 바뀌는 것을 보고 웃음을 터뜨렸다. 부모가 함께하는 모습을 지켜보는 견딜 수 없는 기쁨.

레이는 니샤의 허리에 팔을 감고 고개를 들었다. 그는 교도소를 향해 고갯짓을 했다.

"이 정도면 저기서 6개월 더 지내도 되겠어."

니샤는 웃었고, 얼굴은 행복한 눈물범벅이 됐다.

"그런 소린 하지 마, 레이 할러웨이."

숀은 사진을 더 찍었다. 넷이 함께 모인 것은 몇 년 만이었다. 레이의 마흔 살 생일에, 모두 함께 롬폭에 왔던 때 이후로 처음이었다. 그들은 아름다운 가족이었다. 미소가 가득하고. 완전한.

"나 좀 봐." 숀이 휴대전화를 들며 말했다.

그들 모두가 돌아봤다. 그제야 봤다는 듯 레이가 숀에게 고개를 끄덕였다. "넌 누가 불렀냐?"

"나도 사랑해." 그렇게 대꾸한 숀은 레이가 씩 웃을 때 사진을 찍었다.

숀은 마중 오지 말까 생각하기도 했다. 연인 재즈가 실라 이모 집에서 저녁식사 준비를 돕고 있었고, 자기가 남으면 재즈도 좋아하리라는 것을 알고 있었다. 어쨌든 이모 말로는 할 일이 많았고, 모니크도 봐야 했다. 재즈의 세 살 난 딸은 어쩌나 활기차고 용감한지, 끊임없이 지켜봐야 했다.

하지만 대릴과 다샤가 숀에게 같이 가자고 했고, 대릴이 운전을 하겠다니 꼭 동행해야 한다고 니샤도 거들었다. 니샤는 아들이 무사히 가도록 도와주고 돌아오는 길에는 운전을 맡아달라고 숀에게 당부했다. 그들 모두가 함께 가자고 하는데 거절할 수는 없는 일이었다. 게다가 레이는 숀에게 사촌보다는 친형에 가까운 존재였다. 그와 실라 이모는 숀에게 남은 가장 가까운 혈육이었다.

숀도 걸어가서 가족 사이에 끼었다. 레이를 끌어안았고, 둘 다 숨이 막혀 웃음이 나올 때까지 손을 놓지 않았다. 숀이 레이의 상자를 들었다.

"가자, 형. 롬폭과 작별할 때야."

그들은 숀의 지프에 올라탔다. 레이가 앞자리, 니샤와 아이들은 뒷자리에 앉았다. 숀이 시동을 걸었다.

"배고파 죽겠다." 고속도로에 접어들자 레이가 말했다. "뭐 좀 먹을까?"

"점심 안 먹었어, 아빠?" 다샤가 앞 좌석 사이에 머리를 들이밀며 물었다.

"10년 동안 제대로 못 먹었잖니, 다샤."

숀은 교도소 식사의 불쾌한 맛을 기억했다. 오래되어 변색한 고기는 질기고 이상한 냄새가 났다. 몇 년 동안, 겨우 연명하기만 했을 뿐, 음식에서 기쁨을 찾지는 못했다. 감자 가루와 통조림 콩. 지친 입에서 뭉개지는, 아무 맛도 나지 않는 흰 빵을 끝없이 먹어야 했다.

"집에 갈 때까지 버티면, 어머니가 준비하신 만찬이 기다리고 있을 텐데." 니샤가 말했다. "지난주부터 요리하고 계셨을걸."

레이는 잠시 입을 다물었다. 베이컨 치즈버거와 감자튀김을 생각하는 게 분명했다. "얼마나 걸리지?"

"세 시간 반. 여보, 오늘은 당신 날이잖아. 원하는 대로 해."

레이는 어떻게 할까 견주며 턱을 쓰다듬더니 만족스러운 표정으로 마음을 정했다. "좋아, 버텨 보지. 집에 가고 싶어."

그 집은 팜데일 139번 도로에서 라모나 로드로 접어들면 보이는 주택이었다. 레이는 처음 보는 곳이었지만, 그의 가족이 살고 있었다. 숀은 그 집을 처음 본 때가 기억났다. 7년 전, 가능하면 영영 돌아가고 싶지 않은, 교도소에서 출소한 날이었다.

실라 이모가 데리러 왔었다. 혼자였다. 레이는 롬폭에 있었고, 아들과 조카 둘 다 수감된 와중에 리처드 이모부는 전립선 암으로 세상을 떠났는데, 그 일을 생각하면 숀은 아직도 부끄러웠다. 남자들이 모두 떠난 뒤, 실라 이모는 대릴과 다샤를 돌봐주러 니샤와 함께 살기로 했다. 그들은 경기 침체기 후, 로스앤젤레스를 떠나 카운티 외곽의 흙먼지 날리는 사막인 앤틸로프 밸리로 왔다. 로스앤젤레스 공항에서 일하는 니샤는 이사로 통근 거리가 16킬로미터에서 113킬로미터로 늘어났다. 하지만 가격도 적당하고 조용한, 사우스센트럴의 갱단과 쓰라린 기억에서 멀찍이 떨어진 곳이었다. 또, 실라 이모가 가급적 자주 숀을 찾아온 랭커스터 캘리포니아 주립 교도소에서 32킬로미터밖에 되지 않는 곳이기도 했다.

팜데일은 예전 집과 거리가 멀었다. 시끄러운 일이라고는 없었다. 구멍가게도, 헬리콥터도, 마구 몰려다니며 시시덕거리는

10대도 없었다. 거칠고 평범한 사람들이 사는, 삭막한 교외 지역일 뿐이었다. 지루한 곳이었지만, 숀은 그동안 그곳의 밋밋한 평화를 사랑하게 되었다. 그렇지만 거기가 이질적인 동네임을 잘 알고 있었고, 팜데일 시 경계를 알리는 표지판을 지날 때 레이가 안절부절못하는 것을 느낄 수 있었다. 주위에는 별것 없었다. 창고 하나, 철조망, 단단하고 노란 땅에 덤불, 텅 빈 타오르는 하늘을 가로지르는 전선들.

"그래서, 여긴가?" 주간 고속도로에서 벗어나 페어블로섬 하이웨이를 달릴 때, 좁아진 도로를 따라 늘어선 규격형 주택들을 보며 레이가 말했다.

"그렇게 나쁘진 않아." 니샤가 말했다. "쇼핑몰까지는 15분 거린데, 로스앤젤레스에 있던 것들이 많아. 이제 타미스 버거도 생겼어."

레이는 웃으며 손을 뒤로 뻗어 니샤의 손을 잡았다.

"여보, 내가 어디서 지냈는지 봤잖아. 여긴 천국이지."

집은 그 구역의 다른 세 채와 똑같이, 네모난 베이지색에 경사진 클레이 지붕이 달려 있었다. 찍어 낸 듯 빠르고 단순하게 지은 집이었지만, 아이들이 각자 방을 가질 수 있을 만큼 넓었다. '숀 아저씨'가 쓸 소파베드도 있었다.

실라 이모는 그들이 집 앞에 차를 대는 순간 달려 나왔다. 창밖을 내다보며 기다린 것 같았다. 레이가 차에서 내려 어머니의 품에 안겼다. 그들은 1분은 족히 안고 있었고, 모두가 지켜보는 가운데 니샤는 이 순간을 휴대전화로 녹화했다.

"우리 아들, 왔구나." 실라 이모는 뒤로 조금 물러나 아들 얼굴을 양손으로 쥐고 흔들었다. "다시는. 집. 비우지. 마라."

실라 이모가 아니었으면, 숀은 지금쯤 다시 교도소에 있었을 것이다. 이모는 니샤에게 숀이 자리를 잡을 때까지 거기서 지내게 하라고 설득했다. 어른 남자가 주위에 있으면 아이들에게도 좋을 것이고, 예전 갱단에서 이렇게 멀리 있는데도 또 허튼짓을 하면, 이모가 직접 쫓아내겠다고 했다. 이곳은 숀에게 힘든 세상에 새로 도전하는 동안 숨 쉴 곳, 즉 집이 되어 주었다.

모니크가 실라 이모를 뒤따라 나오더니 조그만 머리 주위에 머리카락을 민들레 씨처럼 흩날리며 숀에게로 달려왔다.

"숀 아빠!" 모니크가 외쳤다. "안아 줘! 안아 줘!"

숀이 안아 올리자 아이는 숀의 품에서 다리를 달랑거렸다. 모니크는 아기 때부터 숀과 친했다.

"안녕, 모모. 레이 아저씨를 소개할게."

아이는 레이를 처음 보고 눈이 동그래졌다.

"네가 모니크로구나. 머리 예쁘다." 레이는 다정한 목소리로 말하며 손가락을 흔들었다. 모니크는 잇몸과 유치를 드러내며 웃고는 숀의 목덜미에 얼굴을 묻었다.

"모니크, 아가, 안녕하세요 해야지." 재즈가 딸이 수줍어하는 모습을 보고 웃으며 뒤에서 나왔다. 재즈는 한 손을 숀의 허리에 두르고 다른 손은 레이에게 내밀었다. "재즈라고 해요." 밝은 목소리였다.

재즈는 레이를 만나고 싶어 했다. 실은, 꼭 만나게 해 달라고 졸랐다. 사귄 지 근 2년 동안 숀과 재즈는 몇 번밖에 싸우지 않았는데, 그중 한 번이 숀이 재즈를 롬폭에 데려가지 않으려고 한 것 때문이었다. 재즈는 자신과 레이가 모두 그렇게 소중하다면, 숀이 두 사람을 소개해 줘야 한다고 생각했다. 하지만 숀은 죄수복을 입고 보이지 않는 목줄에 묶여 간수들의 감시를 받으며 접견실에 나오는 게 어떤지 알았다. 그는 재즈와 레이의 첫 만남이 그런 식이기를 원치 않았다.

"얘기 많이 들었어요." 레이는 재즈의 손을 잡으며 말했다. 그는 늘 여자들에게 인기가 좋았고, 지금도 예전의 매력은 여전했다.

"저 사람한테서요?" 재즈는 의심쩍은 눈빛으로 숀을 봤다.

"아뇨, 숀을 알잖습니까." 레이는 무표정한 얼굴로 목소리를 깔았다. "재즈는 근사해. 간호사야. 애가 하나 있어.'"

재즈가 키득거리며 숀의 허리를 더 꽉 안았다.

"하지만 엄마랑 니샤도 재즈가 정말 좋은 사람이라더군요. 숀을 버리지 말아요. 그러면 우리 모두 마음이 아플 거예요."

모두 집 안으로 들어갔다. 실라 이모는 40명분은 되어 보이는 음식을 준비해 놓았다. 마카로니 앤드 치즈와 생 버터밀크 비스킷, 감자 샐러드, 콩 요리에 식탁이 휘청거릴 정도였다. 바비큐 소스가 반짝이는 돼지갈비와 구운 닭고기도 있었다. 페퍼로니, 할라피뇨, 파인애플을 얹은 라지 사이즈 도미노 피자도 있었다. 숀이 주문한 그 피자는 이모가 직접 만들지 않은 유일한 요리일 것이다. 어릴 적부터 그들이 가장 좋아하던 피자였고, 숀은 오랜 수감 생활 뒤에 먹은 그 피자가 얼마나 맛있었는지 생생히 기억했다. 레이는 차려진 음식에 눈이 휘둥그레져 군침을 삼켰다.

"음, 먹을 준비는 다 됐어." 레이가 말했다. "기도하자."

그들은 둥그렇게 모여 서로 손을 맞잡고 고개를 숙이고 레이를 기다렸다. 그가 늘 대표 기도를 한 것처럼. 당연히 그래야 했다. 그들은 오랫동안 교회를 다니며 자랐다. 실라 이모와 리처드 이모부는 예배에 한 번도 빠지지 못하게 했다. 하지만 레이가 종교에 열의를 갖게 된 건 롬폭에서였다. 가끔은 레이에게 설교 듣는 것이 짜증 나기도 했지만, 그에게 좋은 일 같았다. 교도소에서 예수보다 나쁜 것도 만날 수 있었으니까.

레이가 기도를 시작했다. "하늘에 계신 아버지, 저희 가족을 함께 모아 주셔서 감사합니다. 제 아내를 강건하게 지켜 주셔서 감사합니다. 아내의 성실과 애정이 그 오랜 세월 동안 제게 버팀목이 되어 주었습니다. 착하고 아름다운 아이들을 주셔서……."

레이의 목이 메었고, 실라 이모와 니샤는 나직이 아멘이라고 했다. 숀이 눈을 뜨니 레이가 눈물을 닦고 있었다. 니샤가 그의 손을 잡고 엄지로 손목을 쓰다듬었다. 대릴과 다샤도 놀라 지켜보고 있었다.

레이는 목청을 가다듬고 다시, 조금 더 큰 소리로 외치다시피 했다. "그리고 하나님 아버지, 저를 데려다주셔서 감사합니다. 맑은 정신으로 안전하게 지켜 주셔서 감사합니다. 저를 어둠에서 벗어나, 아무도 다시 끌고 나갈 수 없는 집에 데려다주셔서 감사합니다."

숀은 눈을 감았다. 니샤가 훌쩍이고 실라 이모가 아멘이라고 중얼거리는 소리가 들렸다.

"그리고 저희가 잃은 이들을 위해 기도드립니다. 그들을 돌봐 주소서, 하나님 아버지."

재즈가 숀의 손을 꼭 잡았고 숀도 마주 힘주어 잡았다.

"이 집을 지켜 주소서, 주여." 레이가 큰 소리로 기도했다. "어떤 것도 저희를 흩어지게 마옵소서."


아이들이 설거지하는 동안 어른들은 거실에서 샴페인 한 병을 나눠 마셨다. 레이는 디저트를 더 가지러 일어났고 니샤는 숀과 눈이 마주치더니 레이 쪽으로 고갯짓을 했다. 숀은 그날 저녁 잔소리를 맡기로 약속했었는데 레이가 혼자 있는 시간은 그때 정도였다.

숀은 식탁으로 다가가 사촌이 접시에 갓 구운 초콜릿칩 쿠키를 쌓고 바닐라 아이스크림을 듬뿍 퍼 담는 것을 봤다.

"살살해, 형." 숀이 웃으며 말했다. "배탈 나겠다."

레이가 미소를 지었다. "앞으로 석 달 동안 화장실 신세를 져도 상관없어. 전부 다 먹을 거야." 그는 쿠키 절반을 한입에 와작 깨물었다.

"매니랑은 다 정해 놨어. 매니가 형을 만나고 싶어 해. 형이 제정신인지 확인한 뒤에 곧바로 시작할 수 있어."

레이는 쿠키를 씹으며 고개를 끄덕였다.

"금요일 아침에 데리러 올게. 안전하게 가려면 4시 30분에 출발해야 해."

레이는 바닥에 쿠키 가루를 떨어뜨리며 웃었다.

"젠장, 출근 시각이 그때야? 정말 부지런한 놈일세."

"다닐 직장 있는 놈이지. 형도 마찬가지고."

숀은 랭커스터에서 출소한 직후부터 이제 7년째 매니의 이삿짐센터에서 일하고 있다. 매니 로페스는 숀을 담당한 보호 감찰관의 사촌으로, 누구나 두 번째 기회를 얻어야 한다고 믿는 사람이었다. 그는 사촌의 부탁을 받아 숀을 고용했으며, 숀의 부탁을 받아 숀의 사촌을 고용하기로 했다. 좋은 일자리였고, 숀이 이사를 지휘하고 감독하는 일을 맡고 있으니 더욱 그랬다. 매니의 사무실이 노스리지에 있고 LA 전역의 이사를 담당하는 것이 유일한 단점이었다. 팜데일에서는 그곳을 '언덕 아래'라고 불렀다. 숀의 출근 거리도 니샤만큼 멀었다.

레이는 침을 꿀꺽 삼켰다. "좋아, 그럼 4시 30분. 고마워, 숀."

"미리 말해 둘게. 첫 주는 힘들 거야. 젊은 애들도 오고, 일을 찾아오는 사람은 많은데, 일주일을 못 넘겨."

"일하는 건 걱정 안 해. 뒤처지는 게 두렵지. 무슨 말인지 알아?"

이 일을 오래 못 할 가능성이 컸다. 숀은 알고 있었다. 니샤도 알고 있었다. 레이 본인도 알고 있었다. 그렇다. 갓 석방된 사람은 이것저것 따질 수 없었다. 하지만 다른 일자리도 있었다. 보수도 더 좋고, 남의 짐을 싣고 카운티 전역을 오가지 않아도 되는 일도. 다만, 그런 일들은 대부분 불법이었다.

레이는 고등학생 시절 이후로 제대로 된 일을 한 적 없었다. 숀도 매니가 기회를 주기 전까지는 마찬가지였다. 그들은 배링크로스 일원들과 함께 여기저기 돌아다니고 말썽을 부리며 돈이 필요하면 마약을 나르고 불법을 저질렀다. 올바로 살고 싶어져도 일거리를 찾기 어려웠다. 마지막에 레이는 대릴에게 사준 장난감 권총을 가지고 은행을 터는 지경에까지 이르렀다. 세 시간 뒤, 가짜 총과 함께 현금 7000달러를 가방에 넣은 채로 붙잡혔다. 그건 무장 강도 행위였다. 바보 같은 연방 범죄 한 번으로 그는 12년형을 받았고, 모범수로서 2년을 감형받았다. 그리고 이제 출소했다.

"하지만 넌. 넌 잘해 내고 있잖아." 레이가 손에 든 쿠키로 숀을 가리키며 말했다. "참, 재스민 좋더라. 너와 잘 어울려."

"나도 좋아."

"엄마가 엮어 주다니. 노벨상 감이야."

손은 웃었다. 사실이었다. 실라 이모는 2년 전 가슴에 멍울이 만져져 병원에 갔다. 병원에서 손에 반지를 끼지 않은 예쁘장한 흑인 간호사와 잡담을 나눴다. 그리고 그 간호사가 이혼했다는 얘길 듣고, 진료를 마친 무렵에는 자기 집 소파에서 자는 전직 사기꾼 조카와 소개팅을 하도록 설득하는 데 성공했다. 멍울은 물혹으로 밝혀졌다.

"꽉 잡아." 레이가 말했다. "너도 네 집 주인이 돼야지."

네 집. 한 방 먹인 셈이었지만, 레이는 모른 척 입에 쿠키를 하나 더 쑤셔 넣었다.

손은 레이가 자신을 사랑하는 것을 알고 있었지만, 자기 자리를 대신한 사촌을 용서하지 않으리라는 사실도 잘 알았다. 레이가 교도소에 있을 때, 손은 레이의 엄마, 레이의 아내와 지냈고, 레이의 애들과 어울렸다. 그들이 손의 이모, 손의 친구, 손의 조카인 것은 상관없었다. 레이는 자신이 그들의 아들이자 남편, 아버지인 것을 잊지 못하게 했다. 불공평하다고, 화가 난 레이가 손에게 말한 적도 있었다. 어린 시절 내내, 실라 이모가 손의 편을 들 때마다 레이는 늘 그렇게 불평했다. 자기 엄마인데, 어째서 손과 관심을 놓고 경쟁해야 하냐고.

원래는 잠시만이라고 했지만, 몇 달 뒤 니샤가 손에게 함께 살자고 했다. 아이들이 아저씨를 좋아했다. 레이는 그걸 못마땅하게 여겼다. 그 일은 남편으로서, 아버지로서, 남자로서 그의 정체성을 위태롭게 했다. 그는 니샤에게는 남편 자리에 남을 앉혔다고, 숀에게는 자기 아내와 함께 산다고 비난했다. 하지만 레이는 수감 중이었다. 그들에게 아무것도 줄 수 없었다. 그래서 결국 레이는 포기하고, 이따금 원망하는 소릴 중얼거리며, 수동적 공격성을 드러내는 데 만족했다. 숀이 니샤를 돕도록 두는 편이, 니샤가 언제든지 떠날 수 있다고 생각하게 하는 것보다는 나았다. 그래서 레이는 입을 다물었고 숀은 그의 가족과 함께 살았다. 6년 동안 함께.

대릴이 주방에서 나와 쿠키를 하나 먹었다. 대릴은 아버지를 보더니 어색하게 미소를 지었다. 아버지 곁에 있고 싶지만, 무슨 말을 해야 할지 몰라 쿠키를 우물거렸다. 레이가 어깨를 두드려 주자 아들은 기뻐했다. 요즘 대릴이 너무 많이 자란 것 같아서, 숀은 마음이 아플 때가 있었다. 하지만 그 애가 아직 어리고 순수하다는 것을 알 수 있었다.

"학교는 어떠냐?" 레이가 물었다.

대릴은 어깨를 으쓱였다. "괜찮아."

"수업이랑 그런 건 괜찮아?"

"응. 좋아."

"그래, 다행이군."

10년이나 떨어져 있었으니 레이가 얼마나 어색할지, 숀은 문득 깨달았다. 잠시라도 침묵이 흐르면 무슨 말이든지 재잘대던 아이들이 이제는 10대가 되었다. 레이는 아이들의 일상에 대해서는 아는 것이 없어 아주 일반적인 질문밖에 할 수 없었다. 이제 아이들에 대해 배워야 했고, 손은 그러려면 레이로선 전과 달리 노력이 필요할 것이라고 생각했다.

"공부 열심히 하니? 성적도 좋고?"

"괜찮은 편이야."

"수업만 빼먹지 않으면 되지." 레이가 만족한 표정으로 말했다.

대릴은 손을 한번 훔쳐보더니 눈이 마주치자 시선을 피했다. 지난 5월, 니샤는 팜데일 고등학교에서 온 전화를 받았다. 대릴이 봄방학 이후로 사흘 결석을 했고, 매번 이튿날 아들이 아파서 병원에 가야 했다는 내용의 편지에 "레니샤 할러웨이"라고 서명을 해서 가지고 왔다는 것이었다. 학교 직원은 니샤가 이미 알고 있는 사실(대릴이 건강하다는 것)은 지적하지 않고, 대릴이 어머니 서명을 위조했다고 대놓고 비난하지도 않았다. 대신 그녀는 니샤에게 대릴이 잘 있는지, 병원에 더 자주 다녀야 하는지 물었다.

나중에 니샤는 손에게 그 일을 이야기하면서 자신이 상황을 참 침착하게 이해했다고 스스로 감탄했다. 그녀는 모든 부모가 할 일을 했다. 아들의 거짓말을 감춰 주고(옥수수 알레르기가 생겼다는 아주 대담한 거짓말이 저절로 튀어나왔다.) 집에 약을 준비해 두겠다고 맹세했다.

니샤가 도움을 요청해서 손은 아이와 터놓고 대화했다. 학교에 잘 다니고 어머니 말을 들으라고. 그 두 가지를 잘 지키면 교도소에 가지 않을 텐데, 그게 좋지 않겠냐고. 레이는 이런 이야기를 듣지 못했고, 그건 다시 말해 니샤가 알리지 않았다는 뜻이었다. 숀도 그럴 줄 짐작했다.

"뭐 그렇다고 내가 조언할 처지는 아니지. 나는 학교 다닐 때 엉망이었으니까." 레이가 말했다. "멍청한 짓을 하느라 결석하곤 했거든."

"무슨 짓인데?" 대릴이 호기심에 눈을 반짝이며 물었다.

"아, 몰라도 돼." 레이는 혼자만의 기억을 즐기며 씩 웃었다.

"좋은 건 아니야." 숀이 말했다. 레이가 옛날이야기를 할 때 감상적이 되는 걸 보면 염려스러웠다. 숀은 나쁜 일이 생기기 전후에 얼간이처럼 놀아 대던 시간이 한 번도 즐겁지 않았다. 레이는 유년기를 더 오래 보냈고, 그 시절이 달랐다. 그가 대릴 또래였을 때, 갱단에 들어가는 건 주로 허세를 부리며 친구들과 어울리는 과정이었다. 레이는 그 시절을 마치 고등학교 시절을 추억하는 은퇴한 운동선수처럼 말했다. 흑백으로 미화된 기억을 회상하면서.

"네 당숙 아저씨는 항상 저렇게 심각하지." 레이는 미소를 짓고 있었지만, 그렇다고 짜증을 별로 감추지 못했다. 비행 청소년 시절로 10대 아들에게 멋져 보이려던 서글픈 시도를, 숀이 막아 버려 짜증이 났던 것이다. 바로 그 시절 때문에 연방 교도소에서 10년이나 보냈으면서도.

다샤가 주방에서 외쳤다. "엄마! 숀 아저씨! 대릴에게 돌아가라고 해 줘!"

레이가 외쳤다. "대릴은 여기서 얘기 중이야. 너도 와라. 작은 디. 설거지는 나중에 해도 돼."

싱크대 물소리가 멈췄고, 다샤가 식탁으로 왔다.

"아빠 한번 안아 줘." 레이가 말했다.

레이는 질투심이 많았고 숀과 니샤 사이를 염려하며 에너지를 낭비했다. 두 사람 중 누구도 그런 배신을 할 수 없는데도 말이다. 하지만 숀은 인정해야 했다. 마음속 가장 깊은, 가장 비열한 곳에서 경쟁자처럼 질투하며 사촌을 바라본다는 사실을. 숀은 아주 오랫동안, 세상의 이목에 붙잡혀 있을 뿐, 한번 탁 하고 부러지는 순간 아무것도 거칠 것 없어질 감정과 싸워 왔다. 그 메슥거리는 감정은 한번 생겨나면 몇 년씩 머무르다 사라졌다. 이모와 이모부가 아니었으면, 숀은 부모 없이 자랐을 것이다. 사촌이 아니었으면, 형도 없이 자랐을 것이다. 이런 압박과 보강 덕분에 그는 살아남았다. 그러니 숀이 사촌의 아이들에게 아버지가 되어 주는 것이 당연했다. 대릴과 다샤는 숀의 아이였다. 하지만 레이가 그들의 아버지라는 사실을 외면할 수는 없었다.

숀은 그들을 두고, 낡은 소파베드에서 맥주를 마시는 재즈와 니샤를 찾았다. 실라 이모는 암체어에 앉아 모니크에게 책을 읽어 주고 있었다. 재즈가 미소를 지었고, 숀은 사랑하는 입술과 상냥하고 맑은 두 눈을 봤다.

니샤도 숀과 눈을 마주치고 고개를 끄덕이면서 주방 쪽을 가리켰다. 숀은 엄지를 올려 보였고, 니샤는 한 손을 가슴 위에 올렸다. 그렇다, 니샤에 대한 감정은 재즈에 대한 감정과는 달랐다. 니샤를 사랑하긴 했지만, 그녀가 뭐란 말인가? 아내도, 연인도 아니었다. 어머니도 물론 아니었고. 누나라면 모를까.

# 3장

우리약국은 결국 그날 문을 닫았다. 그레이스는 허리가 아팠고, 눈 부신 빛에 두통이 왔다. 그 증상에 대해서는 100가지 정도 치료법이 있고, 대부분은 약국 안에도 있었지만, 열 시간이나 서서 일하는 피로에 예방약은 없었다. 그레이스는 아침에 폴과 함께 집을 나온 뒤 단 1분도 혼자 있지 못했다. 미리엄의 생일이었는데, 전화를 걸 겨를조차 없었다.

하비는 근무시간이 끝나고 퇴근했지만, 그레이스와 폴에겐 할 일이 남아 있었다. 그레이스는 약사 보조원의 일을 확인하고 남은 처방전을 채워야 했다. 안 그러면 다음 날 아침 일거리가 밀린 상태로 하루를 시작해야 했다. 폴은 계산대 옆 하나뿐인 스툴 의자에 앉아 계산기에 숫자를 입력하고 있었다. 그레이스가 10대 시절, 보조원 노릇을 하며 조지프 아저씨 곁에서 하던 일과 같은 것이었다. 회계는 폴과 이본 담당이었지만, 다른 약국들은 수기를 고집하지 않을 것 같았다. 폴과 이본은 계산을 잘했고, 인제 와서 회계 프로그램에 돈을 들일 필요가 없다고 했다.

폴은 이제 곧 예순다섯이 되지만 원하면 20년은 더 계산대를 지킬 수 있을 것 같았다. 정맥류 때문에 서 있는 일을 힘들어하긴 해도 그는 체형이 아주 좋았고, 유능하고 자신만만한 느낌을 줬다. 그레이스는 그러한 기질을 물려받지 못했다. 아마 이민자의 기백이리라. 미리엄도 그건 타고나지 못했다.

그레이스는 부모가 열심히 일하는 사람임을 늘 알고 있었다. 그들은 아이를 갖기 전에도(그레이스에겐 늘 어렴풋하고 상상하기 힘든 시절이었다.) 함께 일했고, 이본이 딸들을 키우는 동안 폴은 모든 시간을 다 투입해 돈을 벌었다. 아이들이 자라는 동안 이본은 어머니로서 열과 성을 다해 양육했다. 다른 분야라면 상도 여럿 탔을 것이다. 이제 그레이스가 약국 운영을 도우며 이민 1세대의 근로 윤리를 가까이에서 살펴보니 좀 더 잘 이해할 수 있었다. 부모는 날마다 그레이스를 놀라게 했다.

다행히 그레이스에겐 학위가 있었다. 우리약국은 가족 사업이었지만, 약사 면허가 있는 사람은 그레이스뿐이었다. 조지프 아저씨는 약사였지만, 오랫동안 알고 지냈어도 진짜 친척은 아니었다. 그는 폴의 가장 친한 친구였고 사업 파트너였다. 폴이 15년간 조지프 아저씨의 오래된 가게를 운영한 뒤, 그레이스가 고등학생 때, 폴과 아저씨가 함께 우리약국을 사들였다. 둘 다 아이들이 사업을 물려받기를 바랐지만 그레이스만 따랐다. 조지프 아저씨의 아이들은 아버지와 말도 하지 않았고, 미리엄은 가족과 함께하던 시절에도 관심을 보이지 않았다. 그레이스만 착한 딸답게 공부하고 집에 돌아왔다. 조지프 아저씨는 이제 은퇴한 셈이라 그레이스가 우리약국의 주(主)약사가 되었다. 부모는 그레이스를 필요로 했다.

억울한 점도 있었지만, 불평한 적은 없었다. 그들은 아이들이 미국에서 자라도록 큰 희생을 치렀다. 폴과 이본이 미국으로 이민을 온 80년대에 한국은 여전히 가난한 나라였지만, 거기 계속 살았다면 더 편했을 것이다. 폴은 서울대학교를 졸업하고 현대라는 좋은 직장에 다녔다. 그렇게 친구와 가족 곁에서 편안한 삶을 누릴 수도 있었다. 그런데 아는 사람 하나 없고 언어도 모르는 로스앤젤레스로 왔다. 폴의 학위는 여기서 아무런 의미도 없었다. 처음부터 새로 시작해야 했다. 이본에겐 더 힘들었을 것이다. 이본은 겨우 열아홉에 열 살 많은 폴과 결혼했다. 그가 바다 건너 타국으로 데려왔을 때 이본은 스물하나였고, 그 결정에 이본의 의견은 별로 영향이 없었을 거라고 그레이스는 추측했다.

날마다 한 푼 두 푼 모아 그들은 타지에 새 삶의 터전을 지었고, 그 덕분에 그레이스와 미리엄이 자유롭고 편안한 미국인으로 자랄 수 있었다. 가끔 그레이스는 부모가 그 모든 것을 후회하지 않을까 궁금했다. 미리엄은 너무 미국인다운 미국인이 되어 어머니를 배척했는데, 유교 문화에서는 큰 죄를 지은 셈이었다. 그레이스는 효녀였지만 스물일곱인데도 받고, 받고, 또 받기만 했다. 한국에 살았다면 지금쯤 결혼해서 남편을 설득해 은퇴한 부모와 함께 살았을 것이다. 여기서는 부모가 그레이스를 세도 받지 않고 집에서 살게 하며 그들이 수십 년 동안 일해 세운 약국을 물려받아 주길 바랄 뿐이었다.

부모가 약국에 대해 느끼는 자부심을 공감하지 못해서 그레이스는 더욱 죄책감을 느꼈다. 그레이스는 그곳에 감사했고, 애정은 느꼈지만 그저 있는 그대로, 누추한 밸리의 쇼핑몰 한식 푸드코트와 슈퍼마켓 사이에 위치한 18제곱미터짜리 유리 상자로 여겼다. 벽이 유리라서 비타민과 연고, 샴푸와 파워볼 티켓 광고 전단으로 가려지지 않은 곳은 들여다보였지만, 그들 누구도 바깥세상을 바라보지 못했다. 햇볕이 들지 않았고, 한국 은행, 한국 빵집, 한국 화장품 가게, 완전히 한국화된 미국 우체국과 함께 쓰는 한인 마켓의 인공 조명만이 약국을 비추었다. 밸리에 사는 한국인들이 자기 말로 볼일을 보러 코리아타운까지 가지 않아도 되도록 존재하는 곳이었다. 좋은 곳이었지만, 아메리칸 드림과는 거리가 있었다.

우선, 일이 너무 힘들었다. 그레이스는 그 일을 앞으로 30년 동안 한다고 상상할 수 없었다. 육체노동의 강도만 해도, 고등교육을 받는 동안 준비하지 못한 수준이었다. 압박 양말에다 커다랗고 못생긴 운동화를 신어도, 거의 날마다 퇴근할 때면 다리가 몹시 아팠다.

다른 한편, 무슨 일을 해야 할지도 알 수 없었다. 자라는 내내 이 일을 하도록 배웠고, 다른 선택지를 생각할 시간이 거의 없었다. 그레이스는 영문학을 전공하고 동생에게 부모의 기대를 떠맡긴 미리엄과는 달랐다. 미리엄처럼 될 수 없었다. 둘 중 하나는 가족을 생각해야 했다.

그레이스는 남은 처방전을 확인한 뒤 기지개를 켰다. 또 하루 일을 마쳤다.

폴이 계산대에서 한국어로 물었다. "다 했니?" 그리고 퇴근하려고 일어섰다.

그레이스는 출발하기 전에 미리엄에게 전화를 해야 했다. 집은 10분 거리였고, 집에 도착한 후에는 어머니에게 그날이 미리엄의 생일임을 상기시키고 싶지 않았다. 이본이 잊었을 리는 없었지만 말이다.

"언니한테 전화해야 해요."

폴은 이해하고 고개를 끄덕였다. 그렇다면 하루 종일 아무 말 없었지만, 폴도 기억하고 있었던 것이다. "지금 전화하는 게 낫겠구나. 차에서 기다리마."

"아빠도 생일 축하 전했다고 할까요?"

"하고 싶다면 그러렴."

"언니랑 이야기하고 싶으세요?"

"집으로 전화하겠지." 폴은 이렇게 말하고 나갔다.

따지고 보면 미리엄은 폴과 다툰 건 아니었지만, 그레이스가 알기로는 두 사람도 서로 연락하지 않았다. 폴 입장에서는 당연할 수 있었다. 폴도 미리엄이 이본에게 그렇게 무감각하게 구는 것에 화가 났으니까. 하지만 아내가 교량 역할을 하지 않으면 딸과 기본적인 관계도 맺지 못하는 것일 수도 있었다. 대학생 시절, 그레이스는 이본에게 전화를 걸었고, 이본이 바꿔주지 않는 한 폴과 대화한 적 없었다. 미리엄도 마찬가지일 것 같았다. 그들의 아버지는 그렇게 이상했다. 아버지라면 미리엄을 만나기는커녕, 혼자서 미리엄에게 전화를 걸 리도 없었다.

전화가 울렸다. 그레이스는 자신이 내심 음성메시지로 전환되기를 기다리는 걸 깨달았다. 시내에서 본 그날 밤 이후로 미리엄을 만나지 않았다. 그레이스가 나간 뒤 서른 명 정도가 찾아온 모양이었고, 고함을 치고 서로 밀치는 일이 벌어지자 결국 누가 경찰에 신고를 했고, 당연히 모두 화가 났다. 두 명이 체포됐다. 하나는 웨스턴 보이즈 하나에게 주먹을 휘두른 시위자였고 하나는 시위자를 구타한 웨스턴 보이즈였다. 웨스턴 보이즈에서 체포된 사람은 발목에 칼을 차고 있었다. 영화를 보고 따라 한 것일지도 모르지만 그래도 무시무시했다. 영화에서는 그런 칼로 목을 베었으니까.

미리엄은 아무것도 아니라고, 그레이스가 괜히 유난을 떤 것이라고 했다. 하지만 지난 한 달 반 동안 연달아 싸움과 거리 충돌, 인터넷 전쟁, 시위와 반대 시위가 일어났고 서로 자기가 옳다고 주장했다. 그러다가 어제, 베이커스필드의 대배심이 알폰소 쿠리얼을 쏜 트레버 워런 경관의 기소를 거부했다.

개인적인 분노와 슬픔은 가라앉았지만, 그레이스는 그날 시위 이후로 그 사건 기사를 계속 확인했다. 그 일에 대해 이상하게 죄책감이 들었지만 만난 적 없는 아이를 억지로 가엾게, 소중하게 여길 수도 없었다. 그런 마음이 생기지도 않았고, 세상 다른 사람들은 제 갈 길을 가고 있는 것 같았으니까.

더구나 쿠리얼 소년은 대학에 진학할 우등생도 아니었음이 밝혀졌다. 경찰과 얽힌 것이 그때가 처음도 아니었다. 경찰이 그 애를 따라 그 집 뒷마당까지 왔을 때, 그 애는 도주 중이었다. 어느 인종차별주의자 이웃이 이유 없이 신고한 게 아니었다. 자정을 지나 돌아다니며 남의 집 현관을 살피다가 택배 물건을 훔치는 모습을 누군가 본 것이었다. 최근 갱단이 택배 도둑질을 많이 하는 모양이라 어쩌면 쿠리얼이 범죄 조직의 일원일지도 모른다는 추측도 있었다.

물론 그렇다고 해서 그 애를 죽이는 게 옳다는 뜻은 아니었지만, 우연이든 아니든 그러한 정황이 드러난 후로 뉴스 보도도 잠잠해졌고 그레이스는 그 비극에 마음이 덜 쓰였다. 그래도 대배심 결정은 심하다고 느껴졌다. 그러면 재판도 없을 것이고, 이 불쌍한 10대 소년에게는 최소한 정의의 심판이 이루어질 가능성도 없을 테니까.

곧 대응이 이루어졌다. 사람들이 캘리포니아 전역에 모여 시위를 했다. 최대 규모는 LA 시내에서 있었고 경찰은 말썽이 생길 것 같으면 싹을 자르려고 진압 태세를 갖추고 있었다. 경찰이 후추 스프레이를 가지고 체포를 시작하며 퍼져 나왔을 때,

미리엄도 거기 있었다.

미리엄은 소셜 미디어에 현장 사진을 포스팅했다. 그레이스는 미리엄이 휴대전화를 보며 리트윗 수를 세고 댓글에 '마음에 들어요'를 누르고 있을 거라고 생각했다. 하지만 전화를 해도 미리엄은 받지 않았다.

지금도 받지 않았다. 7시 30분이 지난 시각이니, 저녁식사를 하러 나가 신나게 즐기고 있을 것 같았다. 그레이스가 전화한 것을 보았을 테니, 그걸로 충분하리라.

집에서 미역 냄새가 났다. 집에 들어가자마자 짠 바다 냄새가 가득했다. 이본은 주방 스토브에서 뭔가 내려놓고 있었다. 서서 그 모습을 지켜보던 그레이스는 가슴이 아팠다. 어깨가 축 늘어지고 눈에 생기를 잃은 어머니는 너무 작고 지쳐 보였다.

"저 왔어요."

"응." 이본이 힘없이 맞아 주었다. 그레이스 쪽으로 머리만 까닥이고 쳐다보지도 않았다. "저녁 다 됐다. 식탁 좀 차려 줄래?"

그레이스는 접시와 숟가락, 젓가락을 날랐고 이본은 미역국, 은대구조림, 반찬과 밥을 식탁으로 옮겼다. 폴은 방으로 가서 옷을 갈아입거나 텔레비전을 보는 등, 매일 밤 집안 여자들이 저녁을 차리는 사이 홀로 하는 일을 했다. 그는 모든 것이 다 준비된 순간을 본능적으로 알고 나왔다. 그가 기도하는 동안 그레이스는 눈을 감았다. 미리엄이 이렇게 말하던 것이 떠올랐다. "엄마가 요리를 하고 우리는 식탁을 차리면 아빠는 시간 맞춰 오셔서 기도를 하시네."

폴은 미리엄이나 생일에 대해서는 아무 말도 하지 않았다. 이본이 있는 자리에서는 원래 그랬다. 상관없었다. 미리엄의 부재로 집안 분위기는 늘 무거웠다.

그레이스가 자리에 앉았다. 어머니 옆, 아버지 건너편. 아버지 옆자리는 늘 비어 있었다. 식탁에 차려진 요리를 살펴보았다. 이본이 하루 종일 차린 음식이었다. 대구와 무를 매운 고추장 양념에 조린 요리를 중심으로, 기념일 느낌이 나는 엄청난 양의 음식이 차려져 있었다. 그레이스는 은대구조림을 좋아했다. 어머니가 하는 요리 중에서 가장 좋아하는 것이었다. 미리엄이 가장 좋아하는 요리기도 해서, 이본은 큰딸이 집에 올 때마다 준비했다.

하지만 미역국이 결정타였다. 이본은 자기 생일만 빼고 가족의 생일마다 해초를 넣은 국을 끓였다. 이본은 출산 후 산모가 산후 회복에 좋은 영양소가 든 그 국을 먹는다고 했다. 이본이 미리엄과 그레이스를 낳았을 때도, 친정 어머니가 냄비에 그 국을 끓여서 병원에 가지고 왔다고. 그것은 전통적인 한국의 탯줄처럼, 어머니와 출생과 몸의 연결을 기념하기 위해 매년 먹는 음식이었다. 그리고 식탁 한가운데 놓인 그 국을 보고 모두 그냥 넘어가기가 쉽지 않았다.

그레이스는 자기학대로밖에 보이지 않는 어머니의 정성에

멍해졌다. 그 모든 노동과, 수치스러울 정도의 애정. 정말이지, 너무 과했다. 마치 죄책감과 스스로를 벌주고 싶다는 마음으로 죽은 사람에 바치는 제사 음식 같았다.

폴이 식사를 시작했고 그레이스는 시장기를 느끼지 못했지만 뒤따랐다. 이본은 함께 먹을 생각이 없어 보였다. 멍한 눈으로 손은 무릎 위에 올려 둔 채였다.

"여보." 폴이 젓가락을 내려놓으며 말했다. "먹어. 맛있어."

폴이 이렇게 부드럽고 상냥하게 말하며 이본의 마음을 드러내 놓고 인정해 주는 것을 보니, 가슴이 아플 지경이었다.

이본이 자기 음식을 묵묵히 먹기 시작하면서 식사가 재개되었다. 항상 맛있는 음식이었지만 그들 모두 서로의 눈치를 보느라 주방이 답답하게 느껴졌고 미역국에서 이상한 시큼한 냄새가 나는 것 같아 그레이스는 식욕이 떨어졌다.

침묵이 견딜 수 없어져, 폴이 텔레비전을 켜자 그레이스는 반가웠다. 한국어 채널 둘 중 하나였다. 그레이스는 부모에게 넷플릭스를 설치하라고 설득했다. 어릴 때부터 보았고 크레이그리스트*에 무료로 올려놓아도 아무도 가져가지 않았던 27인치 티브이 대신, 스마트 티브이도 사 놓았다. 하지만 부모는 이제 새로운 것을 배우기엔 너무 늦었다고 했다. 이본은 즐겨 보는 몇몇 드라마를 방송할 때나 보았다. 한 회를 놓치면 한인 마켓 비디오 가게에 가서 디브이디를 빌려다 봤다.

---

* 중고 거래, 생활 정보 공유 등에 특화된 웹사이트.

이본이 보는 드라마가 한창 방송 중이었다. 그레이스가 마지막으로 봤을 때, 남자 주인공이 암으로 아름답게 죽어 가는 배다른 누이동생을 사랑하게 되는 줄거리의 시대극이었다. 그레이스는 그 내용을 잘 이해할 수 없었다. 부모는 지난 20년 동안 똑같은 사극의 변주를 계속 보는 것 같았다. 소매가 넓고 높다란 머리 장식을 하고 하늘거리는 한복을 입은 남녀가 종이 여닫이문 뒤에서 속삭였다. 왕자들은 싸우고 후궁들은 세력을 꾸몄다. 그레이스는 한국 드라마를 좋아하기는 했지만 사극은 어려웠다. 격식을 갖춘 대사를 따라가기 어려웠고 시대를 제대로 이해할 수 없었다. 한동안 재미있게 본 시간여행물이 있긴 했지만, 부채와 말이 나오면 흥미가 사라졌다. 수백 년 전, 다른 나라에서 조상들이 한 일에 무슨 관심이 생긴단 말인가?

왕이 엎드린 신하에게 잔을 던지는 장면 후 광고가 시작됐다. 폴은 다른 한국 방송국으로 채널을 돌렸다. 광고를 진득이 보는 법이 없었다. 광고를 안 보면 시합에서 이긴다고 생각하는 것 같았다. 뉴스가 나오고 있었고 앵커의 낭랑한 한국어가 비행기에 오르는 대통령 영상과 함께 흘러나오는 동안 그레이스는 관심을 껐다. 필요하면 이해할 수 있었다. 그레이스의 한국어 실력은 집중하기만 하면 이해할 수 있을 정도가 되었다. 하지만 그럴 가치가 없게 느껴졌다.

그다음 화면에 알폰소 쿠리얼의 얼굴이 나왔다. 그레이스는 그의 사진을 기억했다. 시위 때 본 학교 증명사진이 아니라, 후드티를 입고 팔짱을 끼고 카메라를 내려다보는, 쿠리얼의 다른 사진이었다. 한국어 읽기가 느려 헤드라인을 다 이해하지 못했는데, 채널이 재빨리 돌아갔다. 밥솥과 세탁기 특가를 광고하는 지역 한국인 가전제품 상점 광고가 나왔다. 그레이스는 부모를 봤다. 긴장한 얼굴이었다. 고개를 꼿꼿이 들고. 둘 다 집중하고 있었다.

"아직 광고를 하네요." 그레이스가 아버지 손에서 리모컨을 받아들며 말했다.

그레이스는 채널을 도로 바꿨다. 흔들리는 영상이 나오고 있었다. 그레이스는 그 영상이 무엇인지 곧바로 알 수 있었다. 쿠리얼의 총격을 촬영한 바디캠 영상이었다. 거기서 쿠리얼은 트레버 워런을 향해 빈손을 흔들다가 한 손을 뒷주머니에 천천히 넣었는데, 알고 보니 지갑을 꺼내기 위해서였다. 다섯 발의 총알이 연달아 발사되는 가운데, 앵커는 엄숙한 한국어로 그 장면을 빠르게 설명했다. 화면에 눈물을 글썽이는 흑인 여자가 나왔다. "그 애 이름을 기억해 주세요." 여자는 카메라를 가리키며 말했다. 그 아래로 한국어 자막이 흘러나왔다.

영상은 방금 공개된 것이 분명했는데, 그레이스는 이유를 알 수 없었다. 아마 뭔가 법적인 이유가 있겠지만, 타이밍이 멍청할 뿐만 아니라 굉장히 선동적이었다. 대배심 결정이 얼마 안 됐고, 그 결정이 가한 모욕이 아직 생생했다. 그런데 아이에게 무기가 없었고 냉혈하게 살해되었다는 증거가 나왔다.

폴은 리모컨을 들더니 드라마 채널로 돌렸는데, 아직도 광고 중이었다. 그레이스가 손을 뻗어 리모컨을 쥐려고 했지만 폴은 안 된다는 표정이었다. 이본을 보니 긴장해서 어쩔 줄 모르는 얼굴로 무릎을 내려다보고 있었다. 너무 어이가 없어서 그레이스는 화가 났다. 뉴스도 못 본단 말인가? 그 정도도 감당할 수 없다고?

미리엄이 이본과 말을 안 한 이후로, 아마 잘은 모르지만 그 한참 전부터도 흑인, 인종, 인종차별을 조금이라도 암시하면 그레이스의 집은 긴장했다. 다른 가족들도 그러는지 궁금했다. 친구들과 그 부모도 섹스 이야기를 피하듯이 이 화제를 피하는지.

2년 전, 미리엄은 케네치라는 남자를 집에 데려왔는데, 목적은 하나, 어머니를 괴롭히기 위해서였다고 그레이스는 확신했다. 케네치는 한국인 부모를 테스트하기에 완벽한 흑인 남자친구였다. 중산층 이민자 가정에서 자라 아이비리그 명문대를 나온 반듯한 투자 은행원. 그것 말고는 미리엄과 전혀 맞지 않는 상대였다. 핑크색 폴로셔츠를 입고 워튼 스쿨*을 끊임없이 입에 담는, 잘난 척하는 금융업계 남자라니. 그가 백인이라면 분명 미리엄은 싫어했을 터였다. 그러나 언니는 고작 세 번 만나고 그를 부모에게 소개했다. 미리 알리지도 않았다. 사

---

* 펜실베이니아 대학교의 상경대학. 세계 유명 경영인들의 출신 학교로 명성이 높다.

실 그레이스는 어머니가 일본인 남자를 예상하지 않았나 싶었고, 그랬다 해도 싸움은 일어났을 것이다. 어쨌든 이본은 제대로 처신하지 못했다. 언어 장벽이 도움이 되었더라면 좋았겠지만, 이본은 기어이 그에게 부모가 다 계신지를 물었고, 서툰 영어도 얼굴에 드러난 불쾌감을 변명할 수는 없었다. 그날의 고통스러운 저녁식사에서 유일하게 다행스러운 점은, 의외로 빨리 끝난 것이었다. 그레이스가 그 남자를 본 건 그때가 유일했고, 미리엄이 부모를 본 건 그때가 마지막이었다.

그날의 분위기가 나쁘긴 했지만, 이렇게 오래 사이가 갈라진 건 이해할 수 없었다. 케네치는 그저 미리엄이 한 달 동안 사귄 남자에 불과했다. 케네치가 인스타그램에서 스무 살짜리 아시아계 여자 수십 명을 팔로우하는 것을 보고, 미리엄은 그와 만나기를 그만뒀다. 몇 주 뒤 온라인에서 블레이크를 만났고 동생이 이야기를 꺼내기 전에는 케네치를 입에 담지 않았다. 그레이스가 그 얘기를 꺼낼 때마다(처음에는 무슨 일인지 궁금해서 자주 물었다.) 미리엄은 짜증을 내며 화제를 바꿨다.

그렇다, 거긴 뭔가 다른, 더 큰 문제가 있다고 그레이스는 확신했다. 특정한 불빛이 비칠 때나 반사된 모습을 통해서만 보이긴 하지만, 위험한 유리벽이 버티고 있는 것처럼, 그레이스는 느낄 수 있었다. 알폰소 쿠리얼이 거기 반사되어 윤곽선을 드러내자, 손을 뻗어 만져 보고 싶었다. 그 유리벽이 거기 있는지, 손에 잡히는지 확인하고 싶었다. 그 모양과 크기를 확인해서, 박살 내지 않고 치울 방법을 찾고 싶었다.

"끔찍한 얘기네요."

이본은 폴이 식사를 마친 접시를 들어 자기 것에 쌓았다. 일어나더니 식탁을 치우기 시작했다.

"기소도 안 하다니 미친 거예요." 그레이스는 어머니를 보며 밀어붙였다. "엄마도 봤죠? 사람을 그냥 쐈잖아요."

부모는 대답하지 않았다. 그레이스는 세 사람이 이런 대화도 할 수 없는 건지 궁금했다. 그레이스와 부모는 영어와 한국어를 섞은 잡종 언어로, 가끔은 한 문장에서 여러 번 이 언어 저 언어로 바꿔 가며 말했지만, 그중 누구도 이중 언어를 완벽하게 구사하진 못했다. 한국어는 그레이스의 모국어였지만, 학교에 다니면서 곧 잊어버렸다. 어린아이의 어휘와 약학 관련 한국어 정도는 쓸 수 있었지만, 복잡한 말을 하려면 혀가 꼬였다. 폴과 이본은 한국인이 아닌 손님을 응대할 만큼 기본적인 영어를 알았지만, 캘리포니아에서 30년이나 살았음에도 유창하게 말하지는 못했다. 대부분 그레이스와 부모는 서로의 뜻을 이해했다. 그들은 중요한 문제, 즉 필요한 것, 두려운 것, 안심이 되는 것, 사랑 등을 소통할 수는 있다고 그레이스는 생각했다. 하지만 한국어로 '기소하다'를 말할 줄 몰랐고, 영어로 하면 부모가 이해할 가능성이 적었다.

미리엄은 부모가 그들이 사는 작은 세상, 즉 학교와 교회, 가족과 친구들에 대해서만 이야기했기에 그레이스와 자신이

바깥세상을 모르고 호기심도 없이 자랐다고 했다. 폴과 이본이 그들을 온실의 화초처럼 가두어, 깊이 생각 없이 부모를 필요로 하고 복종하도록 키웠기 때문이라고. 그것 역시 미리엄의 부당한 발언이었다. 이본의 정성 어린 양육을 이기적인 술수로 바꾸고, 항상 고마워하지 않는 미리엄의 태도를 정당화하기 위함이었다.

그레이스가 그 이야기를 그만두려는데, 폴이 고개를 저었다.

"너는 전체 맥락을 몰라서 그래."

"네." 그레이스도 인정했다. "하지만 저 애는 무기도 없는 어린애였고 죽었다는 건 알아요."

"사람들은 실수를 한다. 경찰은 저 애에게 무기가 없다는 걸 몰랐고, 저 애는 달아나고 있었어." 폴은 손톱으로 이를 쑤셨다.

"그래도 저 애 탓을 하는 건 아니죠."

"그레이스." 엄한 폴의 어투에 그레이스는 자신이 언성을 높인 것을 깨달았다. 폴은 주방에서 멜론을 자르며 못 들은 체하는 이본 쪽으로 눈길을 돌렸다. "그만둬."

그만둬. 그만해. 놔둬. 됐어. 어릴 때 부모는 그레이스를 나무랄 때 그렇게 말했다. 그들의 권위를 주장하며, 질문의 여지를 남기지 않는 날카로운 명령이었다. 이제 그 말을 들으면 그레이스는 화가 날 뿐이었다.

그레이스는 이본이 들을 만큼 크게 말했다. "2년이나 지났어요." 몇 달이나 신경 쓰며 침묵하느라 느낀 불만이 음성에 드러났다. "왜 무슨 일인지 아무도 말을 안 하는 거예요?"

이본이 연두색 조각으로 자른 멜론 한 그릇을 들고 식탁으로 돌아왔다. 눈에는 눈물이 글썽이고 있었다. 이본은 울지 않으려고 떨고 있었지만, 눈물이 흘러넘쳐 노란 얼굴 위로 흘렀다. 이본은 소리를 내지 않으려는 듯, 플라스틱 접시를 하나씩 내려놓았다.

"미안해요, 엄마." 분노는 사라지고, 대신 그보다 심한 짜증과 두려움, 죄책감이 자리 잡았다. 이본은 앉더니 눈물을 닦았다.

텔레비전에, 뉴스 피드에, 바깥세상에, 낯선 곳 낯선 사람들에게 일어나는 일. 그건 분명 중요했지만 그레이스의 삶은 아니었다. 그레이스는 그런 것들 때문에 진실이라 여기는 것, 사랑하는 사람들이 지닌 선함과 가치를 깎아내릴 수 없었다. 그걸 무시한다면 미리엄과 다를 바 없었다.

이본은 반지를 낀 손가락 끝으로, 진주 씨앗을 들어 올리듯 마지막 눈물을 떼어 냈다. 작게 한숨 쉬며 코를 문지르더니 조그만 포크로 멜론 한 조각을 찔렀다. 떨어지는 과즙을 받으려 한 손으로 받치고. 그걸 그레이스에게 내밀었다.

"이거 먹어 봐." 이본이 힘없이 미소 지으며 말했다.

그레이스는 평소처럼 내키지 않았다. 집에서도, 이본이 아이처럼 음식을 먹여 주려고 하면 부끄러웠다. 하지만 오늘 밤만이라도 어머니의 돌봄을 받아들이는 게 좋을 것 같았다. 그레이스는 입을 벌리고 달콤한 과일을 받아먹었다.

# 4장

신호등이 붉은색으로 바뀌었고 숀은 평소와 달리 쓰라린 오른쪽 어깨를 문질렀다. 이삿짐센터 직원에게는 쉬는 날이 아닌, 일요일의 긴 하루가 지나고 해가 지고 있었다. 숀은 레이가 무엇을 하는지, 그렇게 빨리 그만둔 것이 아쉽지 않은지 궁금했다. 그는 매니와 석 주 동안 작업하더니 운전과 일에 지쳐 버렸다. 너무 빨리 너무 많은 일을 한 것도 문제였다. 게다가 일요일에는 교회에 가야 한다고 했다. 덩컨이 레이에게 일거리도 주고 보호감찰관을 떼어 내려고 바에서 파트타임으로 일하게도 했지만, 그러자 숀은 그를 지켜볼 수 없어 초조해졌다. 레이가 잘못해서 다시 교도소로 가지 않을지 염려됐다.

숀은 이사 일이 힘들다는 걸 알고 있었다. 빡빡한 스케줄과 무거운 짐 때문에 진이 빠지는 일이었다. 교도소에서 독서와 운동 말고는 별로 할 일이 없었던 숀은 건장한 체구였지만, 이삿짐 나르기는 체력을 한계까지 시험하는 일이었다. 뒤로 돌며 계단을 오르고, 허리에 무리를 주지 않고 짐 상자와 소파를 나르는 등, 기술을 터득하는 데 시간이 걸렸다.

그는 이제 마흔하나, 젊은 나이가 아니었지만 충분히 튼튼했고 이삿짐 나르는 법을 알았다. 원하면 이 일을 10년은 더 할 수 있었다. 매니도 쉰 살 때까지 하다가 자기 사업을 시작하느라 짐 나르는 일은 그만뒀다.

하지만 쉬워지지 않는 부분도 있었다. 불안해하는 고객의 눈초리와 낮은 팁. 대부분의 사람은 그가 어리석다고, 그의 삶이 자신들보다 열등하며, 보잘것없고 쓸모없다고 여겼다. 전에 한 고객은(마른 백인 아내를 둔 흑인 의사였는데 스튜디오 시티의 으리으리한 맨션으로 이사했다.) 그의 등을 두드리며 대학에 가지 않은 게 후회되지 않느냐고 물었다. 숀은 그 자리에서 그만둘 뻔했다.

그럼에도 버텨 낸 것이 다행스러웠다. 우선, 돈을 버는 게 좋았다. 더디지만 꾸준히 들어오는 수입, 재즈의 급료에 보태고 말썽 없이 살 수 있게 해 주는 깨끗한 돈이 좋았다. 일 덕분에 몸도 튼튼해졌다. 정신적으로 큰 자극이 되지는 않았지만 늘 해결해야 할 문제가 있었고 영어를 잘 못하는 사람들과도 일해야 해서 스페인어도 배우는 중이었다.

그리고 태어나고 자라고 떠날 생각이 없었던 로스앤젤레스와 계속 연결되어 있는 것에도 감사했다. 엇갈리는 감정이긴 했다. 온갖 아쉬움과 비극적인 일들이 있었지만 여긴 추억이 담긴 곳이었고, 그 추억이 모두 쓰라린 건 아니었다.

일주일에 엿새, 혹은 이레, 숀은 이삿짐 트럭을 타고 거리를 훑어보며 도시를 달렸다. 어떤 날에는 어린 시절 내내 돌아다 닌 곳보다 더 많은 곳을 다니기도 했다. 오늘 오전, 그의 팀은 한 백인 부부가 에코 파크에서 셔먼 오크스로 이사하도록 도 왔다. 오후에는 멕시코인 가족 짐을 보일 하이츠에서 콤프턴으 로 옮겼고, 숀은 예전에 살던 곳 근처까지 갔다. 이젠 그곳 기 억이 많이 희미해져 마음 아프지 않고 즐길 수 있었다.

노스리지에 있는 매니의 사무실로 돌아오니 5시가 넘었고, 숀은 얼른 퇴근하고 싶었다. 미드-시티로 가서 대릴, 다샤, 실 라 이모를 먼저 태워야 했다. 그들은 어제 아침 그와 함께 LA 로 와서, 리처드 이모부의 여동생 리지 아주머니와 아주머니 가 엘리 아저씨와 이혼한 직후 함께 살기 시작한 오랜 여자친 구(그렇다는 말은 없었지만 모두 다 알고 있었다.) 클로딧과 주말을 보냈다. 제이슨과 크리스털이 다 자란 뒤라서, 리지 아주머니 는 아이들을 데려다 대도시의 멋진 할머니 노릇을 하고 싶어 했다. 숀은 여름 동안 적어도 한 달에 한 번 그들을 태워 데려 다줬다. 이따금 그들은 폰타나와 샌버나디노에 사는 제이슨과 크리스털도 만나곤 했다.

숀은 고속도로에서 실라 이모에게 전화를 했다.

"방금 전화하려고 했다."

"가고 있어요, 이모."

"계획이 바뀌었어. 줄스가 우릴 데리고 저녁을 먹으러 가겠 단다."

숀은 최대한 한숨 소리를 줄였다. 줄스 서시를 만난다는 이야기는 없었는데, 본래부터 만날 계획이 있던 것 같았다.

"일요일이잖아요. 집에 가야 하지 않을까요?"

"이미 간다고 했다, 숀. 게다가, 애들도 좀 더 있고 싶어 해. 아직은 LA를 떠나고 싶지 않대. 일요일 저녁은 여기서 먹을 거다. 레이랑 니샤도 둘이서 시간을 가지면 좋을 거야."

일요일 저녁은 그들 가족생활의 주춧돌 가운데 하나였다. 가족이 줄었다 늘어나며 변하는 내내, 일요일 저녁만큼은 신성한 시간이었고 아마도 그 때문에 소중하게 여겼을 것이다. 주로 그들은 할러웨이 집에 모여 요리를 하거나 이번 주처럼 바쁜 주말에는 테이크아웃 음식을 사 왔다. 중요한 건 모두 함께 모이는 것이라고, 실라 이모는 말했다. 다른 사람이 마지막 순간에 계획을 바꾸려 했다면, 설교를 들었을 것이다.

"음, 재즈한테는 말했어요?"

"당연히 말했지. 모모를 일찍 재우고 넷플릭스를 본다더라. 신난 거 같던데. 약간 기분 나빠지려고 했다."

"그럼 알겠어요. 그렇게 하세요. 나중에 모시러 갈게요."

"무슨 소리야. 너도 와야지."

"레지 아주머니랑 클로딧도 가요?" 숀은 그들이 가지 않을 거라고 생각했다. 서시는 그들을 몰랐고 실라 이모는 서시가 돈을 내는데 그들을 데리고 가지 않을 것 같아서. "그분들이랑 얘기나 할게요."

"레지는 알코올 중독자 모임이 있대." 이모가 잠시 말을 끊었다. "레지는 중독자가 아닌데. 아마 크리스털이 그렇지 싶어." 이모는 목소리를 낮추고 모두가 아는 가족 뒷이야기를 털어놓는 척했다.

"글쎄요. 그냥 좀 돌아다니거나 시간을 보낼게요."

"늘 하는 게 돌아다니는 거잖니. 우리랑 같이 가자. 너도 같이 가면 애들이 좋아할 거야."

숀은 좋은 핑계가 없다는 생각에 고개를 저었다. "알겠어요. 30분 뒤에 갈게요."

"그 걱정은 마. 줄스가 곧 우릴 데리러 올 거야. 로스코스에 간다."

서시는 늘 튀긴 닭을 샀다. "피코에 있는 곳이요?"

"그래, 레지네서 가까운 곳. 먼저 가 있을게. 오면 만나자꾸나."


숀이 식당에 들어갔을 때, 그들은 모두 핑크 네온 조명이 에워싼 부스에 앉아 기다리고 있었다. 실라 이모가 손을 흔들었고 서시는 일어나서 인사를 했다. 키가 커서 사다리처럼 몸이 늘어날 때 무릎에서 우둑 소리가 났다.

소심한 10대 시절, 숀은 줄스 서시를 두려워하기도 했다. 서시는 실라 이모를 매료시킨, 키 큰 백인 신문기자였으니까. 지금 그 사람을 보면 숀은 자신도 나이가 들었음을 느꼈다. 서시는 몸 관리를 잘했고 안경을 쓴 두 눈은 여전히 형형했지만, 날씬하던 몸은 앙상해졌고 소년 같은 적갈색 머리카락은 양털처럼 회색으로 변했다. 숀이 아무런 노력을 하지 않아도 서시가 그렇게 오랫동안 숀의 삶에 함께해 왔다는 사실을 믿을 수가 없었다. 하지만 서시는 실라 이모가 살아 있는 동안 내내, 느슨하게나마 그와 함께했다. 실라 이모와 서시는 결코 서로를 놓아주지 않을 것 같았다.

서시는 숀과 악수하더니 미소를 지었다.

"혹시 몰라서 하는 말인데, 로스코스 식당을 고른 건 다샤야."

"옐프*에서 찾았어." 다샤가 숀에게 자리를 내어주며 자랑스레 말했다. "할머니가 아저씨도 여기 좋아한댔어."

"네 아빠랑 아저씨가 어릴 적부터 여기 왔지. 그땐 줄도 서지 않고 백인도 안 왔는데 말이다." 실라 이모가 서시의 소매를 잡았다. "기분 나쁘라고 한 말은 아니우, 줄스."

줄스가 웃었다. "안 나빠요."

"아빠한테 우리 여기 온다고 하니까 여기 주차장에서 친구들이랑 싸운 적도 있었대." 대릴이 그렇게 말하고는 숀에게 물었다. "아저씨도 그랬어?"

"모르겠는데."

"음식을 사는데 어떤 사람들이 나오더니 달려들었대. 아빠랑 친구들이 이겼는데 다른 놈들이 달아났을 때 친구 하나가

---

* 레스토랑 검색 및 리뷰 사이트.

없어졌대." 대릴은 제일 신나는 부분을 이야기하려고 씩 웃었다. "알고 보니 그 똥멍청이가 봉투를 들고 달아났대. 치킨을 지켜야 한다고 했대."

숀도 그 이야기를 알고 있었지만, 너무 왜곡되어 지어낸 것이나 다름없었다. 그건 로스코스가 아니라 맥도널드였고, 장난질 정도가 아니었다. 레이의 친구 하나는 팔에 총을 맞았고, 그 똥멍청이가(숀은 대릴이 그런 말을 쓰는 걸 처음 들었다. 레이에게 배운 거였다.) 너무 심하게 얻어맞아서 병원에 가야 했다.

"좋은 이야기는 아니구나." 실라 이모가 대릴을 엄한 표정으로 보았다.

대릴은 한쪽 어깨를 으쓱였다. "재밌었는데."

"네 아빠가 그런 헛소리를 하더냐?"

"헛소리 아니에요, 할머니. 아빠 어릴 때 이야기를 듣는 게 좋아요. 그거뿐이에요." 대릴은 고개를 숙이고 중얼거렸다. 숀은 대릴과 공감했다. 아이들은 레이가 돌아와서 흥분해 있었다. 기대와 달리, 아이들이 상상하던 아버지와 실제 아버지 사이에 불편한 차이가 있다는 것도 숀은 알고 있었다. 레이가 무관심한 건 아니었지만, 숀이 기대한 것보다 아이들과 보내는 시간이 짧았다. 문제는 함께하는 시간도, 보이지 않는 거리감 때문에 어색한 것이었다. 떨어져 지낸 세월이 그들 모두에게 영향을 줬다.

그들은 튀긴 닭 간과 오바마 스페셜, 그레이비소스와 양파를 넣은 허브스 스페셜을 주문했다. 배가 고팠던 숀은 다른 사람들이 이런저런 이야기를 하는 동안 닭고기와 와플을 입에 집어넣는 걸로 만족했다.

"초여름에 자네 이모와 우연히 만났어." 이야기 소리가 잦아들자, 서시가 숀에게 말했다. 숀은 실라 이모를 보고 마음의 준비를 하면서 음식을 삼켰다. 이 저녁식사에 목적이 있다는 걸 깨닫고 냅킨으로 입을 닦은 뒤 내려놓았다.

줄스 서시와 실라 할러웨이는 "우연히" 만날 일이 없었다. 처음 만난 지 28년이 지났고 다른 도시에 살면서 함께 아는 지인도 별로 없었다. 숀은 두 사람 사이에 애정이 존재한다는 걸 인정하긴 했지만, 친구 사이인 척하는 사람과 황금알을 낳는 거위가 친구 사이가 될 수 있을까? 서시는 1991년 갓 졸업한, 그러나 지치지 않는 열정을 가진 무명의 신입 기자였다. 그는 커리어의 발판으로 삼을 기삿거리를 찾고 있었다. 그리고 그것을, 에이바 매슈스라는 똑똑한 흑인 소녀에게서 발견했다.

숀이 알기로 서시는 베니스 지구에 살았다.

"바닷가에서 만났어요?"

"그 불쌍한 애, 알폰소 쿠리얼을 위한 시위가 있었잖니? 빈센트 신부님이 몇 마디 해 달라고 부탁했단다."

"할머니 대단했어." 다샤가 껴들었다. "할머니가 그렇게 연설을 잘하는지 몰랐어. 모두 열광했어."

"얘, 그만하렴." 실라 이모는 굉장히 기쁜 표정으로 칭찬에 손사래를 쳤다.

숀은 귀엽고, 명랑하고, 구김 없는 조카를 봤다. 다샤는 '흑인의 생명도 소중하다' 문구가 적힌 티셔츠를 입고 있었고, 자부심 가득한 표정이었다. 숀은 실라 이모가 무엇을 겪었는지, "모두 열광"하게 만들기 위해 무엇을 견디고 살아남았는지 다샤가 이해할지 궁금했다. 아이들도 가족 내력을 알고 있었지만 에이바가 세상을 떠났을 때, 실라 이모가 고통을 타인의 관심으로 바꿀 수 있다는 것을 배웠을 때, 함께하지는 않았다. 그들이 겪은 고통으로 사람들의 관심을 집중시키는 일은 정의처럼 느껴졌지만, 실은 그렇지 않았다. 대릴과 다샤도 물론 분개했지만, 그 아이들이 느끼는 건 물려받은, 추상적이고 견딜 수 있는 종류의 분노였다. 그들의 분노는 마음이 새카맣게 타 버리지 않고도 느낄 수 있었다.

숀에게는 늘 시위 이야기를 해 준 사람이 없었다. 숀은 이모를 사랑했지만 에이바의 죽음을 어떻게든 알리려는 이모의 강력하고 가차 없는 시도에 동참하고 싶진 않았다. 그건 이모의 권리였고, 그래서 이모가 빈센트 신부와 줄스 서시, 동참한 모든 이들에게 도움이 된다면…… 뭐, 숀은 그걸 막을 입장이 아니었다. 하지만 거기 함께할 마음은 없었다.

"실은 저도 『이별의 왈츠』를 읽었어요." 다샤는 서시를 보며 얼굴을 조금 붉혔다.

숀은 고기와 튀김옷과 그레이비소스가 배 속에서 단단하게 뭉치는 걸 느꼈다.

『이별의 왈츠: 에이바 매슈스의 삶과 죽음』. 에이바의 살해와 살인자의 재판, 지역 사회와 로스앤젤레스, 92년 폭동에 미친 영향을《LA 타임스》에 실은 서시의 보도를 기반으로 집필한 책이었다. 그 책은 베스트셀러이고 수상작이었으며 중요한 작품으로 높이 평가받았다. 숀도 그 책을 여러 번 읽었고 남의 누나에 관한 책이었으면 칭찬했을 것이다.

"고맙구나. 내게 큰 의미가 있는 일이야." 서시가 말했다. "그리고 대단하구나. 쉽게 읽을 수 있는 책이 아닌데."

"아주머니에 관한 책을 읽는 게 좋았어요. 너무 일찍 돌아가셔서, 특별한 분이라는 걸 알게 되니 좋아요."

"특별한 아이였지."

숀은 실라 이모가 눈을 감고 고개를 끄덕이는 것을 봤다. 구역질이 났다.

"그게 중요한 부분은 아니라는 거, 저도 알아요." 다샤가 말했다. "그게 중요한 점은 아니죠. 하지만 글쎄요, 우리 모두가 잃은 걸 생각하면 너무 슬퍼요. 그렇다고…… 무슨 말을 하는 건지 모르겠네요." 다샤는 문득 부끄러워져 입술을 깨물었다.

"무슨 말을 하려는지 알 것 같구나. 에이바의 삶을 기념하지 않으면, 그 애는 그저 죽음이 되어 버릴 뿐이지. 참 아슬아슬한 일이야. 우린 알폰소 쿠리얼이 좋은 학생이었다는 걸 알고 있다. 그렇다고 나쁜 학생은 죽임을 당해도 된다는 말은 아니지. 하지만 체계화된 인종차별이 참 무차별적이라는 걸 기억해야 한다. 불행히도 많은 사람들이 깡패들만 죽임을 당한다고 믿으려고 하니까."

대릴이 말했다. "사람들이 우리 아주머니도 깡패인 양 취급했어요. 그러니까, 피해자인데도 재판을 받는 듯이."

숀은 조카들을 번갈아 봤다. 그들은 함께 또는 저마다 에이바의 이야기를 살폈으면서 어쩐지 숀에겐 비밀로 했던 것이다. 놀라서는 안 되는데도 놀라웠다.

"젊은이들이 이 일에 참여하는 게 감동적이야." 서시가 말했다. "너희 아주머니와 알폰소 쿠리얼 사이에는 차이가, 언젠가 그들 같은 아이들이 살해되고 아무도 처벌받지 않는 일이 생기지 않도록 하는 건 너희들 세대가 맡겠지."

"정말 지랄 같아요."

"대릴!" 실라 이모가 경고했다.

"죄송해요, 할머니. 하지만 사실이 그렇잖아요. 제 나이 애들이 아무 잘못도 없이 죽는 거잖아요. 자꾸만 계속해서. 제가 태어나기 전부터도 그랬고." 대릴이 그렇게 말하면서 주먹을 쥐기에 숀은 조카가 식탁을 칠 거라고 생각했다.

"그렇지."

서시의 그 말에 대릴은 진정하는 듯했다. "그 여자는 어떻게 됐는지 알아요?"

"누구?"

대릴은 갑자기 조심스럽게 식탁 주위를 살폈다. "알잖아요."

서시는 고개를 끄덕였다. "행방불명이야. 하지만 내가 알기로는 아직 살아 있다."

숀은 그가 사실대로 말하는지, 이번에도 의아했다. 서시는 지칠 줄 모르는, 철저한 기자였다. 에이바를 죽인 살인자의 행방을 아는 사람이 있다면 그밖에 없었다. 숀은 그 사안을 밀어붙이지 않는 것이 자존심 때문인지 두려움 때문인지 알 수 없었다.

"줄스가 또 책을 쓴단다." 실라 이모가 화제를 바꿨다. "남부 캘리포니아 지역의 반(反)흑인 폭력에 관한 책이래. 출판사랑 큰 계약도 했단다."

축하 인사가 오갔고 실라 이모는 진심으로 자랑스러워하며 환하게 웃었다.

"아, 돈 때문이 아니에요, 실라. 그 책을 쓸 수 있게 돼서 기뻐요. 사람들은 남부 캘리포니아가 평등주의 천국이라고 생각하지만, 아무도 입에 담지 않는 폭력과 부정이 넘치니까요. 미시시피 같지는 않다고 위안하는 사람이 너무 많아요."

숀은 미소 지을 뻔했다. 이 남자가 겸손하고 관대한 태도로 말하는 투는, 권력의 순한 얼굴이었다.

"한 섹션에서 에이바를 다룬단다." 실라 이모가 말했다.

숀은 눈을 깜빡였다. 모인 목적이 그거였다.

서시는 숀의 가족을, 마지막 한 방울까지 이용하는 걸로 만족하지 못했다. 식사까지 해야 했다. 그들의 축복을 요구하면서. 흠, 하지만 손은 축복하지 않을 셈이었다.

"또 쓸 게 뭐가 남았죠?" 손은 자기 음성에서 쓸쓸함을 느꼈지만 거두지 않았다.

서시의 매끈한 얼굴에 긴장이 서렸다. 오늘 밤 처음으로, 그는 자신이 환영받지 않을 수도 있다는 걸 깨달았다.

"손."

실라 이모의 목소리는 어릴 적의 손이었다면 두려워했을 법한 투였다.

잠시 불편한 침묵이 흐르다가, 다샤가 실라 이모에게 집에서 닭튀김과 와플을 만들 수 있는지 물었다. 영리하게 화제를 바꾼 덕분에, 모두 저녁식사를 계속할 수 있었다. 하지만 손은 실라 이모가 기분이 상한 걸 느꼈다. 서시가 전화를 걸기 위해 자리에서 일어났을 때 이모가 한마디하려 들었다.

"줄스에게 무례하게 구는구나." 이모는 서시가 돌아오기 전에 할 말이 많은 듯 빠르게 말했다.

"아뇨, 그런 거 아니에요." 손이 받아쳤다. 아무리 나이가 들어도 실라 이모를 상대할 때는 어린애처럼 칭얼거리는 말투가 됐다. 아이들이 알아채지 못하길 바랐다. "다른 때 이야기하시면 안 돼요? 왜 저까지 부르신 거예요?"

"내 탓이야." 다샤가 말했다. "내가 이야기하고 싶었거든."

실라 이모는 손녀를 보고 한숨을 쉬었다. 손은 다샤가 먼저 말하지 않았다면 이모가 애들을 핑계로 내놓았을 것 같았다.

"줄스가 에이바와, 그 애가 남긴 것에 대해 이야기하자더라. 너도 같이 이야기하고 싶어 할 줄 알았지. 넌 걔 동생이잖니."

"아뇨. 안 할래요."

"왜?"

숀은 숨을 깊이 들이쉬고 목소리를 낮췄다.

"저 사람은 누나를 알지도 못했고, 누나가 누군지 관심이 없었으니까요. 단 한 번도."

대릴과 다샤가 동시에 눈을 휘둥그레 뜨고 아저씨와 할머니를 번갈아 보았다.

실라 이모가 코웃음을 쳤다. "참 멍청한 소릴 다 하는구나, 숀. 저 사람은 에이바에 관한 책을 썼어."

서시는 에이바를 만난 적 없었지만 실라 이모의 도움을 받아 처음에는 기사에, 그다음에는 2년 뒤에 출간된 『이별의 왈츠』에 에이바의 공적 이미지를 만들어 냈다. 책 내용은 대부분 살해와 그 여파에 관한 것이지만, 30페이지 정도 분량의 한 챕터에 에이바의 짧고 안타까운 일생이 담겨 있었다. 그 절반은 청소년 쇼팽 대회 우승으로 증명된, 에이바의 음악적 천재성에 할애됐다. 그 대회에서 에이바는 녹턴과 '이별의 왈츠'라고 더 많이 알려진, A-플랫 장조 op. 69, 1번 곡을 연주했다.

피아노 덕분에 에이바는 대학에 갈 수 있었을 것이며, 에이바가 뛰어넘어야 할 것을 뛰어넘을 방편이 피아노였다고, 다들 생각했다. 죽은 뒤에도, 그것이 에이바를 특별하게 만들어 줬다. 그저 가련한 흑인 소녀가 아니라 똑똑하고 재능 있는, 전도유망한 소녀로.

숀은 누나를 믿었고 누나가 16세 이후까지 살았다면 어떤 삶을 살았을 것인지 상상하며 많은 시간을 보냈다. 하지만 피아노는, 잊을 수 없는 대회 우승의 날에도 그건 에이바를 에이바로 만드는 것이 아니었고, 에이바를 추모해야 하는 이유는 더더욱 아니었다.

서시는 진짜 에이바를 묻어 버렸는데, 숀 이외에는 그걸 아무도 알아차리지 못하는 것 같았다. 모두 서시를 좋아했고, 그를 기꺼이 불러들였다. 이번에는 그가 또 무엇을 챙겨 가려는 걸까?

"그 책." 숀이 고개를 들었다. "그 망할 놈의 책."

"그 책 덕에 사람들이 에이바에게 관심을 가진 거야." 실라 이모가 잘라 말했다.

숀은 애써 상기했다. 이모는 몇 년씩 변호사든 정치가든 기자든, 귀 기울이는 척할 뿐이더라도 힘 있는 사람이라면 누구에게든 전화를 걸어 댔던 사람이라는 것을 말이다. 그런 이들은 그녀를 성가신 존재로, 분수도 모른 채 과거를 못 잊고 죽은 조카 때문에 울부짖는 흑인 여성으로 여겼겠지만.

"백인들이죠." 숀이 나직이 말했다.

"뭐?"

"그 책 때문에 에이바에게 관심을 두는 건 백인들이라고요."

실라 이모가 콧방귀를 뀌었다. "그럼 뉴스를 누가 방송하니? 법정엔 누가 있고?"

"그래서 법정에서 어떻게 됐죠?"

이모는 숀 혹은 역사, 혹은 둘 다에게 화가 나서 콧구멍을 벌름거렸다. 아주 길게 흐느끼듯 한숨을 내쉬더니 조카의 질문에 이렇게 대답했다. "숀, 얘야. 28년이 지났잖니. 사람들이 에이바를 잊고 있어. 난 에이바가 잊히길 원치 않는다. 에이바를 기억하고 추모하면 좋겠어. 줄스 덕에 모두 에이바의 이름을 알게 됐으니, 솔직히 네가 저 사람을 어떻게 생각하든 난 상관없다. 에이바를 잊게 둘 순 없어."

"전 누나를 잊지 않았어요. 하지만 서시가 누나를 추모한다고 생각하신다면, 이모는 누나를 잊은 거 같네요."

한순간, 숀은 이모가 손을 뻗어 자기 뺨을 때릴 줄 알고 얼굴을 찡그렸다. 이모가 움직이지 않자, 숀의 부당한 비난은 돌이킬 수도, 벌을 받지도 않은 상태로 머물러 있었다.

"말을 잘못했어요." 숀이 부드럽게 말하고는 이모의 팔을 잡으려고 손을 뻗었지만, 이모가 몸을 굳혀서 손을 거뒀다. "원하는 대로 하세요, 이모. 하지만 전 빠질래요."

# 5장

이본은 계산대에서 그레이스에게 물었다. "조지프 아저씨가 내일 온다고 했지?" 이본이 회계를 마친 모양이었다. 할 일이 있을 때는 잡담을 안 하니까.

"네." 그레이스가 내용물이 처방전과 라벨과 일치하는지, 약병을 확인하며 말했다.

"그럼 너 오늘 밤에 편하게 데이트할 수 있겠다."

어머니의 음성에서 느껴지는 배려와 기대가 짜증 났다. 그레이스는 못마땅했다. 이본은 딸들을 남자아이들과 나쁜 영향으로부터 떼어 놓고 집에서 보호하려고 전력을 다했다. 그레이스는 주말이면 또래 아이들을 만나려고 교회와 대입 준비 학원에 가고 싶을 정도였다. 한번은 미리엄이 고교 시절을 회상하며 "수도원에 갇힌 한국인"이라고 표현한 적이 있는데, 동생은 아직도 언니가 자신을 그렇게 여길 것 같았다. 부정할 수 없는 노릇이었다. 그렇다. 그레이스가 밖을 좋아하는 사람은 아니었지만, 인제 와서 다른 누구도 아닌 이본이 자신의 사교 생활을 염려하는 건 짜증이 났다. 갑자기 독신으로 지내기엔 나이가 너무 많다니.

"늦지 않겠니?" 7시가 지난 시각이었다.

"9시에 만나요. 한잔하는 거뿐이라고요, 엄마."

한국계 미국인 마취과 의사와 커피 미츠 베이글에서 만나기로 한 약속을 실수로 말했더니 이본이 그레이스보다 더 흥분했다. 지친 나머지 이틀간의 주말만을 기다린 그레이스는 그날 오후 내내 약속을 취소하면 무례한 행동일까 고민했다. 너무 피곤했지만, 그럴 순 없었다. 더구나 그랬다간 이본이 죽도록 잔소리를 할 테니까.

"뭐 먹을 거니?"

"남은 김치찌개 있죠?"

"어머나." 이본이 진심 놀란 표정으로 말했다. "데이트 전에 김치찌개를 먹어서야 되겠니. 김밥 좀 사 올게. 차에서 먹으렴."

그레이스가 우리약국에서 정리하는 동안 어머니는 마켓에 갔다. 약국에서 온종일 일하고 난 뒤에도 이본이 장을 보고 폴과 그레이스의 식사 준비를 하는 것이 그들의 일과였다. 이번 주에는 무가 세일 중이라 이본은 깍두기를 큰 통에 만들 생각이었다. 이본의 주말 계획은 그게 전부였다.

그레이스가 약국 문을 잠글 준비를 하는데, 이본이 돌아왔다. 기록적으로 빠른 장보기였다. 딸이 늦을까 염려한 탓이었을 것이다.

"갈까?" 이본이 물었다.

그레이스는 문을 잠그고 이본의 손에서 장바구니를 좀 받아들었다. 고개를 드니, 어머니가 빤히 보고 있었다. "왜요?"

"아이씨." 이본이 고개를 저었다. "네 머리 좀 어떻게 해 봐."

마켓에서 나와 차로 걸어갈 때 해가 지고 있었다. 주차장은 절반도 차지 않았고, 사방이 고요했다. 자동차 한 대가 자리에서 빠져나왔고, 그 차가 창문을 내릴 때도 그레이스는 멍하니 보고 있었다. 남자는 검은 모자를 쓰고 눈을 가리고 있었지만 그들 쪽을 보는 것 같았다. 두 사람과 차의 거리가 묘했다. 남자가 질문을 하려면, 그들은 더 가까이 있어야 했다. 그의 표정에 뭔가 이상한 점이 있다고 그레이스는 생각했다. 색. 질감.

복면을 하고 있었다.

이본이 소리를 지르며 너무나 세게 미는 바람에 그레이스는 휘청거리며 거의 1미터 넘게 밀려나 옆으로 쓰러졌다.

순식간의 일이라, 그레이스는 총을 보지도 못했다. 단 한 발이 온 세상을 산산이 부쉈다.

이본이 무릎을 꿇더니, 얼굴이 하얗게 질려 바닥에 널브러졌다. 배를 움켜쥐고 앞으로 고꾸라졌다. 그레이스는 아스팔트에 흐르는, 검붉고 생생한 피를 보았다.

그레이스는 바닥에 쓰러진 어머니를 끌어안았다.

"가." 이본이 애원했다. 가라고. 이런 순간에도 어머니는 그레이스를 염려했다.

하지만 총을 쏜 괴한은 가고 없었다. 그레이스는 그가 떠나는 걸 보지도 못했다.

시간이 얼마나 지났을까? 10초? 최대 1분? 몇 초 전, 어머니는 바로 이 자리에 장바구니를 들고 있었다. 지금 그 장바구니는 바닥에 떨어져, 양옆으로 내용물을 흘리고 있었다. 김밥과 두부, 참기름. 보라색 껍질의 포도와 새하얀 무. 어머니의 몸은 건강하고 온전했고, 피도 흘리지 않았다. 그런데 이제 사방에 피가 퍼져 있었다. 그레이스는 신발에 피가 스미는 걸 느꼈다.

총에 맞은 어머니를 안고서, 울며 도움을, 혹은 앞으로 일어날 일을 기다리는 그레이스 자신이 보였다. 버려진 쇼핑카트가 부딪는 소리가 나더니, 누가 그들 쪽으로 달려왔다. 갑자기 사람들이 에워싸서 뭐라고 묻고 물건을 건네는 것 같았다. 낯익은 얼굴이지만, 이름을 아는 사람은 없었다. 배경에 등장하는 조연 배우들 같았다. 그리고 이건 영화 속의 한 장면 같았다. 사람들이 위험하게 살고 폭력이 빈번히 일어나는, 서스펜스 스릴러에나 어울리는 장면이었다.

어떻게 이런 일이 여기서 일어날 수 있을까? 이 쇼핑몰 주차장, 일하러 가는 곳, 드라마를 빌리고 식료품을 사는 곳 앞에서? 여긴 전쟁 지역이나 빈민가 뒷골목이 아니었다. 너무 지루해서 현실 생활에나 어울리는, 평범한 장소였다.

그런데 사람들은 현실 속에서 총에 맞지 않는다. 그레이스의 어머니 같은 보통 사람은.

누군가 911에 연락한 모양이었다. 구급차가 도착했고, 장갑을 끼고 흰색 점프슈트를 입은 구급대원들이 영화처럼 달려왔다. 이본은 눈을 깜빡이고 입으로 신음하며, 의식을 잃지 않고 있었다. 구급대원들의 팔이 내려오더니 그레이스의 무릎에서 이본을 들어 들것에 싣고 구급차 뒤에 태웠다. 그레이스도 차에 타려고 하는데, 모두 차 문을 닫아 버렸다. 이본은 노스리지 병원으로 이송될 예정이었다. 구급대원들은 그레이스에게 거기서 보자면서 구급차를 뒤따라오려고 하지 말라고 하더니, 경광등을 켜고 사이렌을 울리면서 달려갔다.

어머니가 떠나고 나서 그레이스는 피투성이로 혼자 남았다. 구경꾼들이 몰려와 말을 걸고 질문을 했다. 마치 그레이스가 해명이라도 해야 한다는 듯이. 한 명은 휴대전화를 들고 그레이스의 사진을 찍기도 했다. 그레이스는 그들이 돌아가 주길 바랐다. 이곳에서 벗어나야 했다. 차가 거기 있었다. 눈을 감고 병원까지 가는 길을 떠올리며 심호흡을 하고 떨리는 손을 멈추려고 했다. 마음의 준비를 하는데, 자동차 열쇠가 든 이본의 가방이 사라진 것을 깨달았다. 그레이스는 여기, 낯선 사람들 틈에 갇혔다. 그중 한 명이 병원까지 태워다 줄 수 있을지, 뒷자리에 핏자국이 남는 것 정도겠지만 희생을 감수해 줄 수 있을지 궁금했다.

그레이스는 아버지에게 전화를 걸었지만, 끊자마자 무슨 말을 했는지 기억나지 않았다.

다시 사이렌이 울렸다. 경찰차 세 대가 주차장으로 달려왔다.

그들은 너무 늦었다. 중요한 일은 이미 다 일어난 뒤였다.

대기실은 심란할 정도로 지저분했다. 병원에 갈 일이 그다지 없었던 그레이스는 먼지 한 톨 없이 소독된, 하얀 가운을 입은 잘생긴 의사들이 지휘하는 치유의 장소일 거라고 막연히 상상했다. 이제 가난하고 병들고 지저분한 사람들이 가득하다는 걸 알게 됐다. 대기실은 북적였고, 치료가 필요한 사람들도 있었다. 보이는 상처 없이 앉아 있는 사람은 뭘 기다리는지 궁금했다. 젊은 라틴계 여자가 어린 남자아이를 무릎에 안고 앉아 있었다. 그 여자는 살짝 졸았지만 아이는 깨어 있었고 눈물이 글썽한 커다란 갈색 눈으로 그레이스를 쳐다봤다. 그들도 총에 맞은 사람을 기다리는 걸까? 젊은 폭력배 아빠를? 그건 인종차별적인 생각이었다. 하지만 라틴계처럼 보이는 여자는 이 끔찍한 곳에서 잠들었다. 어쩌면 응급실에서 하룻밤이 놀라운 일이 아닐 수도 있었다. 모두 불행에 익숙해 보였다. 여기서 그런 사람들과 함께 뭘 하고 있는 걸까? 아이가 눈을 깜빡이자 그레이스는 시선을 피했다.

눈앞에 펼쳐진 광경이 너무나 빠르게 넓어지며 변하고 있어서 머리가 지끈거렸다.

그레이스는 평생 폭력으로부터 보호받으며 자랐다. 엄마와 미리엄 이외에는 맞은 적도 없었고, 두 사람도 아프게 때린 적은 없었다. 총격을 목격하기는커녕, 총을 본 적도 없었다.

그런데 이건 단순한 폭력, 단순한 재난이 아니라 타인이 어머니에게 가한 것이었다. 누가 이본을 해치고 싶어 할까? 아무런 위협도 되지 못하는 중년 부인인데. 미리엄 이외에, 이본에게 적이라고 할 사람은 없었다.

미리엄이 찾아오긴 했다. 그레이스는 충격 상태였지만 미리엄에게 알렸다. 지난 몇 시간은 이미 기억이 흐릿했지만, 곧바로 달려오지 않고 주저하는 언니에게 화가 나서 고함을 친 기억은 났다. 어머니가 죽어 가고 있는데, 시시한 감정이 뭐가 중요하다고. 어쩔 줄 모르고 두려운 감정을 분노가 환히 밝히자 차라리 안도됐다.

그레이스가 폴과 함께 도착한 지 30분 뒤, 미리엄이 찾아왔다. 폴과 미리엄은 2년 동안 만나지 않았지만, 위기에 함께하는 가족일 뿐, 재회의 느낌은 없었다. 폴은 아무 말도 하지 않았다. 멍한 표정에 뻣뻣한 자세로 앉았다가, 몇 분마다 일어나서 서성였는데, 기다리는 시간이 길어지고 초조함이 견딜 수 없어지면서 그 빈도는 더 잦아졌다.

일단 이본은 목숨을 건졌다. 세 시간째 수술 중이었지만 그 이상은 아무 소식도 없었다. 그레이스는 총상 생존율 통계를 검색해 봤지만 숫자를 읽을 수가 없었다. 휴대전화를 치워 두고 오랜만에 고개를 숙여 진심으로 기도했다. 누군가 들어주기를 바라면서. 신이 이 일을 해결해 줄 수 있다면, 어머니가 살아나고 모든 것이 괜찮아진다면, 그레이스는 무슨 일이라도 할 생각이었다. 교회도 다시 나갈 생각이었다. 남에게 더 친절하게 대하기로 했다. 더 좋은 딸, 더 좋은 사람이 되기로 했다.

고개를 끄덕이며, 맞잡은 손에 대고 중얼거리면서 기도를 하고 있는데, 미리엄이 등에 손을 올렸다.

"네?" 미리엄의 목소리였다.

그레이스가 눈을 뜨고 고개를 드니 형사가 옆에 앉아 미리엄에게 손을 내밀고 있었다.

"닐 맥스웰이라고 합니다." 미리엄이 어리둥절한 표정으로 손을 맞잡을 때, 형사가 말했다. "LA 경찰 소속 형사입니다. 미리엄이시죠? 동생분은 아까 만났습니다."

맥스웰, 그의 이름이었다. 40세 정도, 큰 체구의 잘생긴 백인. 뻣뻣한 갈색 머리에 탄탄한 상체. 응급실 대기실 사람들이 입은 구겨지고 낡은 옷과는 다른, 회색 정장을 입고 있었다. 배지를 보여 주는 모습에 이 남자가 주인공인 티브이 드라마에 들어온 느낌이 들었다. 그레이스는 피해자의 딸 2번이라는, 한 회에 단 두 줄 대사를 가진 단역이 됐다.

형사는 염려스럽기는 하지만 불안해하지 말라는 표정을 지었다. 충격에 빠진 가족들을 대할 때 유용한 표정 같았다. 주차장에서 그레이스를 발견하고 폴이 도착할 때까지 나직이 말을 걸어 준 사람도 그였다. 그가 내내 다시 이야기를 나누려고 기다리고 있었는지 궁금했다.

"미리엄 박이에요." 원래 미리엄은 경찰을 좋아하지 않았지만, 어머니가 피해자가 됐으니 예외인 모양이었다. "범인은 찾았어요?"

"아직입니다." 형사는 사과도 약속도 의미하지 않는, 중립적인 어조로 말했다. "아직 목격자들을 면담 중인데, 모두 본 게 없어 보입니다. 제가 알기로는 범인이 떠나기 전까지 주차장에 아무도 없었던 것 같습니다. 자동차를 본 사람들의 목격담이 상충합니다."

그레이스는 그가 자신을 보고 있는지 알 수 없었다. 쓸모없는 자신이 부끄러워 무릎을 내려다보고 있었다.

차를 살펴볼 생각도, 차 회사와 모델, 번호를 기억할 생각도 하지 못했다. 무슨 색이었는지도 확실하지 않았다. 짐작하자면 은색이었지만, 눈여겨보지 않았다. 형사가 부드럽게 재촉했지만, 그레이스는 확실하게 대답할 수 있는 게 아무것도 없었다.

"어머니는 어떠십니까?"

"아직 수술 중이에요. 언제 끝날지 우리도 몰라요."

미리엄의 말에 그레이스는 다시 눈물을 글썽거렸다. 어머니가 나오기는 할 것인지 알 수 없었다.

맥스웰은 마음을 함께한다는 듯, 말없이 엄숙하게 앉아 있었다. 그레이스는 기본적인 대답도 할 수 없는 자신을 미워하며, 그의 질문을 기다렸다.

"어머니께서 최근 협박당한 일이 있는지 압니까?"

그레이스는 쉬운 질문에 안도하며 그의 눈을 보았다. 그러고는 고개를 저으며 말했다. "아뇨, 그런 건 없었어요."

그레이스는 언니의 동의를 구했지만, 물론 미리엄도 알 리 없었다. 미리엄은 묵묵히 낯설고 놀랍다는 표정으로 입술을 깨물었다.

맥스웰도 그 표정을 알아차리고 직접 물었다.

"어머니를 해칠 동기가 있는 사람이 있습니까?"

"아뇨, 물론 없죠." 그레이스의 마음속에 두려움이 차올랐다.

형사는 미리엄에서서 눈길을 떼지 않았다.

"어머니에 대한 소문이 있던데요."

대기실 전체가 맥스웰의 다음 말을 기다리며 조용해진 것 같았다. 하지만 그는 더 설명하지 않고, 말없이 질문하고 도발하며 미리엄을 쳐다봤다. 그는 더 이상 그들을 위로하지 않았다.

폴이 숨을 헐떡이며, 담배 냄새를 풍기면서 대기실로 들어왔다. 몇 년 만에 담배를 피우러 나갔다 온 것이었다.

맥스웰이 폴을 맞이하러 일어났고, 그레이스는 아버지와 언니 사이에 염려스러운 눈빛이 오고 가는 것을 보았다. 2년간 만나지 않은 두 사람만이 아는 염려가 뭘까?

형사는 자기소개를 하고 손을 내밀었다. 폴은 무시했다.

"무슨 일인가요? 딸들을 성가시게 하지 말라고 했는데요."

그레이스는 깜짝 놀랐다. 폴은 감추려고 했지만, 아내 사건을 맡은 형사에게 화를 내고 있었다. 방금 만난, 자기 가족을 도우려는 사람을.

그레이스는 아버지 팔을 잡았다. "아빠?"

아무도 그레이스와 눈을 마주치지 않았다.

어머니가 총에 맞았다. 소생하지 못할 수도 있었다. 그런데 그게 끝이 아니라는 느낌이 뼛속에 사무쳤다.

"그레이스를 집에 데려가거라." 폴이 미리엄에게 명령했다. "어서."

그날 밤을 둘이 함께 보내게 돼서, 그레이스는 안도했다. 미리엄은 실버레이크에서 자고 가라고 했지만, 노스리지와의 거리와 블레이크의 염려를 감안하니, 미리엄조차도 그러지 않는 편이 낫겠다고 했다. 결국 그들은 함께 살던 그라나다 힐스의 집으로 갔다. 그레이스는 미심쩍어하는 구매자에게 집 구경을 시켜 주는 부동산 에이전트처럼, 어색하게 문을 열었다. 열쇠를 돌릴 때 기대감이 느껴졌다.

11시가 다 된 시각이었고 집 안은 어둡고 덥고 답답했다. 평소라면 부모 모두 집에서 티브이를 보며 잘 준비를 하고 있었을 것이다. 그레이스는 부모의 빈방을 생각하니 마음이 좋지 않았다. 저주처럼 두려웠다. 어릴 적, 미리엄과 함께 담요를 끌고 부모 방으로 가서 바닥에서 자다가 침대로 올라가 폴과 이본을 깨웠던 일이 기억났다.

미리엄이 손을 잡았다. "뭘 먹긴 했어?" 부드럽고, 상냥하고, 지친 음성이었다.

그레이스는 점심 이후로 아무것도 먹지 못한 것을 깨달았다. 정말 끔찍한 밤이었고, 밥 먹으라는 이본의 말도 없었으니까. 어머니가 산 김밥이 한인 마켓 주차장에 떨어져 있던 것이 생각났다.

미리엄은 부엌으로 가서 식탁에 우선 앉았다. 그러더니 일어나 꽉 찬 냉장고에서 밥과 반찬, 남은 김치찌개 그릇을 꺼냈다.

"이거 정말 먹고 싶었는데."

미리엄은 밥을 데우고 찌개는 스토브에 끓였다. 그레이스는 따뜻하고 시큼한 김치 냄새에 그제야 시장기를 느꼈다. 둘 다 괴로웠지만 언니가 자신을 돌봐 준다는 생각에, 그레이스는 가만히 앉아 있었다.

찌개가 식는 동안 미리엄은 부모가 작은 술병을 넣어 두는 냉장고 맨 위 칸을 살폈다. 그리고 크라운 로열 한 병과 얼음을 가득 넣은 물잔 두 개를 가져왔다.

"훌륭한 코리아타운 위스키." 미리엄은 이렇게 말하고 그레이스에게 잔과 그 병을 밀었다. "따라 봐."

술을 따르니 병에 묻은 먼지로 손가락이 더러워졌다.

"언니 나가고 난 뒤에 이 술병에 아무도 손 안 댔을 거야."

가족 중에 술을 마시는 사람은 미리엄뿐이었다. 그레이스는 술을 잘 못 마셨다. 지난번 술에 취했던 밤, 언니와 함께 보낸 형편없던 밤, 씁쓸한 감정과 이튿날 오후까지 이어진 숙취가 기억났다. 하지만 그건 다른 우주였다. 그레이스가 사랑하는 사람들이 무사했고, 돌이켜 보면 다른 모든 것도 상당히 좋았던 세계였다. 오늘 이후, 어쩌면 술이 필요할지도 모른다는 생각이 들었다.

그레이스는 자기 잔에 술을 따르려고 했지만, 미리엄이 병을 빼앗았다. "왜 이래. 자작하면 안 돼." 미리엄은 그레이스의 잔을 반쯤 채웠다. "그러면 7년 동안 형편없는 섹스만 한다고."

"이런." 핸드백에서 휴대전화를 찾은 그레이스는 몇 시간째 확인 안 한 것을 깨달았다. "오늘 데이트가 있었어. 취소하는 걸 잊었네."

"아, 맞다." 미리엄은 동생의 연애에 관심이 많았는데, 하도 별일이 없으니 그레이스는 만나는 사람이 생길 때마다 언니에게 알렸다. 언니와 어머니는 그 문제에서는 별로 다르지 않았다. 그들은 그레이스를 사랑한다는 이유로 이런저런 걸 요구했다. 요구하는 것이 다를 뿐. "한국계 의사를 기다리게 했다고?"

그레이스는 메시지를 읽었다. 여덟 개가 왔는데, 마지막 다섯 개는 화난 말투에 내용도 길었다.

"내가 한국계 의사를 바람맞혔네." 그레이스가 눈을 껌뻑였다. "왜?"

그레이스가 건넨 휴대전화를 보고 미리엄은 찡그렸다.

"생각 없는 미친 년? 왜 '미친'이야?"

그레이스는 어깨를 으쓱였고 미리엄은 전화기를 돌려줬다.

"세상에, 너 정말……." 미리엄은 그다음 말을 하려고 입을 열었다가 멈췄다.

"총알을 피했다고 말할 거였지?"

미리엄은 씩 웃으며 고개를 끄덕였다.

그레이스는 한숨을 쉬었다. "음, 그럼 하루에 두 번이었네."*

"세상에, 못 살아." 미리엄이 웃자 그레이스도 따라 웃었다. 그렇다면, 이 새로운 세상에서도 웃는 건 가능한 일이었다.

그들은 시큼하고 위안이 되는 김치찌개와 함께 위스키를 마셨다. 그레이스는 술기운을 빠르게 느꼈고, 서늘한 안개에 마음이 진정되었다. 언니가 있어서 기뻤다. 이본도 고마워할 것 같았다.

그레이스는 술을 한 모금 더 마시고 물었다.

"엄마가 나아지면 화해할 거지?"

"글쎄. 나도 그 생각하고 있었는데."

"누가 엄마를 죽이려고 했다고, 언니."

"나도 알아. 엄마가 미치게 걱정돼. 하지만 달라지는 건 없어." 미리엄은 고개를 저었다. "엄만 좋은 사람이 아니야, 그레이스."

"어떻게 그런 소릴 해? 우리한텐 얼마나 좋은 엄마인데." 미리엄이 아무 말도 하지 않자, 그레이스는 매사가 잘될 거라고 필사적으로 믿으며 부드럽게 다시 재촉했다. "알잖아."

"그건 다른 문제야." 하지만 미리엄도 부인하지는 않았다.

---

* '총알을 피하다(dodge a bullet)'는 최악의 상황을 면한다는 뜻의 관용구로도 쓰인다.

"한 달 만난 흑인 남자 때문에 정말 이러는 거야?"

"그 일 때문이 아닌 거, 너도 알면서."

그레이스는 한숨을 쉬었다. "엄마가 그렇게 끔찍하다고 생각하는 까닭은 정말 모르겠지만, 이만하면 엄마한테 벌은 충분히 줬잖아."

미리엄의 얼굴에 감추지 못하는 무언가가 스치고 지나갔다. 어두운 사실. 미리엄이 입을 열었다가 닫았다. 침묵 속에서 냉장고 소음이 벌떼 소리 같았다.

"엄마가 지금도 벌 받는 거라면?" 미리엄이 굉장히 조심스러운 말투로 물었다. 미리엄은 지난 몇 시간 동안 번들거리기 시작한 머리카락을 손으로 빗어 넘겼다.

"무슨 소리야, 언니? 엄마가 총에 맞아 싸다고?" 그레이스가 받아쳤다.

미리엄의 얼굴에 동정심이 떠올랐고, 그레이스는 다시 확신을 느꼈다. 형사와의 면담, 언니와 아버지가 주고받은 표정, 중간에서 아무것도 모르는 그레이스. 그리고 그 전, 몇 달, 몇 년 동안 느껴 온, 자신만 아주 중대한 사실을 모른다는 느낌. 가족이 왜 무너진 것인지 이해할 수 없는 상황. 그레이스는 그 무엇도 상상하지 못했다. 그레이스가 모르는 사실을 미리엄이 감추고 있었다.

"나한테 말 안 한 게 뭐야?"

미리엄은 잔에 든 술을 빙글 돌리더니 천천히 한 모금 마시고 내려놨다. 그레이스를 보더니 굳게 결심한 표정으로 입술을 깨물며 고개를 끄덕였다. "에이바 매슈스란 이름 아니?"

그레이스는 고개를 갸우뚱했다. 큰 충격이 닥칠 줄 알았는데. 에이바 매슈스라니? 대체 누굴까?

"아니. 내가 알아야 하는 사람이야?"

미리엄은 얼굴을 찡그렸다.

"응. 모두가 알아야 하는 이름이야." 미리엄은 다시 한숨을 쉬었다. "로드니 킹은, 그 이름은 알아?"

"응, 물론이지." 그레이스는 로드니 킹이 어머니와 무슨 상관일까 싶었다. "폭동 때 그 남자 말이지?"

"LA 소요, 맞아. 그 이야기 잘 알아?"

그레이스는 잠시 생각했다. 1992년 4월에는 갓난아기였지만, 한국인들 틈에서 자라며 많이 들은 이야기였다. 교회 수련회 때, 짝사랑하던 앨런 정이 코리아타운에 있던 자기네 세탁소가 약탈당하고 방화로 다 타 버린 이야기를 한 것이 기억났다. 경찰이 비벌리힐스로 가 버려서 앨런의 아버지가 되돌아가 친구들이 가게를 지키는 걸 도와줬다고 했다. 다른 아이들 몇 명도 자기 가족 이야기를 했다. 가게와 집을 잃고, 죽을 뻔하고, 아버지와 남자 친척들이 건물 옥상에서 총을 들고 싸우던 이야기. 그레이스는 그때 이상하게 동질감을 느끼지 못했다. 부모가 폭동 이야기를 한 번도 한 적이 없었기 때문이었다. 밸리까지 분명 여파가 닿았을 텐데도.

"한국인들에게 힘든 일이었던 건 알아."

미리엄은 고개를 끄덕였다. "사우스센트럴에 한국 사람들이 운영하는 가게가 많았고, 흑인 손님이 많았는데 사이가 좋지 않았어. 로드니 킹 평결이 나왔을 때, 한국 사람들이 말하자면 자연스레 표적이 됐지."

그레이스는 미리엄을 빤히 봤다. 언니가 질질 끌고 있었다.

"왜 이래, 언니? 지금 역사 수업 따윈 필요 없어."

"'역사'가 아니야, 그레이스, 이건……."

"요점만 말해. 에이바 매슈스가 누군데?"

미리엄은 위스키를 한 모금 쭉 들이켜고 그레이스를 보았다.

"에이바 매슈스는 사우스센트럴에 사는 열여섯 살 흑인 여자애였어. 폭도들이 한국인을 공격한 건 그 애 때문이기도 했어." 미리엄은 끊지 않고 빠르게 말했다. "어느 날, 그 애가 편의점에 들어갔는데, 주인이 그 애가 우유를 한 병 훔쳤다고 했어. 싸움이 벌어졌고, 주인이 그 애 뒤통수에 총을 쐈어. 경찰이 와선 그 애가 2달러를 쥐고 있는 걸 발견했고."

그레이스의 심장이 세차게 뛰었다. 그거였다. 미리엄이 비밀의 방의 문을 열어 그 안에 있던 괴물을 공개하는 순간이었다. 다만, 그때까지도 그레이스는 이해하지 못했다.

"그런데 뭐?" 입이 말랐다. "주인이 한국인 아저씨였어?"

미리엄은 슬픈 표정으로 고개를 저으며 동생을 봤다.

"한국인 여자였어."

# 6장

금요일 밤이었다. 손이 젊었을 때, 그건 참 중요했다. 금요일 밤을 최대한 즐기는 것. 어린 시절에는 학교가 끝난다는 뜻이기도 했다. 에이바가 데리러 교실로 오면, 이틀 동안 숙제도 없이 놀면 그만이었다. 영화관에도 가고, 쇼핑몰에서 핫도그도 사 먹고, 붐박스 주위에서 음악도 듣는다는 뜻이었다. 그러다가는 파티와 자동차 타고 몰려다니기, 웃어넘기는 통금 시간 등이 있었다. 금요일 밤은 처음 맛본 자유였다. 그 즐거움을 아끼고, 따로 떼어서 모아 놓을 필요가 없었다. 말썽을 부리고, 미친 듯이 놀다가 또 말썽을 부릴 시간이었다.

하지만 손은 토요일 아침에도 일을 했고, 나이도 들어 간다고 절감했다. 정말 늙은 건 아니지만, 미친 듯한 에너지로 넘치는 애들하고만 어울렸던 그 시절에는 상상도 못 했을 정도로 나이가 들었다. 이제는 한 여자랑 아이와 함께 주로 시간을 보냈다. 그가 금요일 밤에 원하는 건 단 두 가지였다. 평화와 고요.

집에 세 살짜리 아이가 있으니 누리기 쉽지 않은 것들이었다. 모니크는 오늘 밤에도 손을 지치게 했다. 만화에서 로데오를 보고(애들 프로그램에 어떤 놈이 로데오를 넣었는지) 숀의 등과 어깨에 올라타 흔들라고 했다. 재즈가 말리긴 했지만, 숀의 몸을 흔들고 히히힝거리면 좋아서 꺄르륵거리는 딸을 몹시 귀여워하는 게 눈에 보였다. 휴대전화를 꺼내 녹화하면서 모니크에게 그만두라고 하는 재즈의 목소리에는 웃음기가 가득했다. 그러니 어쩌랴? 아이가 지칠 때까지 말 노릇을 할밖에.

이제 숀이 잠시 평화와 고요를 누릴 기회였다. 9시. 한 시간 안에 잠들고 싶었다. 재즈가 모니크를 재우는 사이, 숀은 뜨거운 물로 천천히 샤워했다. 목이 뻐근했다. 로데오 말 노릇을 하느라 아픈 거였다. 숀은 엄지로 목 아래를 문지르며 혼자 웃었다.

티셔츠와 사각팬티를 입고 베개 더미에 기대앉아서 재즈를 기다렸다. 재즈는 아직 모니크를 재우고 있었다. 모니크가 고집을 부리면 한 시간 반이 걸리기도 했다. 며칠 전, 모니크는 숀에게 책 세 권을, 게다가 마지막 권은 두 번 연달아 읽게 했다. 모니크가 이 집의 대장이었다. 재즈는 숀처럼 만만치 않았지만, 모니크의 조그맣고 통통한 손에 휘둘리기는 마찬가지였다. 아이가 귀엽게 토라지거나 동그란 갈색 눈을 빛내며 바라보면, 둘은 버티지 못했다. 그 애에게 필요한 건 동생, 그 권력에 도전할 상대였다. 그렇게 오냐오냐 키우면 아무도 못 말리는 독재자가 되지 않을까?

숀은 혼자 웃으며 재즈가 그의 휴대전화로 찍은 모니크의 사진을 훑어봤다. 모니크는 그에게 올가미를 던지고(재즈가 줄 넘기 줄을 쓰면 안 된다고 말렸지만, 숀은 괜찮다고 했다.) 어깨에 올라타 머리를 꼭 잡고 눈을 반쯤 감고서 소리를 지르고 있었다. 그리고 그 아래 숀의 얼굴이 어찌나 기쁨에 가득한지, 보고 있으니 좀 부끄러울 정도였다. 숀 아빠는 정말 바보 같은 사람이었다.

숀이 그렇게 사진을 보는데 전화가 왔다. 레이가 출소하니 다시 연락하고 지내는 트래멀이 보낸 메시지였다. 숀은 미소를 지으며 메시지를 열었다.

한정자 사건 미쳤어

숀은 일어나 앉았다. 눈을 의심하며 메시지 내용을 세 번 읽었다. 하지만 그렇게 적혀 있었다. 한정자.

실라 이모가 늘 보여 주는 과거의 사건 기사를 제외하면, 한정자는 27년 동안 뉴스에 등장하지 않았다. 그 이름은 로드니 킹이나 에이바 매슈스처럼, 90년대의 분쟁과 연결되는 이름이었다. 1년 동안 그 여자는 신문, 티브이, 전단지 사방에 등장했다. 숀은 진심으로 피하고 싶었지만, 두려워 긴장했으면서도 당당한 그 얼굴을 피할 수가 없었다. 그러더니 재판 후에 사라졌다. 구속에서 벗어나자, 그 여자는 미디어를 피해 사우스센트럴을 떠나 멀리 숨었고, 사건은 끝났다. 그녀가 어디 있는지,

무엇을 하는지 아무도 알지 못했다.

숀이 그걸 아는 건, 찾아봤기 때문이다. 억울한 사람이 반사적으로 그러듯이, 그는 언제나 뉴스를 경청했다. 그 여자가 어떻게 사는지 상상할 수 없었고, 괴롭겠지만 알아내고 싶은 욕구가 늘 사라지지 않았다. 인터넷이 생기자 그 여자 이름은 검색 엔진에서 두 번째로 많이 찾아본 검색어가 되었다. 결과는 에이바를 검색했을 때와 같았다. 숀은 그간 때때로 검색해 봤지만, 한정자는 이름을 바꿨거나 숨어서 지내거나 둘 다인 것 같았다. 그녀는 92년 이후 흔적을 남긴 적이 없었다.

하지만 트래멀이 뭔가 알고 있었다. 트래멀이 알 정도라면, 다른 사람들도 아는 일이었다. 한정자가 돌아온 거였다.

숀은 그 여자 이름을 검색했다. 어깨가 축 처졌다. 뉴스에는 그 이름이 보이지 않았다. 하지만 무슨 일이 벌어진 게 틀림없었다.

휴대전화가 다시 진동했다. 또 메시지가 왔는데, 이번에는 덩컨이 보낸 거였다.

재수 없는 년 업보다

숀은 침대에서 일어나 반바지를 입었다. 재즈는 아직 모니크를 재우고 있었지만, 통화를 하다가 맞닥뜨리고 싶지 않았다. 특히 이 건으로는. 밖이 추워도 상관없었다. 사막의 밤은 마음을 진정시켜 줄 수 있었으니까. 숀은 샌들을 신고 밖으로 나갔다. 휴대전화를 이미 귀에 댄 채로. 동작 감지등이 하얀 불빛을 비췄다.

필사적인 심정이라 덩컨에게 소식을 물었다. 서로 알고 지낸 30년 동안, 덩컨은 다양한 이유로 숀을 늘 불편하게 했다. 숀이 어릴 적, 레이와 친구들과 어울리려고 했을 때 덩컨은 숀을 놀리고 괴롭혔고 고압적으로 굴면서 즐거워했다. 갱단에 들어간 후로는 기회만 있으면 부추겼다. 그리고 갱단에서 나오더니 갑자기 성자처럼 잘난 체하며 숀에게 조언을 해 댔다.

사실 덩컨은 열심히 잘 살았다. 교도소에 가지도 않았다. 단 한 번 심문을 받더니 교도소에는 절대 가지 않기로 결심했다. 배링 크로스 일원들과 잘 지냈지만, 덩컨은 커뮤니티 컬리지에 입학한 뒤로 모든 범죄에서 손을 뗐다. 캘리포니아 주립대학에 들어갔고, 똑똑한 머리로 합법적이고 돈 잘 버는 일을 시작했다. 지금 그는 14번 도로 옆 어딘가에서 바를 운영하는 정식 창업주였다. 꾸준히 술을 팔아 돈을 잘 벌고 있었다. 접객 솜씨가 좋았고, 앤틸로프 밸리에 사는 우익 백인들과도 잘 지냈다. 피부색이 밝은 편이고 초록색 눈을 반짝이며 사기꾼처럼 웃을 줄 알기 때문인 듯했다. 숀이 가까이하고 싶지 않아도, 덩컨은 영영 멀어지지 않을 것 같았다. 그는 레이와 가장 친한 친구였고, 어쩌다 보니 모두 팜데일에 모였다. 그리고 그가 곁에 있는 장점도 있었다. 덩컨이 그레이터 로스앤젤레스 지역에서 가장 수다스러운 사람인데도 사람들은 그에게 속내를 죄다 털어놓았다.

"오늘 축하파티 안 해?" 숀은 그 목소리에서 덩컨이 히죽이는 걸 느낄 수 있었다.

"무슨 소리야?"

"한정자 얘기잖아." 덩컨이 웃었다.

"그 여자가 뭐?"

덩컨은 시간을 끄는 걸 즐겼고 숀은 소식을 빨리 듣고 싶었다.

"총에 맞았어!" 덩컨이 마침내 대답했다. "자기 가게에서 말이야."

숀은 보도석으로 가서 주저앉아 검은 아스팔트 위에 발을 내려놨다. 희미한 별이 깜빡이는 밤하늘이 위태위태하게 기울어졌다. 바깥은 추웠고 몸속 온기가 어지러웠다. 심장이 쿵쿵 뛰며 피가 울부짖는 것이 느껴졌다.

"야, 숀. 듣고 있어?"

"그 얘기 어디서 들었어?"

"다들 알고 있어. 트위터에서 난리야."

"그 여자가 확실해?"

"들은 얘긴데, 확실한 거 같아. 여기서 온갖 소릴 지껄이는 한국인들이 있거든. 이름을 바꾸긴 했는데, 떠나진 않았대. 자기 아빠가 그 여자랑 80년대부터 친구였다고 하는 여자애가 있어. 90년대부터 이본 박으로 살았대."

"이본 박." 숀이 따라 말했다.

15년 전쯤, 한정자가 사우스센트럴에 돌아와서 주류 가게를 운영한다는 소문이 돌던 때가 있었다. 전봇대마다 킹 마켓으로 모여 그 여자를 쫓아내자는 전단지가 나붙었다. 숀이 직접 보러 갔더니 두 사람이 앞에 나와 헛소문이라고 했다. 그들은 흑인 여자와 10대 딸이었고, 가게 주인은 안사은이라는 이름의 여자인데 이웃을 고용하여 빚을 잘 갚고 있다고 했나.

숀은 그래도 안으로 들어갔다. 우유 한 병을 사고 그 여자를 똑바로 봤다. 마주 보는 여자의 얼굴에서 두려움이 느껴졌다. 그 여자도 그걸 알고 외면했다. 잔돈이 카운터 위에서, 그가 들고 나가기를 기다렸다. 하지만 그는 말없이 거기 서서 여자를 찬찬히 살폈다. 40대쯤 되는 나이가 일치했고, 짧고 가는 직모는 3분의 1쯤 희끗희끗해졌지만, 91년에 한정자가 했던 것과 똑같은, 뚝 자른 머리였다.

하지만 92년 한정자의 머리는 달랐다. 임신해서 부른 배와 어울리는, 더 길고 부드럽고 여성적인 스타일이었다. 총격 1년 뒤, 그 여자는 비디오에 찍힌 여자와 전혀 다른 모습으로 변했다. 이미 달아날 계획을 하고 있었다. 숀은 잔돈을 들고 나왔다. 정말로 그 여자였다면 무슨 짓을 했을지 알 수 없었다.

"누구 짓이야?"

"모르지. 이름을 알리고 싶진 않나 봐. 무방비였던 가련한 한국 여자를 쏜 게 누군지 경찰이 밝히겠지." 40대 남자답지 않게 아이처럼 놀리는 목소리였지만, 덩컨 말에 일리가 있었다.

한정자가 무슨 짓을 해도, 연약하고 작은 아시아인 여자라는 방어막을 지울 수는 없을 것이다. 그 여자에겐 의로움과 보호가 필요한 사람, 희생자라는 표식이 있었다. 에이바를 죽이고 흐느끼며 두서없이 경찰에 신고했을 때도 그랬다. 울면서 떨리는 영어로, 부른 배를 내밀고 증언하면서 정당방어 사연을 팔아먹었을 때도 그랬다. 백인 소녀를 죽인 게 아니라면, 그 딴 소리는 항상 사실로 받아들여졌다.

"어디 있었대?"

"약국에. 노스리지."

한기가 들었다. 그동안 거기 숨어 있었다고? 노스리지. 숀이 매일 동트자마자 앤틸로프 밸리에서 차를 몰아 출근하는 그곳? 그 여자와 그렇게 가까이 있으면서 어떻게 모를 수 있었을까?

그리고 예전에 살던 동네와도 굉장히 가까운 곳이었다. 피게로아 주류 마트에서 48킬로미터도 안 되는 곳이었다. 그라면 그보다 멀리 달아났을 것이다.

숀은 노스리지의 조용한 거리와 단조롭고 큼직한 주택들을 떠올렸다. 거기 산꼭대기, 출입구가 따로 달린 커뮤니티 내 화려하고 현대적인 저택에 입주하는 한국인 가족 이사를 맡았던 적이 있었다. 30대에서 60대 사이 한국인 여자들을 보면 늘 그렇듯이 그 집 어머니를 보고도 숀은 한정자를 생각했다.

그 여자가 거기 살았을까? 장식장과 맞춤형 캐비닛, 에이바가 가지는 건 꿈도 못 꾸고 연주만 해 봐도 좋아서 눈물을 흘렸을 그랜드피아노가 있는 언덕 위의 집에?

숀은 한정자가 교도소에서 하루도 보내지 않은 것을 알고 있었지만, 그 여자도 잘 살지는 못할 거라고 늘 생각했다. 따돌림당하고 쫓겨나서, 성공과 행복을 영영 얻지 못한 채 지루하고 미움받는 삶을 살 거라고.

그 여자는 그 어떤 자격도 없었다. 에이바는 열여섯 살에 죽었다. 에이바가 누려야 할 세월, 경험, 행복. 그 모든 것이 총 한 발에 사라졌다. 한정자가 그 이상을 누린다면 부당한 일이었다.

지금까지 숀은 그 여자를 도망자이자 떠돌이로, 알 수 없는 지옥을 헤매는 존재로 생각했다. 그러고 싶지 않았지만 자주 그런 생각을 했다. 하지만 이제 그 여자가 어디 있는지 알게 됐다. 총알 한 발이 그 여자가 로스앤젤레스 안에서 또 다른 가게를 하고 있다는 것을 알려 줬다. 그동안 그 여자는 숀이 사는 도시에서, 숀이 수감된 동안 자유롭게, 숀이 고생하는 동안 풍요롭게 살았던 것이다.

"속이 시원하지?" 숀이 아무 말도 하지 않자, 덩컨이 물었다.

불이 꺼지자 숀은 짙은 어둠 속에 남았다.

"글쎄. 너무 이상하네. 꿈을 꾸는 것 같아."

"야, 꿈 아니야. 누가 한정자를 쐈어. 뒤늦게 정의를 실현한 거지."

정의라니. 이렇게 오랜 세월 끝에, 이게 정의인가? 숀은 눈을 감고 만족감이 차오르기를 기다렸다.

그 대신 법정과 연단, 얼굴이 보였다. 그 모든 것이, 날카롭고 생생하게 숀의 마음속에서 환하게 반짝였다. 검은 법복 위로 기다란 흰 얼굴을 내민 판사가 자리를 잡고 앉아 법정 안을 내려다봤고, 벌레처럼 조그만 숀은 위로, 위로, 위로 고개를 들고 올려다보고 있었다. 숀은 그 여자 판사가 하느님의 권위로 결정을 내리던 모습을 여전히 똑똑히 기억했다. 재판 몇 년 뒤, 그 여자의 사진을 책에서 보았을 때, 숀은 기억과 일치하지 않아 놀랐다. 그렇다고 그가 본 모습이 변하지는 않았다.

숀은 퍼뜩 놀라서 눈을 떴다. "그 여자 혹시……?"

"죽었냐고?" 덩컨이 대신 말해 주었다. "그건 모르겠는데, 들은 얘기로는 중상일 거래. 상태가 안 좋대. 왜?" 놀리는 듯한 말투였다. "죽었으면 좋겠어?"

그 질문이 숀의 귀에서 윙윙 울렸다. "가 봐야겠어." 숀은 그렇게 말하고 전화를 끊었다. 덩컨과 이런 대화를 나누는 게 내키지 않았다.

거기 얼마나 앉아 있었는지, 문이 열리는 소리가 들렸다.

"숀?"

숀은 일어나지 않고 고개만 돌렸다. 재즈가 염려로 이맛살을 찡그리고 추워서 팔짱을 끼고 서 있었다.

"이제 모니크 자. 밖에서 뭐 해?"

재즈가 다가오자 동작 센서에 불이 다시 켜졌고, 재즈와 그 뒤의 집을 환히 밝혔다.

이제 이것이 숀의 삶이었다. 이 집, 이 여자, 저 아이. 숀은 재즈를 빤히 봤다. 그녀는 늘 바라볼 가치가 있었다. 처음 만난 때의 감탄이 그대로 남아 있었다. 그녀는 아름다웠다. 윤기 흐르는 피부, 맑은 눈, 달콤하게 도톰한 입술. 아름다운 외모도 외모였지만, 깊이 알수록 더 놀라웠다. 숀은 뭔가 갖고 싶으면 쫓고, 쫓고, 또 쫓아야 하는 것에 익숙했다. 여자들이 아니라, 아니, 여자들만 그런 게 아니었다. 숀의 삶 속에서 그 어떤 것도 고정적인 건 없었다. 규칙은 늘 바뀌었고, 골대는 올라가기도 하고 움직이기도 했다. 그러다가 재즈가 나타났다. 처음 몇 달 동안 욕망에 타오른 뒤, 숀은 재즈의 몸(키 크고 탄탄한 여인의 몸)이 단순한 몸이 아니라 기둥임을 알게 되었다. 의지할 수 있는 그녀의 온기와 변함없는 가정의 약속에 기대게 됐다. 의심의 여지 없이, 재즈를 만난 건 숀 평생 최고의 일이었다.

하지만 숀은 재즈가 바라는 만큼 마음을 터놓지 않았다.

"자기야?" 대답이 없자 재즈가 물었다. "무슨 일 있었어? 괜찮은 거야?"

재즈가 다가왔다. 슬리퍼가 바닥에 닿는 소리가 났다.

재즈가 옆에 서자, 숀은 손을 내밀어 재즈를 끌어안았다. 팔로 무릎을 감고, 머리를 허벅지에 댔다.

한정자가 죽었는지 살았는지 몰라도, 어쨌든 돌아왔다. 숀은 그 모든 것(그 여자, 살인, 누나)을 마음속 깊숙이 가두어 뒀

느데, 뜻하지 않게 봉인이 풀렸다. 숀은 재즈가 머리를 쓰다듬는 것을 느끼고, 몸을 떨었다.

자정 직전, 두 사람이 겨우 잠자리에 들었을 때 초인종이 울렸다. 아직 깨어 있던 숀은 그 소리에 벌떡 일어났다. 재즈도 곁에서 일어나는 것이 느껴졌다.

"자기야, 누가 오기로 했어?"

숀은 고개를 젓고 발을 바닥에 디뎠다. "여기 있어."

아무도 기다리는 사람이 없는데, 한밤중에 초인종이 울리면 숀은 소름이 끼쳤다. 밤늦게 놀랄 일이 생기는 건 반갑지 않았다. 그가 사는 곳에선 누구나 마찬가지였다. 하지만 오늘 밤엔 유난히 더 불길했다. 한정자가 돌아왔다. 또 무엇이 찾아온 걸까?

숀에겐 이제 총이 없었다. 합법적으로 소지할 수도 없었지만, 그럴 마음도 없었다. 총을 들고 돌아다니는 기분이 어떤지 똑똑히 기억했다. 총을 꺼내기만 하면 쏠 수 있을 때 느껴지는 전율을.

숀은 문을 열기 전에 다른 무기를 찾아 두리번거렸지만 포기했다. 사실 강도는 두렵지 않았다.

초인종이 다시 울리더니 문 두드리는 소리가 요란하게 들려왔다.

"숀!"

마음이 놓였다. 레이였다. 숀은 문으로 달려가 열었다.

"모니크가 깨겠어." 숀이 조용한 대화를 바라며 나직이 말했다.

레이는 숀의 말을 듣지 않았다. 그는 집에서부터 3킬로미터를 달려온 듯이 헉헉거리며 고성으로 빠르게, 분노해서 떠들어 댔다. "네가 전화를 안 받아서."

"미안." 숀이 레이를 집에 들이며 말했다. "재즈랑 이야기를 하고 있는데, 전화기가 자꾸 울려서. 꺼 버렸어."

"재즈도 안 받던데."

"이야기했다니까." 숀은 지난 두 시간을 생각하니 마음이 따뜻해졌다. 재즈도 숀의 내력을 당연히 알고 있었는데, 어째서 그동안 그 이야기를 피한 걸까? 재즈의 조용한 인내와 성실한 관심이 좋은 약이 되어 줬다.

"에이바 말인데."

숀이 고개를 끄덕였다. "형도 들었구나."

"당연히 들었지. 뭐, 나한테는 아무도 전화를 안 할 줄 알았나?" 레이는 숀이 자길 따돌리려고 한다는 듯, 기분 상한 목소리로 말했다.

"그래서 온 거야? 나 내일 일하는 거 알잖아."

레이는 인상을 찌푸렸다. "이놈아, 너한테 무슨 일이 생긴 줄 알고 왔다. 하지만 여기까지 왔으니, 한잔하는 게 어떠냐?"

싫다고 하려는 찰나, 레이가 이미 주방에 들어가 버려서 숀도 별수 없이 따라 들어갔다. "경찰이 온 줄 알았어." 그 말을 하면서 어지러움을 느낀 숀은 레이가 냉장고를 열 때 자리에 앉았다. "거기 맥주 있어. 나도 하나만."

"재즈는 자?"

레이가 차가운 맥주를 건네자 숀이 한 모금 마셨다.

"아니." 재즈는 주방에 있는 두 사람의 대화를 들을 수 있겠지만, 레이가 돌아갈 때까지 자는 척할 것 같았다. "그냥 우리가 이야기할 시간을 주는 거야."

숀은 재즈도 나오라고 할까 생각했다. 그녀에겐 고마운 마음이 들었고 레이가 와 줘서 이 기묘한 시간을 함께할 수 있어서 다행이라는 생각이 들었다. 실라 이모를 제외하면, 에이바를 소중히 여기는 혈육은 그들 둘밖에 남지 않았다. 나름대로 특별한 일이었다. 지금이라면 40대가 되었을 그들의 사촌이자 누나의 복수라니.

"내가 경찰인 줄 알았다고? 난 네가 체포된 줄 알았는데. 부정 타지 않게 나무라도 두드리자."

둘은 기운 없이 웃었고 리놀륨 카운터를 두드렸다. 그 정도면 비슷하니까.

"그럼 오늘 밤에 어디 있었어?"

숀은 어깨를 으쓱였다. "여기."

"이렇게 해 보자. 매슈스 씨, 23일 밤, 오후 7시에서 8시 사이에 어디 있었죠?"

"말한 대로, 여기 있었다니까."

"재즈랑 모니크랑 함께?"

숀이 고개를 끄덕였다.

"여자랑 아이랑. 그 정도면 됐네."

"노스리지엔 안 갔어. 그건 확실해."

"그걸 증명할 준비를 해야지. 그 여자가 누군지 알게 되면 왜 착한 한국인 할멈이 총에 맞았는지 궁금해할 거야. 적이 있는지 묻겠지. 그러면 우리가 등장힐걸. 피의 복수를 하려는 흑인 범죄자 둘이."

숀은 웃을 뻔했다. "그럼 형 알리바이는 뭐야?"

"없어."

"집에 있지 않았어?"

"외출했어."

"어딜?"

"그냥 드라이브."

숀의 마음이 무거워졌다. 레이가 덩컨 가게에서 일하기 시작한 이후로 교회 청년 같은 행동은 사라지고, 소재가 불확실해졌다. 하루 일과가 불분명하고 불규칙했지만, 일주일에 40시간 이상 밖에 나가서 지냈다. 애들과 함께하는 시간도 거의 없어 보였다. 니샤가 숀에게 전화해서 남편이 어디 있는지 모르겠다고 한 적도 몇 번 있었다. 숀도 바빠서 레이 곁을 지킬 수 없거니와, 레이는 성인이었다. 게다가 다시 교도소에 갈 생각이 없는 아버지였다. 하지만 걱정하지 않을 수 없었다. 팜데일에는 폭력 조직에서 나온 이들 중에 LA까지 출퇴근하며 쥐꼬리 봉급을 받는 데 지친 사람들이 많았다. 몇몇은 다른 방법으로 돈벌이를 하기도 했다. 옛 친구나, 친구의 친구들과 머리를 맞대고서. 레이가 원한다면, 주위에 안 좋은 일거리는 많았다.

"젠장, 형." 숀이 웃으면서 농담처럼 덧붙였다. "형이야?"

"아니. 그럼 너도 확실히 아니지?"

한순간 숀은 권총의 무게를, 손끝에 느껴지는 방아쇠의 감각을 기억했다. 지금의 한정자를 머릿속에 그려 봤다. 임신한 모습이 아니라, 자신의 죗값을 결국 치르게 된 것에 두려운 눈빛을 한, 머리가 희끗희끗하고 주름진 50대 여자를.

"응. 내내 여기 있었어."

**2**

## 1991년 3월 16일 토요일

숀은 더 잘 수 없었다. 우선 블라인드를 드르륵 걷는 소리가 들리며 아침 햇살이 쏟아져 들어오더니, 그다음에는 에이바가 팔 위에 올라앉아 젖은 손가락으로 이마를 찔렀으니까.

"일어나, 숀." 에이바가 노래하듯 말했다. "일어나렴, 동생아."

숀은 끄응 소리를 냈다. 그날은 토요일이었고, 숀은 간밤에 눈이 감기도록 만화를 보면서 레이의 귀가를 기다렸다. 레이 침대를 보니, 아직 비어 있었다.

숀은 이불을 머리 위로 덮고 누나가 돌아가길 바라며 웅얼거렸다. "몇 시야?"

"10시가 다 됐어, 잠꾸러기야. 실라 이모가 우유 사 오래."

"누구더러 우유 사 오랬어?"

"'에이바, 가서 우유 사 와라.'라고 하진 않았어. 우유가 필요하댔지. 아침식사로. 그런데 이모는 아침 준비를 하니까, 너랑 내가 남잖아." 에이바가 말을 멈췄다. 숀이 이불을 걷고 보니 에이바는 레이의 침대를 보며 이맛살을 찡그리고 있었다. 우유 사 오는 건 레이가 맡은 일이었다. 레이는 에이바가 시키는 대

143

로 했고 숀에겐 큰 기대를 하지 않았다. 게다가 한 달 전만 해도, 레이는 엄마를 열심히 도왔다.

"레이 형 어디 있는지 알아?"

"덩컨이랑 논다고 하지 않았어? 아마 이것저것 하다가 늦나 보네." 에이바는 어깨를 으쓱였지만 숀은 걱정하지 말라는 뜻임을 알고 있었다. 레이가 처음 외박한 날, 숀은 밤중에 에이바의 방으로 가서 침대 발치에서 잤다.

숀은 어머니를 잘 기억하지 못했다. 어머니가 돌아가셨을 때 너무 어렸기 때문에 물어보고 들은 대답 말고는 별로 기억하지 못했다. 짧은 머리, 가늘고 반짝이는 눈. 외모는 알고 있었지만, 그 모습은 너무 사진에서 본 그대로였다. 어머니의 표정은 항상 초록색 카디건을 입고 두 아이를 품에 안고 짓는 미소뿐이었다. 숀이 세 살 때 슈퍼마켓에서 길을 잃고 주차장까지 간 적이 있는데, 어머니가 발견했을 때 그는 집 없는 지저분한 개와 놀고 있었다. 귀가 쫑긋하고 꼬리가 긴 그 개와, 어머니가 놀라고 안도하며 외치던 소리는 기억했다. "숀 매슈스! 그 더러운 것한테서 떨어져!" 하지만 그 기억도 에이바가 이야기해 준 덕에 아마 어릴 때보다 지금 더 생생해진 것 같았다.

어머니에 대해 숀이 확실히 아는 것은 어머니가 여느 때와 다를 바 없이 집을 나선 어느 날, 술에 취한 운전자가 어머니 차를 건물에 처박고 달아난 사건이다. 순식간에 벌어진 일이었지만, 그 후로 모든 게 변했다.

레이가 술에 취한 운전자는 아니더라도 뭔가에 당할 수 있다고 숀은 생각했다. 어떤 일도 일어날 수 있었고, 레이는 그런 상황으로 자신을 내몰았다.

에이바가 숀이 쥔 이불을 빼앗더니 멀리 던져 버렸다.

"일어나, 일어나라고." 에이바가 말했다. "그렇게 입고 가도 돼. 양치만 하고 가."

숀이 욕실에서 돌아오자 에이바는 다저스 모자를 쓰고 있었다. 레이가 책상 위에 두고 간 새 모자였다.

"레이 형 거잖아."

"상관 안 할 거야."

"태그를 뗐네."

레이가 지난번에 그 모자를 썼을 때 태그를 붙여 놨다고 에이바가 잔소리를 했다. "그 멍청이를 좀 도와줬지. 뒤통수에 태그를 붙이고 다니니까 바보 같잖아." 에이바는 혀를 차더니 씩 웃었다.

이른 시각이라 거리가 조용했다. 숀의 친구들은 수업도 예배도 없는 단 하루를 즐기며 아직 자고 있을 것 같았다. 갱단도 없었다. 그들이 간밤에 무슨 짓을 했든, 이제 끝난 뒤였다. 무슨 일이 있었는지는 나중에 알려졌다. 에이바 말이 옳았다. 레이는 아마 지난번이나 그 전처럼, 마약을 하고 덩컨 집에서 자고 있을 듯했다.

둘은 실라 이모와 리처드 이모부가 아직도 버터와 달걀을

사러 가는 구멍가게, 프랭크 상점을 지나쳤다. 프랭크는 지금
쯤 잡지 사건을 잊었을 테고, 그러지 않았더라도 그들 셋은 다
르게 생겼다. 프랭크는 그 동네 사람이 아니니, 셋이 한집에 사
는 걸 알지도 못했다. 하지만 그들은 그의 가게를 그냥 지나치
는 데 익숙했다. 습관은 습관이니까.

"레이가 돌아오면 혼이 날 거야. 이번 주만 세 번째니까."

숀도 고개를 끄덕였다. "실라 이모가 개난리를 칠걸."

"야."

"난리."

에이바는 잘했다고 숀의 머리를 쓰다듬었다. 숀은 본능적으
로 주위를 둘러봤지만 아무도 없었다.

"그냥 난리만 나면 다행이지. 리처드 이모부가 쫓아내 버리
면, 레이는 이제 끝장이다."

그들이 늘 다니는 가게는 프랭크 상점에서 두 블록 더 가
야 했다. 피게로아 주류 마트도 역시 주류 상점이었다. 식료품
을 사려면 웨스턴 가의 푸드 포 레스까지 차를 타고 가야 했
다. 하지만 피게로아에도 대충 필요한 건 있었다. 우유도 있었
다. 그곳은 자칭 식료품점이기도 했다. 큰 간판 아래, 벽에 검정
색 대문자로 칠이 되어 있었다. **피게로아 식료품—우편환—고
기—야채.**

둘이 들어가니 전자 벨 소리가 났다. 딩동. 카운터 뒤에서 여
자가 고개를 들더니 묘한 표정으로 보고 있어 숀의 주의를 끌

었다. 숀은 전에도 그 여자를 두어 번 봤다. 나이는 알 수 없었다. 스물인지, 마흔인지. 짧은 머리에 얇고 딱딱한 느낌의 입술을 한 한국인 여자였다. 아마 한 씨의 부인일 것이다. 보통 남편이 팔짱을 끼고 서서 가게를 지켜보는 그 자리에, 그 여자가 있었다. 숀은 한 씨는 신경 쓰지 않았다. 그는 친절하지 않았지만 무례하지도 않았고, 몇몇 한국인이 그러듯이 숀을 사고뭉치 보는 눈초리로 보지도 않았다. 숀이 들어가면 늘 엄한 표정으로, 하지만 아는 사람이라는 뜻으로 고개를 끄덕여 줬다.

부인에겐 그런 느낌이 전혀 없었다. 그 여자는 남매를 빤히 쳐다봤다. 아니, 에이바를 빤히 보고 있었다.

"왜 저래? 우리가 스키 마스크라도 쓴 것처럼 보고 있잖아."

숀도 똑같은 신호를 보고 느끼고 있었다. 숀이 알기에 염력에 가까운 남매간의 교감, 공동의 직감 같은 재능이었다. 둘은 함께 안 좋은 느낌을 무시했다. 무례한 한국인 계산원이 어디 한둘인가? 두 사람은 우유를 사야 했고, 이미 그 가게에 들어선 뒤였다.

에이바가 냉장고 문을 열고 우유병을 살폈다.

"유지방 2퍼센트?"

"응." 숀은 계산원을 돌아봤다. 가게에는 둘뿐이었는데 여자는 둘에게서 눈을 떼지 않았다.

"이건 다 곧 상하겠어." 에이바가 우유병을 하나씩 꺼내 바닥에 놓고 뒤에 있는 병을 꺼내려고 했다. 그리고 이맛살을 찡그리며 하나를 집어 들었다. "이번 주까지보단 다음 주가 낫겠지."

숀은 누나를 도와 병을 도로 넣었다.

"저 여자가 날 아직도 보고 있어?"

"응. 누나, 이제 집에 가자."

에이바는 부인을 향해 씩 웃어 보이고 티셔츠 앞주머니에 우유를 넣고는 숀을 향해서는 다른 미소를 지었다.

숀이 냉장 코너에서 걸어왔을 때, 에이바는 이미 카운터 앞에서 계산원을 마주하는 중이었다. 여자는 얼굴을 붉히고 누나에게 외치고 있었다. "내가 봤어! 그건 내 우유야!"

에이바는 양손을 서서히 들며 카운터에서 뒷걸음질 쳤다. 아직 주머니 안에 든 플라스틱 우유병이 볼록하게 튀어나와 있었고, 에이바가 잡고 있는 것 같기도 했다. 하지만 아니었다. 에이바가 우유를 꺼내기도 전에 여자가 카운터 너머로 손을 뻗어 멱살을 잡았다. 여자는 둘 사이를 가로지르는 유리와 플라스틱 칸막이 너머로 에이바를 끌어들일 기세였다.

숀이 뭐라고 외쳤는데, 뭐라고 했는지는 자기도 알 수 없었다. 두려움에 말이 뭉개졌다. 에이바가 여자랑 싸울 것 같았다. 숀은 확신했다. 누나는 모욕을 그냥 넘길 사람이 아니었다.

에이바가 미끄러지면서 다리가 부딪혀 껌과 캔디가 와르르 무너졌다. 숀은 누나의 얼굴은 보지 못하고 뒤통수만 봤다. 레이의 모자가 벗겨져 바닥에 나뒹굴었다.

에이바는 여자의 손아귀에서 벗어나려고 버둥거렸다. 여자는 손을 놓지 않았다. 보기보다 힘이 셌다. 하지만 에이바도 지지 않았다. 누가 묻는다면, 숀은 그렇게 말했을 것이다. 숀은 에이바의 동생이었고, 에이바는 숀을 때리기도 하고 지켜 주기도 했다. 에이바는 포기하지도, 지지도 않았다.

에이바의 발이 더러운 바닥에 미끄러지더니, 그녀가 카운터를 쥐고 균형을 잡자 제대로 섰다. 숀은 에이바의 얼굴을 보지 못했지만, 여자의 표정에 어린 분노가 낯익은 공포와 뒤섞이는 것은 보았다.

에이바는 제대로 버티고 서서, 양손으로 멱살을 잡은 여자를 가격했다. 빠른, 무지무지하게 빠른 주먹질로. 에이바의 주먹이 여자 턱에 맞았고, 에이바는 온 힘을 다해 여자 얼굴을 다시, 또다시, 또다시, 네 차례 때렸다.

숀은 누나가 잘 싸우는 걸 알고 있었다. 레이가 보고 들은 이야기를 전해 줬다. 에이바는 방과 후에 후배와 싸워 정학을 당한 적도 있었다. 후배는 에이바가 건방지다면서 버스 옆에서 불러 세우고 어깨를 밀치곤 이렇게 말했다. "뭘 보냐, 이 고아년아?" 에이바는 그 애를 넋이 나갈 정도로 세게 때렸다고 한다. 그 애 친구가 막지 않았으면 더 심각해졌을 것이다.

하지만 직접 본 적은 없었다. 숀은 누나의 힘과 고집을 알고 있었지만, 누가 누나를 끌어내리려고 하면 어떻게 되는지, 폭력을 목격한 적은 없었다.

목에서 다시 고통스러운 비명이 튀어나왔지만, 숀은 움직이지 못했다. 움직일 수도 없었고, 움직이고 싶지도 않았다. 완전히 겁에 질렸다. 누나가 엄청난 사고를 칠 거 같았다. 하지만 눈앞에서 누나는 자신만만하게 이기고 있었다.

여자는 에이바의 멱살을 놓았다. 얼굴은 이미 부어올랐고, 손으로 자기 얼굴을 더듬는 여자의 눈은 분노로 충혈되어 있었다. 에이바는 뒤로 물러났고 숀은 충격과 안도로 멍한 상태로 떨며 다가갔다. 끝났다. 에이바는 곧 혼이 날 테지만, 당장은 자리를 피해야 했다.

에이바가 돌아섰다. 에이바는 앞주머니에 손을 넣어 우유를 꺼냈다. 숀은 그 모습을 봤다. 우유를 어떻게 할지 궁금했다. 냉장고에 도로 넣을지, 가지고 갈지, 아니면 바닥에 내던질지. 그때 에이바가 쓰러졌다. 우유와 함께 툭 떨어지며 바닥에 널브러졌다.

이윽고 한 씨가 가게로 달려 들어왔다. 고함을 지르고 아내를 잡아 흔들었다. 숀은 거기 없는 사람이나 마찬가지였다. 한 씨는 숀에게 눈길도 주지 않았다. 그는 낯선 언어로 아내에게 고함을 질렀고, 여자는 갑자기 어쩔 줄 모르는 사람처럼 흐느끼며 마주 소리를 질렀다.

숀은 꼼짝도 할 수 없었다. 어떻게 거기에 갔는지 기억나지 않지만, 숀은 누나 옆에 주저앉아 있었다. 파자마 바지 무릎에 피와 우유가 스며들었다. 누나의 이마에 구멍이 번들거리고 있었다. 그거였다. 여자가 누나에게 총을 쐈다.

머리에 총을 맞고도 살아남은 사람들 이야기가 있지 않았나? 숀은 그런 이야기를 떠올렸다.

911 생각이 났다. 911에 연락해야 한다고. 911에 신고하도록 전화기를 빌려줄까?

한 씨가 전화를 걸고 있었다. 숀이 신고를 하고 싶었지만, 움직일 수도, 말할 수도 없었다.

"집사람이. 강두 여자를." 한 씨는 그 말만 되풀이했다. "집사람이 총을 쏴서……"

강도 여자.

바닥에 쓰러진 에이바는 아직 따뜻했고, 숀이 거기서 두 눈을 뜨고 듣고 있는데, 이미 거짓말이 퍼지고 있었다.


너무나 빠르게 일어난 일이었다. 사람들은 그렇게 말했고, 숀도 비디오를 봤을 때, 몇 초 만에 일어난 일임을 직접 확인했다. 하지만 숀이 막을 수 있던 순간이 있었을까? 누나에게 달려가, 소리를 지르고 끌어안아서 누나가 독약 같은 자존심을 억누를 수 있도록?

숀이 그 사건을 몇 번이나 되풀이해야 했을까? 경찰에게, 변호사에게, 판사에게. 실라 이모에게, 리처드 이모부에게, 레이에게. 그리고 가장 자주, 끝없이, 자기 자신에게. 그런데 숀이 정말로 기억하는 것은 무엇일까? 우유병을 꺼내는 손. 그 손과 떨어지는 우유병과 쓰러진 누나. 훗날, 숀은 구멍이 난 에이바의 얼굴과 연기 나는 총을 들고 놀라 서 있는 그 여자, 한정자를 떠올리게 되었다.

사람들은 숀이 울부짖으며 무릎을 꿇었다고 했지만, 숀은 자신이 멍하니 뻣뻣하게 굳어 아무 말도 안 했다고 맹세할 수도 있었다. 다시 말을 할 수 있게 되었을 때는 말을 했고, 진실을 말했다. 비디오도 숀의 말을 입증했다. 에이바에겐 무기가 없었고 한정자는 에이바가 돌아서기를 기다려서 뒤통수에 총을 쐈다. 경찰까지 숀의 말을 믿어 준 건 마음이 놓였다. 그날 경찰은 그 어느 때보다도 숀에게 친절했다. 그때는 아직 어린 애였고, 충격이 가시기 전이었으니까.

하지만 비디오가 있고 숀의 증언이 있었는데도, 한 씨네가 선임한 달변 흑인 변호사는 에이바가 한정자를 죽이겠다고, 그 자리에서 죽이거나 나중에 돌아와서 죽이겠다고 협박한 사실을 기억하라며 숀을 몰아붙였다. 배심원단이 나흘 걸려 에이바의 살인범을 고의에 의한 과실치사로 유죄판결을 내린 뒤에도. 그때도 거짓말이 우세했고, 젊은 한국인 여자는 갱단의 흑인 강도가 죽도록 무서웠다고 주장했다. 백인 여자 판사는 한정자에게 집행 유예 5년과 400시간의 지역사회 봉사, 500달러의 벌금형을 내렸다. 일주일 뒤, 그 판사는 한 남자에게 금고형 30일을 선고했다. 개를 발로 차고 때린 죄를 지었다고.

# 7장

2019년 8월 24일 토요일

크라운 로열 위스키가 전부 혈관에 흘러 들어간 뒤에도, 그레이스는 잠들지 못했다. 미리엄은 새벽 4시쯤 포기하고, 둘이 오랫동안 함께 쓴 방에 자러 갔다. 그레이스는 정신이 말짱하고 비참하고 잠이 오지 않았다. 마음이 아프고 머리가 쑤신 것뿐이었다. 마음속을 할퀴는 고통에 어쩔 줄 모르고 슬퍼했다. 진통제를 먹기 전인 10대 시절 월경 때마다 가차 없던 생리통이 떠올랐다. 그 처절한 고통. 어머니는 데운 돌을 가져다주고 머리를 쓰다듬으며 재워 주었다.

이본이 한 말이 있었다. 아플 때, 고통스러울 때 엄마가 그리워진다고. 그레이스는 집중치료실에서 살기 위해 싸우는 어머니를 생각했다. 어머니가 거기서 나오지 못할 수도 있다는 생각을 견딜 수 없었다. 어머니 없이, 이 일을 어떻게 겪어 낼 수 있을까?

그레이스는 부엌에서 혼자 있었다. 아무 생각도 없이, 휴대전화를 꺼내 브라우저를 열었다. 엄지로 검색창을 골랐다. 비디오. 그것이 그레이스를 소환했다. 28년 된 보안 카메라 영상은 전 세계를 돌아다녔다.

얼마 지나지 않아, 그레이스는 LA 폭동을 회고하는 웹페이지에서 링크된 그 영상을 찾았다. 이걸 본다고 무슨 소용이 있을까 생각하며 링크 위에서 잠시 망설였다. 그레이스는 폭력을 싫어했다. 흥미롭기는 했지만, 연쇄살인범 이야기는 몇 시간씩 읽을 수 있어도 호러 영화는 피했고 스너프 필름에는 전혀 관심이 없었다. 그런데 이게 그거 아닐까? 어머니가 총을 들고 나오는, 스너프 필름.

하지만 선택권이 없었다. 이건 이본에게 저주를 내린 영상이었다. 이본을 악당, 냉혹한 살인자로 보이게 하는 영상. 그것을 보고 이본을 비판한 모든 사람은 그녀를 그레이스처럼 알지 못했다. 그들은 편견을 갖고 죽은 10대에게 동정심을 느끼고, 희생자 편을 들었다. 10대들이 전부 다 순수하다는 듯이. 그레이스는 이본의 딸로서, 열린 마음으로 그 영상을 봐야 했다. 어머니를 이해해야 했다.

링크를 클릭했다. 영상이 재생됐다. 15초밖에 되지 않았는데도 끝까지 재생될 때까지 화면에 적응하기 어려웠다. 눈을 깜빡이고 다시 재생 버튼을 누른 뒤, 유튜브가 다음 영상을 재생하기 전에 멈춤 버튼을 눌렀다. 믿을 수가 없었다. 어머니가 낯선 사람을 총으로 쏘는 영상을 봤는데, 뭐가 지나갔는지 기억도 안 나다니.

이 영상 때문에 그렇게 난리였다고? 너무 짧고, 아무 소리도 없고, 대단하거나 무시무시하거나 그다지 실감도 안 나는 영상이었다. 파란색에 화질이 조악했다. 그레이스는 정지 화면을 노려봤다. 주위의 흐릿한 파란색에서 사람의 윤곽선을 구별하려면 집중력이 필요했다. 그들은 중앙에서 조금 왼쪽에, 검은 머리와 가장 검은 두 점으로 보일 뿐이었다. 얼굴 특징은 흐릿했고 표정은 읽을 수도 없었다.

그레이스는 영상을 다시 재생했고, 이번에는 팔다리가 어디 있는지 확인해 움직임을 지켜봤다. 5초째, 그레이스는 다시 멈췄다. 에이바 매슈스, 희생자가 한정자를 때리는 장면이었다.

대체? 어떻게 이게 정당방어가 아니란 말인지?

그레이스는 다시 영상을 처음부터 보기 시작했다. 이번에는 한정자가 맞기 전에 여자아이의 멱살을 잡아당기는 것을 봤다. 하지만 그녀는 '때리지' 않았다. 그레이스는 평생 주먹으로 맞은 적 없었고 한정자도 누군가를 때렸을 리 없을 거라고 생각했다. 적어도 이 일 전에는. 사람들은 닥치는 대로 남에게 주먹질을 하지 않으니까. 이 여자애는 분명 미쳤다. 무고한 어린 천사가 아니었다.

다시 재생 버튼을 눌렀다. 정당한 분노에 약간의 용기가 생겼다. 앞으로 닥칠 일에 조금 더 당당해질 수 있을 것 같았다.

한정자는 카운터 뒤에서 사라졌다. 몸을 숙이는 것인가, 기절한 것인가? 그리고 에이바 매슈스는 현장에서 달아나려고 돌아섰다.

그때 한정자가 일어나면서 카운터 위로 검은 머리가 다시 나타났고, 에이바 매슈스는 쓰러지더니 가게 통로 뒤로 사라졌다. 그레이스는 한정자가 손에 든, 잘 보이지 않는 반짝이는 물체의 움직임을 포착하기 위해 다시 봐야 했다.

이것만큼은 부인할 수 없었다. 한정자는 에이바 매슈스의 뒤통수를 쐈다.

그레이스는 조회수를 확인했다. 2015년 lee woohyuk이란 사용자가 "삼가 조의를 표합니다."라는 메시지와 함께 이 영상을 유튜브에 게시한 이후로 6만 4771회였다. 그 수를 보고 가슴이 쿵쾅거렸다. 수만 명의 사람들이 5년도 안 되는 세월 동안 이 영상을 찾았다니? 모든 뉴스 채널에서 방송되었을 때는 얼마나 많은 사람이 봤을까? 수백만? 수천만? 그 이상?

그레이스는 휴대전화를 내려놓고 일어나 레슬링 경기 준비 운동을 하듯이 팔을 흔들면서 서성였다. 도움이 되지 않았다. 서성거리기를 그만두고 소파에 누워 한 손을 목에 대고 맥박 수가 가라앉기를 기다렸다. 눈을 감고 숨쉬기에 집중했다. 폐에 충분한 공기가 들어오지 않았다.

1분도 지나지 않아 그레이스는 다시 휴대전화를 들었다. 한번 시작하니 멈출 수 없었다. 댓글을 보았다. 문득 그걸 전부 다 읽어야겠다는 충동이 들었다.

철자가 엉망인 바보 같은 댓글, 동정심, 분노, 극심한 인종차별을 드러내는 말들이 있었다. "한국년이 흑인 애를 죽이려고 했어!!!!!" "빈민가 것들 죽어도 싸다. 잘했어!" 그렇게 많은 사람이 이 댓글난에 폭탄 투하 미션을 받은 것처럼 행동하는 것도 놀라웠지만, 한국인에 대한 공격의 충격이 훨씬 더 컸다. 결국 사람들은 흑인이라는 이유로 그 애 편을 들었고, 돌아서서 '한국인'은 인종차별주의자라고 욕했다.

성조기 아바타를 단 한 사람은 한정자에 대한 에이바 매슈스의 공격은 "사약하고 무시무시"했으며, "받아들이기 힘든 진실"이지만 그 총격은 정당했다고 지적했다. 그레이스는 어둡고 차가운 방에 있는 유일한 촛불처럼 느껴지는 이 글에 끌렸다. 비록 '사악한'의 철자를 제대로 썼다면 더 좋았을 테지만. 그레이스는 이성적인 말을 하는 그가 누군지 프로필을 클릭해 보고서야 흑인 총격 희생자 관련 영상 수십 개에 모두 비난하는 댓글을 단 사람임을 알게 됐다. 에이바 매슈스보다 훨씬 더 무고한 경우도 마찬가지였다. 그는 "인종 리얼리즘"이라는 주제로 블로그를 운영하고 있었다. 그레이스는 한정자의 열혈 옹호자에 대해 더 알게 되는 것이 두려워 그 블로그는 살펴보지 않았다.

한정자. 그것이 이 영상에 나오는 여자의 이름이었다. 무기도 없는 10대의 뒤통수에 총을 쏜 여자. 들어 본 적도 없는데, 어떻게 그게 어머니 이름일까? 그리고 고작 영상 때문에 자신을 키워 준 여자에게 등을 돌려야 하는 것일까? 어머니는 그 영상에 등장하지 않았다. 보이는 것도 거의 없었다. 그 흐릿한 인물은 누구라도 될 수 있었다.

하지만 그건 그녀가 맞았고, 오로지 그녀일 수밖에 없었다. 그레이스의 어머니, 이본 박이었다.

차고 문이 드르륵 열리는 소리에 그레이스는 놀라서 깨어났다. 식탁에 엎드려 잠이 들었던 것이다. 배터리가 부족해진 휴대전화를 한 손에 쥔 채로. 그레이스는 퍼뜩 정신을 차렸다. 어린 시절부터 몸에 밴 반사적인 반응이었다. 차고에서 나는 소리는 엄마나 아빠가 집에 왔다는 뜻이었다.

시각을 확인했다. 아침 8시가 다 됐다. 폴은 병원에서 밤을 새우고 왔다.

폴이 문을 밀고 들어와 신발을 벗는 소리가 들렸다.

"아빠?" 그레이스가 불렀다.

폴은 듣지 못하거나 무시했고, 그레이스가 일어나 아버지를 마주할 기운을 차리기 전에 자기 방으로 들어가 버렸다.

폴에게 할 질문이 너무 많았다. 그레이스가 문 앞에 다가갔을 때, 샤워하는 소리가 들렸다. 그레이스는 침실로 들어가 욕실 문을 열기 직전에 멈췄다. 어떻게 딸들을 보기도 전에 샤워부터 할 수가 있지?

"아빠!" 그레이스는 문을 쾅쾅 두드리며 외쳤다. "어떻게 됐어요? 엄마는 괜찮아요?"

폴의 목소리가 들리긴 했지만, 물소리 때문에 뭐라고 하는지 알아들을 수 없었다.

"네?" 그레이스가 외쳤다.

대답이 없어서 그레이스는 씨근거리며 부엌으로 돌아갔다. 폴이 깨끗한 옷으로 갈아입고 방에서 나와 차고로 갈 때, 그레이스는 기다리고 있다가 막아섰다.

"아빠, 잠깐만."

폴은 짜증을 감추지도 않았다. "엄마한테 가 봐야 해. 미리엄이 일어나면 함께 와라."

"엄마는 어때요? 그사이 아무 말도 없었잖아요."

"수술은 끝났어. 아직 깨어나진 않았다. 더 나빠지진 않았다고 하더라."

"그럼 좋은 소식이에요?"

"소식이랄 것도 없지." 폴은 어깨를 으쓱이더니 다시 돌아섰다.

"아빠."

"왜?"

이 위기에 하나 남은 부모는 그레이스를 성가신 방해꾼 취급하는 것 같았다. "미리엄 언니가 얘기했어요." 그레이스가 울기 시작했다.

폴은 턱에 힘을 줬고, 목젖이 크게 움직였다. "무슨 얘기?"

"다 얘기했다니까요." 그레이스는 아버지 앞에서 처음으로 자제심을 잃고 엉엉 울었다. 그렇게 마음의 짐을 털어 버리니 후련하기도 했다. 이번에는 폴이 도와줘야 했다. 다른 사람은 할 수 없는 일이었다.

"괜한 짓을 했구나."

그의 음성에 담긴 차가운 분노가, 따귀처럼 그레이스의 울음소리를 잘랐다.

"언니가 말한 게 어때서요. 아빠야말로 처음부터 얘기했어야죠. 전 그것도 모르고 아무런 문제도 없는 정상인 줄 알았는데……."

"됐다." 폴이 언성을 높였다. "병원에 돌아간다. 지금은 이런 소리를 할 때가 아니야."

"그럼 언제요? 엄마는 죽을 수도 있어요. 다음번은 없을 수도 있잖아요."

"엄마에겐 이런 소리 입도 뻥긋 마라. 엄마는 네 질문에 대답할 걱정을 할 때가 아니야."

"하지만……."

"됐다고 했다, 그레이스. 넌 아무것도 몰라. 너희 둘 다 아무것도 모른다고."

"도와줘요, 아빠. 제발. 이해하고 싶어요."

그레이스는 해명을 기다렸다. 특별한 상황이 있었고, 끔찍한 공포가 있었다고. 사랑과 용서를 구하기를 바랐다. 아버지가 법정에서 나와 자동차 면허국에 줄을 서고, 더듬더듬 영어로 대화를 이어 나가며 성(姓)을 바꾸는 광경을 떠올리니, 문득 마음이 약해졌다. 박 씨로 태어난 건 그레이스뿐이었다. 미리엄은 네 살 때까지 미리엄 한이었다. 기억나는 일은 아니었지만. 그레이스는 태어나자마자 박 씨가 됐다.

폴은 딸을 보고 화를 가라앉히고 한숨을 쉬었다.

"안다." 부드러운 말투였다. "하지만 이해하지 못할 거야."

# 8장

6시에 전화 알람이 울리기 시작했고 숀은 몇 년 만에 처음으로 결근할까 생각했다. 세 시간 전까지 레이와 술을 마셨고, 에이바와 한정자를 위해 열다섯 번째 건배를 하다가 졸기 시작했다. 알코올은 숀을 기절시키는 대신, 혈관에 몰려들어 온몸을 웅웅거리게 만들었다. 도중에 잠든 것 같았지만, 힘들게 눈을 뜨면서야 깨달았다. 레이의 꾐에 넘어가지 말았어야 했는데. 레이는 감상에 젖을 여유가 있었다. 아침에 갈 곳이 없었으니까.

숀은 알람을 끄고 침대에서 돌아누워 15분 더 잠을 청했다. 1분 뒤 포기했다. 옛 기억이 너무 많이 떠올라, 마음이 진정되지 않았다. 눈을 뜨니 쓰라리고 아팠지만 정신은 번쩍 들었다.

습관적으로 이메일을 확인하니 수신함에 친구들과 모르는 사람들이 보낸 편지와 질문이 가득했다. 밤새 소문이 퍼졌다. 인터넷에서 한정자를 검색했더니 어제 이후 트위터에는 그 이름이 서너 차례 언급되었지만 뉴스 기사에는 없었다. 어젯밤 늦게 《LA 타임스》 기사를 링크한 트위터 글이 있었다. 자세한 내용은 없었지만, 노스리지 한인 마켓 앞에서 초저녁 총격이 있었고 희생자가 중상을 입었다고 전했다.

숀은 전화기를 치워 두고 출근 준비를 한 뒤 재즈와 모니크에게 입 맞추며 인사했다. 매니 이삿짐센터 티셔츠와 농구 반바지를 입고 노스리지에 들어가서야 오늘 출근하겠다는 결심은 자신을 속인 것임을 깨달았다.

한인 마켓은 매니 이삿짐센터에서 겨우 2.5킬로미터 거리였다. 그 여자는 거기 없을 것이고 가게는 닫혀 있을 터였다. 총격이 없었더라도 토요일 아침 7시가 조금 넘은 시각이었다. 하지만 숀은 직접 봐야만 했다. 그동안 한정자가 공공연히 숨어 지낸 곳을.

숀은 매니에게 전화를 걸었다가 가족에게 일이 생겨 오늘 쉰다는 메시지를 남겼다. 매니라면 그 말을 믿어 줄 거라고 생각했다. 숀은 거짓말을 한 적 없었고 사장도 그걸 알고 있었다. 오늘도 대신 일할 사람이 없었다면 출근했을 테지만, 레이가 그만둔 뒤로 숀은 3인 팀을 이끌었고 율리시스와 마코는 믿고 일을 맡길 수 있는 동료였다.

이렇게 이른 시각, 거리는 텅 비어 넓었고 숀은 한국어로 적힌 간판이 여기저기 달린 쇼핑몰과 마주했다. 숀은 그 외국어 글자를 알아봤다. 중국어보다는 덜 복잡하고, 일본어보다는 부드럽고 o가 달린 글자들을. 오랜만이었다. 팜데일에는 그 글자가 필요도 없었다. 그가 아는 한국인들은 스시 뷔페 주인이 전부였고, 일본인도 별로 없었으니까. 숀은 전에도 이곳에 차를 타고 지나간 적은 있었지만, 멈출 이유가 없었다. 매니의 사무실에서 차로 5분 거리에 이런 교외 코리아타운이 있는지도 모르고 있었다.

숀은 거대한 쇼핑몰에 들어섰다. 넓은 주차장은 거의 비어 있었고 가게들은 닫혀 있었다. 한인 마켓은 똑같은 모래색의 네모난 건물에 기다랗게 줄지어 바깥쪽을 면하고 있는 가게들 가운데 있었다. 노후한 교외 느낌이 나는 거대한 복합단지였고, 가게들이 커다랗고 지저분한 안내판에 적혀 있었는데, 흐릿한 글자가 숀의 차에서도 보였다. 스타벅스, 부동산, 허니베이크드 햄. 한국어 학교와 음악, 미술, SAT 시험 준비반 등 몇 곳의 학원. 모두 다 시장과 관련된 듯 보이는 소도시에 어울리는 서비스 업체들이었다. 푸드코트와 네일아트 살롱, 안경원, 치과. 우리약국이라는 약국 한 곳.

숀은 차를 세우고 잠시 망설이다가 시동을 끄고 내렸다. 정말 여긴가? 경찰도, 카메라도, 폴리스라인도 없었다. 주차장에 아마도 일찍 출근한 사람들의 차 몇 대가 있었지만, 구경꾼 하나 없었다. 중대한 일이 직전에 벌어진 곳처럼 보이지 않았다. 열두 시간이면 싹 치우고 모두 잊기 시작하는 모양이었다. 하지만 숀은 자신이 저지른 범죄 현장에 돌아온 것처럼, 자꾸 숨고 싶었다. 주위를 돌아보았다. 경계할 것은 아무것도 없었지만, 여기 온 건 좋지 않은 생각이었던 듯했다. 여기서 그가 얼을 게 무엇이란 말인가?

숀은 시장 입구로 걸어갔다. 자동문이 꽉 잠겨 있었다. 탁 트인 하늘이 파랗고 맑은, 기분 좋은 아침이었다. 오늘 같은 날, 숀과 재즈는 잔디밭 의자에 앉아 모니크가 집 앞을 뛰어다니는 모습을 보기도 했다. 오늘 같은 날은 지칠 줄 모르는 아이들을 위한 날이었다. 숀 자신이 실라 이모의 집 앞 보도에서 뛰어다니며 고무공을 발로 차며 "마르코! 폴로!"라고 외치는 레이와 에이바를 뒤따르는 모습도 눈에 선했다. 뭘 하는 거였더라? 기억나지 않았다. 오랫동안 떠올리지 않은 일이었다.

우리약국이 위치한 자리는 한인 마켓으로 들어가는 진입로였다. 빵집과 화장품 가게 사이로, 숀의 눈에는 유리상자처럼 보이는 작은 매장이 비집고 들어서 있었다. 충격이 건물 안이 아니라 바깥에서 벌어졌는지 약국은 멀쩡했다. 상가가 너무 어두워서 약국 안쪽을 들여다볼 수는 없었지만, 숀은 누군가 훤한 빛 속으로 끌어낼 때까지 몇 년간 카운터 뒤에 앉아 안전하게 은닉해 있던 한정자의 모습을 상상할 수 있었다.

자동차 한 대가 주차장에 들어와서 숀은 문 앞에서 피했다. 운전자는 짧은 파마머리 위에 챙이 넓은 모자를 쓴 중년의 한국인 여자였다. 여자는 숀의 차로부터 통로 두 개 떨어진 자리에 차를 세우고 핸드백을 몸에 꼭 붙이고서 내렸다. 숀은 갈색 피부와 문신, 땀과 체취, 타오르는 영혼이 뿜어 내는 혼란이 눈에 띌 것 같아서 차로 돌아갔다. 여자는 숀과 눈을 마주치지도, 손 쪽을 쳐다보지도 않았다. 하지만 그의 주위를 크게 빙 돌아 상가 입구로 갔다.

한정자는 아마 그 문을 통해 퇴근했을 것이다. 손이 걷고 있는 길을 따라 차로 갔을 것이다. 그 여자는 가해자가 오는 것을 보았을까? 아니면 가해자가 뒤에서 다가와 뒤통수를 겨눴을까?

숨이 막혔다. 손은 말없는 기도처럼, 신음 같은 소리를 냈다. 거기, 아스팔트 위에 햇빛이 비추자 검붉은 자국이 씻겨 나간 자리가 보였다. 한정자가 흘린 피를 씻어 냈지만, 흔적을 다 지우지 못한 것이었다. 아무리 엉망이라 해도, 마침내 그 여자에게도 정의가 이뤄졌다는 증거였다.

에이바는 산타페 스프링스의 파라다이스 추모 공원에 묻혔지만, 이제는 그 안의 정확한 위치를 아무도 몰랐다. 에이바의 장례식 4년 뒤, 공원 묘지는 문을 닫았다. 묘지를 되팔아 한 곳에 여러 구의 시신을, 무시하기 쉬운 가난한 흑인 가족의 가난한 흑인 시신을 켜켜이 매장하다가 발각된 것이었다. 그들은 시신과 관을 파내 흙과 유해 더미에 내던진 뒤 다시 흩어 놓아 남의 유해와 뒤섞었다. 에이바에겐 묘비도 없었다. 에이바의 묘지가 있었던 곳에는 1959년에 사망한 2차대전 참전용사 코닐리어스 헨더슨이라는 사람의 묘비가 서 있었다. 시신이 뒤섞인 후 흩어져서 에이바가 원래 묘지 가까이 있긴 한 건지 알

도리가 없었다.

숀이 마지막으로 여기 온 것도 몇 년 전이었다. 실라 이모는 이곳을 싫어했다. 그곳에 있었던 일을 알고 난 뒤 이모는 몇 주 동안 잠도 제대로 못 잤다. 이 최후의 모욕에, 전에 당한 일들이 새삼스레 다 떠올랐던 것이다. 그동안 에이바를 위한 추모식이 많이 있었지만, 묘지에서는 한 번도 열리지 않았다. 늘 교회, 혹은 실라 이모가 사람들과 함께할 수 있는 더 큰 기념일에는, 에이바가 사망한 장소에 세워진 누메로 우노 마켓 앞, 91번가와 피게로아 교차로에서 열렸다.

노스리지에서 거기까지, 꽃가게에 한번 들르고 가는 데 한 시간이 넘게 걸렸다. 공원은 조용했고 관리가 안 되어 있었다. 풀은 갈색이고 잡초가 높이 자라 있었다. 누나가 잘 가꾼 잔디밭에 묘비를 세운 묘지에 묻히지 못하고 이런 곳에 있다니, 숀은 마음이 아팠다. 누나는 별것 아닌 것조차 얻지 못했다.

대신 에이바가 가진 것은 다음과 같은 문구가 적힌 큰 화강암 묘비가 세워진 합동 묘지였다.

누구든지        영원히
어디든지
명복을 빕니다

적어도 이 묘비는 다른 것보다 나은 모습이었다. 곰팡이가 피고 새똥이 앉았지만, 그래도 가끔 청소를 하는 것 같았다. 그 밑에는 몇 가지 물건도 있었다. 성조기, 장미 조화 따위. 숀은 묘비 옆에 작은 다육식물 화분을 내려놓고 눈을 감았다.

숀이 어렸을 때(한 살에서 세 살 사이인데, 정확히는 알려 주지 않았다.) 에이바가 숀에게 선인장과 손바닥을 마주치게 했다. 고양이가 빛을 쫓듯이, 자기 손을 움직여 숀이 따라오게 했다. 위로 높이! 아래로! 너무 늦어! 마지막으로 에이바는 손바닥을 밖으로 펼쳐 선인장 화분 앞으로 뻗었고, 숀이 최대한 빠르게 손을 내리칠 때, 자기 손을 싹 뺐다. 숀이 울기 시작하자 에이바는 웃었다. 그러다가 에이바가 울면서 어머니에게 사실대로 고했고, 어머니는 그런 장난을 친 에이바를 혼내 줬다. 그것이 숀의 첫 기억이었다. 선인장의 가시에 찔리는 느낌.

숀은 누나를 무서워하고 사랑했던 마음을 기억했다. 둘은 악착같이 싸우다가도 아무 일도 없었던 것처럼 돌아가고, 매번 서로 마음을 아프게 하다가 금세 화해하고, 받은 상처를 쉽게 잊었다. 에이바는 숀에게서 제일 좋은 교환 카드를 가져가고, 제일 맛있는 핼러윈 사탕을 빼앗아 갔다. 한번은 숀이 에이바를 나쁜 년이라고 불렀는데, 에이바는 그 일로 몇 년은 숀을 협박해서 부려먹었다. 그래도 숀은 누나를 숭배했다. 누나가 처음 친구 집에서 자고 오던 날, 숀은 누나 사진 앞에 앉아 울었다.

에이바가 살해당했을 때, 둘의 관계는 이미 좀 더 잔잔하고 애정 어린, 어른이 되어서 계속 유지할 안정적이고 따뜻한 동지애로 변하고 있었다. 그리고 가끔 숀은 에이바만큼이나 그것이 그리웠다. 자신을 누구보다 잘 아는 사람과 평생 나눌 수 있었던 우정이. 한정자가 그걸 앗아 갔다. 그에겐 온 세상이나 다름없는 평범한 여자아이를.

에이바는 천재가 아니었다. 학교 성적은 좋았지만 대학 진학은 고사하고 졸업을 했을지도 알 수 없었다. 숀도 똑똑했지만, 둘 다 하지 못했다. 에이바는 피아노에 재능이 있었지만, 재능에는 한계가 있었다. 짧은 커리어에서도 그건 충분히 분명했다. 에이바는 매일 몇 시간씩 연습하는 아이들, 다섯 살 때부터 수업료를 낼 부모 슬하에서 전문 강사의 레슨을 받는 아이들과는 경쟁할 자원이 없었다.

에이바는 성인도 천사도 아니었다. 나쁜 일들을 겪었고, 그런 것은 도움이 되지 않았다. 좋은 일들도 겪었지만, 에이바는 당연히 받아들였다. 욕도 하고 말대꾸도 했다. 맞서 싸우기도 했다. 사람들 말과는 달리, 에이바는 물건도 훔쳤다. 숀은 웨스트우드에서 어느 날 저녁, 그들 발아래서 폭동이 일어났을 때 직접 목격했다.

에이바는 숀에게 줄 카세트테이프와 게스 청바지 한 벌을 훔쳤다. 에이바가 탐냈지만 너무 딱 붙고, 허리가 밑으로 내려가고, 비싸기 때문에 실라 이모가 절대 사 주지 않았던 청바지였다. 그때 상황에 미루어 그건 아무것도 아니었다. 바로 그날 밤, 레이는 새 운동화를 얻었다. 덩컨은 가죽 재킷, 붐박스, 심지어 휴대전화도 얻었다. 숀은 팔뚝만 한 검은 플라스틱 휴대전화를 그때 처음 보았다. 하지만 그건 우유 한 통보다는 더 큰 것이었다. 70달러라는 거금을 훔친 짓이었다. 따지고 보면 어떤 이들이 에이바의 생명의 가치로 여긴 액수보다 훨씬 많은 액수였다.

에이바가 어떤 아이였는지를 실라 이모가 기억하고 있는지 알 수 없었다. 10대 시절 에이바는 이모가 다루기 힘든 아이였다. 둘은 끊임없이 싸웠다. 실라 이모는 하나뿐인 여자아이에게 엄격한 기준을 세웠고 에이바는 늘 그것에 미치지 못했다.

딱 한 번, 숀은 배링 크로스 갱단과 함께 돌아다니던 20대 때 실라 이모에게 에이바가 어쩌면 한정자에게서 우유를 훔칠 생각이었을지도 모른다고, 에이바가 그러지 않을 성격은 아니며 그럴 만큼 열 받은 상태였다고 말한 적이 있었다. 에이바가 완벽한 아이인 척하는 게 지겨워졌다. 완벽한 아이여야만 세상이 에이바를 애도하는 것이 싫었다.

실라 이모는 숀의 뺨을 때렸다. "에이바가 나쁜 애라고 생각하기 시작하면, 무슨 일이 벌어지는지 아냐? 그러면 다른 애들이랑 같이 버림받는 거야. 아무도 모르는 흑인 애들이랑 같이 공동묘지에, 숀. 그런 애들은 우리가 이름도 모르잖니, 아가. 아무도 그 애들 이야기도 하지 않고, 글도 쓰지 않으니까. 네 누나가 그렇게 되면 좋겠어?"

숀은 이모가 자신을, 자기 앞가림을 하며 살고, 자기만의 문제를 가지고, 그 문제를 풀 수 있는 어른이 된 자신을 때렸다는 사실에 놀라 화를 내며 돌아섰다. 할 말이 없음을 알기에 돌아섰다.

# 9장

블레이크와 마주치지 않고 침실에서 나갈 수 없었다. 거실에서 티브이를 보며 요가 연습을 하는 블레이크와. 주방에서 구역질 나는 콤부차를 마시는 블레이크와. 엄밀히 말하면 여긴 그의 집이었고, 보통 사람들은 출근하는 월요일 오후이긴 해도 자기 집 안에서 돌아다니는 건 그의 권리였다.

폴이 계속 밖에 있고 최소한의 말만 거는 상태에서 그레이스는 미리엄과 함께 지내며 제정신을 유지했다. 그레이스는 매일 병원에 얼굴을 내밀긴 했지만, 대부분의 시간은 그 집 손님방에 틀어박혀 언니가 밖에서 뭔가 일을 하는 사이에 블레이크를 피하고 있었다. 미리엄은 점심을 먹고 술이나 커피를 마시러 나가기도 했지만, 그레이스보다는 확실히 병원에서 더 많은 시간을 보냈다. 블레이크가 평소처럼 그냥 무시한다면 더 좋을 텐데, 그레이스가 물 한잔 마시러 나갈 때마다 그는 하던 일을 멈추고 이런저런 질문을 하고 동정심 어린 착한 남자의 눈빛을 하고는 졸졸 따라다녔다.

차라리 출근해서 일하는 편이 나을 거라는 생각도 들었다.

하지만 그레이스는 토요일 오전부터 하던 일을 계속하려고 조지프 아저씨에게 약국을 맡겼다. 어머니에 대해 조사하고, 집착하기 위해서.

미리엄이 이본의 내력을 털어놓지 않았더라도, 어차피 그레이스는 어제 《LA 타임스》에서 어머니의 총격 사건에 대한 기사를 냈을 때 결국 알게 되었을 것이다. 거기에 매슈스 살해에 관한 사실이 있는 그대로 냉정하게 요약되어 있었다. 그레이스는 사실 그 기사를 읽지 않았지만, 그것을 무시하고 지나칠 방법은 없었다. 기사는 폭발적인 반응을 보였다. 모든 소셜 미디어 플랫폼마다 관련 해시태그가 유행했고, 의견과 추측, 주관적 논평과 악의가 넘쳐났다. 이전까지는 아무 평가도 없던 옐프의 우리약국 페이지에 별 한 개짜리 리뷰가 우수수 생겨나기도 했다. 기자라고 주장하는 낯선 사람들이 조심스레 적은 이메일을 보내 사실과 논평, 그레이스 입장에서 본 이야기가 있는지 찔러 보기도 했다. 그레이스는 관여하고 싶지도 않고, 거의 아무것도 모르는 그 이야기를. 전화까지 몇 통이나 와서 어머니의 생사 여부 소식을 기다릴 때가 아니면 휴대전화를 꺼 놓기도 했다.

이 사람들은 수치심이라고는 없었고, 제아무리 동정하는 척해도 그레이스 자신의 편이 아니라는 건 알 수 있었다. 그레이스는 아무에게도 답하지 않았고 그들이 그녀 가족 측의 침묵을 왜곡하고, 논평이 없다는 건 잘못을 인정하는 셈이라고 비아냥거리는 걸 알고 있었다. 어머니가 문자 그대로 코마 상태인데도. 그레이스는 그날 바에서 만났던 기자를 알아봤다. 이름은 줄스 서시였고, 그때 눈 한번 마주친 덕분에 친구 사이라도 된 것처럼 이메일을 여섯 통 이상 보냈다. 그러다가 그는 한 정자를 알폰소 쿠리얼의 살인자 트레버 워런과 연결시키는 망할《뉴요커》기사를 썼다. 그 두 사람을 비교하는 건, 그레이스가 느끼기에 터무니없이 부당했다. 서시는 서던 캘리포니아에서 흑인에 대한 폭력을, 흑인을 인간 이하로 취급하는 사법 체제의 실패를 계속해서 주절주절 늘어놓았다. 자신이 불에 기름을 끼얹는 것이 아니라는 듯, 로스앤젤레스 지역의 불안이 커지고 있다고 계속 언급했다.

그레이스는 이본에 대해서 구할 수 있는 것은 다 읽었다. 수십 편의 옛 기사와 새 기사뿐 아니라, 블로그 글과 댓글, 약력과 위키까지. 이제 무엇을 찾으면 되는지 알고 나니, 애초에 감추어져 있었다는 사실 자체가 놀랍고 모욕적으로 느껴졌다. 그때의 총격 사건은 사방에 있었다. 어머니 이름을 검색하면 그것밖에 나오지 않았다. 대부분의 사람들에게, 어머니를 규정하는 건 그것뿐이었다. 이 하나의 행동, 방아쇠를 당긴 것, 그 순간이 모든 다른 것들을 가려 버렸다.

그레이스는 오로지 빌어먹을 바람 좀 쐬고, 산책하고, 블레이크에게서 벗어나, 머릿속에서 비명을 질러 대는 괴로움을 잊고 싶을 뿐이었다.

미리엄의 집은 미리엄이 조깅하러 다니는 못생긴 저수지 근처, 실버레이크의 언덕 위에 있었다. 그녀는 늘 그곳이 참 좋고, 달리기가 엔도르핀을 분비해 차분하고 행복해진다고 했다. 그레이스는 달리기를 하지 않았다. 1년에 몇 번, 유산소운동을 하려면 방을 뒤져 딱 하나뿐인 스포츠 브라를 찾아야 했다. 그러나 빠르게 걷기도 같은 효과가 있지 않을까 싶었다. 지금쯤이면 엔도르핀이 좀 필요했다. 그레이스는 저수지를 올려다보고, 그쪽으로 걷기 시작했다.

미리엄이 사는 곳은 주거 지역이라서 보행자가 별로 없었다. 그레이스는 한적함에 고마움을 느끼며 사람들이 더 많이 모일 곳으로 가는 계획을 수정했다. 표정을 어떻게 해야 할지, 어떻게 행동하는 것이 옳은지 알 수 없었다. 눈을 내리깔고 땅만 봤다. 갈라진 곳을 밟으면 어머니의 등이 부러질 것이다. 조심스럽게, 매끈한 보도만 밟으며 틈이나 구멍도 피했다.

그러다 무언가, 아니 누군가가 어깨를 쿡 찔렀고, 그레이스는 깜짝 놀라서 오른 발바닥으로 커다란 틈을 밟았다.

"젠장." 그레이스는 이렇게 말하고 돌아보았다.

앞에 선 남자는 음주를 할 수 있는 나이는 되어 보였고, 좁은 청바지에 검은 플라스틱테 안경 차림의 이모(emo) 패션을 한 마른 금발이었다. 그레이스는 처음 보는 사람이라서 길을 묻는 줄 알았다. 그레이스는 원래 방향감각이 없어, 이 언덕길은 전혀 알 수 없었다. 남자가 다른 사람을 찾기를 바랐다.

"실례합니다." 남자가 고집스럽고 강한 어조로 물었다. "그레이스 박 맞죠?"

그레이스는 눈을 깜빡이며 한 걸음 물러났다. 자기 이름을 아는 낯선 사람이 다가오는 건 처음이었고, 그 말은 마치 비난처럼 그레이스를 몰아붙였다. 불행과 죽음의 이야기를 낚아채려고 독수리처럼 맴도는 기자가 분명했다. 그냥 스팸 버튼을 누르고 끊어 버릴 수 없으면 어떻게 해야 하나? 두려움에 꼼짝할 수 없었다.

"왜요? 누구시죠?"

"전 이반이에요. 이반 하우드. '액션 나우'에서 일해요. 들어 봤어요?"

그레이스는 고개를 저으며 걸어가려고 했다.

"음, 언니를 알아요. 미리엄." 그는 실망감을 감추지 않고 말했다. "실은 미리엄과 이야기하려고 했는데, 몇 가지만 물을 수 있을까 해서요."

그레이스는 홱 돌아서서 거의 달리기 직전의 속도로 빠르게 걸었다. 그 블록 끄트머리에 가서야 얼마나 떨어졌는지 돌아보았고, 남자는 똑같이 급한 걸음으로 바짝 뒤따라오고 있었다.

"관심 없어요." 그레이스가 외쳤다. "따라오지 마세요."

남자는 빠른 걸음으로, 그레이스를 압박하며 뒤쫓았다. 그의 균일한 발소리가 들렸다. 그레이스는 달리지 않아서 어리석

게 맨 먼저 희생되는 공포 영화 속 인물이 된 것 같았다. 속도를 내려다가 보도의 부서진 부분에 발이 걸렸다. 균형을 잃고 앞으로, 보도를 향해 넘어졌다. 빠르게 넘어졌다. 아마 얼굴로 충격을 흡수할 것인지 손으로 할 것인지 결정할 순간은 있었던 것 같았다. 손, 손을 택했다. 오른손을 내밀었지만 너무 늦었고, 이미 부서진 것처럼 느껴지는 손목에 턱을 부딪쳤다. 피 맛을 느끼며 돌아보니 이반 하우드가 이제는 적당한 거리를 두고서 휴대전화로 그레이스의 모습을 촬영하고 있었다.

"뭐 하는 거예요?" 그레이스가 내뱉었다.

남자는 질문을 무시하고, 그레이스가 넘어지는 데 자신이 한 역할을 인정하지 않고서 이익만 챙겼다. 그는 다가와 버티고 서서 말했다. "몇 가지만 묻겠어요."

"'좀 어때요?'라곤 안 물어요?" 그레이스는 혀로 이가 흔들리는지 확인했다. 괜찮았다.

"어머니 상태는 어떤가요?"

아랫입술이 찢어졌다. 다치지 않은 손으로 찢어진 곳을 눌러 보니 피가 묻어났다.

"누구 소행인지 경찰이 알려 준 건 없어요?"

30대 부부가 거리 반대편에서 다가왔다. 여자는 염려스러운 표정으로 그레이스와 눈을 마주쳤고, 남자는 그 여자 뒤에서 목줄을 한 핏불을 데리고 있었다.

그레이스는 보행자들이 들을 수 있을 만큼 큰 소리로 휴대전화 카메라를 향해 말했다. "이걸 누가 보는지 몰라도 이 개자식이 나를 따라와서 넘어지게 했고, 도와주지 않고 심문했다는 걸 알아주세요."

여자가 달려와서 손을 내밀었다. "괜찮아요?" 여자는 그 남자를 노려봤다.

그레이스는 감사한 마음으로 여자의 손을 잡았다. 이반에게 비키라고 하려는데, 남자가 버저가 울리는 순간 코트 가운데서 농구공을 던지는 선수처럼 정신없이 급한 말투로 불쑥 물었다.

"이게 혹시 에이바 매슈스 살해에 대한 복수일 가능성은요?"

그레이스가 벌떡 일어나서 손을 탁 뿌리치자, 선한 사마리아인은 놀라 휘청거렸다. 보통 경우라면 그레이스는 사과를 했겠지만, 그때만큼은 따로 할 말이 있었다.

"복수요?" 이를 악무니 피가 새어 나오는 것이 느껴졌다. "우리 엄마가 병원에 있는데, 날 쫓아와서 복수란 소리를 하는 거예요?"

"하지만 당신 어머니, 이본 박이 피게로아 식료품점 주인 한정자 아닌가요?"

부부는 이제 빤히 쳐다보며 듣고 있었다. 개까지 귀를 쫑긋 세우고 앉아서 집중했다. 그레이스는 그들이 그 광경에 집중하는 것인지, 여자가 누군지 알아보는 표정을 지은 것인지 알 수 없었다. 그들에게 신경 끄고 갈 길 가라고 말하고 싶었다.

"우리 엄마는 우리 엄마예요."

"이것이 정당한 보복이라 여기는 사람들에게 뭐라고 할 건가요? 당신 어머니가 10대 여자애를 죽이고 아무런 처벌도 받지 않았다고 생각하는 사람들에게?"

머릿속 어딘가 깊은 곳에서 어떤 목소리가 이 멍청한 놈을 무시하라고, 더 피해를 보지 말고 돌아서서 걸어가라고 했다. 하지만 파도처럼 밀려드는 분노를, 이 무식한 놈에게 할 소릴 해야겠다는 욕구를 극복하기에 그 소리는 너무 작고 소심했다.

"그 여자애가 먼저 쳤다고요. 엄마를 때렸어요. 그리고 그거 알아요? 그 앤 말라빠진 어린애가 아니었어요. 165센티미터에 61킬로였다고요!"

그레이스는 자신이 고함치고 있는 걸 알았다. 충격 이후로 느낀 어떤 것보다 후련하고 기분 좋았다. 그 남자가 휴대전화로 촬영하고 있는 걸 보고 내려치고 싶었다. 말을 멈춰야 했지만, 튀어나오는 말을 멈출 수가 없었다. 몸속 깊은 곳, 가장 순수한, 애정으로 밝게 빛나며 폭발을 일으키는 부분에서 맑은 진실의 물이 솟아나는 것 같았다.

"난 스물일곱이고 지금 165센티미터예요. 내 체중이 60킬로 그램인데, 엄마보다 몸집이 커요. 어떤 야만적인 180센티미터에 열다섯인 살 애가 당신을 때리면 어떻겠어요? 자신을 방어할 거죠? 그럴 거예요. 고등학교 다니는 깡패가 머리를 때리면 그게 애라는 걸 잊을 거라고요."

남자가 눈을 휘둥그레 뜨고 믿을 수 없다는 듯 킥킥거리자 그레이스는 화가 치밀었다.

"이건 정당방어 사건이 아니었어요. 당신네 어머니는 살인으로 기소되었다고요. 법정에서 유죄 판결을 받았어요."

"엄마는 충분히 고생했어요."

"아동 살인으로 말인가요?"

그레이스는 눈을 내리깔고, 부어오른 손목을 쥐고 돌아서서 내달렸다. 이번에는 아무도 뒤쫓지 않았다.

# 10장

숀은 어릴 적부터 경찰을 상대했다. 경찰과 이야기하고, 무시하고, 가능하면 피했다. 경찰은 항상 그의 삶 속에 있었다. 팜데일은 그 시절 사우스센트럴과 달랐지만 여기서도 순찰차가 늘 주위를 돌아다녔고 수상한 사람이 보이면 차창을 내리고 말을 걸었다. 가끔은 그들이 누가 낚이는지 보려고 흐르는 물에 낚싯줄을 드리우는 것 같기도 했다.

하지만 지금까지 팜데일 경찰은 숀을 건드리지 않았다. 그가 갱단 핵심 조직에 들어갈 나이를 지났기 때문일 수도 있었다. 숀이 더 젊었을 때, 경찰이 그에게 인사를 건네기보다는 벽에 밀쳐 세우는 일이 더 많았던 시절에는 이렇지 않았다. 어쩌면 요즘 숀이 여자와 아이를 대동하고 나가는 일이 많기 때문일 수도 있었다. 그가 말썽을 일으키는 걸 상상하기 어려워졌으니까. 그리고 어떻게 보면 이 상황은 이렇게 정리할 수 있다. 사람들은 게을러서 마음속에 맨 먼저 떠오르는 걸 붙잡고 사실로 간주한다고. 이러한 경찰들은 백인이었다. 건강하고, 깔끔하게 이발한 머리에, 소고기를 먹으며, 문신을 하고 헐렁한

바지를 입은 흑인 애들을 두려워하라고 배운, 풀 먹인 제복을 입은 애들. 그들은 새뮤얼 L. 잭슨에 열광하고 모건 프리먼이 삼촌이면 좋겠다고 생각하는 애들이었다.

숀은 맥스웰 형사가 그런 경찰이 아니라는 것을 곧바로 알 수 있었다. 그는 젊지도 않았고, 제복을 입지도 않았으며, 숀을 만나러 멀리서 왔다.

"집이 좋군요." 그는 아직 저녁 식기를 치우지 못한 부엌을 훑어보더니 고개를 끄덕이고 말했다. 그는 방 안에 모인 사람들을 지휘하는 유형이었다. 주위를 둘러보는 눈초리에는, 사람들이 원하는 것 이상을 꿰뚫어 보려는 공격적인 면이 있었다.

재즈는 그 앞에 커피를 내려놓았다. 숀은 미소를 지을 뻔했다. 재즈는 예의 바른 안주인 노릇을 하고 있었지만 물물교환 장에서 얻은, 고양이 앞발처럼 생긴 못난 머그잔을 골랐다. 그들은 그 머그잔을 쓴 적이 없었다. 재즈는 좋은 손님에게는 그걸 절대 내놓지 않았다. 맥스웰은 고맙다고 하더니 커피를 한 모금 마시며 숀에게 잔 바닥에 그려진 발바닥 프린트를 내보였다.

재즈가 숀 옆에 앉았을 때, 맥스웰은 그녀가 무슨 꿍꿍이인지 아는 것처럼 상냥하게 미소 지었다. "실은, 매슈스 씨. 단둘이 이야기를 나누고 싶군요."

"저도 함께 있고 싶어요." 재즈가 말했다.

형사는 숀을 빤히 보았다. "좋은 말로 부탁하고 있지 않습니까?"

"이 사람에게 변호사가 필요한가요?"

"꼭 그래야 할지는 모르겠군요. 자기 집에서 편안히 나누는 대화인데." 맥스웰이 가볍게 대답했다. "항상 애인이 대변인 역할을 합니까?"

속이 빤히 보이는 수작이었다. 남성성을 모욕해 흑인에게 입을 열게 하는 것. 적어도 그 말이 숀에게 한 가지는 알려 줬다. 형사가 숀을 바보로 여긴다는 걸.

"괜찮아." 숀이 재즈에게 말했다. "어쨌든 모니크를 봐야 하잖아."

재즈는 숀의 머리에 키스하고 딸 방으로 들어갔고, 두 남자는 침묵 속에 남았다. 형사는 커피를 마저 마시고 입을 열었다.

"내가 왜 왔는지 알겠어요?"

"짐작은 가네요."

"한정자가 금요일 밤에 총에 맞은 걸 들었을 때, 놀라지 않았습니까?" 맥스웰은 눈을 번득이며 숀을 보았다.

숀은 마음과 달리 죄지은 사람처럼 초조한 반응을 느꼈다. 목이 메고, 식은땀이 났다. "그 얘길 듣긴 했어요."

"그 여자가 아직 LA에 있는 걸 알았어요? 생각해 보면 미쳤죠. 살인죄에서 벗어나 계속 거기 살다니."

'살인'이라고 했다. 과실치사가 아니라. 교묘한 사람이었다.

"금요일 밤에야 알았어요."

"금요일 밤 몇 시?"

"문자메시지를 받았어요. 시각을 알고 싶으면, 전화기는 주머니에 있어요." 이 집에는 권총이 하나뿐이었다. 아마 형사의 큰 덩치에도 헐렁하게 보이는 재킷의 안주머니에. 하지만 맥스웰은 그걸 알지 못했고 숀은 무죄추정의 원칙에 기댈 만큼 어리석지 않았다. 그는 맥스웰이 신호를 할 때만 움직였고, 그것도 아주 조심스럽게 했다. 트래멀의 문자메시지를 찾았다. "9시 17분에 받았네요."

"누가 알려 준 거죠?"

"그게 중요한가요?"

"이본 박, 요즘 한정자가 쓰는 이름이 그거죠. 이본 박이 오후 7시 직후, 가게 문을 닫고 총격을 당했어요. 이제 뉴스에 다 나왔죠. 어제 《LA 타임스》 기사 봤습니까? 일요일자, 1면."

숀은 고개를 끄덕였다. 희생자 신원 때문에 그 사건은 여느 총격과 다른 관심을 끌었고 처음에는 보도가 별로 없다가 매체에서 기사가 쏟아져 나왔다. 숀은 몇 시간씩 기사를 뒤져 열심히 읽었다.

"음, 이제는 뉴스에 다 나왔지만 금요일 밤이라니? 소셜 미디어에 퍼지기 시작한 때인데. 아마 그렇게 알게 된 모양이지. 어쨌든, 그렇군요. 사건 두 시간 뒤에 누가 알려 준 건지 중요하니. 이름을 알려 주시죠."

숀은 갱단 생활을 조금 즐기다가 그런 허세에 전혀 관심 없는 일곱 살 연상 여자친구와 결혼한, 뚱뚱하던 꼬마 트래멀을 떠올려 봤다. 그는 쉬는 날에는 우버 택시를 운전하면서 열심히 두 딸을 키우는 방사선과 기사가 됐다. 여태 지은 죄라곤 딸들이 잠든 뒤 자기 집 차고에서 마리화나를 피운 게 전부였다. 트래멀이 용의자일 가능성은 에이바가 무덤에서 돌아와서 범행을 저질렀을 가능성이나 매한가지였다.

그렇다 하더라도, 숀은 형사를 그의 집으로 보내고 싶지 않았다. 특히나 지푸라기라도 잡으려는 형사는. 예전엔 그런 생각조차 부끄럽게 여겼을 것이다. 경찰에겐 아무리 작은 정보를 내주는 것도 밀고나 다름없었다. 이름을 알려 주다니, 최악의 배신이었다.

하지만 숀은 그럴 여유가 없었다. 전과와 가족을 모두 가졌으니까. "트래멀 토머스요." 아무렇지도 않은 듯, 숀이 말했다. 트래멀이 자기 앞가림은 알아서 하리라 믿으며.

맥스웰은 그 이름을 적었다.

"그 소식을 들었을 때, 어디 있었죠?"

"집에 있었어요. 잘 준비를 하다가."

"9시에?"

"저도 이제 나이가 있잖아요, 형님. 아침에 일찍 일어나고."

"출근하려고? 노스리지의 매니스 이삿짐센터에서 일하는 걸로 아는데." 형사는 노트를 앞에 놓고 있었지만 그걸 확인하진 않았다. "오늘 아침 사장을 만났어요. 토요일에 쉬었다고 들었는데."

매니가 경찰에 진술했다. 그거였구나. 귓속이 잠시 뜨끔했다. 그 느낌은 바로 사라졌다. 매니도 자기 앞가림을 해야 하니까.

"맞아요. 하루 휴가를 냈어요."

"몇 년 만에 처음이었죠." 형사는 보지도 않고 노트 페이지를 뒤적였다. "뭐, 병도 안 걸리나 보죠? 부럽군."

숀은 아무 말도 하지 않았다. 어차피 그는 대답을 원하는 것도 아니었다.

"그럼, 숀. 하필이면 그 토요일에 어째서 미리 연락 없이 쉬기로 한 거죠?"

"내가 20년도 넘게 지나서 그 여자를 죽이려고 했을지도 모른다고 생각하면서, 그 소식 때문에 심란해진 까닭은 모르겠다고요?"

맥스웰은 숀의 질문을 씩 웃어넘겼다. "내가 당신이라면, 나가서 축하를 했을 테지. 그런 겁니까?"

"옛날 일을 떠올려 봤을 뿐입니다." 숀은 그렇게만 말했다.

"범죄 현장에서도 그런 겁니까? 기억?"

숀은 식탁 밑에서 주먹을 꽉 쥐고, 자신 쪽을 보지 않던 한국인 여자를 떠올렸다. 그 여자가 정말로 경찰에 신고했던 거였다. 그 여자가 아니라면, 다른 사람이.

"누나를 기억하고 있었어요. 그다음에 누나 묘지에도 갔어요. 그건 아무도 신고 안 했나 보죠?"

형사는 묵묵히, 후회스러운, 좀 찔리는 표정으로 고개를 저었다. 이런 직업을 가진 사람에겐 온갖 표정이 다 필요한데, 지금은 가족이 죽은 사람에게 어울리는 표정을 꺼내 쓰는 느낌이었다.

적절한 침묵 뒤, 그는 하던 말을 계속했다.

"들어 봐요." 형사는 비밀이라도 털어놓는 투였다. "떠도는 소문엔 배링 크로스 갱단이 자기들이 한 짓이라고 한다던데."

숀의 눈이 휘둥그레졌다. 어쩔 수 없었다.

"어디서 그래요? 난 처음 듣는데."

"뭔지 알잖아요. 사람들이 얘길 하면, 소문이 도는 거지. 그쪽이 들었으면 나도 들은 거라고 봐야죠."

"배링 크로스 얘긴 못 들었어요."

형사는 잠시 입을 다물고 엄지로 노트를 넘기면서 숀을 봤다. 맥스웰은 노트 어딘가에 공공 기록에 의거해 숀의 41년 인생을 점 잇기 방식으로 적어 뒀을 것 같았다.

"이 사건의 타이밍이 최악인 건 부인할 수 없어요. 쿠리얼 사건 후로 사람들이 90년대 초를 기억하는 상황이 돼서야. 이 총격이 누님 사건과 무관한 게 밝혀지면 우리 모두 감사하겠죠. 하지만 참 엄청난 우연 아닐까요?" 숀이 반응하지 않자, 형사는 계속 말했다. "옛날 친구 중에 연락하는 사람은 없어요? 잘릴 프렌티스, 케빈 프라이스, 아이작…… 뭐라고 하더라? '뉴트' 존슨?" 형사는 이름들을 읊으며 씩 웃었다.

숀이 몇 년 동안 듣지 못한 이름이었다. 바짝 긴장하고 매서운 눈매를 한 소년들의 이름이지, 그와 같은 나이의, 가족과 행동의 결과를 책임지는 어른의 이름이 아니었다. 꼬맹이들, 돌이켜보면 그랬다. 뉴트 아버지의 차를 타고 여자, 스포츠, 음악 이야기를 하며, 서로 놀려 대고 웃어 대던 애들. 하지만 그들은 진지했다. 짧은 아동기를 거치며 순수라는 특권을 누리지 못한 애들. 그들은 죽음을 알았기에 삶이니 죽음을 들먹였고, 죽음이 두렵지 않은 척 굴었다.

오래전, 숀은 그들의 전화번호를 다 외우고 있었다. 이제는 어디 사는지도 잘 몰랐다. 뉴트는 마약 거래와 살인미수로 교도소에 있었다. 10대 시절에는 가장 친한 친구였다. 숀은 가끔 자신이 다른 행동을 했다면 뉴트도 다른 길을 갔을지 궁금했다. 만약에, 만약에. 이따위 생각을 해 봐야 소용없었지만, 어쩔 수 없었다. 너무 많은 실수와 너무 많은 잘못된 선택이 있었다. 그는 주어진 상황에서 책임과 의무를 다해야 한다고 믿었지만, 그렇다고 가지 못한 길을 궁금해하지 않는다는 의미는 아니었다. 어머니가 돌아가셨고, 다음에는 누나가 세상을 떠났다. 그는 둘 다 빼앗기고 혼자 살아남았다. 그것이 그에게 주어진 삶이었다. 불운의 반대편에 모두에게 더 나은 삶이 있었을까? 그건 어떤 삶이었으며, 언제 사라졌을까?

형사가 그를 빤히 보고 있었다. 숀은 고개를 저었다.

"한참 됐어요."

"레이 할러웨이는?"

숀은 몸이 떨리는 걸 참았다. "네, 레이 형이야 만나죠. 형은 '옛날 친구'가 아니에요. 가족이죠."

"그 갱단은 전부 '가족'인 줄 알았는데." 형사는 숀이 미끼를 물도록 한참 뜸을 들였다. "누가 한정자에게 복수를 하겠어요. 그 여자가 누님을 살해했을 때, 가족은 상처를 받았지만 복수를 하지 못했어요. 물론, 그 여자를 사우스센트럴에서 쫓아낸 걸로 충분하다고 여겼을 수도 있어요. 하지만 누군가 그 여자가 어떻게 사는지 알아냈을 거예요. 유복하고, 조용하고, 자유로운 미국인의 삶을 사는 걸. 그 한국인 여자는 빈민가를 벗어났어요. 가게가 다 타 버려서 어쩔 줄 몰랐을 거 같아요? 내 생각엔, 보험금을 타서 새 출발을 했을 거 같은데. 깡패들은 허튼 소문이나 표정 하나 때문에 서로 싸우잖아요. 복수하는데 그렇게 오래 걸린 게 놀라울 뿐이지."

"에이바 누나는 크립스 일원이 아니었어요."

"크립스 복장을 입고 사망했죠."

"다저스 모자였어요."

맥스웰은 어깨를 으쓱였다. "파란 모자였지. 뭐, 에이바가 관련이 없었다고 합시다. 당신이랑 사촌은 거기 있었어요. 지금은 마음 잡고 사는 것 같지만." 맥스웰이 그곳이 마술로 만든 공간이고 손가락만 부딪히면 사라지게 만들 수 있다는 듯 아무렇게나 손을 흔들었다. "당신 전과 기록을 봤어요, 매슈스. 돌팔매, 패싸움, 총격. 보면 알아요. 이게 빙산의 일각이라는 걸."

숀은 그의 눈을 똑바로 봤다. 그의 말이 틀리지는 않았다. 처벌받지 않고 넘어간 일도 많았다. 하지만 숀은 아무도 죽이지 않았고 한정자보다는 죗값을 훨씬 더 많이 치렀다.

"당신은 갱단 소속이었고, 시시한 놈들과는 다르고, 화가 나 있어요."

숀이 입을 벌리고 한숨을 길게 푹 쉬었다.

"누나는 살해됐어요, 형사님. 28년 전엔 화가 났었고, 지난 금요일에도 화가 났고, 오늘도 화가 나요. 하지만 여기 찾아온 건 시간 낭비였네요. 내가 화난 건 어떤 바보라도 알고 있어요. 미리 전화를 했으면 얘기했을 거예요. 할 말은 그것뿐이고, 그게 전부예요." 숀은 일어났다. "그만 돌아가시죠."

# 11장

언니 집 손님용 침실에서, 세상의 따가운 시선으로부터 숨어 있던 그레이스는 거기가 어딘지 기억해 내는 데 몇 초 걸렸다. 잠에서 깨어났지만, 다시 악몽이었다. 눈을 질끈 감고 침대속으로 더 깊이 파고들었다.

"일어나." 미리엄이 그레이스를 흔들어 깨웠다. "먹을 거 가져왔어. 내가 나간 다음에 움직이긴 했니? 9시가 다 됐어. 좀 먹어야지."

그럼 하루가 지난 셈이었다. 생각보다 오래, 적어도 네 시간은 잤다. 대단한 일을 해낸 것 같았지만, 두통은 여전했고 침대 밖으로 나갈 기운은 없었다.

"정선에 새로 생긴 채식 식당에 갔어." 미리엄이 살짝 어이없다는 표정으로 말했다. 미리엄이 블레이크에게서 단 하나 반감을 느끼는 부분이 채식주의였다. "데리야키 두부 덮밥을 포장해 왔어. 일어나! 일어나 앉아! 침대에 차려 줄게. 엄마식 서비스라고."

그레이스는 다시 눈을 뜨고 언니가 무릎 위에 올려 둔 쟁반을 봤다. 테이크아웃 음식을 도자기 그릇에 옮겨 담고, 핫소스 병과 김치, 다이어트 콜라를 함께 차린 것이었다. 그레이스는 팔꿈치로 버티고 일어나 웅얼거렸다. "고마워, 언니."

미리엄은 그레이스가 먹는 모습을 지켜봤다. "어때?"

그레이스는 어깨를 으쓱였다. "밥은 그저 그래. 김치가 맛있네. 거기서 가져왔어?"

"농담하니? 백인한테 돈 주고 김치를 사게. 내 거야."

그레이스는 믿을 수 없어 고개를 들었다. 미리엄이 어디서 김치 담그기를 배웠을까? 어머니가 가르쳤을까? 그레이스는 요리하는 법을 배운 적이 없었다. 좋아하는 음식도 이본과 함께 사라지면 어쩌나?

"식당에서 가져온 게 아니라, 내 거라는 말이야. HK 마켓에서 샀어." 미리엄이 그러고 나서 그레이스의 젓가락을 빼앗아 한입 먹어 보더니 고개를 저었다. "이 밥은 영 아니네. 글루텐이 이상한 거 같았어. 망할 채식주의자들은 밥이랑 두부도 제대로 못 하냐." 미리엄은 소스를 그릇 위에 뿌리더니 섞었다. "자, 좀 나을 거야."

그레이스는 먹었다. 그날 첫 식사였고 배가 고팠던 걸 깨달았다. 식사를 마친 뒤, 미리엄이 쟁반을 주방으로 가져갔고 그레이스는 다시 자 보려고 드러누웠다.

언니가 곧장 돌아왔다. 옆에 누워 그레이스의 머리를 쓰다듬었다. 그 행동, 미리엄의 부드러운 손길에 그레이스는 또 눈물이 났다.

"이제 나도 미워해?"

"아니."

"하지만 내가 인종차별주의자라고 생각하잖아."

"그레이스, 난 모두가 다 인종차별주의자라고 생각해."

27년 인생에서 처음으로, 그레이스는 미움받는 느낌이었다. 온몸이 뜨겁고, 살갗이 참을 수 없이 따끔거렸다. 그레이스는 평범한 사람이었다. 사교 범위는 늘 편안할 정도로 좁았고, 강한 의견도 없었고, 남에게 기분 나쁠 말은 하지 않았다. 그레이스를 싫어한 사람은 단둘이었다. 하나는 중학교 때 여자애였고 하나는 대학 때 남자애였는데, 그들이 그레이스를 잊은 뒤에도 그레이스는 그들의 의견을 곱씹으며 지냈다. 그렇다고 사람들이 그레이스를 '좋아하는' 건 아니었다. 카리스마 비슷한 것도 없는 건 이미 알고 있었다. 하지만 아무에게도 상처 주지 않았는데 누가 못마땅히 여긴다고 생각하면 미칠 것 같았다.

그건 예전, 교회에 다니고, 가게를 운영하고, 가족을 양육하며, 잘 가꾼 정원 같은 삶을 사는 조용하고 근면한 한국인 부부의 2세대 딸이던 시절 이야기였다. 이제 그녀는 모든 걸 알아 버렸다. 그들은 모래 위에 집을 지었고, 비가 내리고 물이 불어나자 세상의 냉혹한 홍수에 휩쓸려 버린 것을.

어제 아침, 그레이스가 이메일을 열어 보니 평소보다 열 배쯤 많은 100통의 새 메일이 도착해 있었다. 처음에는 기자들인 줄 알았다. 제목을 봤다. **멍청한 년아 죽어라.**

그 메일을 클릭했다. 그러지 않을 수가 없었으니까. 메일 본문에는 그레이스에게 강간당하고 총에 맞아 죽어 마땅한 년이라는 둥, 인종차별주의자라는 둥, 온갖 욕설이 들어 있었다.

처음 듣는 말이었다. 창밖으로 휴대전화를 집어 던지고 싶었다. 대신 그레이스는 다음, 그다음 메일을 차례로 읽었다. 그런 메일이 수십 통이었고, 내용의 일관성과 욕설의 수위에는 차이가 있었지만 모두 분노하고 있었다. 좀 더 차분하게 격식을 갖춘 메일도 마찬가지였다. 모두 알지도 못하는 그레이스의 이메일 주소를 굳이 찾아내서 경멸을 전달했다.

그런 사람 중 하나가 링크를 보냈고, 그레이스는 그것을 열었다. 심장이 머릿속에 들어간 것처럼 머리가 뜨겁고 어지러웠다.

굵은 글씨로 제목을 단 페이스북 페이지였다. **에이바 매슈스 살인자의 딸, 인종차별주의 발언하다. 끝까지 볼 것!**

그 끔찍한 남자에게 소리를 지르는 자신을 보고, 그레이스는 양손으로 입을 막았다. 이럴 수가 없었다. 이럴 리가 없었다. 영상을 지울 방법이 있어야 했다.

미리엄이 돌아왔을 때, 그레이스는 울어서 눈이 퉁퉁 부어 노트북으로 욕설을 담은 이메일과 댓글을 전부 다 읽고서 얼어붙어 있었다. 미리엄은 동생에게서 노트북을 빼앗아 그레이스의 페이스북 계정을 조용히 비활성화한 뒤, 차와 신경안정제를 줬다. 비참함이 가신 건 아니었지만, 그레이스는 언니의 관심이, 언니답지 않게 아무 비판도 하지 않는 것이 고마웠다.

"내 영상 어떻게 됐어? 다 봤대?"

"그레이스, 그러지 마."

"말해 줘, 언니. 내 상황이 어떤지 알아야지."

미리엄은 한숨을 쉬었다. "좋지 않아."

"조회수가 얼마야?"

"알 수 없어. 너무 여러 곳에 퍼져서."

"몇백만이 넘어?"

"몇백만인지는 모르겠지만……."

"그럼 몇백만대구나."

미리엄은 말이 없었고, 그레이스는 몸을 떨었다. 언니가 아니라고 말해 주길 기대했다. 몇백만? 그게 무슨 의미인지도 알수 없었다. 귀여운 동물 동영상이면 그 정도인지, 한정자의 저화질 보안카메라 영상처럼 온 세상 사람들이 본 영상과 비슷한 수준인지. 로스앤젤레스에 사는 사람만 해도 얼마일까? 100만? 1000만? 모두 다 그 영상을 보고 있을까?

"사람들이 언니도 찾아왔어?" 그레이스는 음성에서 기대감을 감출 생각도 하지 않았다.

미리엄은 기분 나빠 하지 않고 동정심을 담아 미소 지었다.

"아니. 사람들이 내가 네 언니인 건 알지만 나를 따라다니지는 않아. 다들 너한테 정신이 팔린 모양이야."

"언니가 달아나는 동안에 내가 곰에게 잡아먹히네."

미리엄이 웃었다. "웃기는 소릴 다 하네."

"안 우스워." 그레이스가 씁쓸하게 말했다. "이반이란 그놈은 언니 '친구'라고 하면서 내게 다가왔어. 언니가 먹혀야 했는데."

"말했잖아. 한 번쯤 만난 놈이라고. 내 페이스북을 스토킹하다가 네 사진을 봤을 거야. 솔직히, 이런 시기에는 액션 나우 같은 사이트에서 찾아오면 아무 말도 하지 말았어야지."

"뭐가 제일 기분 나쁜지 알아? 내가 아는 사람은 지금쯤 전부 다 이 영상을 봤을 거야. 교회 친구, 학교 친구까지 죄다. 이건 A급 뒷담거리야. 다 퍼졌을 거라고."

목에서 흐느낌이 터져 나왔다. 미리엄이 머리를 쓰다듬어 주었다.

"그리고 걔들이 이 영상을 봤으면, 엄마에 대해서 알게 됐다는 뜻이고, 엄마가 총에 맞아서 이 일이 다 드러났다는 뜻이야. 우리 엄마가 내 눈앞에서 총에 맞았다는 뜻이라고. 그런데 언니, 걔들 다 어디 있어? 내 친구들은 어디 있어?"

"지니랑 사마야는 전화했다면서."

"응, 그렇지. 멜라니도 전화했고, 캘리포니아 대학 때 친구 몇 명도 메시지 보냈어. 하지만 아무도 내 편을 들어주지 않아. 사람들이 내 이야길 멋대로 하는데, 나서서 '난 그레이스 박을 알아. 걘 인종차별주의자가 아니야. 그날 정말 상태가 안 좋았다고. 혹시 모를까 봐서 하는 말인데, 걔 엄마가 코마 상태거든.'이라고 말하는 친구가 아무도 없어."

"SNS 하지 말라고 했지. 어쨌든 별로 하지도 않잖아. 그냥 놔둬. 사람들이 시끄럽긴 하지만, 금방 잊어버리니까. 껴들지 않는 게 최고야. 네 친구들도 마찬가지. 걔들도 나서지 않는 게 나아."

그레이스는 조금 일어나 앉아 침대 프레임에 몸을 기댔다.

"언니가 편들어 줄 수도 있었잖아."

미리엄의 표정은 마치, 그레이스가 개를 희생 제물로 삼아 달라고 한 것 같았다.

"네가 한 말은 편들 수가 없어."

"내가 한 말 말고. '나'를 말이야."

"네가 잘 모르는 것 같은데, 그레이스. 나는 인터넷에 글을 써서 먹고사는 작가야. 그리고 인터넷에선 네가 한 말이 바로 너야. 내가 나섰다간 커리어 자살행위라고."

"동생 편을 드는 게? 어이가 없네."

미리엄은 아무 말도 하지 않았다. 더는 그레이스를 보지 않고 있었다.

"그래서 엄마랑 말을 안 한 거야? 혹시라도 이렇게 까발려지면, 손가락질하면서 '봐라, 나는 완벽하게 행동했다!'라고 말하려고?"

그레이스는 다시 누워 언니에게서 등을 돌리고 코를 훌쩍거리며 콧물을 닦았다. 손이 젖고 번들거려서 이불에 닦았다. 미리엄은 아무 말도 하지 않았고 그레이스는 언니가 나갔는지 궁금했다.

대신 미리엄은 옆에 누웠다. 그리고 한숨을 쉬었다. 그레이스는 언니의 이마가 어깨에 닿는 걸 느꼈다.

"나한테 한 가지 이론이 있어. 지난 2년 동안 아주 많이 생각한 거야. 많이 사랑하는 사람들이 악한 짓을 하면, 너도 악해지는 거야."

그레이스는 눈을 감고 죽어 가는 흑인 소녀를 봤다. 165센티미터, 61킬로그램의 아이가 뒤통수에 총을 맞았다.

"빌 코스비 때문에 난리가 나고 얼마 후에 엄마 일을 알게 됐어. 온실에서 사는 너라도 그 일은 기억하지?"

그레이스는 고개를 끄덕였다. 「빌 코스비 쇼」는 본 적 없었지만, 그 따뜻하고 어리숙한 아빠가 연쇄 강간범이었다는 사실은 여전히 충격이었다.

"카밀 코스비 기사 읽어 봤어?"

"아니." 그레이스가 웅얼거렸다. "그 사람 딸?"

"부인. 결혼한 지 50년 넘은 부부였어. 지금도 이혼은 안 했을걸. 이제는 남편을 미워할 거라고 생각하지만. 어쨌든, 그 여자는 빌이 좋은 남자였고 여자들이 전부 거짓말을 하는 거라는 성명을 냈어. 두 번 냈을 거야."

"피해자가 100명쯤 되지 않았어?"

"그 정도는 아니지만, 수십 명은 됐지. 그 여자들이 전부 다 거짓말을 한다고 믿으려면, 믿음이 더럽게 강해야겠지. 카밀은

빌 편을 들다가 욕을 많이 들었어. 당연한 일이었지. 그 여자는 여자들이 남자들을 괴롭히기 위해 강간당했다고 외친다는 빌어먹을 미신에 근거를 제공했으니까. 강간 문화에 또 한 건 기여한 거지."

그레이스는 코스비 부인을 떠올려 보았다. 아마 체구가 작고 늙은 흑인 할머니일 것 같았다. 열 받아서 여기저기 손가락질을 하는.

"문제는, 난 그 여자를 도저히 욕할 수 없었다는 거야. 그 여자는 거의 평생 그놈이랑 결혼해서 살았어. 결혼이란 게 복잡한 일이고, 자기가 아무것도 몰랐다는 걸 믿기 어려웠을 테지만, 분명 그놈을 사랑했을 거야. 분명, 세월이 지나면 누군가를 남들보다 잘 안다고 생각하게 되니까. 인터넷에 떠도는 이름도 모르는 사람들보다는. 어떤 년이 블레이크가 강간을 했다고 비난하면, 나는 두말 않고 침을 뱉어 줄 거야."

미리엄이 자기 남자를 위해 나서는 모습은 상상하기 쉬웠다, 하지만 그래도, 미리엄은 사기 어머니와 연을 끊었다. 페이스북에 동생 편을 드는 댓글도 쓰지 않으려고 했다.

"엄마 얘기 들었을 때 누구 얼굴에 침 뱉은 적 있어?"

"아무도 나한테 엄마 얘길 안 했는데, 했다면 그랬을 수도 있지. 92년 폭동 관련 글을 읽다가 엄마에 대해서 혼자서 알게 됐어. 논쟁할 거리가 없었어. 아니면 논쟁할 방법을 찾았겠지."

"논쟁할 거리는 많아. 내가 논쟁을 했다가 여기서 이러고 있잖아."

"바로 그거야. 생각해 봐, 그레이스. 네가 그런 소릴 한 까닭은 이해하지만, 너도 그게 인종차별이라는 거 잘 알잖아. 에이바 매슈스가 엄마보다 키가 컸던 건 상관없어. 걘 아이였다고. 엄마는 애 뒤통수에 총을 쐈어. 넌 엄마가 나쁜 사람이라고 생각하고 싶지 않지만, 달리 말하면 살인을 정당화하기 위해 너 자신을 일그러뜨려야 해. 그리고 그런 식으로 너무 구부러지다 보면, 넌 다른 사람이 될 거야. 더 나쁜 사람."

그레이스가 말을 잘랐다. "그럼, 언니는 그렇게 잘났어? 자길 키워 준 사람에게서 등을 돌렸다고? 애들이 더 잘 살게 외국에 와서 모든 걸 희생한 사람에게서? 애초에 언니만 왜 그렇게 똑똑하다고 생각해? 엄마랑 아빠가 뼈 빠지게 일해서 언니가 잘난 명문대에 들어갔기 때문이잖아. 언니는 사우스센트럴 편의점에서 일해 본 적 있어? 사우스센트럴의 편의점에 들어가 본 적이나 있냐고?"

그레이스는 미리엄이 입을 열었다가 다무는 소리를 들었다. 미리엄은 사우스센트럴 편의점에 들어가 보긴 했지만 입 다물기로 한 것 같았다. 아마 에세이 소재나 구하러 갔을 것이다.

"그게 내 생각이야. 엄마 아빠는 정치학 세미나를 들어 본 적도 없잖아. 나는 엄마 아빠가 유기화학에 대해서 뭘 알 거라고 기대하지 않아. 언니는 엄마 아빠가 인종차별이니 정의 따위에 대해 세련된 이론을 이해하기를 어떻게 기대하는지 모르겠어. 엄마는 대학을 다니지 않았고, 한국에서 고등학교를 다녔어. 한국에서는 마틴 루서 킹도 안 가르친다고."

"살인에 대해서 말하는 거야, 그레이스. 악성 댓글에 대해서가 아니라." 미리엄이 내쉰 한숨이 그레이스 등에 느껴졌다. "하지만 네 말이 맞아. 난 그렇게 잘나지 않았어. 우리 모두 내가 사람을 죽이면 시체를 묻는 걸 도와줄 사람이 곁에 있길 바라지. 우리 모두 누군가에겐 그런 사람이 되고 싶기도 할 거야. 그런데 난 그런 사람이 아니야. 엄마에겐 그렇지 않아. 그래서 난 엄마가 한 일 때문에 더 나쁜 사람이 되는 거지. 엄마를 잘라 낼 만큼 냉정한 인간이니까. 가끔 예전보다 인간적이지 못한 사람이 된 건가 궁금하기도 해."

"아무도 언니한테 시체 묻는 걸 도와 달라고 하지 않아. 엄마가 언니 엄마고, 한 가지 잘못을 저질렀다는 걸 왜 용납 못 해?"

"뭐, '죄는 미워하되 죄인은 사랑하라', 그거야?"

"응."

"그러려면 모래밭에 머리를 파묻고 모른 척 가만히 있는 수밖에 없어."

미리엄이 일어났고 그레이스는 돌아눕지 않았다. 울음을 터뜨리지 않고 언니를 볼 수 없을 것 같아서. 불이 꺼져 있었다. 그레이스는 다시 잠들기 위해 애썼지만, 숨이 뜨거웠고 마음은 뒤죽박죽이었다.

불이 다시 켜졌을 때, 베개에 침이 흘러 있긴 했지만 그레이스는 자신이 잠들었는지 깨어 있었는지 알 수 없었다. 미리엄이 전화기를 귀에 대고 그레이스를 보고 있었다.

"아빠야. 엄마가 깨어났대."

# 12장

율리시스와 나선형 대리석 계단에서 킹사이즈 마호가니 침대를 옮기고 있는데, 손 뒷주머니에서 전화기가 울렸다. 확인했을 때는 니샤가 전화를 세 번 하고 메시지를 서너 개 보낸 뒤였다.

전화 좀 받아 줘요

대릴 일이에요

이거 받으면 전화해요!

가장 먼저 든 생각은, '대릴이 죽었구나.'였다. 키 크고 강한 열여섯 살 흑인 소년의 몸이, 고통으로 몸부림치는 장면. 갱단, 경찰, 가게 점원에게 모두 좋은 사냥감. 날마다 아슬아슬한 아이.

율리시스가 어깨를 툭 쳤을 때, 손은 놀라서 펄쩍 뛸 뻔했다.

율리시스가 물었다. "에스타 토도 비엔?(괜찮아요?)"

손은 침을 삼키고 대충 고개를 끄덕인 후 휴대전화를 가리켰다. "텡고 케 우사르 엘 텔레파노. 운 모멘토.(전화 좀 걸어야 해서. 잠시만.)"

숀은 마당으로 나가서 빈 데크에 앉았다. 아니, 대릴은 죽지 않았다. 터무니없는 생각이었다. 니샤가 의논할 일은 많았다. 당장 거기서 그게 뭔지 떠오르지 않는 것뿐이었다. 숀은 안심하려고 애쓰며 전화를 걸었다. 니샤가 곧바로 받았다.

"무슨 일이에요?" 숀이 물었다.

"애는 괜찮아요." 니샤의 말에 숀은 그게 '애는 살아 있어요'라는 뜻임을 알았다. "다치지도 않았어요. 하지만 자동차 사고가 났어요."

"언제요?"

"방금요."

숀은 전화기를 귀에서 떼어 시각을 확인했다. 1시 30분을 막 지났다.

"또 학교에 안 갔네요."

"네."

학교에 계속 다녀야 한다고 타일렀을 때, 대릴이 잘못을 뉘우치는 척 고개를 끄덕이던 것이 떠올랐다. 알아듣게 말한 거라고 생각했는데. 어쩌면 알아듣긴 했는데, 곧 잊어버린 것일 수도 있었다. 어쩌면 그냥 고개만 끄덕인 것일 수도 있었다. 10대 아이의 흔한 반응이었다.

"운전은 누가 했어요?"

니샤는 한숨을 푹 쉬었다. 울고 있었다. "그 애가요."

대릴은 지난달, 일정이 되는 첫날에 바로 면허를 받으러 갔다. 시험에 흥분한 나머지 주차장에서 좌회전해서 나갈 때 양쪽을 다 확인하는 걸 잊었다. 성급한 행동, 자동 탈락이었다. 다음 주에 재시험을 볼 예정이었다. 그때까지 대릴은 무면허 10대였다.

"망할 자식. 누구 차요? 훔친 건 아니겠죠."

"물론 훔쳤죠. 레이에게서요."

"형은 어디 있어요?"

"아무도 몰라요. 연락이 안 돼요. 정말이지, 숀, 가끔 10대를 셋 키우는 기분이 들어요. 너무 힘들어요."

레이는 출소한 이후 점점 더 밖으로 나돌았다. 애정이든 죄책감이든 그사이 어떤 감정을 동원하든, 아무도 레이의 위치를 정확히 알 수 없었다. 가끔은 레이가 여전히 롬폭에서 자기 나름대로 살고 있고 아버지 노릇은 숀에게 맡기는 것처럼 느껴지기도 했다. 니샤는 그를 잘 참아 주었지만, 숀은 그게 얼마나 갈지 의문이었다. 아이들은 별거 아니라는 듯 행동했지만, 상처를 받고 있다는 걸 숀은 알았다. 레이가 돌아왔을 때, 아이들이 그렇게 기뻐했는데, 이제는 곁에 있지도 않았다. 그러다가 이런 일이라니. 대릴은 말썽을 부리고, 그 애 아버지는 행방불명이라니.

"어떻게 된 거예요?"

"작은 사고였어요. 듣기론 아무도 안 다쳤는데, 양쪽 차가 다

망가졌대요."

"대릴 잘못이고요?"

"네. 상대방은 나이 많은 여자고, 아마 운전이 미숙한 모양인데, 대릴은 그 사람이 직진하는 앞에서 차를 돌렸대요. 뒤에서 '우선통행권'이라고 고함치는 소리를 들었어요. 그게 중요한 것도 아니죠. 애가 무면허인데."

"대릴이 전화를 했어요?"

"네. 했어요. 달리 도리가 없었겠죠. 나 아니면 경찰에 신고해야 하니까. 내가 경찰보다 무섭기야 하겠어요."

"최소한 도망치진 않았네요."

"도망치려고 했는지 알 수 없죠." 니샤가 조금 웃는 소리에 숀은 다행이다 싶었다. "하지만 그렇게 멍청하게 키운 건 아니면 좋겠어요."

"애 목소리는 어때요?"

"아, 놀란 목소리였어요, 숀. 우는 것 같았어요." 니샤는 다시 웃었다. "꼴좋죠, 거짓말쟁이 같으니. 그렇게 화가 나긴 처음이에요."

"어떻게 할 거예요?"

"그래서 전화를 한 거예요. 앞으로 다섯 시간 더 일을 해야 하고, 지금 출발한다 해도 팜데일까지는 두 시간 걸릴 거예요. 레이에겐 연락이 안 되고. 지금 어디예요?"

숀은 그날 일정을 머릿속으로 확인했다. 셋이 함께 일하면 세 시간 안에 끝날 것 같았다. 둘만으로는 네다섯 시간쯤 걸릴 것 같았다. 율리시스는 아내와 어린아이 셋이 있었다. 마코는 캘리포니아 주립대에서 회계를 배우며 일을 하려고 파트타임 강의를 듣는 학생이었다. 그들에게도 각자의 생활이 있다는 걸 숀은 알고 있었다. 하지만 곧바로 결정을 내렸다. 율리시스와 마코는 동료였지만, 대릴이 더 중요했다.

"칼라바사스에 있는데, 지금 출발할 수 있어요. 한 시간 반쯤 걸릴 겁니다."

"잘됐네요. 멍청한 녀석이 머리 좀 식히게 돼요."


대릴은 사고를 낸 교차로 바로 앞 버거킹 주차장에서 숀을 기다렸다. 숀이 도착했을 때 상대차 운전자도 있었는데, 키는 145센티미터밖에 안 되고 두께가 1인치는 될 것 같은 다초점 안경에 거의 백발을 한, 운전을 해서는 안 될 것 같은 노파였다. 숀이 들어가자 노파는 차(무시무시한 다지 두랑고)에서 내려 다가왔다.

그들은 두 사 사이에 낀 레이의 쉐보레 말리부에서 만났고, 대릴은 고개를 푹 숙이고 운전석에서 내렸다.

노파는 대릴을 가리키며 말했다. "얘가 당신 아들이지!" 질문일 수도 있었지만, 비난같이 들렸다.

"조카입니다." 숀은 침착하게 행동하려고 애쓰며 말했다. 그는 최대한 천천히 말했다. 속도를 더 낮춘다면, 노파에게 모욕일 것 같아서 참았다.

다행히 심각한 사고는 아니었다. 대릴은 다치지 않았고, 무슨 기적인지(아마도 괴물 같은 SUV 차량의 축복이리라.) 체중 38킬로그램의 노파도 멀쩡했다. 대릴이 두랑고 앞에서 공간이 충분하다 여기고 차를 돌리는데 노파가 레이의 세단 뒤쪽을 들이박고 나서야 브레이크를 밟아서 일어난 저속 접촉 사고였다.

대릴은 집에 면허증을 두고 왔다고 했고, 노파는 뻔뻔한 헛소리를 믿지 않았다. 아들을 셋이나 키워서 남의 아들 거짓말에 속지 않는다고 했다. 대릴이 아빠 차를 훔쳐 타고 시내를 돌아다니며 학교를 빼먹는 무면허 운전자인 것도 짐작했는지 알 수 없었지만, 노파는 대릴을 꼼짝 못 하게 붙잡고 있었다. 쩔쩔매는 아이를 상대로 실컷 즐기고 있었다.

노파의 마음을 맞춰 주고 대릴이 빠져나가게 할 수도 있었다. 레이나 덩컨이 어떻게 했을지 생각해 봤다. 노파에게 어디로 가는 길이었는지, 아들들은 근처에 사는지, 어느 교회에 다니는지 물었을 것이다. 하지만 숀은 속내를 감추고 사탕발림을 할 만큼 능숙하지 않아서, 솔직히 털어놓는 게 최고라고 판단했다. 그는 노파에게 한 번만 봐 달라고 사정했다. 자신과 니샤가 차 수리비를 지급하고 가족 중 모든 어른이 단단히 혼을 내겠다고 약속했다. 하지만 경찰이나 보험회사에 전화할 필요는 없다고 했다.

노파는 숀의 연락처를 받고 면허증을 살피더니 레이의 쉐보레 옆에 서 있는 대릴의 사진을 찍는 시늉을 했다. 하지만, 결국, 헛기침을 하고 궁시렁거리고 몇 마디 훈계를 하더니 노파는 자기 차를 몰고 두 차선 사이로 가 버렸다.

"운전 못하는 할머니라니까." 대릴이 말했다.

숀과 눈이 마주치자 조카는 기대하는 눈빛으로 입술을 씰룩였다. 숀은 웃지 않았고 대릴은 다시 숙연하게 후회하는 표정을 지었다.

그들은 햇볕을 피하려고 버거킹으로 들어갔다. 오후 3시가 지난 시각이라 거의 비어 있었다. 잠시 앉기 위해서 숀이 감자튀김과 음료를 사는 동안 대릴은 고분고분 자리에 앉았다.

숀이 할러웨이 집에 들어갔을 무렵에 대릴은 키 137센티미터의 아홉 살짜리였지만 한편이 되려면 애를 써야 할 만큼 영리했다. 대릴은 늘 함께 있어 준 숀을 사랑했지만, 자기 아버지가 그 상황을 좋아하지 않는다는 것도 눈치챘고 레이가 돌아오지 않고 숀이 아버지를 대신할까 봐 염려하기도 했다. 아홉 살짜리는 ♀♀해졌고, 숀은 성실한 새 아빠처럼 요령 있게 다가갔다. 아이에게 여유를 주고, 거부할 수 없는 관심을 쏟았다. 『시간의 주름』, 『천둥아, 내 외침을 들어라』, 『나의 올드 댄, 나의 리틀 앤』도 읽어 줬다. 숀이 보기에 여섯 살짜리 다샤에겐 너무 무섭고, 너무 슬프고, 너무 어려운 책들이었다. 아이들이 좋아하는 요리를 만드는 법을 배웠고 가끔(니샤는 기껏해야 일주일에 한 번만 허락했다.) 아이들을 데리고 나가 치킨 너겟과 초콜릿 밀크셰이크를 사 주기도 했다. 여긴 전에도 자주 왔던 버거킹이었다.

손은 대릴 앞에 초콜릿 밀크셰이크를 놓았다. 우스꽝스럽게 콧수염을 기르고 인상을 쓰고 있는 호리호리한 10대 아이에게. 아이는 터무니없이 어른 흉내를 내며 고개를 끄덕이더니 감자튀김을 한 줌 들었다.

"무슨 생각을 한 거야?" 손이 물었다.

대릴은 감자튀김을 삼키고 밀크셰이크를 마셨다.

"그분이 흑인이라 행운인 건 알지? 백인이라면 두 시간이나 기다려 주고 혼만 내고 가지 않았을 거야. 너를 봐준 거지. 너 정말 큰일 날 뻔했다고."

"이미 큰일 났어." 대릴은 감자튀김을 더 집으며 중얼거렸다.

손은 처음으로 조카를 한 대 때리고 싶었다. 대릴 나이였을 때 손은 끊임없이 위험에 처했다. 항상 누가 허튼짓을 시작했고, 그러면 그는 늘 거기 연루되어서 눈을 휘둥그레 뜨고, 어쩔 줄 모르며, 총에 맞거나 체포되길 기다리며 뛰어다녔다. 그렇다. 실라 이모가 혼을 내고, 엄하게 꾸짖고, 성경을 읽어 줬지만, 큰일? 그건 큰일이 아니었다.

이 녀석은 얼마나 편하게 살고 있는지. 부모가 살아 있고, 예쁘장하고 멍청한 머리에 달린 귀를 잡아 비틀어 줄 만큼 사랑하는 할머니와 아저씨까지.

"아, 네 엄마가 뭐라고 하겠지만, 내 말은 그게 아냐. 그 노파가 널 경찰에 신고할 수도 있었다고. 그러면 버거킹에서 징징거리는 대신 당장 유치장에 갇혔을 거야. 뭐, '흑인의 생명도 소중하다'는 소리를 하는 건 너잖아. 흑인 애가 아무 일도 아닌 것에 총에 맞았다고 시위하러 간다면서 어떻게 차를 훔쳐서는 노파를 칠 수가 있냐? 죽을 수도 있었단 소린 그만둬라."

대릴은 밀크셰이크를 후루룩 마시더니 눈물을 글썽였다. 숀은 분노가 절망으로 누그러지는 걸 느꼈다. 조카가 우는 걸 언제 봤는지 기억나지 않았고, 그렇다. 올드 댄과 리틀 앤 이야기에 흐느끼던 어린 대릴의 어깨를 쓰다듬어 주던 것이 떠올랐다.

"널 속상하게 하려는 게 아니야. 하지만 너도 알아야 해. 정말 화가 난다. 애가 학교에도 안 가고 차를 타고 돌아다니다니. 그런데 네 나이면 네 인생을 망치고 네 가족도 다 망치기에 충분하다고. 지금 이때 망치면 영영 끝이야. 네가 하는 결정은 네 평생 따라다닐 거야."

숀은 자기 목소리가 어색했다. 무겁고, 비난으로 가득하고, 약간 날조된 것 같은, 마치 거울 앞에서 이 말을 연습한 것 같은 느낌이었다. 절망이 뱃속에 내려앉았다. 대릴이 학교에 안 갔을 때, 이런 이야기를 모두 했었다. 그건 아무 소용이 없어서 몇 달에 한 번씩 반복하는 잔소리가 아니라, 남자 대 남자로서 나눈 대화여야 했다.

"너도 네 아빠처럼 되고 싶니?" 숀은 필사적인 심정으로 말했다.

조카의 얼굴에 떠오른 놀란 표정에, 선을 넘었음을 알 수 있었다. 그런 식으로 말할 생각은 아니었는데.

"왜요?" 대릴이 갑자기 소리를 높였다. "우리 아빠인데, 닮으면 안 돼요? 그럼 누구처럼 되라고요? 삼촌처럼?"

숀은 조카의 음성에서 경멸을 느꼈다. 조카가 감추고 있다가 드러내고 나니 취소할 수 없는 감정 표현이었다. 대릴이 의도한 대로 상처가 됐지만, 숀은 그 상처는 마음속에 묻어 두고 침착하게 대응해야 했다. "그런 말은 아니었어." 숀은 대릴에게 품은 모든 두려움과 애정이 담긴 눈으로 아이를 쳐다봤다. 너무 걱정스럽고 너무 사랑하는 아이라 몸이 떨렸다. "네가 나처럼 되는 것도 바라지 않아. 넌 우리보다 더 잘 살기를 바라지."

아이는 두 손으로 얼굴을 가리고 울었다. 잘난 체하고, 위엄 있는 척해도, 아직 어린애였다. 숀은 안도감을 느끼며 테이블 위로 손을 뻗어 대릴의 떨리는 어깨에 두 팔을 얹었다.

레이의 차는 주차장에 두고 갔다. 니샤와 레이가 나중에 차를 가져가기로 했다. 숀은 실라 이모와 다샤가 기다리는 집으로 조카를 데리고 갔다. 대릴은 지쳐 있었고 숀은 니샤에게 상황을 알린 뒤 심문을 맡겼다. 엄마는 니샤였으니까. 그는 실라 이모가 부엌에서 저녁식사를 준비하는 동안, 니샤가 돌아올 때까지 아이 옆에 앉아 있는 걸로 만족했다.

그래서 모두 모여 「샤크 탱크」를 보고 있을 때 니샤가 휴대

폰으로 전화를 걸었다. 숀은 자리를 피해 니샤에게 보고하려
고 소파에서 일어났고, 대릴은 그가 자리를 뜨는 것도 아랑곳
않고 티브이만 보고 있었다.

"여보세요." 숀이 전화를 받으며 말했다. "여긴 다들 잘 있어
요. 집에 오고 있어요?"

"아뇨. 숀, 레이가 체포됐어요."

# 13장

이본의 몰골이 끔찍했다. 머리카락은 헝클어지고, 피부는 윤기를 잃고, 잿빛 뺨은 쑥 들어가 있었다. 코마 상태에서 벗어나자, 죽지 않고 깨어난 시체처럼 상태가 더 나빠 보였다. 병실에서 들척지근한 냄새가 났다. 사람 냄새, 더러워진 물에서 시들어 가는 꽃 냄새. 그레이스는 누가 찾아왔는지, 누가 병원 로비의 우울한 꽃집에서 꽃다발을 사 왔는지 궁금했다. 꽃이 더 있어야 할 것 같았다. 불현듯, 병실에 아무것도 없는 것이 느껴졌다. 그레이스 자신이 일주일간 의식을 잃는다면 많은 친구들이 보낸 숱한 꽃다발과 자신을 소중히 여기고 살아나기를 바라는 사람들 사이에서 눈을 뜨고 싶을 듯했다. 총에 맞는 것에 좋은 점이 있다면 그것뿐일 것 같았다. 자신의 장례식을 보는 판타지를 이룰 방법이니까. 죽음의 끄트머리에서 돌아와 실망하다니, 얼마나 큰 충격일까.

그레이스는 이틀 동안 병원에 가지 않았었다. 자신이 너무 비참해서 움직일 기운도 없었는데, 이제 뭐라고 설명해야 할지 가슴이 두근거렸다. 미리엄도 매일 병원에 찾아가서 아버지와 함께 앉아 있었다. 묵묵히 의무를 다하는 폴은 일주일 내내 병원에서 지내며 잠만 집에서 잤다. 그레이스는 아버지가 빈집에 혼자 있는 모습을 떠올리며, 어떻게 버틸까 싶었다. 아버지가 자기 침대에서 잘까? 그레이스가 집에 있기를 바랄까? 아버지는 아무 말도 하지 않았고 그레이스는 그 침묵이 편했다.

아침, 면회 시간이 시작 무렵, 이본은 다시 깨어났다. 이본은 주위에 모인 가족을 힘없이 바라봤고 그레이스는 어머니가 베고 있는 베개를 멍하니 봤다. 문득, 이본과 단둘이 있는 것이 너무 무서워졌다. 무슨 말을 할지, 무슨 말을 안 할지.

미리엄이 먼저 입을 열었다. "엄마." 목소리가 갈라졌다. 2년 만에 처음으로 부른 거였다.

이본은 입을 열었다. 입술이 갈라지며 메마른 소리가 났다. 이본은 침을 삼키더니 힘없고 떨리는 소리로 말했다. 집을 나간, 아름답고 사랑스러운 딸을 향해서. "왔구나."

그레이스는 이렇게 다시 모이게 해 달라고 몇 번이나 기도했던가? 2년 동안 그들의 균열이 가장 큰 불안과 슬픔의 근원이었다. 그들이 화해하면 삶이 온전해질 거라고, 모든 것이 정상으로 돌아가고, 치유될 거라고, 흉터는 희미해지고 쉽게 잊힐 거라고 상상하기 쉬웠다.

하지만 인제 와서 보니 그런 생각은 다 틀렸다. 당연히 인격자라 여긴 어머니는 살인자였고, 복수에 미친 사람 손에 죽을 뻔했다. 그레이스는 동정 없는 세상에서 멍청한 짓을 했다. 그리고 이 셋, 온 가족 앞에서도. 지난 2년 동안 그레이스는 자신이 가족의 초석이라고, 가족을 이어 줄 애정과 용기를 가진 유일한 사람이라고 생각했는데, 내내 그들은 하나같이 거짓말을 하고 있었다. 그레이스는 아무것도 모르는 무지한 외부인, 아웃사이더였다.

이본은 살았다. 54세의 나이로, 생명을 앗아 가려는 시도와 싸워 이겼다. 에이바 매슈스가 그렇게 운이 좋았다면 상황은 얼마나 달라졌을까. 그레이스는 마음이 놓였다. 다른 이에겐 어떤 사람인지 몰라도, 어머니를 잃고 싶지는 않았다. 그리고 지금은 상냥하게 행동해야 한다고, 이본이 회복하고 폭력 희생자로서 트라우마에 대처하도록 도와야 하는 때라는 것을 그레이스는 알고 있었다. 심지어 미리엄도. 하지만 어머니가 미리엄에게서 시선을 돌려 자신을 봐 주기를 기다리는 동안, 그레이스에게 떠오르는 생각이라고는 병상을 밀며 비명을 지르던 것뿐이었다.

그러다 이본이 그레이스를 보았다. 보자마자 모든 것이 변했음을 알아챈 것이 분명했다. 눈에서 멍한, 흐릿한 막이 사라졌다. 그레이스는 어머니가 그렇게 겁을 먹은 모습을 본 적 없었고, 한순간 동정심을 느꼈다. 그리고 잔인하고 강렬한 권력의 전율도 느꼈다.

"엄마, 일어났네." 그레이스가 말했다.

이본은 "그레이스."라고 속삭이고 눈을 감았다. 눈꺼풀이 파리 날개처럼 얇고 바삭거리는 것 같았고, 뜨지 않으려고 파르 르 떨면서 꼭 감겨 있었다.

이본은 몇 분 동안 눈을 감고 있었다. 그레이스는 어머니가 다시 잠든 것인지, 자는 척하는 것인지 알 수 없었다. 폴은 목 청을 다듬으며 노인네 가래 끓는 소리로 정적을 쫓았다.

"네 엄마가 피곤할 거다. 자도록 둬라."

폴이 일어나 그레이스와 미리엄에게 복도로 나가자고 손짓 했다. 이본은 꼼짝 않고 누워 있었다.

"형사가 연락했다." 문을 닫고 나간 뒤, 폴이 말했다. "체포했 단다."

그레이스가 아버지 팔을 잡았다. "누굴요?"

"죽은 여자애…… 에이바 매슈스. 걔 사촌이 얼마 전에 출소 했대. 경찰은 그자 짓이라고 생각한단다."

그들은 아무 말도 하지 않았고, 미리엄이 갑자기 얼굴을 붉 히며 말했다. "생각한다고요? 무슨 근거로?"

"목소리 낮춰라." 폴이 성고하듯 말했다.

"미안해요, 아빠. 그냥 가장 가까운 데 있는 흑인을 잡아가 는 거 같아서요."

미리엄은 조용한 이본의 병실로 들어가 버렸고, 그레이스는 아무 대답도 안 하는 아버지와 단둘이 남았다.


그레이스는 병원에서, 가족에게서 멀찌감치 떨어져 있고 싶었지만, 멀리 갈 수 없음을 알고 있었다. 어머니는 언제라도 다시 깨어날 수 있었고, 그레이스가 있어 주길 폴이 바랄 것 같았다. 상황이 그렇게 뒤집히지 않았다면, 그레이스도 거기 있고 싶었을 것이다.

일주일 내내 우리약국에도 가지 않았다. 조지프 아저씨가 대신 일을 하고 있었으니까. 그레이스는 조용하고 깔끔한 약국과 끊임없이 들어오는 지루한 일거리가 그리워졌다. 병원에서 고작 10분 거리에 약국이 있었다. 잠시 거기 숨어 있을 수도 있었다. 어쩌면 약국 일에 도움이 될 수도 있었다.

조지프 아저씨는 카운터 뒤에서 처방전을 적고 있었고, 하비는 계산대를 맡고 있었다. 그들은 한꺼번에 많은 일을 하고 있었다. 보아하니 하비가 그레이스 부모 일을 맡았고, 조지프 아저씨는 약사 보조원 일을 맡았다. 하지만 그레이스 없이도 잘 해내는 것 같았다. 하비는 아픈 데가 많은 단골손님, 백 부인을 상대하고 있었다. 그는 한국어를 놀랍게 잘하는 잘생긴 과테말라인 청년이었고, 손님들, 특히 아줌마들은 그래서 하비를 좋아했다.

문을 열자 벨이 울렸고, 세 사람이 모두 돌아보더니 진지하면서도 다정한 표정을 지었다. "오, 그레이스로구나. 잠깐만." 조지프 아저씨는 차분한 한국어로 말했고 상냥한 음성을 들은 그레이스는 울고 싶어졌다.

하비는 백 부인에게 약을 건네고 그레이스를 향해 어색하게 손을 흔들었다. 그레이스는 하비와 늘 잘 지냈지만, 인터넷상에서 인종차별주의자로 변한 처지라 예전의 관계로 돌아가지 못하는 게 아닐까 의아했다. 그레이스는 힘없는 미소를 짓고 백 부인에게 고개를 숙였다. 부인은 그레이스를 조금 지나치게 오래, 지나치게 관심 어린 눈초리로 봤다. 백 부인은 환자일 뿐이었지만, 그레이스에게 애인이 있는지, 결혼할 생각이 있는지 마음대로 물어보는 한국인 아주머니이기도 했다. 여기 온 건 실수 같았다. 한국인들이 장을 보러 모이는 한인 마켓에 제 발로 걸어 들어오다니.

조지프 아저씨가 카운터 뒤에서 나오더니 하비에게 영어로 말했다. "하비에르, 점심 먹으러 간다, 알겠지?" 그레이스는 최대한 아무렇지도 않은 표정으로, 그가 이것저것 명령한 뒤 나올 때까지 기다렸다.

백 부인이 곧바로 다가와 손을 꼭 잡으며 한탄했다. "아이고, 핼쑥해졌네. 잘 먹어야지. 어머니를 위해서 강해져야 해." 그레이스는 대답할 새늘노 없이 부인이 가 버려서 마음이 놓였다.

"저 참견쟁이." 조지프 아저씨가 그레이스의 어깨를 두드리며 말했다. "굳이 올 필요 없는데."

"알아요. 오고 싶었어요."

"식사는 했니?"

둘은 푸드코트까지 걸어갔고, 조지프는 그레이스를 앉히고 점심을 주문했다. 그레이스는 평생 조지프 아저씨를 알고 지냈다. 그는 부모에게 몇 안 되는 가까운 친구였다. 그레이스는 그의 아이들과 함께 놀고, 주말에는 가족 모두 옥스나드와 샌디에이고에 여행을 다니며 자랐다. 그레이스는 젊은 시절의 조지프가 스테이시에게 목말을 태운 것을 기억했다. 그때는 모든 어른이 다 굉장히 나이 많아 보였다. 이제 그는 머리숱은 많아도 반백인 60대가 됐고, 팔다리는 가는데도 셔츠를 바지에 넣으면 배가 툭 튀어나왔다.

여러모로 그레이스에겐 조지프가 시카고와 서울에 사는 진짜 친척보다 더 가깝게 느껴졌다. 하지만 최근에 두 사람은 대체로 일을 함께 하는 사이였고, 약국은 특별히 친하지 않아도 다정한 둘 사이가 지속되게 해 줬다. 두 사람 모두 한인 푸드코트에서 늘 식사했지만, 함께 하는 건 처음이었다. 그레이스는 그가 조언을 하려는 것인지, 두려움과 호기심을 느꼈다.

"어머니는 어떠니?" 조지프가 한국 억양의 영어로 물었다.

"이제 깨어나셨어요. 지금은 주무시고 계신데. 코마에선 깨어나셨어요."

"위험한 건 지나간 거니?"

"그런 거 같아요. 돌아가시진 않을 거예요."

"다행이구나. 모두(Everyoney) 기도하고 있다."

그레이스는 미소를 지을 뻔했다. 조지프는 알면서도 계속 틀린 영어를 썼다. 예전에 그레이스와 미리엄은 그것 때문에 짜증을 냈다.

테이블 버저가 울렸다. 식사가 준비됐다. 조지프 아저씨가 일어나 냉면, 떡볶이, 김밥을 가득 올린 쟁반을 들고 돌아왔다. 오로지 편리해서 먹었던 푸드코트 음식을 보니 군침이 돌았다. 어머니가 병원에 있는 동안 제대로 먹지 못했으니까.

그레이스는 이웃답게 염려하는 척하던 백 부인을 떠올리고 조지프 아저씨에게 물었다. "제가 뭘 여쭤 보면 사실대로 말씀해 주실 거예요?"

"그러마."

"엄마 일 알고 계셨죠?"

"무슨 말이냐?"

그레이스는 가까이 앉은 사람들을 의식해서 갑자기 작게 속삭였다. "엄마가 그 앨 죽인 거요."

조지프는 물을 한 모금 마시더니 한숨을 쉬었다. "응."

"모두 다 알고 있었어요?"

"모두라니, 누굴 말하는 거냐, 그레이스?"

"지 빼고 모누요." 그레이스 자신의 목소리에서 심술이 느껴졌다.

"사람들은……." 조지프는 뭐라고 말할까 생각하더니 한국어로 말했다. "그 시절 네 부모를 알던 사람들은 다 그 일을 알았지. 아주 슬픈 일이었고, 네 가족에겐 편들어 줄 사람들이 필요했다."

그레이스는 한정자에 관한 기사와 영상을 닥치는 대로 봤고, 이제야 법정을 가득 채운 한국인들, 살인자를 위해서 함께 해 준 지역민들, 그녀를 옹호하기 위해 묻는 사람에겐 누구에게든 인용거리를 제공했던 사람들이 떠올랐다. 교회는 성금을 모아 소송 비용에 보탰다. 그건 아마 한정자의 일생을 바꾸어 놓았을 것이다. 처음에는 국선 변호사가 함께했지만, 재판 무렵에는 언변이 뛰어난 흑인 변호사를 고용했고, 그가 한정자 자신도 비극의 일부로 만들어 줬다. 그는 똑똑한 사람이고 열렬한 웅변가였지만, 그것 때문에 고용된 건 아니었다. 흑인인 그가 자신의 커뮤니티를 대신해 법정에 서서 어머니를 용서하기를 바란 거였다. 그레이스는 법정을 가득 채운 한국인들이 고개를 끄덕이고 아멘이라고 중얼거리는 광경이 눈에 선했다. 그 교회가 아마, 그레이스가 어릴 적부터 다니던 밸리 한인 합동 감리교회였을 것이다. 그 광경을 떠올리자 식욕이 살짝 떨어졌다.

조지프 아저씨도 그 교회에 다녔다. 아저씨는 거기서 그레이스의 부모를 만났다. 그레이스는 연대를 정리해 보았다. 그레이스가 기억하기에, 조지프는 폴의 고용주였다가 파트너가 됐다. 예전 가게가 불에 탄 직후에, 다른 사람들이 도움을 주저할 때 조지프는 폴을 고용했을 것이다. 그러니 이본의 사연을 아는 것뿐만 아니라, 그것을 감추는 데 관여한 사람이었다.

"스테이시는 알아요?"

그러자 조지프가 입을 열었고, 거짓말을 할까 생각하는 것이 눈에 보였다.

"세상에, 저 빼고 다 아는군요."

그레이스는 오랫동안 스테이시 김을 잊고 지냈다. 조 아저씨의 딸은 그레이스 또래였고, 둘은 친구 사이였는데 스테이시가 먼저 사춘기가 되어 버렸다. 어느 해, 그레이스는 스테이시의 생일에 모닝글로리 수첩과 열심히 고른 스티커를 선물했는데, 스테이시는 성의 없이 받더니 다른 친구들에게서 받은 하드캔디 립글로스와 매니큐어를 대놓고 더 좋아했다. 그리고 2주 동안 그레이스를 버리고 다른 애들, 메이크업을 하고 오빠들이 지나가면 키득거리는 애들과 어울렸다. 둘은 다시 친해지지 못했다. 조지프 아저씨와 수경 아주머니가 이혼한 뒤로 그레이스는 스테이시를 만나지 못했지만, 페이스북 친구 사이이긴 했다. 스테이시는 인테리어 일을 했고, 결혼해서 아이를 키우며 산타모니카에 살고 있었다. 그레이스와 아무 상관도 없는 삶을 살면서도, 이본의 본명과 부끄러운 과거사를 알았다.

"한국인이 별로 많지도 않고, 남의 이야기를 모두 좋아하니." 조지프는 입을 뺑긋거리며 그레이스를 봤다. "내 가족 일도 다 알잖니, 응?"

그레이스는 갑작스러운 반격에 얼굴을 붉혔다. 조지프 아저씨는 5년 전쯤 밸리 코리아타운 추문의 중심에 있었다. 그레이스도 말한 적은 없지만 다 알고 있었다. 그와 수경 아주머니는 결혼한 지 25년째였는데, 아저씨가 성경 공부와 성가대 연습을 하다가 사랑하게 된 목사 부인과 외도를 했다. 그들은 배우자를 버리고 결혼했고 아이들과 연을 끊었다. 성도들에겐 큰 충격이었다. 그레이스는 그 무렵 거의 교회에 다니지 않았지만, 다른 사람들로부터 그 이야기는 들었다. 다 그런 거였다. 사람들은 타인이 가장 감추고 싶은 실패를 당사자가 없을 때 이야기했다.

지금 와서 생각하니, 그레이스가 식사 중에 그 소문 이야기를 꺼내자 부모는 말을 막았다. 폴은 단호했다. 그레이스에게 네 일이나 신경 쓰라고 잘라 말하고, 그 누구도 남의 일을 속속들이 알지는 못하며, 누가 뭐라든지 조지프는 좋은 사람이라고 했다. 아버지에게 야단을 맞고 그레이스는 조금 부끄러웠다. 돌이켜 보면 폴이 그런 뒷이야기에 강한 반응을 보인 것도 당연했다. 폴은 더 큰 죄를 감추고 있었으니까. 그들 가족의 안정은 비밀과 격식을 지키는 데 달려 있었다. 박 씨 가족에겐 감춰야 할 일이 있었다. 그리고 물론, 조지프 아저씨에게 감사했다.

그레이스는 찔리는 마음으로 고개를 끄덕였고 조지프는 미소를 지으며 젓가락으로 떡볶이를 집었다. 둘 다 오랫동안 알고 있었던 일을 터놓고 이야기하니 기분이 이상했다. 그레이스는 폴의 외도에 대해 나쁘게 생각한 적 없었음을 깨달았다. 대체로 바람피우는 사람은 싫었지만, 조지프 아저씨는 좋아했고 새 부인은 좋은 사람 같았다. 두 사람에겐 윤리적으로 타당한 나름의 사연이 있을 거라고 그레이스는 늘 생각했다.

"누구나 죄인이란다, 그레이스. 우리를 선하게 하는 건 예수뿐이지."

"다 사람을 죽이진 않았죠."

조지프는 눈살을 찌푸리며 숨을 들이쉬었다. 그레이스가 어머니를 나쁘게 말하는 것을 꾸짖는 듯했다.

"예수가 십자가에서 구원한 도둑 기억하니?"

그레이스가 고개를 끄덕였다.

"예수는 회개하면 모든 죄를 사하신다."

"아저씨는 회개하셨어요?"

"물론이지."

"하지만 스테이시랑 걔 엄마에게 돌아가진 않으셨잖아요. 조사모님이랑 결혼하셨지."

누가 들을까 봐 그레이스는 푸드코트 주위를 둘러보았다. 특이한 대화였지만, 조지프 아저씨는 당황하는 기색이 없었다.

"저를 돌이킬 순 없지. 네 어머니도 누구보다 그걸 잘 안다. 하느님에게 기도하고 올바르게 살기 위해 노력하는 거뿐이야."

그레이스는 마지막에 한인 교회를 얼마나 싫어하게 되었는지 기억했다. 청년회 남자 대학생들이 예쁜 여고생들과 담배를 나눠 피우고. 잘난 체하는 아줌마들이 경쟁하듯 루이비통 가방을 들고 굶어 죽는 아이들에 대해 신실한 척 떠들어 대고. 교회 사람들은 외부인으로부터 서로를 지킬 수는 있는지 몰라도, 이웃은 갈가리 찢어 놓았다. 헛소리를 하고, 나쁜 짓을 하면서, 속 편히 예수가 자신의 죄를 대속했다고 여겼다.

"그럼 회개에 의미가 있긴 한가요? 세상을 더 나쁜 곳으로 만들고, 하느님에게 잘못했다고 하면 되는 거예요? 다친 사람은 어쩌고요? 그 사람들이 우리가 예수에게 한 사과를 신경이나 쓰나요?"

조지프는 아직 어린 그레이스를 실망시키는 것이 싫은 듯 천천히, 슬픈 표정으로 고개를 저었다.

"사람들에겐 항상 배상할 수가 없거든. 신께 사죄하는 수밖에 없을 때가 있다."

# 14장

레이는 경찰이 앞으로의 일을 결정하는 동안, 수용시설 중에서도 특히나 악명 높은 시내 센트럴 구치소에 구금되어 있었다. 레이는 거기서 밤을 보냈고, 숀과 니샤는 다시 해가 지기 전에 그가 나오기를 바라고 있었다. 할 수 있는 일은 별로 없었다. 지금까지 숀은 마음으로 지지하며 말없이 앉아 있었고, 니샤는 반드시 필요해지기 전까지는 애들과 실라 이모에게 알리고 싶지 않아, 숀의 집 소파에서 여기저기 전화를 걸고 있었다. 니샤는 변호사를 구했다. 프레드 맥매너스라는 유능한 형사 사건 전문 변호사였는데, 소환하자마자 응했다. 니샤는 그기 디브이에 법률 분석가로 고정 출연하는 유명인이라고 했다. 할인된 가격으로 일해 준다고 해도, 어마어마한 액수를 받는 사람이었다. 하지만 니샤는 레이가 조작된 기소로 교도소에 다시 가는 걸 막기 위해서 집이라도 팔 기세였다.

출소 후 2개월 만에 레이는 살인미수와 기타 혐의를 뒤집어썼다. 숀은 맥스웰 형사가 찾아와 증거 한 점 없이, 뭐든 건질 게 있나 하고 이것저것 물었던 일이 떠올랐다. 그 멍청한 놈이 돌아가서 레이를 체포한 것이었다.

멍청한 놈이 레이가 아니라면. 사촌이 어리석고 복수심으로 가득해 옛날 일 때문에 자유를 포기한 것이 아니라면.

숀은 레이를 만나 이야기하고 싶었지만, 변호사와는 한 명만 접견할 수 있어서 니샤가 가기로 했다. 집에서 걱정만 하느니 출근하는 게 낫다며 나간 니샤는 나중에 접견하러 갈 계획이었다.

숀은 모니크와 집에 있었다. 그가 일을 쉬는 목요일이었고 재즈는 출근했다. 모니크 때문에 바빴지만, 아이는 평소보다 말수도 적고 덜 움직였다. 어려서 무슨 일이 있다는 걸 알지는 못해도 뭔가 분위기는 알아차렸다. 아이들이 어른 세상에서 흘러나온 독을 얼마나 쉽게 흡수하는지, 숀은 염려스러웠다.

숀이 아이에게 줄 점심으로 세모 모양으로 자른 참치 샌드위치를 준비하고 있는데, 전화가 걸려 왔다. 참치가 묻은 손을 닦을 생각도 하지 않고 급히 받으려던 순간, 발신자가 보였다. 덩컨이었다.

어쨌든 전화를 받았다. "무슨 일이야?"

"내가 전화하랬잖아."

"그렇지." 전날 덩컨은 숀에게 혼자 있을 때 전화하라고 일렀다. 정신없는 상황 탓에 잊어버리고 있었다.

"아직 니샤랑 같이 있어?"

"아니, 출근했어."

"지금 뭐 해?"

"모니크 봐. 점심 만들고 있어."

소파에서 공룡 책을 뒤적이던 모니크가 고개를 들었다.

덩컨이 숀의 대답을 채 듣지도 않고 말했다. "있잖아, 바에 들를 수 있어? 할 얘기가 있어."

"뭐, 지금?"

"아니, 어제 만났어야 했다고."

모니크는 공룡을 다 무시하고, 눈을 동그랗게 뜨고 고개를 갸우뚱하게 기울인 채 숀을 보고 있었다.

"오늘은 모니크 봐야 해."

"데리고 와."

"바에?"

"내 바야. 그리고 지금은 아무도 없어."

"그냥 전화로 얘기하는 게 낫겠어."

"얼굴 보고 해야 하는 얘기라고. 애가 몇 살인데? 다섯 살?"

"세 살."

"그래, 뭐 어쨌든, 일단 데리고 오라고."

숀은 모니크에게 점심을 먹이고 차에 태우면서 덩컨에게 휘둘리는 자신이 바보 같다고 느꼈다. 하지만 그가 레이 이야기를 한다면, 들어 봐야 했다.

덩컨의 바는 다트와 주크박스가 있고 다양한 술을 파는, 고속도로 근처 가게였다. 그는 10년째 그곳 매니저로 일했다. 바의 이름이 '로저스'였을 때부터. 그리고 예전 사장이 은퇴하면서 좋은 가격에 팔자, 덩컨이 인수했다. 크게 봤을 때, 별 대단한 곳은 아니었지만 앤틸로프 밸리에는 바가 부족했고 덩컨은 장사 수완이 좋았다. 사람들은 주중 밤마다 덩컨의 바에서 술을 마시고 퇴근했다.

주차장에 있는 유일한 차는 덩컨의 2001년형 포르쉐 박스터였다. 레이가 일하는 날인지 궁금했다. 덩컨은 이제 바텐더 일은 하지 않았다.

숀이 모니크를 안고 들어가 보니 덩컨이 바에서 기다리고 있었다.

"안녕, 모니크." 덩컨이 말했다. "덩컨 아저씨 기억하냐?"

모니크는 미심쩍다는 표정으로 고개를 저었다.

"인사해야지, 모모." 숀은 미소를 지을 뻔했다. "나랑 레이 아저씨 친구야."

"안녕." 모니크는 이렇게 말하고 숀의 목덜미에 얼굴을 파묻었다.

"잠깐만 덩컨 아저씨랑 이야기 좀 할게, 응?" 숀은 아이를 바 의자에 앉히고 옆에 앉았다.

"자." 덩컨이 공책 하나와 빨강, 파랑, 검정 펜을 한 주먹 건넸다. "원하면 그림 그려."

"고마워요, 덩컨 아저씨." 모니크가 펜 뚜껑을 열더니 열심히 그렸다.

"뭐 마실래?"

"술 마시러 온 거 아니야. 무슨 일인데? 레이 형 이야기는 어떻게 들은 거야?"

덩컨은 눈썹을 치켜떴다. "뭐, 아무 말도 못 들었어? 레이가 여기서 잡혀갔다고. 빌어먹을 난리가 났지."

욕설에 모니크가 살짝 고개를 들었다. 숀과 재즈는 아이 앞에서 욕설을 쓰지 않았지만, 그래도 아이는 나쁜 말을 들으면 일아차렸다.

숀은 상상할 수 있었다. 일하면서 손님들과 잡담을 나누던 레이. 손에는 수갑을 차고, 고개를 숙이고 끌려 나가는 레이.

"나는 형을 못 봤어. 니샤가 얘길 좀 했지만, 길게 이야기할 여유가 없었어."

"레이가 한정자를 썼댔어. 그래서 잡아간 거, 맞지?"

숀은 고개를 끄덕였다.

"그럴 줄 알았어." 덩컨은 입술을 비틀며, 어디 아픈 사람처럼 바를 꽉 붙들었다. "젠장."

숀은 덩컨이 내부 정보를 얻으려고 자길 부른 것이 아닌가 싶었다. 성가신 자식, 정보가 있어도 내놓지 않았을 것이다.

"나한테 할 말이 있다고 하지 않았어?"

덩컨은 망설이더니 고개를 끄덕였다.

"난 레이가 아니라는 거 알아."

"안다니 무슨 소리야?"

"그러니까, 그년이 총에 맞았을 때 레이랑 같이 있었다고."

숀은 속이 시원해지는 걸 느꼈다. 안도감이 워낙 강해서 어깨가 축 늘어졌다. 결국 레이에게 알리바이가 있었던 것이다.

"일했어?"

"아니. 바는 마브에게 맡겼지. 금요일 밤이었잖아. 우리는 밖에 있었어."

덩컨은 긴장한 얼굴로 입술을 깨물었고 숀은 사촌형이 총을 쏘지 않고도 망할 수도 있다는 생각이 들었다. 현실은 레이가 구금 중이고 그의 가장 친한 친구가 뛰쳐나가 무죄라고 외치는 것이 아니라, 숀을 불러 이야기를 하고 있었다. 지저분한 알리바이가 분명했다.

"형을 돌봐주기로 했잖아." 숀은 덩컨을 노려보았다.

"그게 무슨 소리야?"

"우린 모두 네가 형을 지켜 줄 거라고 믿었는데, 이게 뭐야?" 그는 모니크를 보면서 언성을 낮췄다. "또 갱단에 넣은 거야?"

"잠깐." 덩컨은 피식 웃었다. "아니, 그런 거 아니야. 내가 그짓 안 하는 거 알잖아."

"그럼, 무슨 소리야. '밖'에 있었다니."

"이 얘기 들으면 기분 나쁠 거야." 덩컨은 괜히 머리를 긁적이며 말했다. "내 여자 신디 만난 적 있나?"

알고 보니 덩컨에게 여자친구 비슷한 상대, 데이트 앱으로 만난 스물다섯 살의 신디라는 미용사가 있었다. 진지한 사이는 아니었지만, 가끔 만나곤 했는데, 지난주에 그 여자가 데니즈란 친구와 함께 바에 왔다.

"신디가 LA에 살던 시절부터 아는 여자였는데, 팜데일로 이사를 할까 생각 중이라, 함께 놀러 왔어. 그래서 파티를 좀 하면 어떨까 싶었지."

숀은 나머지 이야기가 어디로 갈지 두려운 마음으로 경청했다.

"레이는 금요일에 일을 안 하니까, 불렀지. 그래서 우리 넷이서 내 집에서 모이기로 했어."

"몇 시에?"

"이른 시각이었어. 5시 30분쯤." 충격보다 최소한 두 시간 전이었다. "한잔하고 나가서 먹을 걸 좀 구해 올 생각이었지."

음식점에 갔다면 누가 레이를 보고 기억했을 가능성이 컸다.

"나갔어?"

"아니, 그러니까, 이게 문제야. 우린 집에 있었어." 덩컨은 숀에게 어딘가 켕기는 기색의 엉큼한 표정으로 쳐다보았다. 한쪽 눈썹을 치켜뜨고 입술을 비틀며. "무슨 말인지 알지?"

숀은 입을 딱 벌렸다. "레이 형이랑 데니즈란 여자가……."

"내 잘못은 아니었다고. 술도 마셨고, 신디랑 내가 방에 잠깐 들어갔다가 나오니까, 둘이 욕실에 들어갔어."

숀은 레이가 고등학생 애처럼 여자랑 몰래 욕실에 들어가는 모습을 상상하고 혐오감에 고개를 저었다.

"그래서? 형이 그냥 집으로 갔어?"

"좀 쉬었지. 피자를 시키고, 술도 마시고. 그리고 레이는 집에 갔어."

"몇 시에?"

"늦진 않았어. 아마 9시 되기 좀 전. 총격 얘길 들었을 땐, 이미 떠난 뒤였어."

"그럼……."

"뭐, 거시기가 젖은 채로, 술에 취해 노스리지까지 차를 몰고 가서 누굴 죽이려고 했다고? 글쎄올시다. 어쨌든, 총격은 폐점할 때였다는데, 그 약국은 7시에 닫아. 7시에 레이는 나랑 있었어. 확실하다고."

"여자친구 신디랑 데니즈도 거기 있었고."

"응. 알리바이가 필요하면, 알리바이는 있어. 그러니까 말해봐. 내가 어떻게 하면 돼?"

바로 그 시각, 남편이 갇혀 있는 동안 니샤는 직장에 있었다. 거기 있고 싶어서가 아니라 가족을 부양하기 위해 일이 필요했으니까. 특히 변호사까지 필요해졌으니까. 숀은 니샤를, 니샤가 혼자 끈기 있고 성실하게 레이를 기다린 10년을 생각했다. 레이는 전에도 바람을 피운 적이 있었다. 아이들이 어릴 때 그런 적이 있었다고 니샤가 말했다. 레이와 떨어져 있던 오랜 세월 중에 니샤가 헤어질 생각을 하게 했던 단 하나의 일이 그거였다. 하지만 레이는 중년이 됐고, 아내와 아마도 잘 지냈다. 숀은 사촌보다 젊었지만 욕망 때문에 허튼짓을 할까 생각한 건 오래전이었다. 안정된 삶에 만족하며 재즈에게 감사했다. 세상 어떤 바보도 가진 것에 불지를 리 없었다.

10대 아이 둘, 20년이 넘는 결혼생활. 잘 알지도 못하는 젊은 여자와의 하룻밤 때문에, 레이는 그걸 팔아먹었다. 숀은 가족이 어렵게 얻은 따스한 평온이 끝났음을 깨달았다. 앞으로의 불화가 떠올랐다. 니샤는 상심하고, 아이들은 혼란에 빠지고, 선이 그어질 것이다. 다시 모두 실라 이모 집에 모일지도 의문이었고, 나약하고 악한 레이가 미웠다.

"알리바이가 있으니까, 말해 줘."

덩컨은 고개를 끄덕였다. 그 허락이 필요했던 것이다.

"니샤가 떠날까?"

"그럴지도 몰라. 뭐, 그러는 게 옳겠어."

"딱 한 번이었어. 그 새끼 10년이나 갇혀 있었잖아."

숀은 모니크 쪽으로 시선을 돌렸다. 아이는 공책을 버리고 바에 머리를 댄 채 그들을 빤히 보고 있었다. 덩컨은 알아차리지 못한 모양이었다.

"여자가 오니까 홀딱 빠진 거지. 남자라서 그래, 숀. 니샤도 알아."

숀은 덩컨이 거짓말을 하는지 알 수 없었다. 아마 거짓말일 거라고 생각했다. 그는 레이와 가장 친한 친구였고 여전히 고등학생 때처럼 여자에게 말을 거는, 마흔네 살의 독신이었으니까. 그 시절 덩컨을 그렇게 우러러본 것이 놀라웠다. 오래전 일이었다. "니샤도 똑같은 일을 겪었어."

"남자들은 다르잖아. 이봐, 숀. 이런 소릴 내가 해야 해?"

숀은 니샤가 얼마나 힘들게 살았는지 알고 있었지만, 모두 이야기할 기운이 없었다. 게다가 니샤는 숀이 덩컨에게 그녀의 우울한 나날을, 약했던 나날을, 비참하고 힘들었던 나날을 말하는 걸 바라지도 않을 것 같았다.

"경찰에 말해 줘." 대신 숀은 그렇게 말했다. "그 여자랑 잤을 때, 형이 자기 결혼에 수류탄을 던진 셈이니 알아서 감당해야지. 하지만 경찰에 살인미수로 잡혀갔으니까 그게 먼저지."

"전부 다 말할 필요는 없지 않을까."

"바보처럼 굴지 마. 경찰에서 조사할 거야. 아마 그 여자들도 조사하겠지. 여자들은 시간순으로 죄다 말할 테니까, 다 털어놓는 게 레이 형에게 나을 거야." 숀은 구치소에 갇혀 점점 더 절망하는 레이를 떠올렸다. "형은 벌써 다 말했을걸. 그런데 가서 먼저 거짓말을 하면, 경찰은 레이 형 말을 안 믿을지도 몰라. 알리바이를 말해 주면 형은 나올 수도 있어."

"경찰이 니샤에게는 말 안 하겠지?"

"하지만 니샤는 똑똑해. 레이가 뭘 감추면 눈치를 채고 알아낼 거야."

"너한테서?" 덩컨은 불쾌하다는 듯 얼굴을 찡그렸다. 그런 이야기를 해 놓고, 가장 기분 나쁜 건 숀이 레이를 배신하는 것이라는 듯.

숀도 어떻게 해야 할지 알 수 없었다. 레이는 사촌이고, 형이었다. 그는 늘 숀의 편을 들어 주었고, 가장 성실한 가족이었다. 레이가 직접 인생을 망칠 수 있음을 보여 줬는데, 굳이 숀이 그의 인생을 망칠 필요가 있을까? 숀은 조카들을 떠올렸다. 이 힘든 시기에, 부모가 마침내 모두 한집에 살게 되어 기뻐하는 아이들을. 이 일이 알려지면 아이들은 충격을 받을 것이고, 물론 엄마 편을 들 것이다. 그들이 레이와, 아이들 기의 평생 헤어져 지낸 아빠와 인연을 끊어 버리면 어떻게 하나? 어떻게 숀이 그런 일을 두고 볼 수 있을까?

숀은 방금 들은 이야기를 지워 버리고, 레이와 니샤 사이를 그냥 두고 싶었다. 니샤는 모르는 편이 행복할 것이 분명했다. 하지만 그걸 감춘다고 생각하니, 속이 메스꺼웠다.

"모르겠어. 생각 좀 해 봐야지."

침묵이 흘렀고, 모니크가 소리를 내서 그 침묵을 깼다.

"숀 아빠. 레이 아저씨가 뭐 잘못했어?"

두 사람 다 모니크를 빤히 봤다. 아이가 많은 내용을 이해한 것이 놀라웠다. 비록 몇 시간 지나면 잊는다 해도.

"아니, 아가." 덩컨이 놀라 어색한 미소를 지으며 말했다. "레이 아저씨는 괜찮아."

숀은 레이가 한정자를 쏘지 않았다는 데 안도했다. 사촌이 다시 수감되는 건 원하지 않았다. 그 여자를 쏴서든, 다른 일로든. 하지만 한정자는 살인자였다. 누나를 앗아 갔다. 숀 자신은 복수하는 상상을 몇 번이나 했었나? 레이의 어리석음에, 충동적이고 이기적인 행동에 화가 났을 테지만, 이해는 했을 것이다. 적어도 이 일보다는 훨씬 더 이해했을 것이다.

# 15장

그레이스는 책상에 앉아 폴이 건넨 지시 사항을 읽었다. 간호사가 설명했을 때 그레이스도 함께 있었지만 마음이 복잡해 제대로 듣지 못했다. 어떤 약을 언제 먹어야 하는지는 알고 있었지만, 다른 건 전부 새롭고 힘들어 보였다. 그녀는 '스펀지 목욕 시키는 법'을 검색하여 그림 설명을 발견했고, 부모 방에서 들려오는 삐걱거리는 소리를 들었다.

집에 돌아오니 기분이 이상했다. 깔끔하고 조용하던 집은 귀신 들린 집, 아무도 모르는 폭력이 일어나는 집처럼 느껴졌다. 그레이스는 그 집도 그들과 편을 먹고서, 살인자의 집이 아니라 도덕적인 집인 척 가면극으로 자신을 배신했다는 느낌을 떨칠 수 없었다. 자기 방조차도 불편했다. 침대에는 봉제인형이 놓여 있고 벽에는 고등학교 때 좋아하던 만화영화 세일러 문이니 한국의 아이돌 그룹 빅뱅의 포스터가 걸려 있는 아이 방 같았다. 예전에 아침마다 잠을 깨우던 플라스틱 드래곤볼 알람시계가 있었는데, 멈춘 지 오래였지만 책상 위에 그대로 놓여 있었다. 이 방이 바로 얼마 전까지 그렇게 편안하게 느껴졌다는 것을 믿기 어려웠다. 할 수만 있다면 다른 곳 어디라도 가고 싶었다.

코마에서 깨어난 뒤 24시간이 지나지 않아서 의사는 이본을 퇴원시켰다. 그레이스는 깜짝 놀랐다. 총에 맞고 코마 상태가 된 사람이 주위에 없긴 했지만, 그보다는 더 오래 입원해야 한다고 생각했었다. 적어도 한 달은. 분명 일주일로는 부족할 것 같았다.

하지만 지난밤, 그들은 이본을 집으로 데려왔다. 들것에 태운 것도 아니고, 폴의 현대차 앞 좌석에 앉혀서 그냥 돌아왔다. 미리엄은 한인 마켓에서 저녁식사거리를 사 왔다. 플라스틱 용기에 포장한 떡볶이, 순대, 김밥, 디저트로 뚜레쥬르에서 고구마 케이크를 사 왔다. 엄마의 환영 파티를 30분 더 피하기 위한 행동이기도 했다. 그들은 폴과 이본의 방에서 미적지근한 축하 만찬을 했다. 2년 만에 모두 함께 하는 식사였다. 바로 일주일 전만 해도, 그런 일이 곧 벌어질 거라고 하면 그레이스는 기뻐 어쩔 줄 몰랐을 것이다. 하지만 물론, 지금은 모든 것이 엉망이었다.

이본은 일찍 잠들었고 미리엄은 블레이크에게로 돌아간다고 했을 때, 그레이스는 같이 갈까 생각했다.

하지만 폴이 둘 다 말렸다. "난 약국에 다시 나가야지. 너희들이 내일 엄마 좀 봐 줄래?"

그레이스는 어이없다는 표정을 간신히 참았다. 폴은 그럴 필요가 없었다. 약국은 한 주 내내 그가 없어도 잘 돌아갔다. 그는 그 주 내내 병원 복도를 서성이며 보냈지만 아무도 전화를 걸어 우리약국으로 돌아오라고 하지 않았다. 그런데도 폴은 정말로 간호할 일이 생기니, 아내를 돌보고 싶지 않아진 거였다. 그레이스는 간호사가 지시 사항을 길게 설명할 때, 폴의 눈이 멍해지는 걸 보았다. 분명 자기 일이 아니라고 생각하는 표정이었다.

그레이스는 직장도 없고 총에 맞지도 않은 유일한 가족, 미리엄에게 시선을 돌렸다.

미리엄은 예상치도 못했고, 원치도 않으며, 공정치도 않다는 표정으로 입술을 비틀었다.

"내일 점심 회의가 있어. 블레이크가 마련해 준 자리야. 넷플릭스에 프로그램 계약을 한 쇼 러너랑 만나는 거야."

"알았어. 그럼 점심 약속이 있다고?" 그레이스는 믿을 수 없는 심정으로 물었다.

"그냥 점심 약속이 아니야. 일이라고. 그 사람이 날 채용할 수도 있어. 취소하면 안 좋을 거야. 나랑 블레이크에게."

"'정말 미안하지만, 엄마가 방금 코마에서 깨어났어요.'라고 말을 못 한다고?"

"날 만난 적도 없는 사람이고, 중요한 사람이라고. 내 인생에 대해서 일일이 알고 싶어 하지 않을 거야."

"그레이스." 폴이 엄격하게 야단치는 말투로 껴들었다. "네가 엄마랑 있어라."

"네? 진심이세요? 일하러 가야 할 사람은 나라고요."

"조지프는 이해할 거다. 미리엄은 쇼 러너에게 일일이 다 설명할 필요가 없어." 폴은 '쇼 러너'라는 말을 얼버무리며 발음했다. 그레이스는 아버지가 그 단어를 처음 들어 본 거라고 확신했다.

조지프 아저씨는 이해했다. "네 엄마가 우선이지." 그는 전화로 부드럽게 말했다. "천천히 돌아와라. 나는 괜찮으니까." 망할 놈의 유교 문화. 이본을 돌보기 위해 그레이스가 일을 그만둔다면, 조지프 아저씨는 그것도 이해할 것 같았다. 이본의 상태가 진전되지 않는다면, 그렇게 될 거라고 예상할 수도 있었다.

이본은 하루 종일 잤다. 달리 할 일도 없었다. 이본은 누워 있어야 했고, 약 때문에 지쳐 있었다. 그레이스는 캔디 크러시 게임을 끝없이 하며 시간을 보냈다. 줄스 서시라는 남자가 쓴 에이바 매슈스에 관한 책을 한 권 사서 게임 뒤에 감추어 펼쳐 놓았다. 이본이 퇴원하기 전에 읽을 생각이었는데, 엄마가 옆방에 와 있으니 책을 볼 수가 없었다.

여름 중 가장 더운 때, 뜨거운 주말이었고 오후 내내 38도를 훌쩍 넘는 밸리의 기온과 싸우기에는 에어컨이 너무 약했다. 이본은 조용히 아무 요구도 없이 있었다. 한 가지 청한 것은 목욕이었고, 그레이스는 지금 하는 게 낫겠다고 판단했다.

그레이스가 부모 방에 들어갔을 때, 이본은 깨어 있었다.

"뭐 좀 먹었니?" 이본은 반사적으로 그레이스에게 물었다.

"4시가 넘었어, 엄마. 아까 먹었지. 배고파?"

이본은 고개를 저었다.

"목욕할까?"

이본은 얼굴을 찡그리며 침대에서 일어나 앉았다.

"나 좀 일으켜 줘."

그레이스는 회복 중인 총상 환자를 침대에서 일으키는 법을 알 수 없었지만, 어찌어찌 이본과 함께 일어날 수 있었다. 그레이스는 어머니의 허리를 잡아 자신에게 기대게 했다. 휘청거리는 불안한 걸음걸이임에도 이본은 너무 가벼웠다. 땀에 젖은 파자마를 걸친, 가녀린 몸뚱이뿐이었다.

그레이스는 벌거벗은 이본의 모습에 익숙했다. 한국 사우나에 자주 함께 갔으니까. 하지만 어머니의 옷을 벗기면서 두려움을 감춰야 했다. 침대에서 일주일 동안 의식을 잃고 누워 있는 동안, 이본은 그레이스가 상상하지 못한 만큼 살이 빠져 있었다. 낡은 가죽처럼 부드럽고 얇은 살갗이 헐렁거렸다. 처음에는 거즈와 붕대로 단단히 감긴 상처보다 그것이 더 충격적이었다.

"뜨거운 물 좀 틀어 줘." 이본이 말했다. 욕조는 비어 있었다. 의사의 지시 중에는 상처에 물이 닿게 하지 말라는 것도 있었다. "조금만. 추워서."

그레이스는 어머니가 몸을 떠는 동안 욕조에 물을 6센티미터가 조금 넘는 높이로만 받았다. 이본은 가장자리에 앉아 그레이스의 어깨를 잡고 다리를 넣어 발끝으로 온도를 확인했다. 그리고 고개를 끄덕였고, 그레이스는 어머니를 욕조에 앉혔다.

이본은 앉으면서 한숨을 내쉬었다. "정말 처참하구나."

반박하기 어려웠다. 이본은 작고 부서질 듯한 몸을 벌거벗은 채 웅크리고 있었다. 구부러진 등으로 척추 윤곽이 드러났다. 가슴에 맞은 총알이 갈비뼈 아래로 나왔다. 상처는 드레싱을 했지만 주위에 자주색과 녹색의 커다란 멍이 들어 있었다. 그레이스는 주방에서 가져온 볼에 뜨거운 물을 채웠다.

"엄마. 고개 들어요. 머리부터 감자."

이본이 이 욕조에서 딸들을 몇 번이나 씻겼을까? 그레이스는 몇 살부터 혼자 목욕했는지 기억나지 않았지만 미리엄과 함께 혹은 혼자 욕조에 들어가 있으면 어머니가(아버지였던 적은 없었다.) 욕실 바닥에 쪼그리고 앉아 머리를 감겨 준 기억이 생생했다. 그레이스가 샤워를 시작한 뒤에도 이본은 1년에 한두 번은 때밀이를 시켰고, 온몸 구석구석에서 때를 밀어 줬다. 그레이스의 살갗은 분홍색이 되어 따끔거렸지만 깨끗해졌다.

그레이스는 그 고통스러운 행사가 싫었고, 다른 애들은 겪지 않는 일임을 알고 더욱 싫어졌다. 그걸 끝낸 밤이 기억났다. 열두 살 혹은 열세 살, 그레이스 자신의 셈으로는 더 이상 아이가 아닌 때였다. 그레이스가 샤워를 하고 있는데 이본이 욕실로 들어왔다. 그 시절 집에서 문을 잠그는 사람은 미리엄뿐이었다. 이본은 한국 가요에 맞추어 흥얼거리는 때밀이 노래를 불렀다. "때, 때, 때, 때, 때, 때, 때……." 어릴 때 그레이스는 그 소리를 듣고 웃었지만, 그날 밤에는 사생활을 침범당하는 것이 짜증 났다. 그레이스는 이본에게 딱 잘라 말했고, 두 사람 모두 깜짝 놀랐다. 김 서린 유리를 통해 본 어머니의 얼굴에, 그레이스는 부끄러워졌다.

그레이스는 이본의 머리카락에 거품을 냈다. 손끝에 닿는 머리카락이 얇고 연약하게 느껴졌다. 이본의 숙인 정수리 뿌리가 희끗희끗했고, 싸구려 진갈색 염색은 자주색으로 변해 있었다.

"더 세게 해도 돼. 머리는 안 다쳤어." 이본이 말했다. "자, 내가 할게."

그레이스가 말리기도 전에 이본은 딸의 힘없는 손을 밀어내고 괜히 힘차게 두피를 문지르기 시작했다. 이본에게 어울리지 않는 심술 맞은 행동이었고, 그레이스는 눈에 눈물이 차올랐다. 어머니는 아무것도 할 수 없는 상태를 싫어했고 그레이스는 어머니를 어떻게 돌봐야 하는지 알 수 없었다.

이본은 비명을 지르며 팔을 내리더니 배를 감싸 안았다.

"엄마! 가만히 계세요. 엄마 몸통에 빌어먹을 구멍이 났잖아."

그레이스는 손으로 입을 막을 뻔했다. 어머니에게는 고사하고, 그 앞에서 욕을 한 적도 없었다. 이본이 흠칫했다. 하지만 그냥 뒀다. 어쩔 수 없는 일이었다.

이본은 저항을 멈췄고 그레이스는 최선을 다해 머리를 감기고 몸을 씻겼다.

"예전에 등 밀어 주면 네가 참 좋아했는데." 그레이스가 비눗물로 어깨를 문지르자 이본이 누그러진 목소리로 말했다. "기억나니?"

그레이스는 고개를 끄덕이고는 어머니가 볼 수 없는 것을 깨닫고 소리 내서 대답했다.

"내가 모양을 그려 주면 좋아했지. 목욕 시간에 알파벳 연습을 했어."

그레이스는 어머니 손끝이 몸에 미끄러지는 걸 느낄 수 있었다. 간질거리는 M, W, Z. 길쭉한 한글 모음.

"상처를 닦아야 해요."

그레이스는 드레싱을 떼어 내고 총알구멍을 보고는 헉하는 소리를 냈다. 짙은 고기 색의 무시무시한 흉터였다. 햇볕을 봐서는 안 되는 몸속이 드러나 있었다.

그레이스는 불안한 손길로 거길 닦았고 이본은 신음을 흘렸다. 딸의 손길에 등을 움츠렸다. 어떤 고통일지, 상상할 수 없었다.

이본은 숨을 몰아쉬었다. 그레이스가 외부 상처를 다시 드레싱할 때는 자기 무릎을 끌어안고 있었다.

"누가 얘기했다며?" 이본이 무릎에 대고 하도 작게 말해서, 그레이스는 제대로 들은 것인지 확신하지 못했다.

"엄마?"

"아빠가 얘기했어."

그레이스는 아무 말도 하지 않았다. 이 대화를 하기를 기다렸지만, 막상 이야기가 나오니 미래의 그레이스에게, 더 착하고, 현명하고, 총에 맞은 엄마의 등을 보고 있지 않은 그레이스에게 미루고 싶었다.

"네가 나를 제대로 쳐다보지도 못하는데, 모를 줄 알았니? 네가 태어나기도 전에 한 일 때문에."

그레이스는 뭐라고 해야 할지 알 수 없었다.

"그 시절이 어땠는지 넌 몰라. 한국 사람들이 많이 죽었어. 그건 아니? 총을 들이밀고 강도질을 했지. 현금이랑 맥주 때문에 죽임을 당했어. 갱단 놈들은 짐승 같았어. 난 거기 살고 싶지도 않았어. 네 아빠에게 가게를 팔자고 사정했지. 미리엄은 어렸고. 우리에게 무슨 일이 일어날까 봐 겁이 났어."

"하지만 그 앤 10대 여자애였잖아요." 아이의 이름을 입 밖에 낼 수도 없었다.

침묵이 흐르더니, 흐느끼는 소리가 났다.

"실수였어. 날마다 그 일을 돌이키고 싶어. 하지만 그럴 수가 없어. 그 일에 얼마나 더 대가를 치러야 하니? 그 한 번의 실수에? 내 딸들을 잃어야 하니? 그러면 그 일이 바로잡힐까?"

"딸들을 잃는 거 아니에요, 엄마." 그레이스는 동정심과 분노와 사랑과 혐오에 휩싸여 울기 시작했다. "우선, 우린 둘 다 살아 있잖아."

그레이스는 당장 할 수 있는 일로 돌아갔고 이본은 딸의 서툰 손놀림에 꼼짝 않고 가만히 있었다. 모든 게 잘못됐다. 그레이스는 어머니와 거의 싸우지 않았다. 늘 순하고 말썽 없는 아이였고 미리엄이 스포트라이트를 받는 사이 중심을 잡는 아이였다. 하지만 이건 싸움이 아닐 수도 있었다. 협상할 일이 없으니까. 해결책도 없으니까. 그레이스는 어머니가 한 일을 결코 받아들일 수 없었다. 그 일을 놓고 화해할 수 없을 것 같았다.

"그레이스, 울지 마." 그레이스가 어릴 적 고집을 부렸을 때처럼, 이본이 엄한 음성으로 말했다.

그레이스가 어렸을 때와 똑같은 효과가 났다. 더 크게 울었다.

"그레이스, 뚝."

"미안해요, 어쩔 수가 없어." 그레이스는 코를 훌쩍였다. "이건 정말 최악의 일이에요."

그레이스는 얼굴이 붉어지는 걸 느꼈다. 여자아이가 죽었고, 그 애 친구와 가족이 그 일을 겪고 살았는데, 그런 말을 하다니 터무니없었다. 하지만 이본도 희생됐다고 느끼는 건 분명했다. 마치 그 애 죽음이 이본 자신에게 일어난 일이라는 듯이. 그리고 그레이스는 더 강한 불만을 품지 않았을까? 자신은 죄가 없었으니까. 어머니가 죄를 지었고, 딸을 그 여파로부터 지켜내지 못했으니까.

이본은 고개를 돌려 지치고 가슴 아픈 미소를 지었다.

"그래. 그럼 내가 그렇게 나쁜 엄마는 아니었구나." 이본은 팔을 뻗어 욕조 바닥에 놓고 배를 내밀었다. 거기 감긴 붕대를 턱으로 가리켰다. "이것 좀 도와줘."

그레이스는 드레싱을 열고 어머니의 축 처진 텅 빈 가슴 아래 뚫린, 무시무시한 구멍을 봤다.

에이바 매슈스가 컴퓨터 화면에서 그레이스를 응시하고 있었고, 그레이스는 처음으로 그 애를 마주 봤다. 『이별의 왈츠: 에이바 매슈스의 삶과 죽음』첫 페이지의 사진은 저화질의 흑백사진이었다. 배경에 회색 말고는 아무것도 보이지 않는 학교 사진 같았다. 소녀는 퍼프 소매의 원피스를 입고 있었고, 머리는 잘 펴고 앞머리는 동그랗게 말아 여덟 살로 보였다. 부드러운 눈과 생긋 미소를 짓는 도톰한 입술을 지닌 아이였다. 유머와 순수로 가득한 얼굴. 그 전까지는 그레이스가 보지 못했던 얼굴.

어머니가 사람을 죽였다는 걸 알게 되는 건 충분히 힘들었다. 더 이상 알고 싶지 않은 마음이, 이 애를 사람으로서, 남들처럼 소중하고 인간적인 한 사람으로서 알고 싶지 않은 마음이 있었다. 하지만 그 애는 거기 있었고 그레이스는 그 애 목소리가 어떤지, 좋아하는 것과 싫어하는 것은 무엇인지, 꿈은 무엇인지 궁금해졌다. 그래서 다음 페이지로 스크롤해서 읽기 시작했다.

에이바 매슈스는 아버지가 누군지 알지 못했고 여덟 살 때 음주운전 사고로 어머니를 잃었다. 그레이스는 그걸 읽고 심장이 죄는 것 같았다. 자신은 스물일곱 살이지만 이본을 잃는 것이 더할 나위 없는 비극처럼 느껴졌다. 어릴 때 어머니를 잃었다면 어떤 삶을 살았는지 상상할 수 없었다. 그 애와 남동생을 키운 이모 말에 따르면, 에이바는 어머니가 세상을 떠난 해에 제정신이 아니었다고 했다. 이모와 이모부에게 말을 하지 않았고, 교사들을 무시했고, 학교에서 말썽을 부렸다고.

그 애가 세상에 다시 나오도록 해 준 것은 음악이었다. 에이바는 늘 음악을 좋아했다. 어릴 때는 트루웨이 침례교회 성가대에서 노래했고 이모가 교회에 계속 보냈기 때문에 슬퍼하면서도 성가 연습은 계속했다. 성가대 지휘자는 에이바를 가엾게 여겼고 에이바는 교회의 낡은 그랜드피아노로 무료 레슨을 받기 시작했다. 에이바에겐 재능이 있었고 아름답고 열정적으로 연주했다. 중학교 3학년 때부터 에이바는 LA 인근의 청소년 대회에 연달아 참석해 전문가 교사에게서 정식 교육을 받은 아이들을 제쳤다. 에이바는 자기 피아노도 없었지만 『이별의 왈츠』로 심사위원들에게 감동을 주어 쇼팽 대회에서 상금 100달러를 받기도 했다.

어려운 형편의 소녀가 일생일대의 연주를 해내는 이야기라니, 디즈니 영화 결말에 어울리는 승리였다. 그레이스는 대학 시절까지 피아노를 쳤고 그 대회들을 기억했다. 숱한 시간 연습해서 연주하면, 어머니는 환호하고 격려했다. 차가운 연주장, 냉정한 심사위원들, 각 곡이 끝날 때마다 들리는 반향. 그레이스는 바흐의 파르티타로 수상할 뻔한 적이 한 번 있었지만, 결국 상을 받지는 못했다. 잠시 이성을 잃고, 그레이스는 에이바 매슈스와 함께 대회에 나간 적이 있었을까 하는 생각이 들었다. 둘 다 이상한 머리 모양을 하고, 얌전하지만 불편한 드레스를 입고, 허리를 곧게 펴고 손가락을 펼친 적이 있었는지. 노래하는 현에 맞추어, 신경을 바짝 곤두세우고서.

하지만 그레이스가 태어나기도 전에 에이바는 사망했다. 잠시 떠오른 상상을, 잔혹한 진실이 부쉈다. 이건 소녀의 이야기가 아니었다. 그 죽음의 이야기였지.

그레이스는 읽기를 멈추고 에이바 매슈스에 대한 정보를 더 검색했다. 비록 아프더라도, 알아야 할 것은 모두 알고 싶었다. 하지만 그 이상의 정보는 없었다. 이미 읽은 기사들과 『이별의 왈츠』에 대한 언급뿐이었다. 그레이스는 서시가 최초의 《LA 타임스》 기사도 몇 편 쓴 것을 알게 되었다. 그는 이 소녀의 일생에 대해 가장 권위 있는 인물 같았다.

그레이스는 온라인의 사진을 빤히 보았다. 그의 눈에는 자신이 옳다고 확신하는 빛이 서려 있었다. 어머니를 비난하기 위해 펜을 든 사람이지만, 그레이스는 그가 부정직하다거나 비열하다고 말할 수 없었다. 그는 에이바 매슈스의 죽음에 너무나 슬퍼했고, 그레이스도 공감했다. 어쩌면 이 남자는 그레이스의 적이 아닐 것 같았다. 어쩌면 도움을 줄 수 있을지도 몰랐다.

그레이스는 서시가 보낸 이메일을 찾아봤다. 총 일곱 통을 보냈는데, 모두 정중하지만 단호하고 급박했다. 그는 전화번호도 적어 두었다.

"여보세요?" 10시가 넘은 시각이었지만, 그는 벨이 한 번 울리자 받았고, 그레이스는 무슨 말을 해야 할지도 제대로 알 수 없었다. "여보세요?"

"여보세요." 그레이스는 마른침을 삼켰다. "줄스 서시와 통화하고 싶은데요."

"접니다."

"그레이스 박이에요."

"그레이스, 네, 안녕하세요." 상대방 쪽에서 부스럭거리는 소리가 들렸다. 뭘 하던 중인지는 모르지만, 통화에 집중하려고 밀어 두는 모양이었다. "전화 주셔서 고마워요. 가족은 어떠신가요?"

이본은 자고 있었다. 그레이스는 어머니를 목욕시키고, 옷을 입히고, 식사를 시켰고, 이제는 폴이 귀가해 아내 옆에 누워 무슨 일이 생기면 그레이스나 병원에 연락할 참이었다. 폴은 그답지 않게 이본에게는 상냥했다. 이상한 짓을 하는 건 아니었지만(그레이스는 부모가 키스하는 걸 한 번도 본 적 없었다.) 음성은 전보다 부드러웠고, 아내의 어깨를 만지고, 손을 잡고, 그레이스에게 먹을 것과 물을 가져오라고 시켰다.

"괜찮아요." 그레이스는 어색하게 말했다.

"당신은 좀 어떻습니까?"

그 질문에 그레이스는 놀랐다. 상냥한 음성에.

"힘든 한 주였어요."

"액션 나우의 행동에 제가 경악했다는 걸 알아주셨으면 합니다. 조회수를 위해 잔인한 짓을 하는 걸로 악명 높은 데지만, 이번에는 거기치고도 선을 넘었습니다. 거기가 모든 기자를 대표하지 않는다는 걸 알아주셨으면 합니다."

"감사합니다." 그레이스는 울지 않으려고 입술을 깨물었다.

"저, 언제 직접 만나 이야기하고 싶습니다. 만나 주실 수 있을까요? 이번 주에? 지금 상황으론 당신에게 좋을 수도 있습니다. 이런 폭풍 속에 있다니 정신없으시죠. 하지만 당신 입장의 이야기를 할 기회를 잡아야 합니다."

또 그 말이 나왔다. '내 입장의 이야기.' 그건 대체 어떤 걸까? 이 이야기 중 어떤 부분이 그레이스 자신의 것일까?

"잘 모르겠네요."

"이해합니다. 부탁이니 생각해 보세요. 제 번호는 아시죠?" 그의 목소리에서 미소가 느껴졌다. 실망한 거라면 그걸 잘 감췄다. "제가 도와 드릴 일이 있을까요?"

"쓰신 책을 읽기 시작했어요." 그레이스는 왜 전화를 한 건지 생각하면서 말했다.

"감사합니다. 그건…… 그 말씀을 들으니 반갑군요."

"체포된 사촌, 그 사람이 에이바와 함께 산 사람인가요? 그 어머니가 키워 줬다는?"

그는 잠시 망설였다. "네."

그레이스는 말을 멈췄다. 가능한 한 설득력 있는 목소리로 말했다. "그 사람과 이야기를 해 보고 싶어요."

"그건 어려울 겁니다. 연락도 안 되니까요. 그 사람 변호사뿐."

그레이스는 입술을 잘근거렸다. 어머니를 쏜 사람과 만날 수 없는 상황이라고 하니, 마음이 조금 놓였다.

하지만 뭐든 해야 했다. 에이바 매슈스는 세상을 떠났을지 몰라도 소중한 가족을 남겼다. "에이바에게 동생이 있죠. 그 사람을 만나고 싶어요."

"왜 그러시죠?"

"그냥 이야기를 하고 싶어요."

서시는 한숨을 내쉬었다. "좋은 생각인지 모르겠군요, 그레이스."

그레이스는 감정이 북받쳐 목이 메는 걸 느꼈고, 그 감정을 목소리에 드러냈다. "제겐 모든 게 너무 갑작스러운 일이에요. 누가 어머니를 죽이려고 했을 때까지, 아무것도 몰랐으니까요."

"다른 총격 사건은 몰랐습니까?" 놀란 기색이었다.

"지난주까진 몰랐어요."

그레이스는 또 한 차례 긴 침묵 동안 숨을 참았다.

"저기, 도와 드리고 싶지만 연락처를 그냥 드릴 순 없습니다.

비윤리적인 일이니까요."

그레이스는 아무 말도 하지 않았다. 그의 목소리에서 망설임이 느껴졌다. 그도 도와주고 싶어 했다. 아니면 적어도 환심을 사고 싶어 했다. 자신이 할 수 있는 일을 말하려는 참이었다.

"정말 연락을 취하고 싶으면, 언니에게 말해 보세요."

그레이스는 제대로 들은 건가 싶어서 전화기를 꼭 쥐었다.

"죄송해요. 누구요?"

"언니요. 미리엄. 미리엄이 알 겁니다."

# 16장

그녀는 그날 저녁 실라 이모의 집 앞에 나타났다. 여호와의 증인 같았다고, 이모가 말했다. 숀은 그녀가 차분히, 끈질기게 문을 두드리는 모습을 떠올릴 수 있었다. 니샤는 다시 레이를 접견하러 가고 없었다. 덩컨이 알리바이를 가지고 갔지만, 그것이 곧바로 석방시킬 카드는 아니었다. 레이가 이미 몇 가지 앞뒤가 안 맞는 이야기를 했기 때문이다. 레이는 아직 센트럴 구치소에 있었고, 아무것도 모르는 아내는 그를 지지하고 있었다. 둘 중 하나라도 집에 있었다면 그레이스 박의 면전에서 문을 닫아 버렸을지도 모른다. 실라 이모는 그녀에게 차를 마시자고 했다.

그들이 식탁에 앉아 눈물을 글썽이며 나직이 대화를 나눌 때, 숀이 퇴근 후 테이크아웃 음식을 가득 안고 들렀다. 그는 재즈와 모니크를 집에 두고, 아이들을 확인하고 이모와 조용히 의논하는 시간을 기대하고 왔다. 그런데 와 보니 이모는 기독교인의 환대라는 명목으로 그에게 폭탄을 떨어뜨렸다.

숀은 그 여자를 곧바로 알아봤다. 그 영상을 보진 않았지만,

사람들이 많이 보내서 정지화면은 봤다. 그 한국인 여자가 입술이 찢어지고, 보도에 쓰러져서 고함을 질러 대는 모습이었다. 어쨌든 알아보기는 했을 것이다. 여자는 제 엄마처럼 동그란 얼굴에 광대뼈가 튀어나오고 턱이 좁아 어리고 순해 보였다. 아무도 건드릴 수 없는 살인자의 얼굴.

그를 알아보더니 여자의 눈이 휘둥그레졌다. 눈빛에 두려움이 있었나? 감히 그의 삶에 껴들더니 두려운 척하는 것인가?

여자는 자기의 무례함을 문득 알아차린 듯 벌떡 일어났다.

"안녕하세요. 그레이스라고 합니다." 여자는 망설이며 손을 들썩이더니 그가 악수를 받아 줄 거라는 확신은 없이 내밀었다.

숀은 여자가 얼굴이 새빨개져서 손을 내릴 때까지 빤히 쳐다보고 있었다.

"숀, 얘야." 실라 이모가 말했다. "이 사람이 누군지 아니?" 마치 환영받는 귀한 손님이라는 듯이. 무슨 성자라도 된다는 듯이.

숀은 테이블에 봉투를 내려놓고 계속 서 있었다. 숀은 여자보다 머리 반 정도 키가 컸고, 여자는 발치 카펫 어딘가를 내려다보고 있었다.

"네." 숀은 실라 이모를 보면서 대답했다. "이모는 그 영상 못 봤죠?"

그레이스 박은 눈을 감고 어깨를 움츠렸다. 이 불쾌한 상황에서 기운을 내듯이. 얼굴을 찡그리고 움츠리면서도 결국에는 굴하지 않겠다는 듯이.

"영상?"

"저 사람 얼굴이 인터넷에 다 올라왔어요. 여기 왜 온 거죠?"

그레이스는 억지로 눈을 뜨더니 그를 봤다. "문제를 일으키러 온 건 아니에요. 얘기를 하고 싶었어요. 사촌분을 체포했다고 들었어요."

"에이바에게 있었던 일을 이번에 알게 됐대." 실라 이모는 그 슬픔이 그 여자 몫이라는 듯, 부드럽게 상냥하게 말했다. "누가 이 사람 엄마를 죽이려는 바람에 엄마가 한 일을 이제야 알게 됐대."

"'누가'라고요?" 숀은 거의 웃을 뻔했고, 처음으로 그레이스에게 말했다. "내 사촌이 당신 엄마를 쐈다고 생각하나 보군."

"저⋯⋯전 아무것도 몰라요. 하지만 그분, 아니 여러분 모두 엄마에게 화가 많이 났을 거라고 생각해요. 여기 온 건⋯⋯."

"우릴 도울 수 있을 거란다, 숀." 실라 이모가 껴들었다. 이모는 헛소리에 별로 인내심이 없었다. "자기 부모에게 이야기할 수 있대. 혹시 아니? 그 사람들이 경찰을 압박하지 않으면, 일이 좀 쉽게 풀릴지."

"저희 엄마는 회복 중이세요. 이번에는 누가 죽은 건 아니니까요." 그레이스는 말끝을 흐리더니 다시 얼굴을 붉혔다. "형사는 이미 만났어요. 제 말을 들어 줄지도 몰라요. 돕고 싶어요."

"알폰소 쿠리얼 집회에도 갔단다." 실라 이모가 그레이스의 팔을 두드리며 말했다.

"언니랑 전…… 부당한 일들이 많다는 걸 알고 있어요. 특히 경찰에게 당…… 폭행당한 흑인 희생자에 관해서는요. 가족분들께 도움이 될 수 있는 일이라면 저도……" 그레이스는 말끝을 흐리다가 고개만 끄덕였다. "하고 싶어요."

숀이 뭐라고 말하기를 기다리는 동안 긴 침묵이 흘렀다. 그의 가족은 위기에 처했다. 그는 조카들이랑 이모와 이야기를 해야 했다. 아무런 상관도 없는 이 철부지 어른을 상대할 필요가 없었다.

"형은 아니에요." 숀이 단호하게 말했다. "그건 확실해요."

"그럼 더더욱 감옥에서 구해야죠." 말이 튀어나와 버렸고, 그레이스는 더 이야기하려고 입을 벌렸다.

숀은 한 손을 들어 막았다. "왜 온 거죠?"

그레이스는 입을 벌렸다. 교사에게 말이 막힌 학생처럼 상처받은 표정을 지었다. "네?"

"왜 온 거냐고요."

"숀."

"그런 식으로 말리지 말아요, 이모. 왜 왔는지 알고 싶으니까. 레이를 꺼내 주러 온 건 아니니까요."

그레이스는 손을 내려다보고 있었지만 표정이 바뀌었다. 그 얼굴에 자부심은 없었다. 턱이 떨렸다. 콧물이 흐를 것 같았다.

"얼마나 죄송한지 말하러 왔어요." 그레이스가 고개를 어찌나 깊이 숙이는지, 숀은 그녀가 무릎을 꿇을까 봐 겁이 났다.

"영상에서 한 말 죄송해요. 제겐 모든 게 낯설었는데, 그 기자가 절 궁지로 몰았어요. 하지만 그보다, 제 가족이 가족분들을 너무 고통스럽게 해서 죄송해요. 누님에 관한 글을 읽었는데, 정말 착하고, 재능 있고, 똑똑한 사람 같았어요. 저랑 다를 바 없는 사람이라는 생각이 자꾸 들었어요. 저도 어릴 때 피아노를 쳤어요. 우리 때문이 아니었다면, 누님이 살아 계시리란 생각이 나서 견딜 수가 없어요."

울기 시작한 그레이스가 식탁에 앉자 실라 이모가 부드럽게 어깨를 두드려 줬다. 숀은 이모의 손을 치워 버리고 싶었다. 어떻게 이모는 이따위 헛소리를 듣고 있을까? 이 여자는 에이바와 전혀 달랐다. 둘 다 피아노를 치고 가족을 사랑하고 일요일에 교회에 다닌 건 중요하지 않았다. 그들에게 천 가지 공통점이 있어도, 같아질 순 없었다. 에이바가 그레이스 박과 같다면, 죽지 않았을 테니까.

"엄마를 변호하는 게 아니에요. 엄마가 한 일은 알고 있어요. 하지만 제 엄마는 괴물이 아니에요. 엊그제 그 일을 돌이키고 싶다고도 했어요. 미안해하고 있어요."

이 말에는 실라 이모도 굳었고, 몸을 떼며 허리를 세웠다.

"잠깐만. 인제 와서 딸을 보내 사과하려는 건 아니겠지?"

그레이스는 고개를 저었다. "아, 아뇨. 그런 뜻이 아니라……
엄마는 제가 온 걸 몰라요."

"한정자는 근 30년 동안 사과 안 했어요. 대신 거짓말을 해서 실형을 피하고 사라졌지. 우리 쪽을 한 번 쳐다보지도 않고. 그래요, 우리도 그걸 받아들일 만큼 바보는 아니라우."

"이해해요." 그레이스가 가슴에 손을 얹으며 말했다. "저는 제 뜻만 밝히러 왔어요. 정말, 정말 죄송해요."

"당신은 죄책감 느낄 거 없어요." 숀이 말했다. "그건 알겠죠. 그때 태어나지도 않았는데."

그레이스는 숀 쪽으로 고개를 들었다. 기대하듯 눈을 반짝이며. 숀이 혀 위에다 성체를 올려놓듯이 죄를 사해 주기를 기다리면서.

물론 이 여자는 그걸 바라고 찾아왔다. 서시도 결국 그걸 바랐고, 그가 누군지, 무슨 일을 겪었는지 알게 된 흑인 아닌 사람들은 죄다 그걸 바라는 눈빛으로 숀을 봤다. 에이바에게 호의를 표할 수 없게 되자, 주변 사람들에게라도 잘해 주는 척했다. 실라 이모가 그걸 이용한다고 탓할 수는 없었다. 하지만 숀은 그들의 호의를 원치 않았다. 어렸을 때부터 마음씨 좋은 개자식들이 숀이 겪은 비극의 모닥불에서 안전한 거리를 유지하며 자기 영혼을 데우기 위해 머리를 쓰다듬어 주는 게 싫었다. 그는 영원히 억울한 흑인 아이였고, 선의를 지닌 순례자들이 찾아오는 제단이었다. 그들은 후원에 대한 대가로 그의 자비를 구했다. 에이바는 죽어서 자신의 비극으로 지어낸 이야기를 보지 못했지만, 숀은 살아서 그 꼴을 봐야 했다.

"내가 용서해 주기를 바라는 거죠? 그래서 온 거고."

"돕고 싶어요." 그레이스의 목소리가 하도 작아서 스스로도 확신이 있는지 알 수 없었다.

"난 영상을 보지 못했고, 당신이 무슨 말을 했는지 모르지만 왜 그랬는지는 알겠어요. 그것 말곤 싸울 생각 없습니다. 내게 아무 잘못도 하지 않은 당신을 용서할 이유가 없어요."

숀은 원하는 것을 얻었는지 확인하려고 그의 말을 곱씹는 그레이스의 모습을 지켜보았다. 여자는 잠시 망설이더니 만족하지 못했는지 다시 말했다. "죄송하다는 말을 하러 왔을 뿐이에요. 그게 전부예요. 전 정말 몰랐어요."

"난 알고 있었고, 당신 사과 없이도 28년을 살았어요. 실라 이모도 마찬가지고."

이모는 아무 말 없었지만, 무겁게 고개를 끄덕였다. 이 여자는 어떻게 감히 그들 집에 찾아와 부당함이 어쩌니 말하면서 그의 누나를 방금 발견한 시체 취급하는 것도 모자라 그들에게 그 시체를 처리하게 도와 달라고 하는 것인가. 그들은 이미 그 시신을 천 번도 넘게 묻었는데. 누나를 망각되지 않게 하기 위해, 그들이 아는 유일한 방법에 최선을 다했는데.

여자를 배웅한 뒤 실라 이모는 지쳤다면서 들어갔고, 숀은 이모가 베개에 얼굴을 파묻고 우는 대신 잠들길 바랐다. 테이크아웃 음식을 풀었다. 오렌지 치킨과 브로콜리 소고기. 볶음밥과 볶음면. 아이들을 불러 식탁을 차리게 했다.

이름을 부르자마자 대릴의 방문이 열리며 둘 다 달려 나왔다.

"누구였어?" 다샤가 염려스러운 눈빛으로 물었다. "할머니는? 괜찮아?"

대릴은 아무 말도 하지 않았지만, 어깨에 긴장이 가득했고 손은 둘이 열심히 엿듣고 있었음을 알 수 있었다.

"아무도 아냐. 할머니는 피곤해서 그래. 자, 식탁 차리고 먹자. 음식 식겠어."

"그러지 말고, 숀 아저씨. 그 아시아인 여자 누구야?"

"그 여자 봤어?" 숀이 물었다. 그렇게 생각하니 심란했다.

"아니. 할머니가 방에 들어가랬어. 하지만 보긴 봤어. 그리고 무슨 일이 있는 것도 알았지. 우린 바보가 아니거든." 다샤는 맞장구를 바라듯 오빠를 봤다. 대릴도 대충 고개를 끄덕였다. "아빠 일 아니야? 그리고 그 한국인 여자. 아빠가 쐈다는 여자."

숀은 앉아서 눈을 감았다. 진정해야 했다. 다샤 말이 옳았다. 아이들은 바보가 아니었다. 애들 아버지가 체포되었다. 숀이 차단하려고 해도, 아이들은 신문을 읽을 줄 알았다. 하지만 이건 다른 문제였다. 그 여자는 자기 마음의 짐, 자기 손에 묻힌 피를 갖고 찾아왔다. 그걸 가지고 여길 찾는 게 아무렇지도 않은 듯. 애들, 숀의 애들이 그 여자를 봤다. 여자가 억지로 얼굴을 마주쳤다. 침범이나 다름없었다.

"왜 왔대?" 대릴이 물었다.

"걱정 마." 숀은 목이 탔다. "우리랑 아무 상관 없는 여자야."

# 3

## 1992년 4월 29일 수요일

　로드니 킹 사건의 판결이 나오는 날, 실라 이모는 아이들을 결석시켰다. 모두 함께 있기 위함이라고 했지만, 그 이상의 의미가 있었다. 이모의 음성에서 긴장이, 내민 손과 부드러운 어머니 같은 미소에서 두려움과 애원이 느껴졌다.

　3시, 모두 함께 모였다. 리처드 이모부와 실라 이모, 숀과 레이 넷은 같은 사슬고리처럼 엮여 소파에 옹기종기 앉았다. 3시 15분 무렵, 숀의 팔을 꽉 쥔 실라 이모의 손이 따뜻하고 축축했다. 다시 법정에 간 느낌이었다. 숀의 심장이 쿵쾅거리고, 머리가 지끈거리고, 온몸이 두려움과 분노를, 이번만큼은 상황이 다를지도 모른다는 희망을 억누르려고 애쓰고 있었다. 달라져서 모든 것을 바꿔 주리라는 희망을.

　한정자의 재판이 있은 지 근 6개월 뒤였다. 실라 이모는 판사와 배심원단, 사법체계 전체를 비난하며, 동요하고 저항하면서 시간을 보냈다. 그 결정은 잔혹 행위요, 판결은 질 나쁜 농담이었고, 모두가 그걸 아는 것 같았다. 사람들, 검사들까지. 미디어도 그들 편 같았다. 하지만 바로 지난주, 주 항소 법원이

판사의 결정을 지지했다. 만장일치였다. 모두가 에이바와 그 가족에게 등을 돌렸다. 숀은 이것이 옳다거나 상상할 수 있는 일이라고 여기는 사람을 단 한 명도 보지 못했다. 아마 숀은 중요한 사람을 한 명도 알지 못했을 것이다.

실라 이모는 자리에서 허리를 폈고 리처드 이모부가 티브이의 음량을 높였다.

평결이 내려졌다.

기자의 표정에서 아무것도 읽을 수 없었지만 숀은 그 백인남자의 입에서 무슨 말이 나올지 알 수 있었다. 희망은 대낮안개처럼 사라졌다.

전원 무죄를 선고받았습니다.

피고 측의 완승이었습니다.

시장은 시민 전체에게 진정하라고 당부할 겁니다.

상당한 반응이 나올 겁니다.

반드시 관련 있는 사항은 아니지만, 배심원단에 흑인은 없었습니다. 물론 배심원단은 열두 명이었습니다. 열 명은 백인, 한 명은 남미, 한 명은 아시아계였습니다.


성서 이야기처럼 검은 연기가 기둥처럼 하늘로 솟아 잿빛하늘과 하나가 됐다. 숀은 이마에 따끔거리는 열기를 느끼고, 손으로 만져 본 뒤 손가락을 봤다. 재였다. 사방에 재였다. 잿가루가 눈처럼 떨어졌다.

숀은 입을 벌리고 타오르는 공기를 맛봤다. 연기와 눈물에 눈이 따끔거렸다.

레이는 혀를 찼다. "젠장. 검둥이들은 돌아다니는 거 아니야. 오늘은 안 돼."

숀은 상점 바닥에 에이바가 쓰러진 것을 봤고, 한순간 너무 놀랐다. 그 가게가 에이바와 함께 불에 타는 줄, 1년 전 바로 거기서 죽어 잡초 무성하고 더러운 공동묘지 작은 묘에 묻은 누나의 시신과 함께 타고 있는 줄 알았다.

"숀!"

거리를 건너가는데 레이가 팔꿈치를 잡았다.

"무슨 짓을 하는 거야? 불난 거 안 보여? 왜 이래?"

레이에게 끌려가면서 가게가 불에 타는 광경을 지켜봤다. 간판은 거의 읽을 수 없이 까매졌다. 피게로아 주류 마트가 과거지사가 됐다. 숀이 원한 것이 바로 그거였다. 실라 이모가 뒤에서 소리를 지르고 있는데 레이를 따라 거리로 나선 이유였음을 숀은 깨달았다. 가게는 한정자가 에이바를 죽인 후로 문을 닫았다. 동네 사람들이 복수를 할까 봐 그 가족이 두려워했고, 그럴 이유도 충분했다. 가게를 내놓았지만 아무도 사려고 하지 않는다는 소문이 있었다. 저주받은 가게. 귀신 붙은 가게. 불에 타 마땅한 사악한 곳이었다.

하지만 달리 누가 그곳을 파괴할 권리가 있단 말인가?

숀은 레이를 떨치고, 양심과 매캐한 공기에 숨이 막히는 걸 느끼며 달렸다. 집으로. 집에 갈 생각이었다. 아버지도, 어머니도, 누나도 없는 집으로. 레이가 뭘 안단 말인가? 레이가 아니라면, 그들은 애초에 피게로아에 가지도 않았을 것이다. 한정자를 만나지도 않았을 것이다. 레이와 그 망할 프랭크가 아니라면, 에이바는 아직 살아있었을 것이다.

숀은 아무 생각 없이, 한 발을 다른 발 앞에 놓아 달렸지만 고개를 들고 보니 프랭크의 가게가 앞에 서 있었다. 불을 끄고 문을 닫고서 숨으려고 애를 쓰는 것처럼. 숀은 발소리를 듣고 레이가 옆에 설 때까지 속도를 줄였다.

"고약한 프랭크. 예전엔 그렇게 무서웠는데." 레이가 말했다. "지금은 떨고 있을 거야."

숀은 키가 크고, 희끗희끗한 머리에, 안경 때문에 더 근엄해 보이는 얼굴을 한 마른 남자를 떠올려 봤다. 사실이었다. 어릴 때는 그를 피했지만 지금은 나이가 들었고 레이는 갱단 소속이었다. 하지만 에이바를 죽인 건 크립스도 블러드도 아니었다.

"저기 있을 것 같아?" 숀이 갈라지는 목소리로 물었다.

"뭐?"

숀은 목청을 가다듬었다. 땅에 침을 뱉고.

"프랭크 말이야. 저기 있을 거 같아?"

"그럴 거 같진 않은데. 왜?"

숀이 걸어가서 문을 열어 봤다. 잠겨 있었다.

유리문이라서 안을 들여다봤다. 예전에 다니던 가게가 어둠

속에서도 낯익었다. 눈이 어둠에 적응하자 간식과 세면용품, 냉장고 안의 음료가 보였다.

"아무도 없어." 레이가 말했다. 문을 당기니 위에 달린 종이 딸랑거렸다. 레이가 밀어도 문은 꿈쩍 않았다. "젠장. 잡지를 싹 걷어 오려고 했는데."

피게로아 주류 마트가 활활 타고 있었다. 거기만이 아니었다. 사방이 부옇고 하늘이 어두워지고 있었다. 해가 저물고, 연기가 피어올라서. 거리에 사람들이 가득했다. 사람들이 돌아다녔고, 몇 블록 떨어진 곳에서 외치는 소리도 들렸다. 시작이었다. 거리 전체가 들떠 있었다. 엄청난 일이 주위에서, 도시 전체에서 벌어지고 있었다. 숀과 레이는 흥분했고, 티브이를 보는 전 세계 사람들과 함께 실라 이모와 리처드 이모부도 집에서 그 광경을 지켜보고 있었다. '모두가 함께야.' 숀이 흘리는 땀방울이 그렇게 외치는 것 같았다.

프랭크는 소식을 듣고 가게를 닫고 귀가한 모양이었다. 자신과는 상관없는 일이라는 양. 그곳을 떠나, 다른 섬에 닥친 폭풍우가 지나가기를 기다리기만 하면 된다는 양. 그 생각은 틀렸다. 그도 이 일과 무관하지 않았다. 그의 책임이었다.

숀은 안으로 들어갔다. 잠가 놓은 문 따위가 뭐라고? 복종하라고, 숀 같은 사람에게 점잖게 돌아가라는 말 따위. 그런 게 도움이 된 적이 있기라도 한가. 유리 한 장 어떻게 할지 모를까 봐.

숀은 잠시 주먹으로 문을 깰까 생각했다. 그만큼 간단해 보였다. 그러다가 생각을 고쳐 주위를 돌아봤다. 주먹 대신 쓸 것이 있는지 찾았다. 야구방망이나 망치는 없었다. 떨어진 나뭇가지도 없었다. 하지만 주차장 끄트머리에 콘크리트 덩어리 하나가 비디오게임의 성문을 여는 열쇠처럼 놓여 있었다. 숀은 걸어가서 그걸 집어 들었고, 레이는 입을 딱 벌리고 쳐다봤다.

"야, 야. 너 정말⋯⋯."

숀이 콘크리트 덩어리를 던지니 문이 깨지며 팔이 들어갈 만한 구멍이 뚫렸다.

숀은 팔을 넣어 열쇠를 열고 들어갔고, 레이는 발아래를 조심하며 뒤따랐다.

"대단한데." 레이가 웃었다.

"꼼짝 마!"

둘은 소리가 나는 쪽으로 고개를 휙 돌렸다. 참호 속 군인처럼 계산대 뒤에서 머리와 총을 내밀고 있는 한국인이 있었다. 프랭크였다.

프랭크는 숀의 기억보다 늙고 말라 있었다. 얼굴이 수척해서 병이라도 났나 싶을 정도였다. 하지만 무슨 상관인가? 그는 레이에게 총을 겨누고 있었다.

숀은 공포와 분노를 동시에 느꼈다. "어쩔 건데?" 자기 음성에서 느껴지는 단호함이 놀라울 정도였다. "쏘기라도 하려고?"

총은 움직이지 않았지만, 프랭크는 숀에게로 시선을 돌려 훑어봤다. 숀은 상대가 보는 자신의 모습을 떠올려 봤다. 열네 살, 레이만큼 키가 크지는 않지만 1년 전보다는 덩치가 커졌고 아이가 아닌 성인에 가까웠다. 매주 키가 컸다. 어느 날엔가 에이바와 키가 같아졌고, 또 얼마 지나지 않아 에이바와 같은 나이가 될 거였다. 얼굴 역시 나이가 들었다. 통통한 볼살이 빠지고, 앳된 모습도 사라졌다. 이제는 웃는 일이 거의 없었다.

그는 도둑이었다. 위협적인 존재. 깡패. 검은 피부를 가진 위험.

둘은 말없이 가만히 서서 꼼짝 않고 있었고, 프랭크는 총을 내렸다. "그 동생이구먼." 숀을 노려보며 말했다.

숀은 놀란 기색을 감추고 굳은 표정으로 마주 봤다.

"그 애 동생이야. 한정자가……" 프랭크는 말끝을 흐리며 침을 삼켰다. "너희는 전에도 여기 왔었지. 기억난다."

그 목소리가 부드럽게 느껴졌다. 숀은 마음 한구석으로 이 남자가 미안해한다는 걸, 자신의 고통을 알고 인정한다는 걸 이해할 수 있었다. 프랭크에겐 그를 해칠 생각이 없었고, 지금도 마찬가지였다. 생계를 위해 애쓸 뿐이었다. 하지만 마음 한구석은 활활 타오르고 있었다.

"당신 때문에 누나가 죽었어." 나직하고 건조한 음성이었다.

"뭐?"

숀은 목청을 가다듬고 더 크게 말했다. "당신 때문에 죽었다고 했어."

프랭크는 진심 영문을 모르겠다는 표정으로 숀과 레이를 번 같아 봤다.

레이는 잡지들을 들고 바닥에 내동댕이쳤다. "왜 그렇게 싸가지없게 굴었어? 빌어먹을 잡지 한 권 가지고." 레이는 《펜트하우스》한 권을 들고 표지를 보고 바닥에 던졌다. "얼마나 한다고? 2달러?"

숀은 레이를 봤다. 2달러. 에이바가 자기 목숨을 앗아 간 우윳값으로 들고 있던 돈이 2달러였다. 죽었을 때, 꼬깃꼬깃한 그 지폐를 쥐고 있었다.

"여긴 왜 온 거야?" 레이가 물었다. "당신들 말이야."

그 질문은 퀴퀴한 공기 속에 기분 나쁘게 떠 있다가 다가오는 사이렌 소리에 묻혀 사라졌다. 소방관이 오는 것인지, 경찰관이 오는 것인지. 프랭크는 자존심을 지키려고 등을 곧게 폈다.

"여긴 내 가게야."

"그래? 한국에선 장사 못 해? 여긴 당신 고향이 아니잖아. 꼴도 보기 싫어. 우리가 멍청한 줄 알지? 감자칩에 사과 몇 개에 10달러를 내곤 당신들이 돈 뜯어 가는 걸 모를 줄 알지."

"내가 부자처럼 보여? 난 힘들게 일하면서 사는데, 너희는 도둑질을 하고 협박을 해서 먹고살지. 내 친구 마이크 오, 죽었어. 가족이 있는 사람인데, 계산대에서 100달러 가져가려고 엉터리 같은 놈이 그 친구를 쐈다고."

숀도 그 이야기를 알고 있었다. 한정자의 변호사가 재판 중에 그 이야기를 백 번은 했다. 그 사건 이전에 사우스센트럴에서 좀도둑이 죽인 한국인 가게 주인을 전부 다 늘어놨다. 그렇다, 안된 일이지만 지긋지긋한 얘기였다. 권총 들고 돌아다니는 놈들이, 냉혹한 총에 맞아 죽은 누나와 무슨 상관이란 말인가.

입이 마르고 혀가 깔깔했다. "당신 친구 한정자는 잘 있어?"

"그 여잔 내 친구가 아니야. 그 여자가 잘못했지. 미안해."

하지만 카운터 뒤에서 반대편의 흑인 깡패 둘을 내려다보는 프랭크의 눈빛에서 다 드러났다. 놈은 그 여자를 불쌍히 여기고 있었고, 그러니 앞으로 당할 일이 부당할 것 없었다.

종소리가 울리며 다른 애들이 들어올 때까지 숀은 모르고 있었다. 레이보다 나이 많은, 얼굴이 어렴풋이 낯익은 애들 넷이었다. 팔뚝이 굵고 키가 땅딸한 하나는 스파키라는 크립스 일원이었는데, 자기 집 마당에 들어온다고 이웃집 개를 총으로 쏜 놈이었다.

프랭크는 새로 들어오는 애들에게 총을 겨눴다. "나가!"

스파키는 동료들을, 그리고 레이와 숀을 보더니 레이에게 고개를 끄덕여 인사했다. 미소를 지었다. "뭐, 우리 모두 상대하게?"

망설이는 프랭크의 손에서 힘이 빠지는 게 보였다. 그가 눈을 한 번 껌뻑이는 순간, 스파키가 자기 총을 꺼내 그의 머리에 정통으로 겨눴다.

"내가 이거 쏠 줄 아는 건 알지? 오늘은 자제심을 잃을 생각이 없는데, 당신이 그거 안 내려놓으면 나도 방어를 해야지."

프랭크는 움직이지 않았고, 스파키는 반바지를 입고 느릿느릿 건들거리며 걸어갔다. 한 걸음, 한 걸음, 총을 들고 다가가 그들 사이의 간격을 좁혔다. 뭐라 말할 새도 없이, 스파키는 프랭크의 이마 바로 앞에 총을 들이댔다.

"꺼지라고, 늙은이. 여긴 이제 당신 게 아니야."

프랭크의 얼굴이 누레졌다. 조금 전보다 더 늙어 버렸다. 그는 눈을 감고 고개를 끄덕였고, 두툼한 눈꺼풀이 떨리면서 버석한 뺨에 눈물이 흘렀다.

스파키에게 끌려 나가면서, 프랭크는 아무 말도 하지 않았다. 숀은 그가 나가는 모습을, 돌아서서 상심한 얼굴로 가게에 한참 작별인사를 하는 모습을 지켜봤다. 불쌍한 마음이 들 뻔했다. 그래서 기억했다. 한정자도 울었다는 걸. 자기 평판을 위해. 생계를 위해. 자기 연민 때문에. 슬퍼할 가치가 있는 일이 있지만 없는 일도 있었다. 그곳은 폭리를 취하는 흔한 가게에 불과했다.

애들은 그런 일을 많이 해 본 것처럼 움직였다. 스파키는 계산대에서 총과 돈을 챙겼다. 애들은 진열대를 돌며 물건을 어찌나 빨리 집어 드는지, 닥치는 대로 훔치는 것 같지 않았다. 레이도 스파키와 주먹을 맞댔고, 숀은 뭘 가져갈까 둘러봤다.

잡지도, 배터리도, 맥주도, 담배도 내키지 않았다. 간식거리도, 기저귀도, 복권도. 주위에는 쓰레기뿐이었다. 프랭크가 총을 들고 어둠 속에 웅크리고 지키려고 했던 곳은 추한 구멍가게일 뿐이었다. 그중 뭐가 갖고 싶을까?

숀이 원하는 건 가질 수 없었다. 흘린 피를 거두고, 과거를 돌이키는 것. 그러니 껌 한 통이 무슨 소용일까?

숀은 기침을 했다. 다른 애들은 환호하며 웃고 있었고, 그 소리가 화재의 소음과 뒤섞였다. 티셔츠에서 검댕과 연기 냄새가 났다. 숀이 하고 싶은 건 단 하나였다.

조금 남은 보드카가 있어서 바닥에 떨어진 잡지 더미에 뿌리니 진한 알코올 냄새가 퍼졌다. 계산대 옆에 라이터가 있었지만 성냥을 원했다. 긴 성냥갑이 보였다. 32개. 하나면 됐다.

훅 하고 종이에 불붙는 소리가 만족스러웠고, 불길은 순식간에 번졌다. 숀은 홀린 듯 바라봤다. 불이 활활 타올랐고, 숀은 성냥과 보드카가 아닌, 마음속에서 튀어나온 슬픔과 분노로 그 불을 붙인 것 같았다. 이제 몸 밖으로 나온 불길을 보고 있으니, 남의 피조물의 탄생을 목격한 듯 호기심과 경외심만 느껴졌다. 숀은 그 불을 지켜보고 싶었다.

"숀!" 레이가 어깨를 잡더니 발끝으로 다가오는 불길로부터 숀을 떼어 냈다.

숀은 비틀거리며 정신을 차리고 보니, 다른 애들이 가게에서 뛰쳐나가고 있었다. 불길이 잡지 진열대를 기어올라 점점 더 커지는 와중에, 숀도 레이에게 손목을 잡혀 밖으로 나갔다.

모두 주차장에 서서 구경했다. 스파키가 웃자 애들도 따라 웃었다.

스파키가 레이 등을 툭 치더니 숀에게 턱짓했다. "네 동생?"

"사촌." 레이는 잘 모르는 애라는 듯 손을 봤다.

스파키는 휘파람을 불며 더 웃었다.

"꼬맹이 사촌이 미친놈이네."

엿새 동안 계속됐다. 엿새 동안 불길이, 심판처럼 온 땅을 뒤덮었다. 피게로아 주류 마트도, 프랭크의 가게도 사라졌다. 플로런스 식료품점, 엠파이어 마켓, 징글벨 상점도 마찬가지였다. 셀프세탁소 기계를 부수고 동전을 훔쳐 갔다. 드라이클리닝 세탁소에서는 남의 옷을 가져갔다. 양의 피를 바르듯, 문에 '흑인 소유'라고 써 붙이는 가게도 있었다. 그런 곳은 지나쳤다. 가끔은. 테리스 인테리어, 로드 데이비스 파이어스톤, 아프리카 난민 센터도 다 불탔다. 좀 지나자 불길은 차별하지 않았다. 주방위대까지 찾아갔다. 63명이 사망했다.

손은 그 모든 것을 지켜봤다. 법이 사라지자, 무법지대가 확산됐다. 경찰이 사라지고, 당분간 자체 휴전한 갱 단원들이 사방에 깔렸다. 그들이 인원을 모아 코리아타운으로 들어갈 때, 손도 스파키 할머니의 포드 에스코트 뒷자리에 함께 올라탔다. 실라 이모에게 거짓말도 하지 않았다. 코리아타운. 거기에 한국인들이 있었다. 한정자의 무리가. 한정자가 운이 나빠 에이바가 죽었다는 말, 자동차 사고나 천재지변 같은 일이었다는 말을 믿고 지지하는 인간들이. 이 분노를 코리아타운으로 가져가는 게 당연하다고 여겨졌다. 그들에게 심판을 내릴 생각이었다. 그 여자의 커뮤니티, 그 여자의 가족에게. 그 여자에게.

그것이 끝난 뒤, 모든 것이 바뀌었다. 어딜 가든 그 폐허가, 참지 않고 터뜨린 분노가 남긴 흔적이 보였다. 건물이 있던 자리에 애들이 연필로 끼적인 건물의 회색 뼈대가, 해체 직전의 모습을 하고 있었다. 낙서와 재로 뒤덮인 문은 비틀어져 닫을 수 없게 됐다. 시멘트 무더기와 쓰레기가 빠진 이처럼, 각질처럼, 찢어발긴 몸뚱이처럼 길거리에 흩어져 있었다.

지역 전체가 사진에서만 보던 전쟁터 같았다. 다만 그곳은 숀이 사는 곳이었다. 희생자, 시민, 군인, 폭도와 함께.

그 화재로 숀은 달라졌다. 그의 핵심이 부서지고 새로 만들어졌다. 스파키의 추천으로 함께해 봤는데, 열네 살짜리치고 돌덩이처럼 차갑다고 해서 배링 크로스 크립스 단원이 됐다. 레이와 스파키, 다른 넷이 폭동 다음 주, 첨탑 꼭대기까지 분홍색 벽이 검게 불탄 트루웨이 교회 주차장에서 숀에게 달려들었다. 그들은 주위에서 원을 그리고, 모두 숀에게서 눈을 떼지 않고 고개를 끄덕이며 의식을 시작했다. 레이가 먼저 나와 달려들었고, 둘은 서로 펀치를 날렸다. 다른 애들도 차례로 덤볐다. 숀은 주먹을 들고 힘껏 싸웠고, 애들은 모두 숀이 쓰러질 때까지 때렸다. 바닥에 뒹굴면서 주먹질을 당해 온몸이 쓰라리고 목구멍에 피가 넘어갈 때, 숀은 그 애들과 고통에 스스로를 넘겼다. 가족 사이의 정해진 공격이 좋았다. 견딜 수 없는 고통은 없으리라는 믿음이 있었다.

# 17장

2019년 9월 1일 일요일

그레이스는 서랍, 책과 사진 상자, 옷장 안의 보관함까지, 성경을 찾아 방 안을 샅샅이 뒤졌다. 분홍색 가죽에 가장자리에 금테를 두른 성경이 어딘가에 분명 있었다. 한때 가장 소중한 물건이었으니까. 매주 주일학교에 안 가져가면 애들이 "벌거벗은 기독교인! 벌거숭이다!"라고 합창했었다.

"괜찮다니까." 미리엄이 말했다. "우리가 가기만 하면 다들 반길 거야. 팬터그램* 그려진 옷만 안 입으면 돼."

간밤에 팜데일에서 돌아온 그레이스가 지치고 기운 없이 방에 들어가는 모습을 폴이 봤다. 폴은 이미 의논하고 결정한 일이라는 듯, 아침에 교회 갈 준비를 하라고 했다. 이본은 기력이 충분했고 미리엄은 이미 함께 가기로 했다. 그레이스는 스트레스 가득하고 현실 같은 꿈을 꾸며 밤새 뒤척였다. 겨우 깊은 잠이 들었을 때, 미리엄이 한 시간이나 먼저 들어와 깨웠다.

미리엄은 바닥에 앉아 그레이스가 침실을 뒤지는 걸 지켜봤다. 흰 자수 블라우스와 보수적인 파란 치마를 입고 있었다.

---

\* 오각형 별 모양으로 이교도의 상징이기도 함.

옅은 화장을 산뜻하게 한 얼굴이었다. 촉촉한 피부, 수줍은 분홍색 블러시를 바른 뺨. 빛바랜 초록 카펫을 쓰다듬으며 풀린 올을 뜯으며 들판에서 여름 꽃을 따는 사람처럼 앉아 있었다. 그레이스는 도저히 미리엄을 볼 수 없었다.

미리엄이 대학에 갈 때까지, 그레이스는 일생의 절반 동안 언니와 방을 같이 썼다. 침대 두 개를 60센티미터 간격으로 두고, 한쪽 벽에 책상을 붙여 놓았다. 자매는 나란히 앉아 숙제를 하고 잠들며 수다를 떨었고 이본이 문을 열고 꾸중할 때까지 같은 알람시계를 눌러 댔다. 그건 그레이스가 기억하는 어린 시절의 색깔을 결정하는 배경이었다. 그레이스와 미리엄은 백설 공주의 난쟁이들처럼, 『마들린느』 그림책의 소녀들처럼 함께 잠들었다.

하지만 이제 그들은 어린 소녀가 아니었다. 방이 좁아 둘이 있으니 답답했다.

그레이스가 지나가는데 미리엄이 종아리 뒤를 꼬집었다.

"제발 좀 앉아!"

"아얏! 왜 그래, 언니? 아파."

그레이스는 부루퉁한 표정으로 언니 옆에 앉았다.

"그래서? 어떻게 됐는지 얘기 안 할 거야?"

그레이스는 망설이다가 에이바 매슈스의 집에서 있었던 일을 짧게 이야기했다. 갔었고, 잘 안 됐다고. 이야기할 사람이 없었는데, 털어놓으니 후련했다. 그래도 가장 부끄러운 부분은 남겨 두고 잊어버리길 바랐다.

미리엄은 고개를 저었다. "가지 말라고 했잖아."

"언니가 주소를 알려 줬잖아."

"협박당해서."

그레이스는 반박하지 않았다. 언니를 협박한 적 없었지만, 미리엄의 거짓말이 배신이라고 떠들어 대긴 했다.

"언니한테 주소가 왜 있었던 거야?"

"검색해서 찾아냈지. 그 사실을 알고 곧장 찾아냈어."

"어떻게?"

미리엄은 어깨를 으쓱였다. "별로 어렵지 않았어. 기자 같은 건 아니지만, 기본적인 검색은 할 줄 아니까."

"그럼 하필 줄스 서시가 언니에게 주소가 있다는 건 어떻게 알았지?"

미리엄은 카펫에서 떼어 낸 실을 돌돌 말았다.

"내가 그 사람에게 연락했거든. 너처럼 말이야. 아는 사람의 아는 사람이었는데, 그 가족이랑 연락하려면 그 사람을 통하는 게 제일 나아 보였어. 만남을 주선해 줄 수 있는지 물었어. 그리고 뭔가 보낼 경우에 대비해서 주소가 옳은지도 물었나 봐."

"뭐, 사탕 바구니라도 보내려고?"

미리엄은 실뭉치를 꼭 쥐더니 중지를 들었다.

"그냥 찾아가는 것보단 낫지."

"하지만 만나진 않았어?"

"응. 난 선을 지키니까." 그레이스가 입을 열었지만, 미리엄이 웃는 걸 보고 그만뒀다. "어쨌든, 서시는 연락이 없었어. 그런데 숀 매슈스는 어떤 사람이니? 사진도 한 장 못 봤어. 조용히 사는 모양이더라."

그레이스는 숀 매슈스를 떠올려 봤다. 키가 큰 거구였다. 뚱뚱한 건 아니고 탄탄한 몸에 초조할 때면 무의식적으로 커다란 손을 쥐었다 펴는 버릇이 있었다. 평범한 얼굴은 벌써 기억이 흐릿했다. 검은 피부, 또렷한 입술, 짙은 눈썹. 짧게 자른 검은 머리. 나쁜 사람처럼 보이진 않았지만, 레스토랑이나 거리에서 흑인이라는 사실 이외에 눈에 띌 것 같진 않았다.

눈이 독특했다. 그레이스를 꿰뚫어 보는 듯한 눈이 기억났다.

폴이 문을 두드리자 그레이스의 상상이 흩어졌다.

"갈 시간이다. 차에 있으마."


그레이스는 이제 주일학교에 가기엔 나이가 너무 많았다. 미리엄과 그레이스는 부모와 함께 예배에 참석했다. 폴과 이본이 거의 매주 참석하는 예배였다. 그레이스는 예전 교회 친구들이 어디 갔을까 생각하며 신도들을 훑어봤다. 미리엄이 중학교 때, 그레이스가 대학교 때 그랬듯이, 그들도 그사이에 교회를 그만뒀을 것이다. 어쨌든 그들은 교회에 오지 않았다. 작은 축복이라고 생각됐다.

그레이스는 기뻐야 했다. 어머니는 회복하고 있었고, 가족도 다시 화합하고 있었다. 사실 그 모든 것을 하느님의 은혜라 여기고 교회에 와야 했다. 충격 이후, 이본을 살려 주면 영원히 신앙을 가지고 감사하겠다고 수없이 맹세했었다. 하지만 예전에 부르던 찬송가를 따라 부르고 기도문을 외는 동안, 영혼은 움츠리고 하느님의 빛을 피하는 것 같았다.

권 목사가 일어났다. 어린 시절부터 그레이스와 아는 사이였고, 부활절에 교회에 오면 늘 인사를 건네던 사람이었다. 오늘의 설교는 길 잃은 양의 우화였다. 권 목사님은 설교 중에 그레이스의 가족을 분명 쳐다봤다.

그레이스는 교회 가기를 그만둔 이유를 기억했다. 대학 친구 사마야가 고등학교 시절 오빠를 잃었다. 친구들과 술을 마시다가 수영장 펌프에 빨려 들어가 익사했다. 닉은 힌두교도였고 그레이스는 그가 그 수영장에서 죽고 지옥에서 깨어난다는 생각을 견딜 수 없었다. 신앙이 다른 모든 것을 덮어 버리고, 죄인은 구원받을지도 모르는데 무고한 사람은 지옥에 간다니, 너무나 독단적으로 느껴졌다.

"오늘 성스러운 주일에 폴 박 씨 가족이 함께하십니다." 권 목사님의 목소리에 그레이스는 정신을 차렸다. 미리엄이 어색한 미소를 지었다. "주께서 여러 시련을 주셨지만, 우리가 기도 드리면 들어주십니다."

신도들 사이에서 외치는 소리가 들렸다. "주여! 아멘!"

"여기 모두, 주 앞에 겸허하게 나왔습니다. 양을 찾은 목자께서 기뻐하십니다. 돌아온 걸 환영합시다."

그레이스는 무릎 위에 손을 포개고 숨고 싶은 심정으로 내려다봤다. 모두 다 그레이스가 누군지, 어머니가 누군지 알고 있었다. 그들이 어떤 일을 겪고 저질렀는지. 적정선을 지키는 약국에서도 그들의 호기심을 견디는 게 힘들었다. 여기선 처벌처럼 느껴졌다. 권 목사가 그들을 무대에 올려 야유하고 계란을 던지게 하는 느낌이었다.

그때 강한 손이 왼쪽 어깨를 잡았다. 또 다른 손이 오른쪽 어깨를, 안심하라는 듯 잡아 줬다. 언니를 보니 뒤에 앉은 사람들을 향해 고개 숙여 인사하고 있었다. 폴은 평온한 얼굴로 한 노파와 악수했다. 그리고 이본은 허리를 꼿꼿이 세우고 사람들의 시선을 받으며 손을 흔들었다. 환한 얼굴로.

그날 오전 처음으로 그레이스는 주위를 둘러봤다.

아버지 반대편에서 조지프 아저씨가 미소를 지었고, 그 뒤로 낯익은 얼굴들이 보였다. 예전 주일학교 교사 메리 오, 한인 마켓 길 건너에서 네일살롱을 하는 김효진도 있었다. 조나 리가 커밍아웃을 한 뒤로 인연을 끊은 그의 엄마도 보였다. 도박으로 파산한 웨인 강. 한 사람, 한 사람 축복하는 눈빛으로 그레이스를 봤다.

좋은 사람들은 아니었다. 속이 좁고 결점을 가진 사람들, 죄를 지으면서 남을 쉽게 판단하는 사람들이었다. 하지만 이곳에 모이니 한 몸이 되어 서로를 껴안았다. 부모가 여기 오는 게 이상하지 않았다. 인자한 표정을 보니 이 힘든 한 주를 겪은 그레이스에게는 그들의 선의가 힘이 됐고, 가슴이 뭉클했다. 용서받은 느낌이었다.

미리엄이 저녁식사를 차렸다. 잘하는 유일한 요리, 토마토소스 스파게티가 이본의 지휘 없이 할 수 있는 최선이었다. 준비되자 폴이 이본을 부축해 주방으로 왔다. 침대에서 식사하는 게 지겨워진 이본은 식탁에서 먹겠다고 했다.

가족이 모두 모여 앉았다. 폴이 기도하자 모두 수줍게, 예의바르게 말없이 식사를 시작했다. 그레이스는 자신과 미리엄을 향한 어머니의 애정 어린 시선에 거의 부끄러워졌다.

"맛있다. 요리 잘하네."

"토마토소스랑 스파게티인걸, 엄마. 아무나 만들 수 있어."

"난 만들 줄 몰라."

미리엄이 웃었다. "엄마가 배우지 못하길 바랄게."

"네가 요리를 해 주니 블레이크는 좋겠다."

그레이스는 언니가 뭐라 할지 궁금했다. 미리엄은 집에 있는 파트너, 성공한 남자를 위해 저녁식사를 준비하는 무직 아내로 비치는 걸 두려워했다. 게다가 블레이크는 먹거리에 까다로워서 보통 직접 요리를 했다.

미리엄은 미소 지으며 고개를 끄덕였다. 이본의 마음을 편하게 해 주려는 것 같았다. 이런 상태가 오래가진 않겠지만, 편안

했다.

"블레이크는 잘 있니?" 폴이 물었다.

"잘 있어요. 2주 전에 훌루에 파일럿*을 팔았어요."

폴이 고개를 끄덕였다. 미리엄이 방금 한 말을 이해 못 한 표정이었다. 파일럿. 훌루.

이본은 미리엄의 목소리를 듣고 미소를 지었다.

"이제 사귄 지 얼마나 됐지?"

"2년 다 돼 가요."

폴과 이본은 블레이크를 만난 적 없었다. 그레이스를 졸라서 들은 내용이 전부였다. 그레이스는 애매하게 칭찬만 했다. 그가 부자이고, 집을 갖고 있고, 미리엄과 사랑하는 사이일 거라는 것만 알았다. 그레이스가 품은 사소한 의심은 말하지 않았다. 늘 어머니와 언니가 언젠가 화해하리라 믿었기 때문에 쓸데없는 소릴 해서 사이를 망치고 싶지 않았다.

"결혼할 거 같니?" 이본이 물었다.

미리엄은 그레이스와 눈이 마주쳤다. 그레이스는 입술을 깨물었지만, 도저히 참을 수 없었다. 웃음이 튀어나왔고, 둘 다 깔깔거리고 있었다. 이본은 미리엄과 그레이스를 번갈아 보면서 놀라고 당황한 표정을 지었지만, 그래도 기뻐했다.

미리엄은 너무 심하게 웃다가 기침을 시작했다. 물을 마시고 한숨을 쉬며 잔을 내려놓았다.

---

* 정규 편성이 되기 전에 스폰서 획득, 홍보 등을 목적으로 만드는 견본 프로그램.

"어휴, 엄마, 너무 엄마 같은 소리만 해. 2년 동안 말도 안 하고 지냈고, 엄마 지금 움직이지도 못하잖아. 블레이크를 만난 적도 없고. 어떤 사람일 줄 알고 그래."

"벌써 서른한 살이잖아. 난 그레이스 나이에 너희 둘 다 낳아서 키웠다."

사실이었다. 이본은 스물일곱 살에 둘째를 낳았다. 구속 상태에서 벗어나 새로운 신원을 가진 해에. 그레이스는 좋았던 기분이 가라앉는 걸 느꼈다.

"알았어요, 착한 딸이 될게. 결혼 이야긴 했어요. 걱정 말아요, 엄마. 난 바보가 아니니까. 애를 낳고 싶으면 이런 문제를 생각해야 하는 거 나도 안다고요."

그레이스는 결혼식에 모두 모인 광경을 떠올렸다. 웨딩드레스를 입은 미리엄이 폴과 함께 입장하는 모습. 눈가를 훔치는 이본. 신부 들러리가 된 그레이스. 그런 날이 올까? 기뻐하며 하나 될 날이?

그레이스는 그 순간 그걸 느꼈다. 희망과 행복이 공포를 가리는 걸. 공포를 미루는 걸. 앞으로 계속 그럴 수 있을까 궁금했다. 모든 것을 터놓고 아무것도 논의하지 않는 상태로. 결국 부모는 근 30년 동안 그렇게 살았다. 여자아이의 죽음은 끔찍한 사고였지만 두 사람의 과거에서 한순간일 뿐이고 서로를 사랑하고 새롭고 더 나은 것을 쌓아 올리면서 잊고 지내는 것이었다. 안 될 것 없지 않은가? 그럼 어쩌라고? 영영 그 생각만

하라고? 자살이라도 하라고? 그레이스는 심장을 죄던 공포가 가시는 걸 느꼈다. 매일 살다 보면 그런 것은 잊을 수 있었다. 미리엄은 고집스러워 보이지만 과거의 분노는 옅어져 거의 평온했다.

어쩌면 세상은 그렇게 돌아가는 것 같았다. 사람들은 늘 끔찍한 진실을 잊었다. 아니, 적어도 기억하지 않았다. 추한 것들을 생각하고 싶은 사람이 있을까?

이제 숀 매슈스의 얼굴이 또렷이 기억났다. 꾹 다문 입과 깜빡임 없는 눈이. 모두가 다 잊을 수는 없었다. 그레이스는 그걸 알고 있었다. 하지만 숀 매슈스의 말이 옳았다. 그레이스는 아무 잘못도 하지 않았다. 그러니 어쩌면 잊고 넘길 수 있었다. 어쩌면 그럴 수 있을 것 같았다.

# 18장

2019년 9월 2일 월요일

노스리지에 트럭을 돌려놓았을 때 이미 어두웠고, 숀은 어서 출발하고 싶었다. 재즈와 모니크가 할러웨이 집에 있었다. 아이들이 학교를 하루 쉬어서 실라 이모가 점심때부터 식사를 챙겨 주고 있었다. 숀의 몫도 남겨 두기로 했다. 배에서 꼬르륵 소리가 났다. 제대로 식사할 시간이 없었다. 노동자의 날에는 늘 바빴다.

팜데일까지 장시간 운전할 마음의 준비를 하는데, 매니가 로커로 다가왔다.

"추가 노동의 날 어땠어?" 매니는 씩 웃으며 매년 하는 농담을 했다.

"추가로 힘들었죠."

숀은 로커를 닫고 사장을 마주했다. 율리시스와 마코가 나간 직후에 매니가 들어온 걸 보니, 단둘이 이야기하려고 기다린 게 아닌가 싶었다.

"바빠? 잠깐만 앉아서 얘기 좀 해."

숀은 돌아가고 싶었지만 거절할 수 없었다. 일주일에 두 번이나 약속을 어긴 후론 특히 그랬다. 무슨 문제일까 생각하며 매니를 따라 사무실로 들어갔다. 매니는 평소와 같아 보였지만, 화가 나거나 특히 짜증이 난 모습은 본 적 없었다. 숀을 해고할 리는 없었지만, 매니가 늦은 시각까지 남아 이야기를 하자는 걸 보면 심각한 일이 분명했다.

사무실은 비좁고 엉망이었다. 매니가 여기서 뭘 하는지 알 수 없었지만, 폴더와 서류가 사방에, 심지어 바닥에까지 뒤죽박죽 쌓여 있었다. 손주들의 사진과 커다란 단백질 파우더 통이 놓인 책장만 깨끗했다. 매니는 희끗희끗한 눈썹에 갈라진 피부를 하고 예순이 다 됐지만, 아직도 허영스러운 면이 있었다. 가슴은 당당하게 넓었고, 짧고 강한 다리에 야구공 같은 근육이 울퉁불퉁했다.

매니가 의자에서 쓰레기를 들어 바닥에 내려놓았다. 숀은 그 자리에 앉았고 매니는 책상 뒤의 회전의자에 앉았다. 매니가 등을 기대자 비닐이 삐걱거렸다. 천장의 전구에서 윙 소리가 났다.

매니는 몸을 앞으로 숙이더니 목을 양쪽으로 돌렸다. 목에서 뚝 소리가 나자 기분 좋은 한숨을 쉬더니 숀을 올려다봤다.

"어떤가 궁금해서 말이야. 그거뿐이야."

숀은 안심하며 고개를 끄덕였다. "고마워요. 괜찮아요. 며칠 전엔 그렇게 빠져서 미안해요. 그리고 지난 토요일도……."

"걱정 마." 매니는 사과에 손사래를 쳤다. 숀은 사장이 기분 나빠 하는 것이 놀라웠다. "한국인 동네 총격 때문에, 사촌이 체포된 거 맞지?"

"네." 매니가 레이를 반가워하고, 그렇게 빨리 일을 그만둔다고 하니 실망한 것이 기억났다. 숀의 사촌이라는 이유만으로 레이에게 기회를 줬는데. "레이가 한 짓이 아니에요. 레이는 폭력은 안 써요. 그랬다면 사장님에게……."

"알아, 알지. 걱정 마. 네 말 믿으니까. 그리고 너처럼 레이를 아는 건 아니지만, 내가 보기에도 그런 사람은 아니었어. 경찰에서 들쑤시는 거 같던데. 네 이야길 묻고 갔어. 그거 알아?"

"들었어요."

"너일 리 없다고 했어."

숀은 그 상황이 쉽게 떠올랐다. 맥스웰 형사가 이 작은 사무실에서 매니를 몰아붙이며, 숀의 범죄 경력을 들고 질문을 퍼붓는 광경이. 그렇게 생각하니 화가 치밀었다. 숀은 욕심을 부린 적 없었다. 부자가 되고 싶지도, 명성이나 관심도 원하지 않았다. 바보들이 나라를 운영하는데, 자신은 가구나 옮기는 것도 싫지 않았다.

그가 당장 원하는 건 이미 갖고 있는 것이었다. 힘들게 얻은 삶. 매일 부지런히 자존감을 지키며 일군 생활. 가족. 집. 일자리. 지난주 전까지는 에이바가 죽은 후 아마 처음으로 안정되고 행복하게 살고 있었다. 그 행복을 위해 희생한 것도 있었다. 분노를 죽이는 법을 배웠다. 앙심이 목구멍에서 솟구칠 때, 이를 악물고 삼키는 것도 배웠다. 아무도 성가시게 하지 않았으니, 그를 건드리는 사람이 없어야 공평했다. 하지만 지금 이 엉터리 같은 일이 그의 생각과 시간을 차지하고 직장까지 따라왔다.

"그럼 에이바 매슈스가……" 매니는 잠시 망설였다. "누나였군."

숀은 눈을 내리깔고 고개를 끄덕였다.

"나도 그 일 기억해. 재판도. 모두 다 너무……" 매니는 무슨 말이 적당할지 몰라, 허공에 입김을 후 불었다. "몰랐어, 숀."

숀이 고개를 들었다.

"우리가 안 지 얼마나 됐지?"

"7년요."

"그렇지. 7년." 매니는 뒷덜미를 문지르더니 서글픈 미소를 지었다. "말해도 되잖아."

"전……"

매니는 너털웃음으로 말을 막았다.

"젠장, 네 얼굴 좀 봐라. 내 어깨에 기대서 울어 달라는 게 아니야. 네 사생활은 사생활이고, 나도 그건 존중한다고. 하지만 도와줄 일 있으면 말해. 휴가가 필요하거나, 집에 있어야 하면 가족을 위해서 할 일을 하라고."

"고마워요." 숀은 달리 뭐라고 해야 할지 알 수 없었다. 죄책감과 감사에 어지러웠다.

"'미안해요, 사장님, 다시는 안 그럴게요, 사장님' 같은 소리만 그만둬." 매니는 문을 가리켰다. "순교자 노릇 그만두라고."


들어가는 순간, 감이 좋지 않았다. 실라 이모는 재즈의 무릎에 발을 올리고 젖은 수건을 이마에 얹고 소파에 누워 있었다. 니샤는 낮은 소리로 통화를 하면서 주방을 맴돌았다. 아이들은 모니크까지도 보이지 않았다. 방에 들여보낸 모양이었다.

숀이 달려가 소파 옆에 무릎을 꿇었다. "이모, 괜찮아요?"

실라 이모는 눈은 뜨지 않았지만 한 손을 들어 내밀었다. 숀은 그 손을 잡고, 불거져 나온 혈관을 엄지로 문지르며 이모가 늙었다는 사실에 충격을 느꼈다.

재즈에게 눈길을 돌렸다.

"괜찮아." 재즈는 전문가답게 침착하게 말했다. "좀 누우시는 게 좋아서."

"무슨 일 있었어?"

재즈는 입술을 깨물고 실라 이모 쪽으로 고갯짓을 했다. 무슨 일인지 몰라도, 이야기하면 이모가 다시 속상할 일이었다.

부엌에서 얼굴을 내민 니샤가 소리도 없이 숀에게 신호를 보냈다. 숀은 이모의 손을 놓고 일어났다.

카운터 위에 음식이 그대로 식어 가고 있었다. 식사도 제대로 못 한 거였다. 숀은 배도 고프지 않았다. 니샤가 숀의 팔을 잡더니 어깨에 얼굴을 묻었다. 다시 고개를 들었을 때, 눈에 눈물이 그렁그렁했다. "레이가 자백했대요."

"네?"

"작게 말하세요." 니샤가 속삭였다. "말씀드렸더니 어머니는 기절할 뻔했어요. 잠도 못 주무셨어요. 레이가 체포된 이후로 엉망이에요."

숀은 평정을 유지하려 애쓰며 심호흡을 했다. 일이 점점 더 커지며 손에서 벗어나는 느낌이었다.

"자백했다뇨? 형을 만났어요?"

"네. 프레드가 전화했어요." 레이의 변호사와는 이름을 부르는 사이였다. "바로 달려가서 레이에게 날 보라고 했어요."

"뭐래요?"

니샤는 고개를 저었다. "똑바로 보지 못했어요. 난 그이를 알아요. 노파를 총으로 쏘고 집에 와서 내 옆에서 자는데 몰랐을 리 없어요. 거짓말도 제대로 못 하는 사람인데."

숀은 니샤의 말을 믿고 싶었지만, 앞뒤가 안 맞는 말이었다. 레이를 정말로 그렇게 잘 안다고? 레이의 거짓말 몇 가지는 니샤에게 들통나지 않기만을 바랐다. 니샤는 레이에게 약했지만, 그렇게 만만한 상대는 아니었다. 니샤가 레이를 참아 주는 것은, 기본적인 문제에서 레이를 믿기 때문이었다.

레이와 만나야 했다. 노려보며 무슨 일이냐고 물어야 했다. 숀도 레이에 대해 다 알지는 못했지만, 헛소리는 알아차릴 수 있었다. 뭔가 문제가 있다면 알 수 있을 것 같았다.

그럴까? 덩컨이 레이를 위해 알리바이를 만들어 내놓았지만, 숀이 생각하기에 그는 얼마든지 레이를 버릴 수도 있는 사람이었다. 레이는 바에서 일한 이후로 속내를 드러내지 않았고, 숀은 둘 사이에 무슨 일이 오가는지 다시 궁금해졌다.

하지만 복수 살인이라니? 그건 예전, 그들이 젊고 무모하던 시절, 뭐든 닥치는 대로 행동하던 시절 얘기였다. 그 시절엔 두려움이 금기였다. 마음이 약해서 무슨 일이 생기면 집에 처박혀 있어야 한다는 표시였다. 지금은 달라졌다. 레이에겐 아내가 있었다. 애들도. 출소한 지 얼마 안 됐고, 숀은 그가 다시 수감되길 원치 않는다는 걸 알고 있었다. 두려움을 버릴 처지가 아니었다. 그리고 레이는 인제 와서 에이바를 죽인 사람에게 총을 쏠 정도로 분노하는 것 같지도 않았다. 복수 말고는 득도 없는데.

하지만 그들은 그 여자가 어디 있는지 몰랐다. 숀도 그 여자가 나타나기 전까지는 나름대로 잊은 줄 알았다. 누가 레이에게 그 여자 있는 곳을 알려 줬을까? 복수하라고 부추기면서? 누가 그런 짓을 했고, 어째서 숀 대신 레이를 찾아갔을까?

"그럼 왜 자백을 한 거죠?"

"하지 않은 짓을 다들 자백하잖아요."

"알죠. 하지만 다른 사람 얘기가 아니잖아요. 형 얘기지. 형이 왜 하지도 않은 일을 자백했죠?"

니샤는 입을 다물었고, 할 말이 없는 것 같았다. 숀은 니샤를 몰아붙인 것이 미안했다.

"음, 형이 뭐래요?"

"말을 안 해요. 믿을 수 있어요? 그냥 앉아서 잘못한 개처럼 고개를 푹 숙이고 있었어요." 니샤는 잠시 머뭇거리더니 말했다. "괜한 생각 같긴 하지만, 경찰들이 시킨 게 아닌가 싶어요."

숀은 형사가 다 안다는 듯, 수첩을 읽지도 않고 자기에게 필요한 말을 시키려고 들던 것을 기억했다.

"시켰다니 무슨 말이에요?"

"글쎄, 때려서 억지로 자백시키거나. 그런 짓 하는 거 알잖아요."

숀은 경찰이 중요한 사람이 보지 않을 때 온갖 미친 짓을 하는 걸 봤다. 경찰은 숀이 중요한 사람이라고 생각하지 않았다. 경찰과 어두운 방에 있어 봤다. 그렇게 상대한 경찰관이 몇 명이나 되는지 셀 수 없었다. 숀이 무슨 짓을 한 적도 있었고, 숀이 무슨 짓을 했거나 뭔가 알고 있다고 경찰이 생각해서 잡혀간 적도 있었다.

경찰이 원하는 대답을 숀이 내놓지 않은 적도 있었고, 그럴 때 그들은 얼굴을 때리거나 이리저리 밀쳤다. 치고 싶어 안달내는 걸 느꼈다. 어떤 조그만 놈이 숀의 머리를 벽에 부딪치더니, 사고라고 씩 웃으며 말했다. 숀의 이가 며칠이나 달랑거리며 잇몸에 붙어 있었고, 피가 났다.

"맞은 거 같았어요? 상처나 멍 같은 게 있던가요?"

"보이는 건 없었지만, 그렇게 마구 때리지 않잖아요. 고무호스를 쓰거나, 보이지 않는 곳을 구타한다던데."

이건 큰 사건이었다. 숀도 느낄 수 있었다. 피할 수 없었다. 한정자는 사람들을 90년대로, 로스앤젤레스가 화염에 휩싸이던 시절로 데려갔다. 하필이면 알폰소 쿠리얼 사건 후에. 경찰은 압력을 받았을 것이다. 범인을 잡고 사건을 종료해야 했다. 불똥이 화약에 튀기 전에, 빠르고 깔끔하게 처리해야 했다.

하지만 레이를 구타해 자백을 받아냈다면, 레이는 니샤부터 모두에게 알렸을 것이다.

"그랬다면 말했겠죠. 형은 두통만 있어도 가만있지 못하는데요."

"경찰이 들을까 봐 겁이 났을지도 모르죠. 아니면 구타가 아니든가. 상태가 안 좋아 보였어요. 잠도 못 자고 먹지도 못한 것처럼. 굶기고 지치게 만들어서 굴복시켰을지도 모르죠. 모르겠어요. 하지만 뭔가 구려요."

숀은 고개를 끄덕였다. 구린 냄새가 났고, 이 얇은 덮개 밑에서 뭐가 썩고 있는지 두려웠다.

실라 이모가 거실에서 뭐라고 중얼거렸다. 조용히 말했는데. 두 사람은 서로 마주 보곤 소파로 돌아갔다.

재즈가 모니크를 살피러 간다고 하자, 니샤가 그 자리에 앉으며 실라 이모의 마른 다리를 주물렀다.

"어머니?" 니샤가 속삭였다.

실라 이모가 눈을 떴다. "그런 짓을 했을 리 없다." 목소리가 갈라졌다. "내 아들이 그럴 리 없어."

"알아요, 어머니. 저희가 해결할게요."

"그 앨 몰아붙였을 거야. 자백서 서명은 가짜야. 서명이 있다면 말이지." 깜빡인 눈에 차오른 눈물이 두 뺨의 깊은 주름을 따라 흘러내렸다.

니샤는 허리를 숙여 이모의 머리카락을 쓰다듬었다.

"염려 마세요, 어머니."

실라 이모가 숀에게 속삭였다. "개가 그랬을 기 같니, 아가?"

숀은 망설였다. "아뇨."

이모는 숀이 망설이는 표정을 감추지 못한 걸 봤다. 팔꿈치를 딛고 몸을 일으켰다. "정말로 그런 짓을 했다면, 감옥에는 들어가지 말아야 해. 아무도 죽이지 않았고 큰 잘못도 저지르지 않았는데 내 조카를 죽인 그 여자보다 이미 훨씬 더 오래 형을 살았으니까. 나도 내 아들 안 빼앗길 거다."

숀은 실라 이모의 무조건적인 사랑을 가끔 잊었다. 이모가 자기 나름의 윤리적인 확신에 차 있어서 숀은 항상 옳은 결정을 내려야 한다는 압박을 느꼈다. 이모가 늘 지키는 원칙 중에서 가장 중요한 건 가족 우선이었다. 이 원칙이 다른 것과 충돌하면 이모는 혼동을 일으켰다. 부인과 방어 사이를 오가며 어쩔 줄 모르다가 지쳐 버렸다.

실라 이모는 자기 조카가 우유를 훔칠 수 있다고 생각하지 않았다. 하지만 조카가 희생자가 아니라 살인자였다면, 이모는 정의를 지키며 무죄로 풀려나게 하기 위해 최선을 다했을 것이다. 그리고 내내 자신이 옳다고 믿었을 것이다.

차고 문이 열리는 소리에, 숀은 아주 잠시 레이가 집에 왔다고 생각했다. 그러다가 대릴의 방문이 보였다. 닫혀 있던 문이 아주 조금 열려 있었다. 니샤를 바라보니, 이미 놀란 표정으로 숀을 보고 있었다.

숀은 차고로 달려갔다. 대릴이 레이 차의 시동을 걸고 후진시키고 있었다. 차를 몰아 가 버리는 걸 막을 수 없었다.

# 19장

일하러 나와 전화를 받고 처방전을 정리하고 수십 가지 공적인 일을 하면서 하루를 보내니 기분이 좋았다. 평범한 업무 처리와 밝고 아늑한 약국 공간이 지켜 주는 듯했다. 미리엄은 집에서 어머니를 돌보고 있었다. 폴과 그레이스는 우리약국으로 돌아와 일주일 넘게 매일 일하던 조지프 아저씨가 쉬도록 했다.

폴과 그레이스는 함께 있는 동안 별로 대화를 나누지 않는 일상으로 돌아간 느낌이었다. 둘은 일부러 담소를 나눌 필요가 없는 각자의 공간을 가진 동료였다. 할 이야기가 많았지만 가게에서 건드리긴 너무 큰 문제였다.

형사가 오후 늦게, 약국 문을 닫기 한 시간쯤 전에 찾아왔다. 폴이 먼저 그를 알아봤다. 아버지가 계산대 뒤에서 경비견처럼 입을 꾹 다물고 경계하는 모습이 보였다. 종이 울리고, 맥스웰이 문을 열고서 주위를 살폈다.

"무슨 일입니까?" 폴은 인사처럼 물었다.

"안녕하세요, 박 씨. 따님과 이야기를 하러 왔습니다." 그는 그레이스를 턱으로 가리켰다. "어떻게 지내셨습니까?"

"잘 지내요." 다가오는 형사에게 그레이스가 말했다. "무슨 이야기를 원하세요?"

"커피 한잔 사도 될까요?"

그레이스가 보자, 폴은 경고의 눈으로 노려봤다.

"혹시……"

"몇 분이면 됩니다." 형사가 다정하게 말을 잘랐다. "하지만 약국 문을 닫고 이야기하고 싶으시면, 기다리겠습니다."

폴이 약국 유리문 밖을 내다보는 눈빛에, 그레이스는 호기심 많은 한국인들 때문임을 알 수 있었다. 맥스웰 형사는 한인 마켓에서 눈에 띄는 존재였다. 형사가 분명한 백인. 그가 정장을 입고 수첩을 뒤적이며 푸드코트의 흔들거리는 포마이카 테이블에 혼자 앉아 기다리는 모습을 떠올렸다. 범죄 현장 근처인 마켓을 살피며.

폴이 못마땅한 말투로 말했다. "가게는 내가 보마. 어서 다녀와." 딸이 결정할 수 있는 문제라는 듯.

맥스웰은 커피를 마시자고 해서 한국 빵집에 들러 샀다.

"뚜레쥬르." 그가 간판의 이름을 읽었다. "프랑스어 맞죠? 파리바게뜨처럼." 그가 윙크하자, 그레이스는 조심스레 미소를 지었다.

형사는 직업에 대해서, 다닌 학교에 대해서 이야기했다. 마치 연인에게 하듯 친절했고, 그레이스는 그가 뭘 원하고 이러는지 정신을 차렸다. 둘은 푸드코트에 앉아 있었고, 그레이스는 사람들 시선을 무시하려고 했다.

"레이 할러웨이가 자백했습니다."

그레이스는 허리를 똑바로 세웠다. "잘됐네요."

"그렇죠."

"그 이야기를 하시러 온 거예요? 여기까지 오실 필요 없었는데."

형사는 몇 초 동안 말없이 그레이스를 보기만 했다. 그레이스는 그가 뭘 찾는 걸까 생각하며 어색하게 웃었다. 그때 형사는 몸을 숙이고 비밀을 알려 주는 것처럼 주위를 살폈다.

"부모님이 제게 비밀로 하는 게 있어요."

"왜 그렇게 생각하세요?" 그레이스는 감출 게 없다고 생각하면서도, 얼굴을 감추려고 잔을 들어 커피를 마셨다. 크림과 설탕을 많이 넣었더니, 커피 맛이 나쁘지도 않았다.

"'워리'에서 얼마나 일했습니까?"

우리약국 이야기였다. "2년요."

"마약 구하러 오는 환자가 있습니까?"

그레이스는 망설이다 고개를 끄덕였다. 형사가 무슨 말을 하려는지 알 수 없었고, 아무것도 알려 주고 싶지 않았다. 하지만 사실이었다. 한국인 중독자들이 있다는 생각을 전엔 못 했었다. 약 도둑질은 백인 애나 하는 짓 같았다. 하지만 가끔, 처방전이 들어가면 안도감을 숨기지 못하는 손님들이 있었다.

"음, 10년 넘게 이 일을 하다 보니. 감추는 게 있으면 빤히 보입니다. 용의자든, 증인이든, 피해자든 상관없어요. 모두 거짓말을 합니다." 형사는 등을 기대고 앉았다. "아버님은 더 심해요."

"아버지가 왜 거짓말을 하실까요?"

"처음부터 거짓말을 하셨어요. 알고 있습니다. 제게 하실 이야기가 있는데, 아무 말도 안 했어요."

"그건 예전 일이죠." 그레이스가 반박했다. 그레이스가 아무것도 모를 때. 모든 게 밝혀지기 전에.

"가게에 카메라가 있던데." 형사는 그레이스 말을 무시했다. "작동합니까?"

약국에 보안 카메라가 설치되어 있었다. 대단한 건 아니었다. 부모님은 신기술에 밝지 않았으니까. 도난을 방지하기 위해 달아 놓은 것이었다. 그레이스는 녹화 내용을 본 적 없었다.

한정자가 에이바 매슈스를 살해하는 영상이 떠올랐다. 화질이 나빴지만 분명히 보였다. 카메라에 대해서 물어봤어야 했다. 그렇게 정신이 팔리지 않았으면 물어봤을 것이다. 이본이 총에 맞는 장면이 있는지? 폴은 그런 말을 하지 않았고, 아마 비디오 내용을 경찰에 제출하지 않았을 것이다.

"전 모르는 일이에요." 그레이스는 조심스레 말했다. "아버지께 물어보셔야 해요."

"물어봤습니다." 형사는 한숨을 쉬더니 머리를 쓰다듬었다. "녹화는 안 되는 거라고 하더군요. 하지만 거짓말일 겁니다."

터무니없는 거짓말은 아니었다. 한국인들은 돈을 아꼈다. 우리약국은 전에 우리안경원이었다. 간판을 새로 다는 데 얼마 들지 않았지만, '우리'는 그냥 둔 채 '안경원'을 잘라 내고 그 자리에 녹색 십자가를 붙였다. 그레이스는 한국인들이 비슷하게 가게를 바꾸는 걸 봤다. 보안카메라 절반이 작동하지 않는다고 해도 놀랍지 않았을 것이다.

하지만 폴이 카메라를 설치할 때 그레이스도 거기 있었다. 그 과정을 세세히 감독했던 기억이 났다. 고장 났는데 고치지 않았을 수는 있었지만, 단순히 녹화가 안 되는 물건은 아니었다.

"죄송해요. 도와 드릴 수 없어요." 그레이스는 아무렇지도 않은 척 어깨를 으쓱였다. "이제 가 봐야겠네요."

머뭇거리며 일어나는 그레이스를 형사는 가만히 지켜봤다.

"어머님을 살해하려는 남자를 잡으려는 겁니다. 카메라에 대해 아버지께 물어보세요."

질문이 아니었다. 그는 자신의 생각이 옳다는 것을 알았고, 그레이스가 불안해하는 것도 알고 있었다.

형사는 일어서서 고개를 저었다.

"내 전화번호 갖고 계시니 연락하세요."

그레이스는 고개를 끄덕였다. 전화번호는 갖고 있었다.

"커피 잘 마셨어요."


폴은 집으로 가는 차 안에서 맥스웰의 용건을 물었다. 운전대를 잡고 앞의 도로를 주시하며 그레이스의 시선을 피했다.

"뭘 묻더냐?"

그레이스는 망설였다. 폴은 도전받기 좋아하지 않았다. 누가 묻는다고 대답하는 사람이 아니었다. 가격을 혼동했다는 그레이스의 말에 화를 낸다면, 경찰에 거짓말한 이유를 묻는다면 얼마나 노발대발할까.

"아빠, 맥스웰 형사에게 카메라 녹화가 안 된다고 했어요?"

폴은 아무 말도 하지 않았지만, 턱이 긴장하는 게 보였다.

차 안은 조용했고 그레이스는 폴이 그 문제를 다시 거론하지 않으려는 걸 알 수 있었다. 그는 도로에 집중했고 집에 도착하면 모든 게 해결된다는 듯 속도를 높였다.

"왜 그렇게 얘기했어요? 금방 들통날 거짓말을."

"뭐라고 했냐?"

"아무 말도 안 했어요. 아빠가 거짓말한 거 같아서 가만히 있었죠."

폴은 고개를 끄덕였다. "잘했다. 경찰은 내가 상대할 거야."

"하지만 왜요? 증거를 안 내놓은 거예요? 엄마가 피해자인데?"

"대답이 궁금하냐."

그레이스는 웃을 뻔했다. "당연하죠. 누가 엄마를 쐈는데. 그것 때문에 교도소에 간 사람도 있어요. 그 사람이 범인인지 궁금하고, 그 사람이 맞다면 가둬 두고 싶어요."

"엄마가 그걸 원하는 거 같으냐?"

그레이스는 어머니가 뭘 원하는지 알지 못했다. 항상 어머니와 자신은 같은 걸 원한다고 생각했었다. 이본은 딸의 성공을 함께 기뻐했고 실패를 염려했다. 그레이스가 자기 일을 좋아하고, 좋은 사람을 만나기를 바랐다. 가족이 함께하고 건강하기를 바랐다.

"그렇지 않아요?"

"네 엄만 그자가 감옥에 가든지 말든지 상관 안 한다. 모든 게 예전으로 돌아가길 바랄 뿐이지."

"그럴 순 없죠. 아빠도 알잖아요."

"뉴스를 자꾸 보면 그럴 수 없어지지. 재판이 길어지면. 우리가 증언을 해야 하면. 그러면 어땠는지 넌 모른다."

"조금은 알아요." 영상 때문에 비난받았던 일만 생각해도, 그레이스는 얼굴이 붉어졌다.

"너는 어려서 기억을 못 하지만, 그때 일로 네 엄마는 망가졌어. 가게도 잃었고. 이사를 해야 했다. 그 후로 네 엄마는 집 밖에 나가지도 못했어. 너랑 미리엄이 아니었다면, 아마 자살했을 거다."

폴이 딱 잘라 말했고, 그레이스는 그 말을 믿었다. 이본이 죽고 싶어도 가족을 위해 살았다는 말이 적절하게 느껴졌다.

"또 그런 일을 겪게 하지 않을 거다."

"하지만 경찰의 도움이 필요하잖아요." 그레이스는 사촌의 무죄를 확신하던 숀 매슈스를 떠올렸다. "체포한 사람이 범인이 아니면요? 아직 범인이 돌아다니고 있으면요? 엄마를 죽이려고 한 사람이잖아요. 또 찾아오지 않겠어요?"

그렇게 말하니 두려워졌다. 폴은 그레이스를 쳐다보지도 않았다.

"아빠? 상관없어요?"

폴은 온몸으로 분노를 뿜어 내며 차를 갓길에 세웠다. 결국 그레이스 때문에 화가 난 것이다.

"내 가족은 내가 지켜. 아무도 네 엄마를 다치게 못 한다."

"알았어요, 아빠, 알았어요." 그레이스는 어떻게 지킬 거냐고 묻고 싶었지만 참았다.

"애초에 네 엄마를 목표물로 삼은 게 경찰이야."

"무슨 말씀이세요?"

"그때 사우스센트럴에서 사람이 얼마나 죽었는지 아냐? 거긴 전쟁터였어. 매일 누군가는 총에 맞았다고. 내가 아는 사람들도 죽었어."

"알아요, 아빠. 그랬다고 들었어요."

"LA 경찰이 우리 이야기를 고른 거다. 큰 기자회견을 소집했지. 정의니 뭐니 연설을 하고. 네 엄마를 일급 살인죄로 기소하겠다고 약속했어. 흑인 애가 죽을 때마다 그랬을 거 같아?"

"하지만 그 앤……."

"어떤 애인지는 나도 안다. 비극적인 일이었지. 하지만 그래서 경찰이 그 사건을 고른 건 아니야."

"그럼 왜요?"

"로드니 킹 구타 사건이 있은 지 2주도 안 되어서 항상 뉴스에서 얻어터지고 있었으니까. 날마다 경찰 넷이 무기도 없는 흑인을 때리는 영상이 나왔거든. 2주 동안 매일. 그때 네 엄마가 그 앨 쏜 거야."

그레이스는 아버지가 무슨 말을 하는지 알 수 있었다. 로드니 킹 영상을 본 적 있었다. 경찰들은 미쳐 날뛰었고, 그러니 그런 속임수를 썼을 게 뻔했다. 화제를 바꾸고 싶어 안달이 났을 테니까.

"흑인을 아끼는 척해야 했으니까요."

"영웅이 되려고 네 엄마를 악당으로 만든 거다."

폴의 말이 빨라졌다. 그레이스는 자신이 이해하고 동의해서 아버지가 얼마나 기뻐하는지 알 수 있었다.

그레이스는 피게로아 주류 마트 영상을 떠올리며 고개를 저었다. "엄마에게 무고한 여자애를 쏘라고 시킨 건 아니었죠."

폴은 못 들은 체했다. "우리 가게에 불이 나서 다 탔을 때, 경찰은 아무 일도 안 했다. 가게뿐만이 아니었어. 우리 이웃 전체가 다 당했다. 숱한 한국인들이 모든 걸 잃었어. 몇몇은 우리 탓을 했다. 하지만 우릴 악당으로 만든 건 경찰이었어. 그리고 우릴 버렸지. 쓰러지게 그냥 뒀어. 폭동으로 사우스센트럴과 코리아타운이 죄다 난리였지만, 경찰은 아무 데도 없었어."

"하지만 30년 전 일이잖아요. 지금은 도와준다는데."

폴은 고개를 저었고 그레이스는 무슨 말을 해도 아버지 고

집을 꺾을 수 없음을 알 수 있었다.

"경찰은 우리 편이 아니야. 우릴 지켜 주지 않는다."

가족 중에 노트북을 가진 건 그레이스뿐이었다. 이본은 컴퓨터를 잘 쓰지 않았고 폴은 이메일을 보내거나 문서를 인쇄할 때 거실 구석의 낡은 데스크톱을 썼다.

그레이스는 고등학생 때, 대학에 들어가 노트북을 사기 전에 그 컴퓨터를 썼었다. 부모가 많이 쓰지 않았지만, 그것이 아직 작동하다니 기적 같았다.

그레이스는 부모가 잠자리에 들고 두어 시간 뒤, 폴이 조용히 코 고는 소리가 들릴 때까지 기다렸다.

침대에서 나와 거실로 살금살금 갔다. 부모 집을 몰래 뒤지다니 옳지 않았지만, 그레이스는 그 컴퓨터를 소리 없이 쓰는 법을 정확히 알았다. 어릴 때 남자애를 몰래 만나거나 술을 훔치는 걸로 부모를 속인 적은 없었지만, 그들이 잠든 후 만화를 읽거나 유튜브 영상을 보기 위해 컴퓨터를 쓰는 일은 자주 있었다. 궁금해서 포르노를 본 적도 한 번 있었다. 전혀 즐겁지도 않았고, 너무 무섭고 부끄러워 곧바로 창을 닫고 검색 기록을 지워 버렸다.

지금 하는 건 그보다 더 나쁜 짓이었다. 폴이 알면 딸과 말도 하지 않을 것 같았다. 윙 소리에 떨면서 컴퓨터를 부팅했다. 부모가 깨어나면 노트북 컴퓨터가 켜지지 않는다고 거짓말해야 했다.

하드 드라이브에는 별것이 없었다. 세금 문서와 이메일에서 다운받은 사진 등이었다.

'보안'이라는 폴더의 영상이 비밀번호도 없이 저장되어 있었다. 다른 때라면 폴을 비웃었을 테지만, 지금은 아버지의 순진함에 죄책감이 더 심해졌다. 날짜순으로, 총격이 있었던 8월 23일까지 저장되어 있었다. 폐점 직전부터 시작해서 영상을 확인했다.

총격은 주차장에서 일어나 카메라에 찍히지 않았다. 그제야 생각해 보니, 한인 마켓의 다른 카메라에도 찍히지 않았을 것 같았다. 범인이 카메라를 피하는 법을 알았는지 궁금했다.

하비가 퇴근하고 이본이 장을 보러 나갔다. 그레이스 자신이 어머니와 만나 오후 7시 37분 약국 문을 닫는 모습이 보였다. 그 후 가게 안은 캄캄해졌다. 약국은 법에 따라 문을 잠가야 했고, 그레이스와 조지프 아저씨만 열쇠를 갖고 있었다. 그런데 15분이 지난 뒤, 또 다른 영상이 있었다. 총격 뒤였다.

7시 55분, 폴이 가게에 들어왔다. 그레이스는 아버지가 언제 한인 마켓에 왔는지, 병원에 가기 전에 그레이스를 거기 두고 가방만 들고 약국으로 간 적이 있는지 기억을 더듬었다. 그런 모습은 떠오르지 않았지만 폴은 약국으로 들어왔고, 카메라를 똑바로 쳐다봤다. 그는 주먹을 꽉 쥐고, 발판 위에 올라가 카메라를 꽉 채우도록 더 가까이 다가왔다. 그레이스는 화면을 정지시키고 아버지 얼굴을 살폈다. 빈 약국에 혼자가 된 폴의 얼굴에서 그레이스가 처음 보는 감정이 드러났다. 두려움과 분노가 서린 창백한 얼굴이었고, 아버지가 왜 경찰에 협조하지 않는지 그레이스는 똑똑히 알 수 있었다.

멍청한 아버지는 스스로 해결할 생각이었던 것이다.

폴은 영상을 확인하고 아내를 쏜 범인을 찾아내려고 했다. 따지고 보면 맥스웰에게는 사실대로 말한 셈이었다. 형사가 본 카메라는 작동하지 않았다. 하지만 지금은 녹화 내용을 살필 수 없었다. 증거를 갖고 있다는 사실을 형사에 감춘 상태로는 그럴 수가 없었다.

일주일 치 영상과 자동 삭제되지 않은 예전 영상도 있었다. 그레이스는 예전 영상을 살펴보며 폴이 그걸 남겨 둔 이유를 찾아보려고 했다. 카운터에 그레이스 자신 혹은 조지프 아저씨의 모습이 보였다. 하비와 태희도 보였다. 그들 모두 날마다 정해진 시각에만 드나들었지만 이본은 늘 계산대를 지켰다.

카운터에 다가와 약을 받고, 영양제와 복권을 사는 손님들이 보였다. 평소 약국의 모습이라 영상을 몇 개 더 보고 나서야 폴이 주목한 이유를 알 수 있었다. 흑인 남자가 우리약국 앞을 지나가며 가게를 주시하는 모습을 보고 그레이스는 정지 버튼을 눌렀다. 다시 돌려 봤다. 그저 창문에 적힌 글자에 우연히 눈길이 간 것이라고 판단했다. 하지만 그레이스가 찾던 것이었다. 눈에 띄는 사람, 가게를 살피는 것으로 보이는 사람.

멈춰 서서 이본을 찬찬히 잘 살피는 사람.

영상마다 그런 사람이 하나씩 있었다. 한인 마켓에 드문 흑인뿐 아니라, 걸음을 늦추고 창문 안을 들여다보는 행인이 꼭 있었다. 그레이스는 약국 앞을 지나가는 사람들을 봤다. 꾸준하고 낯익은 광경이었다. 알아보는 얼굴이 많았다. 푸드코트 중국집에서 일하는 오 여사. 물건을 살 때 부모 안부와 약국 장사가 어떠냐고 늘 물어보며 히죽거리는 계산원 로젤리오. 그들에게 뭔가 있는지 찬찬히 살폈다.

그레이스는 8월 1일 클립을 앞으로 돌렸다. 흑인 남자가 약국 내부를 기억하거나 뭔가 알아내려는 듯 집중하는 표정으로 들여다보면서 천천히 지나갔다. 그의 시선이 계산대에서 바삐 일하는 이본에게 한참 닿았다.

그레이스는 영상을 멈추고 확대해 봤다. 안 되자 창을 최대한 키웠다. 화질이 낮았지만 알아볼 수 없는 건 아니었다. 남자의 매끈하고 둥근 얼굴이 보였다. 구부정한 어깨도. 중년의 레이 할러웨이는 확실히 아니었다. 뺨이 통통한 10대 아이가 몸에 너무 큰 옷을 입고 손을 주머니에 꽂고 있었다.

가만히 보던 그레이스의 가슴에 석연찮은 느낌이 똬리를 틀었다. 어딘가 눈길을 뗄 수 없는 구석이 있었다. 아이의 얼굴 형태, 부드러운 입매, 곧은 콧대를 살폈다. 숱이 많은 눈썹 아래 가늘게 뜬 눈에 그레이스의 시선이 꽂혔다. 알람 소리처럼 또렷이 깨달음이 찾아왔다. 전에 본 적 있는 얼굴이었다.

# 20장

숀은 재즈를 집으로 보내고 니샤와 함께 기다리며 밤을 보냈다. 자정에 다샤에겐 자라고 하고 실라 이모에겐 수면제를 드시라고 설득해서 새로운 걱정거리는 덜어 드렸다. 둘은 거실에 앉아 전화를 기다리고 초인종이나 차고 소리에 귀를 기울이며 선잠을 잤다. 하지만 대릴은 전화를 걸지도 돌아오지도 않았다.

아침이 밝았을 때, 밤을 새운 두 사람에게 온 건 극심한 피로뿐이었다. 니샤는 출근해야 했다. 출근하지 않으면 이 위기를 견디지 못하고 일자리를 포기하고 패배를 인정한 뒤 장기결근 신청을 내야 했다.

니샤가 샤워하고 출근 준비를 마친 뒤 방에서 나왔을 때, 숀은 커피를 준비해 놨다. 니샤는 고맙게 커피를 받았고 숀은 그 정도면 공항까지 차를 몰고 가는 동안 정신이 나길 바랐다. 니샤의 눈 밑에 시커먼 다크서클이 생겼다.

"말이 쉽지 어려운 거 알지만, 하루 종일 걱정만 하진 말아요." 숀이 말했다. "납치당한 건 아니니까. 사리분별을 할 줄 아니까 위험한 짓은 안 할 거예요. 바보짓이라는 걸 알면 돌아올 거예요. 아마 오늘."

"안 오면 어쩌죠?"

"그럼 내일 올 거예요." 숀 자신이 듣기에도 공허하게 들렸다.

니샤는 더 대꾸하지 않았다. 숀도 할 말이 없었고, 니샤는 그걸 알았다. "어떻게 하죠, 숀? 경찰에 신고하면 미친 짓일까요?"

"경찰에 알릴 수는 없어요. 녀석이 왜 집을 나갔는지 모르니까요."

니샤는 입술을 깨물었다. 대릴이 집을 나간 이유를 생각하고 싶지 않았다. 밤새, 숀이 그 문제를 거론하려고 할 때 니샤는 차단해 버렸다. 대릴을 우선 찾고, 묻는 건 나중이었다. 하지만 무슨 생각이든, 별일 아니든, 그 애는 집 나간 흑인 남자아이였다. 경찰과 얽혀서는 안 되는 존재였다.

"찾아볼게요. 걔 친구들에게도 다시 물어보고."

숀은 페이스북을 잘 쓰지 않았다. 어릴 때부터 쓰던 것이 아니었고 학교나 교회를 함께 다니던 사람들에게 보여 주려고 현실의 삶에서 재미있는 아이템을 찾는 데 여가를 쓰고 싶지 않았다. 그러지 않아도 그의 생활은 지나치게 공개되어 있었다. SNS의 유일한 장점은 아이들을 지켜볼 수 있는 것 같았다. 다샤와 대릴은 SNS를 열심히 썼기 때문에, 친구가 누군지, 어디에 관심을 두는지 알 수 있었다.

간밤에 니샤의 계정으로 대릴 친구 중에 이름을 아는 모두에게 메시지를 보내 아는 게 있는지 묻고 전화번호를 남겼다. 전화를 건 아이도 없었고, 대부분은 답장도 쓰지 않았다. 아마 대릴 엄마가 아들이 하루 외박한다고 야단법석이라고 생각했을 것이다. 게다가 연휴 마지막 밤인데. 숀은 대릴이 부끄러워서 친구들의 어깨에 얼굴을 파묻고 장난치고 있길 바랐다.

"브리아나에게 한 번 더 연락해 봐요." 니샤가 말했다. "아는 게 있으면 말해 줄 아이니까."

얼마 전까지 브리아나 레이시는 대릴의 여자친구였다. 대릴의 첫 여자친구였고 둘은 6개월쯤 사귀는 동안 늘 붙어 다녔다. 숀은 그 애를 서너 번 만나 봤고, 레이가 돌아오기 몇 주전 둘이 헤어졌을 때 실망했다. 니샤 말이 옳았다. 브리아나는 착한 아이였다. 마음도 약하고 소심했다. 그들이 얼마나 염려하는지 안다면, 브리아나는 어떻게든 도와줄 아이였다.

니샤는 7시가 다 되어 출발했고 숀은 그녀가 없을 때 할 일을 정했다. 이삿짐센터 일은 하루 휴가를 내서 다행이었지만, 실라 이모는 아프고 레이는 구속 중이고 재즈와 니샤는 출근했으니 가족의 요새를 지킬 어른은 그뿐이었다. 숀은 다샤를 학교에 내려 주고 집으로 가서 옷을 갈아입고 재즈가 병원으로 출근하기 전에 모니크를 데려왔다.

할러웨이 집으로 돌아와 현관문과 전화기, 컴퓨터를 주시하며 아이와 놀았다. 모니크는 말똥말똥 신이 나서 놀았고, 실라 이모가 일어나 애를 봐 줄 테니 두어 시간 푹 자라고 하자 숀은

은 고마웠다.

니샤의 전화에 숀은 깼다.

"브리아나가 연락했어요. 우리가 메시지를 보냈을 때 자고 있었대요. 방금 전화를 끊었어요."

"어디 있는지 안대요?"

"모른다는데, 사실인 거 같아요. 거짓말하려고 전화하진 않을 테니까."

"다른 이야기도 했어요?"

"돕고 싶다고 해서, 숀이 그 앨 좀 만나 주면 좋겠어요. 오늘 그 애 학교 끝나고 만날 수 있어요?"

"그냥 전화하면 안 될까요?"

"음, 대릴이 혹시 학교에 갔을지 모르니, 어쨌든 가 봐야 할 거 같아요."

니샤는 이미 학교에 연락을 했고, 대릴이 결석했다는 말에 놀라지 않았다. 숀은 대릴이 학교에 놀러 갈 것 같지는 않았지만, 니샤 말이 옳았다. 확인해 봐야 했고, 113킬로미터나 떨어진 곳이 아니라면 니샤가 갔을 것이다.

"교장실에도 들러 봐야 할 거 같아요. 집에 일이 생겼다고 했지만, 직접 가서 말하면 도움이 될 거예요. 이 일로 퇴학당하면 안 되니까요."

"그럴게요. 간 김에 다샤도 데리고 올게요."

"고마워요." 목소리에 안도의 기색이 역력했다. "우리에겐 과

분한 사람이에요, 숀."

"괜한 소리 말아요. 한 가족인데. 이렇게 일이 꼬일 때 가족이 도와야죠."

교장은 출타 중이거나 바쁜 모양이었는데, 어쨌든 얼간이 조카를 두둔하려는 숀을 만나 주지 않았다. 대신 숀은 모니크를 보고 환히 웃는 나이 지긋한 라틴계 비서에게 상황을 설명했다. 관심과 동정을 살 만큼만 레이의 구속에 대해 이야기하자, 비서는 숀이 왔었다고 교장에게 전하겠다고 약속했다. 모니크는 크림소다 덤덤을 받았다.

숀은 아이를 보란 듯이 데리고 다니는 것이 양심에 찔렸다. 실라 이모가 봐 준다고 했지만 모니크가 따라오고 싶어 했고, 숀은 아이의 도움을 받을 수 있을 것 같았다. 학교 행정 직원들을 설득하고, 수상쩍은 시선에서 벗어나려면 특히 고등학교에서는 흑인 남자보다는 흑인 아빠인 것이 나았다.

브리아나는 수업이 끝나고 학교에서 만나기로 했다. 아이는 정문 학교 버스 앞에서 다샤와 나란히 기다리고 있었다. 둘은 우울한 표정으로 고개를 맞대고 있었다. 아이들의 입술이 움직이고 있었는데, 굳이 읽지 않아도 대릴 이야기를 하는 것이 분명했다.

모니크는 다샤에게 곧바로 달려갔다. 두 아이 모두 고개를 들더니 모니크를 보고 활짝 웃었다.

"모니크!" 브리아나가 쪼그리고 앉아 아이를 마주 봤다. "많이 컸네. 나 기억해? 브리아나야." 자기 가슴을 가리키며 이름을 밝은 표정으로 말했다.

모니크는 수줍게 고개를 끄덕이더니 안겼다.

"안녕, 다샤." 숀이 조카의 어깨를 꼭 쥐며 말했다. "모모한테 여기 구경 좀 시켜 줄래?"

"왜?" 다샤가 곁눈질했다.

"브리아나랑 이야기 좀 하려고."

"그래서? 나도 같이 해."

브리아나는 어색하게 웃으며 둘을 번갈아 보더니 모니크의 손을 잡고 다시 일어났다.

"잠깐이면 돼, 다샤." 숀이 엄하게 말했다. 대릴이 친구들과 도랑에서 올챙이를 잡던, 길 건너 공터가 기억났다. "모모한테 올챙이 좀 보여 줘."

다샤는 15초 동안 숀을 노려봤다. 충격적이었다. 그 애 얼굴에서 그런 표정은 처음이었다. 다샤는 숀의 의도를 알았고, 어리석은 짓이라고 생각했다. 다샤는 모니크가 아니었다. 안 들리는 곳으로 보낸다고 아무것도 모르는 애가 아니었다. 그래도 다샤를 거기 둘 순 없었다. 그 애가 있어서 브리아나가 말 못할 것이 있을지도 모르니까.

"가자, 모모." 다샤는 결국 말을 들었다. 모니크는 언니와 함께라면 어디든지 좋아했다.

"귀여워요." 걸어가는 두 아이를 보며 브리아나가 말했다.

둘은 말없이 서 있었다. 숀은 브리아나가 초조해하는 걸 느낄 수 있었다. 하트 모양의 진갈색 얼굴에 콧잔등에 작은 주근깨가 난 귀여운 아이였다. 귀에는 서너 군데 피어싱을 했고 목에는 작은 은제 십자가 목걸이를 걸고 있었다. 짧고 딱 맞는 옷을 입었지만 전체적으로 아주 순진한 아이 같았다. 상냥하고 좋은 매너에 자연스럽게 앳된 아이. 그래서 침묵을 잘 견디지 못했다. 잘라 낸 바지의 실밥을 만지작거리면서.

"대릴 아빠 일은 유감이에요." 브리아나가 결국 먼저 입을 열었다. "지금 겪고 계신 일 모두 다요."

숀은 고개를 끄덕였다. 무슨 일이냐고 묻진 않았지만, 브리아나는 궁금했을 것이다.

"대릴에게 혹시 연락 없었니? 어제 이후로?"

"어디 있는지 몰라요." 브리아나가 미안한 표정을 지었다.

고개를 숙인 브리아나를 보니, 전 남자친구를 염려하는 친척에게 팔아넘길지 고민하는 게 분명했다. 숀은 브리아나가 대릴에게 지키려는 의리를 자극하지 않으려고 입을 다물고 있었다. 대신 부모나 버스를 기다리며 배낭을 메고 있는 아이들을 바라봤다. 그날 오후도 더웠고, 땀으로 번들거리는 아이들 얼굴에서 짜증이 느껴졌다. 가만히 있질 못했다. 아스팔트를 발로 구르고, 주먹을 쥐어 뚝뚝 소리를 내고, 머리를 흔들어 댔다. 절반은 전화기를 꺼내 보다가 고개를 들고 주위를 확인하곤 했다. 여기, 신날 때마다 뛰쳐나가지 못하게 문이 지켜 주는 공간이 대릴과 다샤가 속한 곳이었다. 어두운 곳에서 반짝이는 위험으로부터 지켜 주는 곳.

숀은 브리아나가 조바심을 내며 무슨 말을 하려나 기다리는 것을 느꼈다. 고개를 돌리니 브리아나가 입을 열었다.

"솔직히, 저도 한동안 대릴이 뭐 하는지 알 수 없었어요."

"둘이 헤어졌으니까." 대화를 이어 보려 그렇게 말했다.

브리아나는 고개를 저었다. "아뇨. 헤어지긴 했지만, 헤어진 이유가 바로 그거였어요. 걔가 이상한 행동을 해서, 제가 견디질 못했어요." 브리아나는 누가 엿듣는지 주위를 둘러봤다. "좀 걸어도 돼요?"

둘은 축구장으로 갔다. 대릴이 달리기를 하던 곳이었다. 축구 연습을 하고 있었지만, 대부분 비어 있었다. 브리아나는 그늘에 자리를 골랐고 숀은 곁에 앉았다. 숀이 대화를 이었다.

"이상한 행동을 하다니, 무슨 말이니? 수업을 빠진 거?"

브리아나는 어깨를 으쓱였다. "네, 수업도 빼먹고, 거칠게 행동하고. 예전엔 안 그랬어요. 아시잖아요. 곰돌이 인형 같은 앤데. 근데 갑자기 거들거리면서 아빠랑 아저씨가 갱단 일원이었고 교도소에 갔다고 떠들어 댔어요."

브리아나는 숀이 대릴의 아저씨인 걸 잠시 잊었던 것처럼 수줍은 표정을 지었다.

"어쨌든, 말도 안 하고 사라지기 시작했어요. 전화도 하고 메시지도 보내면 무시했어요. 며칠씩 그럴 때도 있었어요. 그러고는 아무 일도 없었던 것처럼 다시 나타나고. 무슨 비밀이라도 생긴 것 같아서, 금방 지겨워졌어요."

"그래서 헤어진 거야?"

브리아나는 입을 열다가 다물었다. 다시 입을 열었을 때는 한 손으로 얼굴을 가린 채로 속마음을 털어놓았다.

"전 걔랑 헤어지지 않았어요. 제 마음은 그래요. 마지막 통보를 했어요. 또 제 연락을 씹으면 그땐 끝이라고. 그런데 또 그러더라고요. 무슨 짓을 하고 다니는지 몰라도 그게 더 중요했던 거죠."

숀은 그렇지 않다고 말해 주고 싶었다. 헤어진 뒤 대릴이 아무 데도 마음을 붙이지 못하고, 시시한 연애 노래를 듣고, 다샤에게 쏴붙이는 걸 봤으니까. 니샤와 우스갯소리까지 했다. 대릴이 너무 슬퍼해서 마음이 아프지만, 처음 차인 남자애가 버림받은 개처럼, 이어폰 줄을 다리 사이에 낀 꼬리처럼 늘어뜨리고 다니는 게 귀엽기도 하다고. 하지만 그건 아무것도 모르고 한 소리였다. 숀과 니샤는 보기 쉬운 것만 본 거였다. 그들이 놓친 게 뭘까?

"대릴이 뭘 했니? 너는 알잖아."

"아무것도 몰라요."

"그런데?"

브리아나는 목걸이의 펜던트를 당겨 숀에게 보여 줬다. 십자가였는데, 은색 풍선 인형처럼 둥글고 추상적인 모양이었다.

"2주 전에 대릴이 제 사물함에 이걸 뒀어요. 8개월 기념일이 되던 날이었어요."

"예쁘구나." 숀은 무슨 뜻인가 싶었다.

"티파니 거예요. 하늘색 상자에 들어 있었어요. 175달러짜리예요. 얼만지 찾아봤거든요. 세금까지 하면 200달러는 돼요. 그런 돈이 어디서 났을까요?"

숀은 그걸 뚫어져라 봤다. 대릴이 보석 가게에 들어가 다시 사귀고 싶은 여자아이를 위해 이 작고 값진 목걸이를 사는 모습을 그려 봤다. 니샤는 그런 말을 하지 않았고, 이 선물을 모를 것 같았다. 그 자체로 이 모든 상황이 수상쩍었다. 대릴은 평소라면 어머니에게 도움을 청했을 것이다.

"혹시 아니?"

"아저씨가 모르시면, 좋은 데서 난 건 아니겠죠." 브리아나가 목소리를 낮췄다. "마약 같은 거 아니겠어요?"

범죄는 티브이에서만 본 사람 같은 브리아나의 말투에, 숀은 가슴이 아팠다. 몇 달 전만 해도 대릴 역시 그랬다. 어리석은 10대 아이처럼 그런 건 구경이나 하던 아이였다. 어머니, 숀, 실라 이모가 그렇게 타일렀는데, 정말 갱단에 들어간 걸까?

숀이 아무 말도 하지 않자, 브리아나가 입을 열었다.

"퀀트랑 어울리고 있는데, 왜겠어요? 친구 사이도 아닌데. 퀀트는 서른다섯 살이라고요."

숀이 눈을 깜빡였다. "퀸트?"

"제 사촌이에요. 아저씨도 아는 사람이에요. 사우스센트럴에 살았거든요."

문득 떠오르는 이름이 있었다. "퀸타비우스 폭스?"

숀이 기억하는 이름이었다. 숀보다 다섯 살은 어렸다. 숀이 잘나가던 20대일 때 알던 애였다. 키가 크고 통통하고 거뭇거뭇한 수염을 늘 기르던 아이였다. 자기 이름 쓰는 법을 갓 배운 아이처럼, 여기저기 자기 이름 이니셜을 붙이곤 했다. 나무와 폐차에도 스프레이 페인트로 QF를 썼다. 거리 표지판과 화장실 변기에도 새겼다.

덩컨이 이웃 사람들, 특히 앤틸로프 밸리로 이사 간 사람들 안부를 계속 묻지 않았다면, 숀은 그 애 일을 잊었을 것이다. 몇 년 전, 덩컨이 퀸타비우스 폭스가 사우스센트럴에서 팜데일과 랭커스터로 옮겨 간 크립스 떨거지를 이끌고 있다고 했다. 숀은 참 불쌍한 노릇이라고 생각했다. 30대, 40대, 배 나온 남자들이 옛날에서 벗어나지 못하다니. 그들이 새 단원을 모집할 거라는 생각은 하지 못했다.

브리아나가 미소를 지었다. "기억하시는군요. 반가워하겠네요."

동그란 얼굴의 퀸트가 대릴에게 총이니 영광이니 옛이야기를 거짓말로 부풀려 들려주는 모습이 떠올랐다. 위험을 느끼고도 내색하지 않기가 몇 년 만이었다. 숀은 아무렇지도 않은 듯 물었다. "그 친구 어디 있지?"

숀은 그를 놀라게 하고 싶었지만, 브리아나는 무작정 집에 찾아가면 퀀트가 좋아하지 않을 거라면서 주소를 알려 주지 않았다. 퀀트는 사무실도 없었고, 숀은 그가 자주 다니는 곳에 앉아 나타나기를 기다릴 여유가 없었다. 그래서 애들을 내려 주고 브리아나가 사촌에게 전화를 걸어 만남을 주선하기를 기다렸다. 퀀트는 배가 고프다면서 몰링 로드의 치폴레 식당에서 만나자고 했다.

숀은 주차장에서 퀀트를 봤다. 콘크리트 테라스에 앉아 부리토를 먹고 있었다. 누굴 기다리는 것처럼 보이지 않았다.

시간은 퀀타비우스 폭스에게 자비로웠다. 그가 있을 줄 몰랐다면 알아보지 못했을 것이다. 어릴 때도 덩치가 컸고 지금도 컸지만, 지방은 모두 근육으로 바뀌어 있었다. 언젠가 부러진 뒤 나은 코 때문에 더 불량하게 보였다. 턱수염을 길렀지만 깔끔하게 다듬어 놓았다. 부리토를 먹으면서 수염을 더럽히지 않으려면 기술이 꽤 필요했다.

퀀트는 숀을 보더니 냅킨에 손을 닦고 일어났다. 숀의 기억보다 키도 컸다. 187센티미터는 되는 듯했다. 숀의 등을 두드리는 팔의 힘도 강했다.

그는 이제 어른이 됐지만, 숀보다는 젊었다. 퀀트의 눈에, 막연한 호기심을 가지고 바라보는 숀이 비쳤다.

"숀 매슈스. 잘 있었어? 금방 만났네."

둘은 결코 친한 적이 없었지만 퀀트는 그런 척 말했다. 숀은 힘의 과시를 놓치지 않았다.

"금방은 아니지. 마지막으로 봤을 때 넌 주유소에다 이름을 쓰고 있었는데."

실력이 녹슬긴 했지만, 기선 다툼은 저절로 시작됐다. 형사를 만났을 때 연습이 잘 된 것 같았다.

"젠장, 그건 옛날 일이지." 퀸트는 슌을 따라다니던 꼬마 퀸트는 이제 없다는 듯 씩 웃었다. 어린 슌도 이제는 없다는 듯. 그가 다시 앉자 슌도 함께 앉았다. "소파 나른다는 게 진짜야?"

놀리는 말투였지만 슌은 발끈하지 않았다. "응. 그 일 해."

퀸트는 슌을 빤히 보더니 고개를 끄덕였다. 부리토를 크게 한입 베어 물고는 계속 보면서 씹었다.

슌은 꿀리는 느낌이 낯설지 않았다. 아무도 부러워하지 않는 직업을 가졌지만 새로운 일을 시작하기에는 나이도 많고 지쳤고 유망하던 시절은 다 지나간 중년 남자가 됐다. 대학에 갈 거라고, 에이바가 가면 따라갈 거라고 생각하던 시절도 있었다. 과학이나 문학을 공부할 거라고. 교사나 의사가 될 거라고. 연인은 교육을 받아 좋은 일자리가 있었고 그녀의 가족이나 친구가 그를 곧바로 믿어 주지 않는 까닭도 이해했다. 슌은 힘들게 성공해 남에게 감명을 주는 사람이 아니었다. 범죄자였지만 식당을 개업하거나 시를 쓰거나 법대에 가는 그런 사람이 아니었다.

하지만 슌은 출소한 뒤 열심히 일하고 아무도 해치지 않으며 사는 삶이 자랑스러웠다. 아직 갱단이나 조직하며 패스트 푸드 부리토를 우적거리면서 자신을 깔보는 놈 앞에서 당당히 설 수 있을 줄 알았다.

하지만 숀은 스스로가 바보 같았다. 그가 지키는 법이란, 마약을 갖고 있다가 잡히고, 라이벌 갱을 쐈다고 누나를 죽인 살인자보다 더 높은 형을 내리는 법이었다. 숀은 형기를 마치고 나와서 조용하고 올바른 삶을 살기로 결심했다. 그런데 결과는? 레이는 수감됐고, 숀 자신도 잡혀갈 수 있었다. 무고하다고 보호받지 못했다. 말썽 없이 조용히 살 수 없었다.

퀸트는 문신을 빼곡히 한 두꺼운 팔을 드러내고 자신감과 공격성을 뿜어 댔다. 숀은 조용히 친절하고 말을 가려 하며 감정을 드러내지 않는 리처드 이모부를 기억했다. 숀에게 아버지 노릇을 해 준 사람은 그분뿐이었지만, 에이바가 죽은 뒤에는 그를 존경하지 않았다. 숀은 무엇이든 세상에 자취를 남기려는 남자들을 우러러봤다. 그러니 대릴이 숀을 보고 다른 사람을 찾아 나선 것이 놀라운 일인가?

숀은 너무 순진했다. 실라 이모가 그렇게 간섭을 하고 주의를 늘어놓았어도, 자신이 조카 나이 때 무슨 짓을 했는지 잘 알고 있었다. 그때는 다들 왜 그렇게 기를 쓰고 잔소리를 하는지 의아할 지경이었다. 애들은 애들이고, 결국 말썽은 일어날 텐데. 몇몇은 체포되고 몇몇은 죽을 텐데.

물론 대답은 알고 있었다. 다른 방법이 없으니까 애를 쓰는 거였다. 애쓰지 않는 사랑은 없으니까.

숀은 테이블을 짚고 퀸트에게 다가갔다.

"내 조카 대릴을 찾고 있어. 어디 있는지 알아?"

"실종이라도 된 거야?" 퀸트는 입에 부리토를 잔뜩 넣고 물었다.

"어제 나갔는데 아직 연락이 안 돼."

"실종은 아닌 거 같은데. 어디서 놀고 있겠지."

"어딘지 알아?"

퀸트는 생각하는 척하더니 어깨를 으쓱였다.

"나타날 거야. 나라면 더 걱정은 안 하겠어. 똑똑한 녀석이니까."

숀이 10대 시절에도 그런 소리를 들었다. 똑똑하면 말썽을 피할 수 있다는 듯. 어찌 보면, 그렇기도 했다. 가장 멍청한 짓거리나 가장 긴 형기를 피했으니까. 은행을 털어 연방법원으로 가는 건 면했으니까. 죽지도 않았고. 하지만 교도소에는 똑똑한 흑인 애들이 넘쳐났다. 묘지에도.

"어떻게 알아?"

"디는 우리 애야."

숀은 테이블 밑에서 주먹을 꽉 쥐었다.

"무슨 소리야? 개한테 싸움 시키는 거야?"

"싸움." 퀸트가 껄껄 웃었다. "늙은이, 무슨 생각하는지 알아. 난 여기서 그런 놈이 아니야. 이젠 영역 갖고 싸우지 않아. 앤틸로프 밸리 몰에서 총질 안 해. 하지만 알잖아. 검둥이에겐 힘든 세상이야. 팜데일 백인들이 우릴 싫어하는 거 알지. 그쪽 보안관도. 우린 힘을 합쳐야 해. 나랑 디는 친구 사이야."

숀도 아는 얘기였다. 자신도 수없이 한 소리였다.

"그럼 만나서 뭐 하는데? 열여섯 살짜리 친구랑."

퀸트는 다시 어깨를 으쓱이더니 부리토를 집어 들었다.

"걱정할 거 없어. 내가 걜 봐주고 있으니까."

숀은 일어나서 퀸트가 미처 알아차리기도 전에 먹살을 잡아 명치를 쳤다. 퀸트는 숨을 쉬지 못했고 숀은 그를 먹다 남은 부리토와 함께 땅바닥에 처박았다.

숀은 숨이 찼지만 감추지 않았다. 사람을 친 지도 오래됐고, 아무리 운동을 열심히 해도 나이는 속일 수 없었다. 마음속에 잠들어 있던 호전성을 끌어내는 것도 마찬가지였다. 하지만 젊은 놈을 기습할 수 있었다. 아드레날린이 분비되면서 기분이 좋았다. 오랫동안 금지됐던 달콤한 과실의 맛은 놀라울 정도였다. 그것은 온몸에 퍼지며 힘과 젊음의 환상을 채워 줬다. 주먹이 아프면서 모든 것이 기억났다. 사람들을 때려눕히고 싸움에 이기던 나날이. 지배에 중독됐던 시절이 얼마나 좋았는지 잊고 있었다. 이제는 아무도 명령에 따르지 않았고, 줄곧 자부심을 억누르고 사는 삶에 적응해야 했다. 그런데 이제 그가 명령하고 있었다. 그 대가가 무엇일지는 나중에 생각하기로 했다.

# 21장

그는 밸리로 찾아오겠다고 했지만, 그레이스는 밖에서 만나기로 하길 잘했다고 여겼다. 405번 도로에 차가 별로 없어도 한 시간이 꼬박 걸렸고, 그 끝에는 완전히 새로운 장소가 있었다. LA 반대편의 베니스는 그레이스가 사는 곳과 전혀 다른 도시 같았다. 거리에는 멋진 선글라스를 쓰고 잘 꾸민 개들을 데리고 다니는 마른 백인으로 가득했다. 모두 주중 오후에 밖에 나다니는 것이 익숙한 듯했다. 아주 이국적인 느낌이었다. 아무도 그레이스에게 눈길을 주지 않았고, 그건 고마웠다. 그레이스는 색 바랜 다저스 모자로 얼굴을 가리고 있었다.

줄스 서시는 녹차 전문 카페 뒤쪽 테라스에서 기다리고 있었다. 그는 컴퓨터와 서류들, 휴대전화와 충전기를 늘어놓아 테이블은 책상으로 쓰고 있었다. 바에서 봤던 붉은 몰스킨 다이어리도 있었다.

서시는 일어나더니 달려와 악수를 청했다.

"여기까지 와 줘서 고마워요. 뭐 시킬까요? 제가 살게요."

그레이스는 녹차 와플콘 아이스크림을 주문했다. 2시가 다 됐는데 점심을 못 먹었으니 아이스크림을 먹어도 될 것 같았다.

두 사람은 자리에 앉았고 그레이스는 서시의 이런저런 질문에 대답했다. 오는 길은 어땠는지? 애벗 키니는 마음에 드는지? 베니스 해변의 산책로엔 가 봤는지? 아이스크림을 편안하게 다 먹을 수 있도록 서시는 일상적인 것들을 물었다. 이본 이야기가 나오자, 그레이스는 순순히 답했다.

"아직 쇠약한 상태예요. 하지만 하룻밤에 총상이 다 낫진 않겠죠. 경과가 좋은 거라고 생각해요."

"그럼 당신은요? 에이바 매슈스 총격 때 어머니 역할을 몰랐다고 했는데."

금속테 안경을 쓴 서시의 눈빛을 보고 그레이스는 그의 동정심이 진심이라고 생각했다. 이 사람이 자신을 좋아해 주면 좋겠다는 생각이 들었다.

"솔직히, 많은 일이 있었죠. 하지만 일주일 전에 예상했던 것보다는 잘 지내고 있어요."

"다행이군요."

서시는 미소를 지었고 그레이스는 숨을 골랐다. 서시는 그레이스가 말문을 열 거라고 느끼고 차를 마시며 조용히 기다리는 듯했다.

"레이 할러웨이를 돕고 싶어요. 그 사람 짓 같지 않아요."

서시는 눈을 깜빡이더니 놀란 웃음소리를 냈다.

"뜻밖이군요. 그럼 덩컨 그린을 믿는다는 말이군요."

그레이스는 기억을 더듬었다. "누구요?"

"트위터 캠페인을 시작한 사람이요." 서시는 휴대전화로 뭔가를 찾더니 보여 줬다.

아이디를 @duncangreen-machine로 쓰는 덩컨 그린이라는 사람이 남긴 트위터 글이었다.

8/23 오후 7:35에 이 사진을 찍었어요. 이 친구는 내 친구
#레이할러웨이입니다. 같은 날 밤 7:45에 노스리지에서 #한정자를
쐈다고 체포됐죠. @LAPDHQ에 말했지만, 듣지 않아요.
#레이할러웨이가 풀려나야 한다고 믿는 사람은 리트윗해 주세요.

사진 속에는 레이 할러웨이처럼 생긴 흑인 남자가 젊은 흑인 여자를 무릎에 안고 있었다. 둘 다 술에 취한 표정으로 웃고 있었다.

"이건 몰랐네요." 그레이스는 화면을 뚫어지라 봤다. 4만 5000회 이상 공유된 내용이었다.

"이 이야기가 하루 종일 트렌드에 올라 있어요. 물론 회의적인 사람들도 많아요. 덩컨은 레이 할러데이와 어릴 적부터 친한 친구거든요. 레이를 방어할 이유가 충분하죠."

"거짓말 같아요?"

서시는 어깨를 으쓱였다. "그럴 수도 있죠. 모르는 사람이에요."

"하지만 레이 할러데이는 아시죠. 범인인 것 같아요?"

"레이도 잘 알지는 못해요. 2007년쯤 후론 만난 적도 없어요. 게다가 그 사람은 자백한걸요. 자백했다고 확실한 건 아니지만, 믿지 못할 일도 아니죠."

그레이스도 가게 비디오를 보기 전까지는 그렇게 생각했다. 지난밤 늦게, 그 아이를 실라 할러웨이의 집에서 본 기억이 떠올랐다. 여동생쯤 되는 아이와 거실에 있었다. 실라가 그레이스를 맞이했을 때 애들은 티브이를 보고 있었고, 실라가 숙제하러 들어가라고 하기 전까지 그레이스를 빤히 보고 있었다. 실라의 손주들이라고 했다. 그렇다면 레이나 손의 아들이었다.

그레이스는 덩컨 그린의 글에 충격을 받았다. 교도소에서 흑인 여성이 자살했는데 페이스북에서 사람들이 살인이었다고 주장할 때처럼, 지나친 반응이라 여겼다. 그레이스는 별생각 없이 세상은 공정하고 이성적이라고 믿었다. 사회를 작동시키고 안전하게 만드는 시스템과 구조가 존재했고, 그런 것을 잘 이해하지 못하면서 무턱대고 믿지 않을 수도 없었다.

하지만 이번에는 알 수 있었다. 시스템이 실패했다. 분란을 일으키고 음모론을 만드는 사람들, 그들이 옳았다.

영상은 아무것도 증명하지 못했지만, 많은 것을 설명해 줬다. 레이 할러데이가 총격 때 팜데일에 있었던 이유를. 그럼에도 불구하고 자백하기로 결정한 이유를. 그 아이는 우리약국 창문 안을 확인하려고 노스리지까지 차를 몰고 왔었다. 이본을 발견하고 해치러 돌아온 것이었다. 그레이스는 그렇다는 데

가게라도 걸 수 있었다.

"사람들은 거짓 자백을 늘 한다." 보안 카메라 영상 때문에
잠이 오지 않아서, 새벽 4시쯤 어디선가 읽은 내용이었다. "경
찰은 그 말을 곧이곧대로 믿지 않아야 하는 게 아닐까?" 그레
이스는 맥스웰 형사를 떠올렸다. 그레이스는 그런 사람을 줄
곧 티브이에서 보며 자랐고, 그를 경계하면서도 진실을 찾는
유능한 형사라고 여겼다. 뉴스에 날마다 부패한 경찰이 나오는
데도 여전히 속았던 것이다.

"경찰이 사람들을 보호해야 하는 거 아닌가요? 자기 일을
그렇게 못할 리가 있나요?"

"경찰은 사람들을 다른 사람들로부터 보호하죠. 문제는 '사
람들'은 누구이며 '다른 사람들'은 누구냐는 겁니다." 서시는 눈
을 깜빡이더니 안경을 벗어 소맷자락으로 렌즈를 닦았다.

그레이스는 범인이자 피해자인 어머니를 떠올렸다. 쏜 총알
과 맞은 총알, 그것들이 만든 보호막이 그레이스를 평생 지켜
준 것. 에이바 매슈스와 알폰소 쿠리얼을 생각했다. 둘 다 허무
하게 죽은 10대였다. 그들 사이에 얼마나 많은 이가 죽었을까?

하지만 어머니는 훈련받은 경찰관이 아니었다. 그저 총 쏘는
법도 배우지 못한 보통 사람이었다. 그리고 경찰은 자신들의
실수로부터 시선을 돌리기 위해 어머니를 내놓았다. 기회만 있
으면 그런 짓을 또 할 것이다.

"폭동이 27년 전이었죠?"

서시는 고개를 끄덕였다. "그리고 와츠 소요 사태는 그보다 27년 전이었죠."

무슨 말인지 정확히 몰라도, 그레이스는 고개를 끄덕였다.

"같은 일이 계속 일어나고 있어요. 매주 경찰 총격 사건이 있어요. 로드니 킹에게 일어난 일이 끔찍한 건 알지만……."

그레이스가 말을 멈추자 서시가 이었다.

"로드니 킹은 조지 할러데이가 녹화했기 때문에 터진 겁니다. 알려지지 않은 경찰 폭력이 있었다고 생각해야 해요. 하지만 그들은 1년 내내 뉴스마다 그 영상을 방송했죠. 죽은 애들도 이제 그 정도로 방송되지 않아요. 영상이 너무 많으니까요. 다 같이 피 흘리며. 사람들은 무감각해지죠. 지금이라면 로드니 킹 구타 사건은 유튜브 조회수가 몇천 번밖에 안 될걸요. 체포를 거부한 중범죄자에다 죽지 않았으니까요."

"알폰소 쿠리얼도 이제 뉴스에 안 나와요."

"트레버 워런이 기소됐다면 나왔을 거예요. 재판이 있다면. 하지만 그렇지 않거든요. 기자들에게 그 이야기는 끝난 셈이죠."

그레이스는 카메라를 가리키던 알폰소 쿠리얼의 어머니를 떠올렸다. '그 애 이름을 기억해 주세요.'

"이젠 레이 할러웨이가 이야깃거리네요."

"좋은 소식이랄까요? 전부 같은 이야기의 일부예요. 뉴스 사이클은 지나갔지만 사람들은 레이 할러웨이를 보면 알폰소 쿠리얼을 떠올려요. 특히 여기, 캘리포니아 남부에선."

"레이 할러웨이는 풀려나야 해요. 경찰이 착각했어요. 제가 알아요."

서시는 호기심 어린 눈으로 그레이스를 봤다. "총격을 목격했죠. 할러데이를 풀려나게 할 수 있는 사람은 당신뿐이에요. 뭔가 기억해요? 레이에게 도움이 될 만한 걸 봤어요?"

그레이스는 서시에게, 혹은 맥스웰 형사에게 그 영상을 넘길 수 있었다. 그게 옳은 일일 것이다. 적어도 법적인 일일 것이다. 하지만 그래 봐야 무슨 소용일까? 덩컨 그린의 사진이 무죄를 밝혀 주지 못한다면, 영상도 마찬가지였다. 부모 역시 과거를 잊길 바랄 뿐이다. 그레이스는 이미 스포트라이트를 충분히 받았다.

"그 사람 변호사랑 연락할 수 있다고 했죠?"


프레드 맥매너스는 연예인처럼 잘생겼다. 보아하니, 티브이에 출연한 적도 있었다. 사무실을 꽉 채운 책장에 레이철 매도와 함께 찍은 사진 액자도 있었으니까. 날렵한 청색 정장에 얇은 회색 넥타이를 맨, 훤칠하고 반듯한 미남이었다. 흑인인 것을 보고 그레이스는 놀랐다. 변호사라서가 아니라, 이름이 아일랜드인 같아서였다.

"앉으세요, 박 씨." 맥매너스가 푹신한 가죽 의자를 가리키며 말했다. "기다리시게 해서 죄송합니다. 새로운 소셜 미디어 캠페인 때문에 정신이 없네요. 방금 KPCC 방송국과 통화를 마쳤습니다."

그레이스가 자리에 앉으니 대학생 나이의 두 남자아이 사진 액자가 눈에 띄었다. 하나는 졸업가운을 입고 있었다.

"아들 대학 졸업 사진입니다. 저처럼 UCLA를 나왔죠." 그는 슬쩍 웃으며 커다란 책상 의자에 자리를 잡았다. "그 녀석은 똑똑한 쪽이고, 잘생긴 녀석은 스탠퍼드에 갔어요."

그레이스는 놀라서 입이 살짝 벌어졌다. 둘 다 아늘이라고는 생각지도 못했다. "열두 살 때 낳으셨어요?"

맥매너스의 미소가 더 커졌다.

"사람들 말 아시죠? 검정은 흠집이 안 생긴다는."

그레이스가 웃었다. 처음 듣는 말이었다.

"연락 주셔서 감사합니다." 맥매너스의 표정은 여전히 가볍고 다정했다.

그레이스는 센트리 시티에 있는 그의 사무실로 출발한 뒤에 차에서 전화를 했다. 기다리는 동안 비서가 물과 커피, 쿠키를 대접하며 변호사가 일을 마치면 바로 만나 주실 거라고 했다.

"의뢰인 분을 돕고 싶어요. 레이 할러웨이가 한 일이 아니라고 생각해요."

맥매너스가 놀랐는지 알 수 없지만, 내색하지 않았다.

"저도 그렇게 생각합니다." 그는 그레이스의 말을 기다렸다.

"고소에는 관심 없어요." 그레이스가 말했다. "우리 가족 말이에요." 그게 의미가 있는지, 자기 가족에게 그럴 힘이 있는지 알 수 없었지만.

맥매너스는 그녀의 얼굴에서 헛된 희망을 본 게 분명했다.

"죄송하지만 그건 큰 의미가 없습니다. 레이는 중범죄로 기소됐고 자백을 했습니다. 여러분이 그러라고 한다고 주에서 사건을 기각하지 않아요."

"제게 증거가 있으면요?"

맥매너스가 움직이는 건 보이지 않았지만, 의자에서 삐걱 소리가 났다. "무슨 증거인가요?" 음성은 차분했지만, 눈에서 열의와 관심의 기색이 느껴졌다.

맥매너스에게 그 영상을 넘기면 어떻게 될까? 그가 의뢰인에게 보여 줄까? 아니면 경찰과 검사 측에 넘기고 할러웨이가 수감되면서까지 지키려던 아이를 잡으러 갈까?

그레이스는 가진 걸 다 내보이지 않고 그의 의중을 살피고 싶어 시간을 끌었다.

"만약에, 혹시라도, 누군가 다른 사람이 개입되었다는 증거가 있는데 의뢰인이 그걸 쓰고 싶어 하지 않으면 어떻게 되나요?"

'만약에, 혹시라도'는 의미가 없었다. 그레이스가 성배가 있는 곳의 지도라도 펼친 것처럼, 변호사의 눈이 반짝였다.

"제삼자가 개입했다는 증거가 있습니까?"

"그렇게 말하진 않았어요."

변호사는 의자에 기대앉았다. 짜증 난 표정이었다. 의뢰인에게 숨기는 게 있는지 의심하는 것 같았다. 그레이스가 알고 있

338

는 건 확실히 모르는 눈치였다.

그레이스는 말할 생각이 없어졌다. 문득 레이 할러웨이에게 공감을 느꼈고, 그렇게 생각하니 따뜻하고 편안한 느낌이 온몸에 퍼졌다. 숀 매슈스를 찾아갔을 때 찾던 것이 바로 그거였다. 그는 얼마 전 출소했지만 가족을 위해 자신의 자유를 희생했다. 민담에 나올 법한, 아름답고 고귀하고 드문 일이었다. 어려울 때 증명되는 아버지의 사랑. 그레이스는 그걸 지킬 생각이었다. 그의 비밀을 지켜 주기로 했다.

"도와주고 싶다고 하셨죠?"

"네. 제가 총격을 목격했는데, 그 사람이 아니었어요. 제 진술이 도움이 되지 않나요?"

변호사가 잠시 생각하더니 다시 몸을 앞으로 당겼다.

"'만약에'라는 가정하에 이야기하는 거죠? 박 씨나 어머니께서 총격 때를 기억하시고, 경찰에 아직 진술하지 않은 내용이라면…… 그러면 상황을 바꿀 수 있습니다. 할러웨이가 범인이 아니라고 증언하신다면, 검사 측이 아주 어려워질 것 같군요. 사실, 그렇게 말씀해 주신다면 검사 측에서 포기할 수도 있습니다."

자신의 개입으로 그가 풀려나 아이와 눈물을 글썽이며 다시 만난다고 생각하니 그레이스의 가슴이 두근거렸다. 맥매너스가 에둘러 요청하고 있다는 걸 알 수 있었다. 수확에 비해 싼값이었다.

"엄마는 증언하지 않을 거예요. 그건 확실해요. 제가 범인을 봤는데 레이 할러웨이가 아니었다고 하겠어요."

변호사는 그레이스의 눈을 빤히 보더니 만족스러운 표정으로 끄덕였다. "지방 검사 측에서 아직 연락하지 않았습니까?"

"네. 형사만 만났어요."

"연락이 올 겁니다. 아니, 제가 연락하라고 전하겠습니다."

# 22장

2019년 9월 5일 목요일

한정자가 총에 맞은 이후, 늘 전화기를 놓아두는 베개 밑에서 신호음이 들려왔다. 요즘은 잠을 깊이 자는 법이 없으니 그럴 필요도 없을지 모르지만, 전화를 놓치고 싶지 않았다. 화면에 대릴의 사진이 떴고, 숀은 어두운 복도로 살그머니 나가 전화를 받았다.

초조해서 갈라진 대릴 목소리가 들렸다. "숀 아저씨."

꼬맹이는 살아 있었다. 숀은 카펫에 주저앉아 벽에 머리를 기댔다. 진정하려고 눈을 감았다.

"대릴. 세상에."

"미안."

"어디야? 어디서 전화하는 거니?"

"얘기하면 엄마한테 말 안 하고 올 거야?"

"어딘지 어서 말해."

대릴은 망설였지만 시키는 대로 했다. 도움이 필요했다.

"맥애덤 공원. 놀이터."

대릴이 흙에서 노느라 엉덩이와 무릎이 엉망인 채로 몽키

바에 매달려 있던 모습이 기억났다. 가로대를 지나 뛰어내리면서 활짝 웃던 모습도. 커다란 이를 반짝이며, 눈으로 숀을 찾던 모습. "봤어?"라고 물으면서.

"거기 가만 있어. 10분만 기다려."

바지를 입는데 불이 켜졌다. 재즈가 부연 스탠드 불빛 속에서 일어나 앉아 있었다. 눈빛이 형형했다. 그렇다면 전화기가 울릴 때부터 깨어 있었던 것이다.

"지금 나가? 새벽 2시가 넘었는데."

숀은 시각을 확인하지 않은 것을 깨달았다. 지난 며칠 일과에서 벗어나 다른 곳에 신경을 쓰고 지내야 했다. 재즈가 당번인 날, 모르는 사람의 응급 상황에 대처하러 병원에 달려가기 위해 작업복을 입고 잠자리에 드는 것처럼, 숀도 늘 대기 상태였다. 하지만 이 당번은 48시간 넘게 계속됐고 대릴은 혈육이었다. 애정과 아드레날린으로 움직이고 있었고, 네 시간 뒤 출근해야 하는 것도 상관없었다.

"미안, 재즈. 어서 자. 곧 올게."

재즈는 움직이지 않고 침대에 기대앉은 채 숀을 봤다.

"대릴이었어?"

숀은 거짓말할까 생각했다. 재즈가 믿어 줄 가능성이 있다면 했을 것이다. "응."

"아, 다행이다, 자기." 재즈가 온몸으로 안도의 한숨을 쉬는 것 같았다. "그럼 괜찮은 거지?"

숀은 뭐라고 대답해야 할지 알 수 없었다. 돌아서서 양말을 신으며 자기 무릎에 대고 말했다. "쫓긴대."

재즈는 생각에 잠겨 잠시 아무 말도 하지 않았다.

"하지만 그 애가 그렇게 달아나게 한 문제는 아직 해결되지 않았나 봐."

숀이 일어나 나가려는데, 재즈가 팔꿈치를 잡았다. 숀은 침대에 도로 앉아 재즈의 손을 잡고 키스했다. "가야 해, 재즈."

"당신이 걱정돼. 당신이 감당할 수 없는 일에 말려들지 않았으면 좋겠어."

숀은 맥스웰 형사를 떠올렸다. 쓰러져 노려보던 퀸트도. 이 삿짐 일도 있었다. 매니에게 감사했다. 결국 그의 친절을 이용하는 꼴이 됐지만. 도저히 출근하러 나갈 수 없는 상황이 싫었다. 이 평화로운 삶을 이루는 모든 것이 점점 사라지는 느낌이 들었다.

재즈는 부드럽고 합리적인 목소리로 계속 말했다.

"그 애 문제는 당신이 해결할 수 없어. 당신도 알잖아. 엉뚱한 사람을 만나고, 엉뚱한 곳에 찾아다니면 모니크와 작별 인사도 제대로 못 하고 교도소에 돌아가게 될 거야."

숀은 그 말이 옳다는 걸 알았지만, 안다고 해서 바뀌는 건 없었다.

"그 애는 내 아들이나 마찬가지야, 재즈. 그러니 어쩌겠어?"

대릴은 멀리까지 달아나지 못했다. 맥애덤 공원은 13번가 Q와 R 사이, 자기 집에서 3킬로미터쯤, 숀의 집에서는 1.5킬로미터 거리였다. 대릴이 숨을 만한 곳이 아니었다. 누구든지 마주치게 되어 있었다. 대릴은 친구들과 거기서 스케이트보드를 자주 탔다. 모니크랑 함께 나갔다가 우연히 마주쳤기 때문에 숀도 알고 있었다. 가족과의 나들이 추억이 가득한 곳이었다. 따뜻하고 여유로운 오후. 피크닉과 야구 경기. 가족 비디오 영상처럼, 흐릿하고 달콤한 그곳 모습이 눈에 선했다. 햇볕, 사막의 바람, 반짝이는 아이들을 안고 있는 품.

하지만 밤에는 전혀 다른 곳이었다. 불이 꺼지고 어둠이 자리 잡으면 모든 색채가 사라졌다. 조용하긴 해도 소리는 났는데, 들리는 소리는 불안하고 은밀한, 사람의 것이었다. 숀은 야구장을 지나가며 자신에게 닿는 시선을 느꼈다. 쳐다보니 남자 둘이 벤치에 늘어져 있었다. 그중 하나가 지나가는 숀을 향해 고개를 끄덕였다. 예전에 숀은 걸음을 멈추고 뭘 팔지, 그들에게 돈이 있는지 알아보려고 했다. 대릴이 비슷한 짓을 한다고 생각하니 부끄러웠다.

낮은 그네에 웅크리고 있는 대릴이 곧바로 보였다. 계속해서 변하지만, 늘 자의식으로 가득해 웅크리고 있는 대릴의 모습은 익숙했다. 숀이 다가오는 걸 보더니 대릴은 그넷줄을 잡고 일어섰다. 사슬이 그네에 닿아 절그럭거리는 소리가 났다. 가느다란 금속성 소리였다.

시원한 밤이었고 숀은 옷을 뚫고 들어오는 한기를 느꼈다. 뼈처럼 하얀 사막의 달빛도 스며들어 피부의 온기를 빼냈다. 대릴은 청바지에 턱까지 지퍼를 올린 후드 점퍼를 입고 있었다. 안감이 하얀 초록색, 제일 좋아하는 옷이었다. 자주 빨아 낡아 있었다. 대릴 옆에 배낭이 있었는데, 짐을 제대로 싸진 못했을 것 같았다. 조카 녀석이 참 한심했다. 가출한 어린애.

숀이 끌어안자 대릴은 가만히 2초쯤 기다리더니 그네에 앉았다. 이틀째 10대 체취에 절어 있는 아이에겐 샤워가 필요했다.

"푹 쉰 냄새가 난다." 숀은 그렇게 말하며 다른 그네에 앉았다. 그네가 삐걱거렸다.

대릴이 힘없이 웃었다.

"대체 어디 있었어?"

"여기저기. 그냥 차 몰고 다녔어."

"네 아빠 차에서 잤어?"

"잠? 못 잤어, 숀 아저씨."

허풍이 분명했다. 이틀도 더 됐고, 숀은 10대들이 과장하기 좋아하는 걸 알고 있었다. 자신도 겪었으니까. 사실 그의 10대 시절은 극적이기도 했다. 대릴도 마찬가지였다. 잠을 잤든, 못 잤든, 그의 얼굴에는 불면증의 흔적이 보였다. 눈은 퀭하고 뺨은 자주색이었다.

"어제 롬폭까지 갔었어."

"네 아빠 롬폭에 없잖아."

"응, 알아. 그냥 가 보고 싶었어. 아빠가 거기 있을 때는 가본 적 없었으니까. 한 번도."

"그땐 면허증도 없었잖아. 지금도 없고."

"허가증은 있었어."

"왜 집을 나간 거야? 네 엄마가 어떨지 알잖아?"

"집에 못 가."

"나한테 전화는 왜 했어?" 숀은 대답이 떠올라 고개를 저었다. "휘발유가 떨어졌구나. 돈도. 그렇지?"

대릴은 모래를 발로 차더니 고개를 끄덕였다.

"그럼, 내가 아무것도 묻지 않고 몇백 달러 쥐여 주면, 멕시코로 가려고 했어? 엽서나 보내고?"

"난 그냥……." 대릴은 울음을 참느라 목이 메었다. "내가 없어지면 모두에게 좋을 거야."

"시끄러. 무슨 짓을 했든지, 그렇지 않아."

대릴은 숀이 자기 속내를 꿰뚫어 볼지 몰랐다는 듯 놀란 표정을 지었다. 그 얼굴에 너무 순수한 느낌이 들어 숀은 아이를 끌어안고 싶었다.

"네가 한정자를 쐈어?" 대신 그렇게 물었다.

대릴은 눈을 피했고 숀은 아이 팔을 잡아 자신을 보게 했다. 아이는 고개를 끄덕이더니 흐느껴 울기 시작했다.

"아, 대릴." 숀은 조카 이마에 이마를 댔다.

레이가 자백한 후로 내내 알고 있었지만, 그래도 가슴을 건 어차이는 느낌이었다. 대릴을, 그 애의 출석과 친구들, 일이 잘못된 온갖 경우를 얼마나 걱정했는가. 그런데 이렇게 되다니. 숀은 가슴이 미어졌다.

"왜?"

"가만있을 순 없었어."

"뭘?"

"에이바 아주머니를 생각하면."

그 이름이 둘 사이에 메아리치는 듯했다.

"넌 누나를 알지도 못하잖아."

"중요한 건 그게 아냐." 대릴이 목소리를 높였다. "내 가족이잖아."

대릴은 강하게 말했지만, 숀에게는 무의미한 허풍 같았다. 10대 깡패의 가족 운운. 차를 타고 남의 집 창문에다 대고 외칠 소리. 대릴은 에이바를 사랑하지 않았다. 단순히 에이바를 위해 사람을 쏜 게 아니었다.

"에이바는 내 누나였어." 숀이 조카에게서 눈을 돌려 끝없이 검은 하늘을 올려다봤다. "누나가 죽었을 때, 내가 알던 모든 게 무너졌어. 예전엔 그 여자를 찾아가는 꿈을 꿨어. 굴욕감을 주고. 죽이는 꿈을. 너 나보다 더 그러고 싶었다는 거냐?"

대릴은 그 한마디에 거만한 표정을 거두고 조용해졌다. 숀이 기다리는 동안 몇 분이 지났다. 아이가 해명하고 두 사람 다 마음이 홀가분해지기를 기다리는 동안.

대릴이 마침내 입을 열고 다 기어들어 가는 소리로 말했다.

"하지만 그 여잘 못 찾았잖아. 난 찾았어."

숀은 그동안 얼마나 많이 찾다가 실패했는지 떠올렸다. 찾기를 멈춘 적 없었고 그 여자가 잠시라도 수면 위로 떠오른다면 소식을 들었을 거라고 생각했다. 대릴은 어떻게 찾았을까? 숀은 침을 꿀꺽 삼키고 물었다. "어떻게?"

대릴은 모래밭의 발을 내려다보며 그네를 앞뒤로 흔들었다.

"1년 넘게 알고 있었어. 아저씨가 이사 나간 후에 곧바로 알게 됐어. 편지가 왔어. 한미연이란 사람에게서."

숀은 그 편지와 이름에 대한 기억을 더듬어 봤다. 한이란 이름은 알았지만, 미연이란 사람은 처음이었다. "난……."

"내가 그걸 봤어. 아저씨에게 주지 않았어."

숀은 조카 말을 기다렸다.

"한정자의 딸이라고 했어. 에이바가 죽은 것이 유감이고 아저씨가 그 일에 대해 이야기하고 싶으면 자길 만나자고 했어. 이메일과 전화번호를 적어 놓고 아저씨에게 연락하라고 했어. 르완다니 화해니 하는 소리가 적혀 있었고. 자기 엄마가 아저씨가 만날 수도 없는 곳에서 새 출발을 하는 건 옳지 않다고 생각한다고. 그래서 엄마랑 이야기해 본다고 했어. 하지만 자기 엄마가 어떻게 지내는지도 적어 놨어. 그라나다 힐스에서 살고 노스리지 한인 마켓에서 약국을 한다고."

숀은 모래를 발로 팠다. 대릴이 빠르게 말하고 있었다. 숀은 그네에서 쓰러지지 않고 그 말을 납득하는 데 집중했다. 엉망인 꼴로 혼란스러워하며 애원하던 그레이스 박이 떠올랐다. 1년 전에 그 여자가 자기 어머니 비밀을 알았을 리 없었다. 하지만 대릴은 알고 있었다. 그 모든 조각 퍼즐을 쥐고 있었다.

"왜 말 안 했어?"

"아저씨에게 알리고 싶지 않았어. 교도소에서 나온 뒤에 아저씨가 어땠는지 기억하거든. 전에 어땠는지도 들었어. 항상 화를 내거나 아무 데도 관심이 없는 것 같았잖아. 하지만 우리랑 행복하게 지냈지. 그러다 재즈 아줌마를 만났고, 아줌마랑 행복하게 살았잖아. 그걸 망치기 싫었어."

숀은 그 이야기를 믿을 수 없었다. 재즈를 못 만났다면? 그러면 집을 옮기지 않고 그 편지를 받았을까? 봉투에 적힌 '한'이라는 이름을 보는 순간 경계심을 갖는 것을 상상해 봤다. 그 여자가 어디 있는지, 뭘 하는지 내내 궁금했는데, 1년 전에 누군가가 그 이야기를 하려고 했었다니.

"내가 그 여자를 죽일 거라고 생각했구나."

"아저씨가 어떻게 할지는 몰랐지만. 그게 다이너마이트 같았어."

대릴 말이 옳았다. 그건 다이너마이트였고, 결국 폭발했다. 대릴이 숀을 밀치고 폭발을 자기 몸으로 막은 걸까? 그보다 더 서글픈 결말이 있을까 싶었다.

"그런데 넌 내가 그걸 감당 못 할 줄 알았어? 대릴, 네가 그 여자를 쐈잖아."

"아무 계획도 없었어." 대릴이 반박했다. "그 편지를 읽었을 땐 그랬어. 그냥 아저씨가 못 보게 찢어서 버렸어. 알고 보니 그 마켓에 약국은 한 곳이었어. 그 여자가 어디 있는지 알 수 있었어."

"그런데 왜 지금 와서?"

"그냥 바로 잡고 싶었어. 모든 게 다 뒤집혔잖아." 대릴은 코를 한 번 훔치더니 떨리는 음성으로 말했다. "계속 그럴 순 없다는 생각이 들었어. 적어도 우리 가족끼린 정의를 실현할 수 있다고 생각했어."

숀은 고개를 저었다. "잠깐만, 대릴. 너 우리가 당한 고통 때문에 쏜 게 아니었지."

아이의 눈에 눈물이 글썽였다. 그 애는 자기 헛소리를 믿고 있었다. 아마 며칠 동안 자기를 변호할 소릴 지어냈을 것이다.

"퀸트 폭스랑 어울리고 있었지."

대릴은 대답하지 않았다.

"어제 그자를 만났어." 숀은 주먹을 쥐고 어제 일로 아직 쓰라린 곳을 문질렀다. "네가 그자랑 어울린 거 알고 있어."

"내 친구야."

"깡패가 되고 싶은 거야? 그게 멋져 보여?"

대릴은 반항적인 눈빛으로 노려봤다.

"퀸트는 아저씨도 다섀 나이 때 깡패 짓을 했다던데."

"그래. 열네 살이었어. 너 열네 살이냐?"

대릴은 아무 말도 하지 않았다.

"그래, 넌 철이 들어야지. 그거 아니? 내 누나가 살해됐었어. 부모는 돌아가시고 안 계셨고."

"아빠는 10년 동안 교도소에 있었어." 대릴이 말을 잘랐다. "멍청한 강도짓을 했다고. 사람도 안 죽었는데. 그런데 모두 다, 아저씨까지도 상관없다고, 아빠는 어차피 망했으니 그런 일을 당해도 싸다는 식이었잖아."

"그래서 퀸트 폭스가 길잡이가 됐구나. 맬컴X처럼 응원하니까, 넙죽 받아먹었어."

"그 사람은 나랑 대화를 해 줬어. 다른 사람은 안 해 주는 말을 했다고. 아빠에 대해서. 에이바 고모에 대해서. 아저씨에 대해서도."

"그래서 널 증명하려고 한정자를 쐈구나. 팜데일의 배링 크로스 크립스인지, 퀸트가 하는 거에 들어가려고. 제발 이번이 처음이라고 해라."

"무슨 소리야?"

"또 다른 사람 쏜 적 있어?"

"아니, 없어!" 살인미수도 인정하지 않았던 주제에 화는. "실수였어. 계속 그 생각이 나. 난 이런 사람이 아니야, 숀 아저씨."

"사람 쏘러 가기 전에 그 생각을 했었어야지."

대릴은 코를 훌쩍거리더니 손으로 닦았다.

"아저씨는 어떻게 그랬어?"

"뭘?"

"퀸트 말로는 아저씨도 돌아다니면서 불 지르고 싸움하고 사람을 쐈다던데. 어떻게 사람을 쏘고 계속 살 수 있었어?"

숀은 잠자코 생각했다. 그는 폭력을 즐기고 찾아다니는 사이코는 아니었다. 하지만 그동안 사람들에게 총을 쏘고, 적어도 한 명 알던 애 다리에 명중시키기도 했다. 그 애가 더 크게 다치지 않아서 다행이라고 여기긴 했지만, 솔직히 그 일 때문에 잠을 설친 적도 없었다.

"그 시절엔 다 그러고 살았어. 전쟁에 나가서 상대 군인을 쏜 거야. 단순한 문제였어."

"아저씨 말 못 믿어."

"단순하다는 말은 맞지 않을지도 모르겠다. 하지만 걔들은 깡패였지. 나처럼 그 규칙을 아는 애들이었다고. 노스리지에 사는 늙은 한국인 여자가 아니라."

"에이바 아주머니를 죽인 것도 깡패가 아니었어." 대릴이 내뱉듯이 말했다. "아저씨를 이해할 수가 없어. 어떻게 다른 깡패보다 그 여자를 쏜 게 더 나쁜 짓이라고 생각할 수 있어? 아저씨 같은 사람. 나 같은 사람보다?"

숀은 대답하지 못했고 대릴이 몰아붙였다.

"결국 아저씨도 그 헛소리를 믿게 된 거지. 다른 사람도 아니고 아저씨가. 흑인 생명은 소중하지 않다고. 우리를 쏘는 건 상관없다고. 우린 완벽하지 않으니까. 우린 그런 일을 당해도 싸니까. 하지만 한정자는 아니라고?"

"내가 뭘 믿느냐가 중요한 게 아니야." 숀이 잘라 말했다. "그건 상관도 없어. 내가 믿는 거랑 네가 교도소에 가는 거랑 아무 상관도 없다고. 그걸 모르겠니? 나는 경찰이 아니야. 판사는 내 말을 듣지 않고. 그들이 흑인 생명이 소중하지 않다고 여기면, 소중하지 않은 거야. 사람들이 이래야 하네 저래야 하네 법석을 떨지만, 난 네 목숨 얘길 하는 거야, 이 멍청한 녀석아." 숀은 교도소에서, 가족과 떨어져 어둡고 척박한 그곳에서 어른이 되어 가는 대릴을 떠올렸다. 그러다가 총이 기억났다. 그 총을 조사해서 대릴이 나온다면, 끝장이었다. 숀은 대답을 두려워하며 물었다. "퀸트가 총을 준 거야?"

대릴은 고개를 저었지만 숀은 따져 물었다.

"이건 심각한 문제야. 퀸트가 알아? 아는 사람 있어?"

"아니라고 했잖아. 쏘자마자 망한 거 알았어. 아무에게도 말 안 했어."

"그럼 배링 크로스에서 한 짓이라고 나선 건 뭐야? 하기 전에 허풍치고 다녔어?"

입을 벌린 대릴의 아랫입술이 떨렸다. "그건 어디서 들었어?"

"형사가 그러더라, 대릴. 그 사람 말 듣자 하니 모두 배링 크로스라고 한다던데."

"한정자라서 그래. 다들 그 여자가 누군지 알고, 옛날부터 적이라는 걸 알잖아. 그 여자 얘길 항상 했잖아. 그 여자가 총에 맞았다는 얘기가 퍼지자마자 누군가 우리 집안에서 한 짓이라는 소문을 퍼뜨렸을 거야. 하지만 숀 아저씨, 아무한테도 말 안 했어. 맹세해."

숀은 조금이나마 안심이 되어 감사했다.

"그럼 총을 어디서 구한 거야?"

"내가 구했어." 자세한 설명은 하지 않았다.

"구했다니, 무슨 소리야? 어디서?"

대릴은 발치를 내려다봤다. "아빠 차에 있었어. 시트 밑에."

숀은 입술이 비틀리는 걸 느꼈다. 콧구멍이 벌름거리고, 한숨이 나왔다. 출소한 지 얼마나 됐다고, 감찰관이 따라다니는 와중에 총을 구하다니. 게다가 멍청이처럼 애가 찾을 수 있는 곳에 감춰 두다니.

"지금은 어디 있어?"

"감춰 놨어. 집에. 하지만 지금은 없어."

대릴은 입을 다물었고 숀은 이해했다. 경찰들이 집을 수색했을 때 그걸 발견한 것이다. 결국, 아무 근거도 없이 레이를 잡아간 게 아니었다.

"아빠는 나 때문에 잡혔어. 나 때문에 자백한 거야."

숀은 조카가 머리를 감싸 쥐는 걸 보며 고개를 끄덕였다. 대릴은 붉어진 눈으로 숀을 봤다.

"말해 줘, 숀 아저씨. 이제 어떻게 하지?"

# 23장

2019년 9월 6일 금요일

이본의 상태가 좋았다가 나빠졌다. 두통이 있다고 해서 그 레이스가 의사에게 전화한다고 하니 괜찮다고 하곤 일찍 잠자 리에 들었다. 아무것도 아니라고, 산책을 하느라 힘들어서 그 렇다고 이본은 말했다. 회복을 과신했다고. 그레이스는 그 말 을 믿었다. 이본이 많이 나아지고 있었으니까.

칠흑같이 캄캄한 밤중, 아버지가 부르는 소리에 그레이스는 잠에서 깼다. 아무것도 보이지 않았지만 그레이스는 잠에서 덜 깬 채 복도를 달려갔다. 발이 차가웠다. 다른 모든 건 실감이 나지 않았다.

스탠드 불빛 속에서 이본은 열이 펄펄 나고 덜덜 떨고 있었 다. 이본의 심장박동이 실내를 채우고 있었다. 젖은 베갯잇에 머리카락이 들러붙어 있었다. 뜨거운 살갗이 비정상적인 열을 발했다. 창백한 치아가 딱딱 부딪히고 있었다.

폴이 도움을 요청하는 동안 그레이스는 어머니 손을 잡고 있었다. 마른 손가락을 꽉 쥐고 이본에게 정신없이 뭐라고 말 했다. 힘없이 느릿느릿, 이본이 손을 맞잡았다. 눈꺼풀이 떨리고, 입술은 그레이스의 이름 모양을 만들었다. 아무 말도 나오지는 않았다. 숨결뿐. 얕고, 거칠고, 다급한 숨.

구급차가 도착했을 때 이본은 의식을 잃은 상태였고 그레이스가 지켜보는 가운데 구급대원들이 들것에 고정시켜 차에 실었다. 그레이스는 이런 일이 또 벌어지는 것을 믿을 수 없었다. 2주 만에 두 번이나.

폴이 운전하고 그레이스는 두려움과 불신 사이를 오가며 앞장서는 붉은 사이렌 불빛에 시선을 고정시킨 채 뒤따랐다.

그들이 대기실에 다다랐을 때 이본은 이미 수술실에 들어가고 있었다. 여길 다시 오다니 터무니없는 일 같았다. 그레이스는 고함이라도 치고 싶었다. 이건 실수라고, 질 나쁜 농담이라고. 열이 난다고 수술을 하다니! 꿈에서나 일어날 법한 일이라고. 눈물을 흘리며 흐느끼려는 순간, 꿈에서 깨어나 안도감이 들기를 간절히 바랐다. 다른 모든 것은 잊기를.

해가 떴을 때, 이본은 사망했다. 총상을 입은 결장에서 감염이 일어 패혈증이 발생했다고, 의사는 조의를 표한 뒤 조심스레 말했다. 잘못을 인정하지 않고, 진정한 사과는 하지 않고서. 그레이스는 의사에게 화를 냈고 폴도 미리엄도 말리지 않았다.

그레이스는 자신이 뭐라고 하는지도 알 수 없었다. 미처 생각하지도 않은 말이 튀어 나갔고, 그 순간, 그 문제, 책임져야 하는 상대에게 전력을 다해 퍼부었다. 그러고 나자 앞으로의 일을 논의해야 했고, 그레이스는 주저앉아 남의 말에 따라야 했다. 이 상황이 끝나자 어머니가 돌아가셨다는 사실, 어머니를 되살리기 위해 돌이킬 수 있는 실수는 없다는 사실을 마주해야 했다.

검시관이 이본을 데려갔다. 살인으로 인한 죽음이었으므로 부검을 해야 했다. 그들은 그때까지 함께 있기로 말없이 결정했다. 그레이스는 가슴이 아팠고 충격에서 헤어날 수 없었다. 충격을 겪었지만 이런 일이 있을 줄은 몰랐다. 이겨 냈다고, 무사히 집에 돌아왔다고 생각했다.

그때까지도 이본이 일어날 것 같았고, 그저 깊이 잠든 것 같았다. 그것 말고는 납득할 수 없었다. 마치 블랙홀처럼 어이없고 불가능한, 세상이 구부러지는 일이었다. 어머니의 시신이 코앞 시트 아래 누워 있다는. 어머니가 세상을 떠났다는, 견딜 수도 돌이킬 수도 없는 사실이.

폴은 아내 곁에 고개를 숙이고 앉아 있었다. 눈을 꼭 감고서 목이 메어 알 수 없는 한국어로 중얼거리고 있었다. 폴이 이렇게 슬퍼하는 모습은 본 적 없었다. 그 때문에 더욱 비현실적으로 느껴졌다. 폴이 시트 밑에서 이본의 손을 찾았다. 온기 없는 손을 잡고 나더니, 폴은 뒤로 물러났다.

미리엄은 그레이스의 어깨에 얼굴을 파묻었고, 그레이스는 언니의 눈물에 소맷자락이 젖어드는 걸 느꼈다.

"엉망진창이라는 건 알았지만, 지난 2년보다 마음이 가벼웠어." 미리엄이 말했다. "엄마가 총에 맞은 건 속상했지만, 마음이 훨씬 가벼워진 것 같았다고. 엄마가 벌을 받았으니, 이제 옛일을 잊어도 된다는 느낌. 가족 전부가."

그레이스는 이본의 몸을, 시신을 멍하니 바라봤다. 지난 2주는 그레이스에게 고문과도 같았다. 평생 처음으로 어머니가 이해할 수 없는 사람이 됐다. 내내 감춰 놓았던 정체를 드러냈다. 그로 인해 그레이스는 크나큰 충격을 받았고 자신이 누구인지, 어디서 왔는지, 자신의 삶과 자기 자신을 만들어 준 거짓말이 무엇인지, 모든 것에 의문을 던지게 됐다. 잠시 새로운 현실을 살아갈 방법을 배웠다고, 버텨 낼 방법을, 일을 하고 예전처럼 돌아갈 방법을 알아냈다고 여겼다. 하지만 틀렸다. 해답 근처에도 가지 못했다. 어머니가 도와주고, 해명하고, 필요한 것을 무엇이든 줘야 했다.

미리엄은 그레이스의 어깨에 대고 계속 중얼거렸다.

"이건 새 출발이 될 줄 알았어. 너도 그때 일을 알고, 우리 모두 이 일을 함께 해결하게 될 줄 알았어. 배우고 성장할 줄. 더 나은 사람이 될 줄."

그런데 이본은 그만뒀다. 대화는 끝났다. 침묵이 이본의 유언이었다.

"하지만 마지막으로 수습할 수 있어서 감사해. 내가 엄마를 미워한다고 생각하면서 돌아가시지 않아서."

미리엄은 이본의 가슴을 찢어 놓았다. 그레이스는 온몸에 차오르는 비통함과 후회가 코와 입을 막아서 숨도 쉴 수 없었다. 그건 사실이었다. 2년 동안 끈질기게 버티던 미리엄은 제때 맞춰 돌아와 따뜻한 화해를 했고, 그게 어머니와의 마지막이었다. 이본은 큰딸이 돌아온 걸 알고 죽었다. 그건 확실했다. 미리엄은 이본이 이 땅에서 보낸 마지막 나날에 단 하나 밝은 빛이었다. 그레이스는 너무 억울해서 미리엄의 얼굴을 할퀴고 싶었다. 대신 어깨를 흔들어 미리엄이 고개를 들게 했다.

어머니가 총에 맞았는데, 그레이스는 뭘 했나? 어머니를 뿌리치고, 나무라고, 다른 집에 태어나지 못한 걸 아쉬워했다. 27년 동안 어머니가 온 세상이라고 생각했다. 그런데 이본이 죽어가는 2주 동안, 그레이스는 마음속으로 어머니를 버렸고, 둘 다 그걸 알고 있었다.

이렇게 절대적인 외로움은 처음이었다. 언니가 미웠다. 모든 게 잘 풀리고, 좋은 것은 다 자기 것인 양 가져가는 복 많은 미리엄. 물론, 미리엄도 어머니를 잃었지만 그건 달랐다. 비극적으로, 아름답게 잃었으니까.

땅에 금이 가더니 미리엄은 저 건너편으로 넘어갔다. 안전한 쪽으로.

그레이스는 기도를 시작했다. 총격 이후, 위로와 평화를 구하고, 고통이 사라지기를 구하는 기도를 올리는 버릇이 들었다. 하지만 무슨 소용인가? 어머니가 세상을 떠났다. 어디로 갔는지 모르지만, 거기서 영영 돌아올 수 없었다.

그레이스는 높은 데서 떨어지기 직전처럼 속이 울렁거리고 텅 빈 느낌이 들었다. 이본이 사후 세계로 떠난다고 생각해도 위로가 되지 않았다. 그레이스는 진심으로 거기 아무것도 없기를 바랐다. 천국이 있으면 지옥도 있어야 하고, 천국은 회개한 자들의 곳이니까.

그레이스는 현기증과 절망을 느끼며 눈을 떴다. 어머니는 영원히 돌아오지 못했다.

# 24장

숀은 한정자의 죽음에 슬퍼할 거라고 생각한 적 없었디. 하지만 레이의 변호사에게서 듣고 니샤가 전화로 알려 왔을 때, 그 소식은 숀에게 물리적인 고통을 안겼다. 배 속을 쥐어짜는 듯한 아픔에 그는 잠시 아무것도 할 수 없었다. 충격이 이어졌지만 그것이 최악이었다. 그것과 함께 조카의 범죄는 살인죄가 됐다. 대릴이 사람을 죽였고, 레이는 이제 살인죄로 기소될 것이다. 유죄 판결을 받으면 레이는 다시는 밖에 나오지 못할 수 있었다.

바로 어제만 해도 모두 희망을 품었다. 레이의 변호사가 니샤에게 그레이스 박이 레이의 무죄를 증언할 거라고 전했다. 니샤는 덩컨이 여자를 안고 찍은 사진에 대해선 말하지 않았다. 당분간 원하는 건 레이가 돌아오는 것뿐이었다. 숀은 레이에 대한 기소가 취하되면 무슨 일이 일어날지 두려웠지만, 니샤의 말을 들어 보니 검사 측은 레이의 유죄를 확신했고 기소 유지는 시간문제 같았다. 숀은 사랑하는 가족 모두 집에 돌아오는 꿈을 꿨다. 불가능한 일은 아니지 않은가? 열흘 전만 해도 가능했는데.

숀은 자다가 그 소식을 들었다. 니샤가 새벽 5시에 전화를 했고, 숀은 잘 때 입던 옷을 입은 채로 니샤에게 갔다. 온 집안 사람들이 다 일어나 흥분해 있었다. 실라 이모와 니샤는 울어서 눈이 충혈되고 부어 있었다. 아이들이 없었다면 그들은 더 크게 슬퍼했을 것이다. 레이를 잃은 것이나 다름없으니까. 그의 몸값을 겨우 모았는데, 마지막 순간에 낼 수 없는 금액으로 올라 버린 상황이었다.

다샤는 어머니와 할머니와 모여 앉아서 갖고 있는 모든 자원을 동원하고 있었다. 니샤와 실라 이모는 변호사, 빈센트, 줄스 서시에게 전화를 걸었고, 다샤는 전화기에 다급하게 뭔가 적고 있었다. 이 아이 아버지의 운명에 관심을 가진 낯선 사람들이 온라인에 많이 모여 있었다.

대릴만 자기 방에 틀어박혀 숨어 있었다.

숀은 니샤에게도, 재즈에게도 말하지 않았고, 더 많은 사람들이 개입될 수 있음을 생각만 해도 현기증이 났다. 숀은 여자들을 두고 대릴의 방으로 가서 문을 잠갔다.

아이는 숀을 등지고 벽을 보고 누워 있었다. 몸이 딱딱하게 굳어 있었고, 깨어 있지만 자는 척하고 있었다.

숀은 조카 침대에 앉았다. "너도 들었구나."

대릴은 입을 다물고 있었지만, 몸이 수축하며 일으키는 경련이 매트리스를 통해 느껴졌다. 숀이 이불을 깔고 앉자, 대릴이 홱 잡아당겼다.

"어떻게 해야 하는지 물었지?" 숀은 입이 말랐다. "그땐 뭐라고 답해야 할지 몰랐지만, 이제 알겠다."

대릴은 꼼짝하지 않았지만 듣고 있었다. 숀은 떨고 있는 아이의 어깨를 잡았다.

"'아무것도' 하지 마, 알겠니? 그리고 명심해. 아무 말도 하지마. 퀸트 폭스나 깡패 지망생들도 만나지 마. 네가 넘기기 전엔그들에겐 아무것도 없어. 네가 넘기면 그들은 그걸 이용할 거야. 언젠가는 경찰이 그놈들을 잡을 건데, 그러면 거래할 거리를 찾아서 머리를 쥐어짤 거니까." 숀은 아이를 얼마나 몰아붙여야 하나 생각하며 심호흡을 했다. 하지만 이건 부드럽게 타이를 사안이 아니었다. "넌 사람을 죽였어, 대릴. 아무나 죽인것도 아니야. 미디어가 주시하는 사람이야. 그렇다면 경찰도 주시하겠지. 그런 패를 가진 걸 알면 저 얼간이들은 절대 입 안다물어. 널 아껴서 그러진 않겠지."

대릴은 벌떡 일어나더니 숀의 손을 밀쳤다. 홱 돌아서 숀을마주 봤다. 눈은 흐리멍덩하고 혈색이 좋지 않았다. 그 애가 자는 동안 모든 것이 바뀌었고, 다시는 잠들 수 없을 것 같았다.

"나도 알아." 아이는 소리를 죽여 내뱉었다. "하지만 아빠는……."

"네 아빠도 알지만 스스로 내린 결정이야. 네 아빠는 기소를취하할 수 있다고 믿은 거지."

"못 하면 어떻게 돼?"

"그럼 교도소에 가. 너보단 아빠가 낫다는 거지."

"하지만 아빤 아무 짓도 안 했잖아." 대릴은 가슴을 세게 쳤다. "내가 그랬지."

이 상황의 아이러니에 숀은 헛웃음이 나올 것 같았다. 당시 판사는 형량이 어떻든 한정자가 고통받을 거라고 했었다. 남은 평생 에이바의 죽음을 짊어지고 살게 될 거라고. 그거면 충분한 벌이 될 거라고. 숀은 죄책감도 알았고 교도소도 알았다. 대릴은 죄책감을 느끼고 살 것이고 다른 사람들에게는 그걸로 족할 것이다.

"한번 저지른 일은 되돌리지 못해." 숀이 대릴이 자해하지 못하게 주먹을 잡았다. "내가 알기에 네가 사회에 진 빚은 이미 갚은 거야. 이제 가족에게 갚아."

남자 센트럴 교도소는 증오스러운 곳이었다. 미국 최악의 교도소 열 곳 중 하나였다. 10년 전 숀은 거기서 60일 동안 지냈다. 그 시절, 영혼을 갉아먹는 위험한 나날, 젊은이조차 견디기 어려웠던 때가 아직도 기억났다. 자유와 가족을 되찾은 지 얼마 안 된 중년의 레이가 냄새나는 변소와 녹슨 이층침대를 함께 쓰는 그곳에 있다니, 생각하고 싶지 않았다.

방문 신청을 미리 하지 않아서 한 시간 반이나 당일 방문에 필요한 과정을 거치고, 마감인 6시 직전이 됐다. 사촌을 만나기 위해 질문이니 검사니 모욕을 당하고 방해를 받아야 하는 것이 우울했다. 그런 일을 다시는 겪고 싶지 않았다. 레이를 마지막으로 본 것은 숀의 집에서 술과 추억을 나눌 때였고, 그때도 정확히 이런 상황을 두려워했다. 둘 중 하나가 자유를 잃고 이런 곳에 혼자 갇히는 상황을.

그들은 고작 팔 하나 길이만큼 떨어진 채 지저분한 창문을 사이에 두고, 다른 면회객과 수감자들 사이에 껴서 금속제 파티션과 딱딱한 의자에 앉아 있었다. 음울한 표정으로 경계하는 교도관들은 언제든지 나서서 그들을 갈라 놓을 태세였다.

자유를 누리던 몇 달 동안 레이는 몸이 좋아졌다. 신선한 공기와 어머니의 요리 덕분이었다. 지금 보니 그것 모두 사라지고 없었다. 이미 사촌은 롬폭에서 나올 때처럼 혈색이 좋지 않고 여윈, 노인 같은 모습을 하고 있었다.

전화기를 들었다. "이제 왔네." 레이가 말했다.

숀은 눈을 껌뻑였다. 정신 나간 총격과 레이의 체포, 대릴의 실종이 있었고, 집에 어린아이가 있고 직장을 가진 숀은 면회를 미룬다는 생각은 하지 못했다. 하지만 여기, 단조로운 일과에 더욱 비참해지는 곳에서 일주일 반은 훨씬 더 길게 느껴졌다. 레이에게 말대꾸할 생각은 없었다. "대우가 어때?"

레이는 어깨를 으쓱였다. "너도 알잖아. 대우 때문에 여기가 지옥 같은 건 아니란 걸. 대우야 가지가지지."

숀은 고개를 끄덕였다.

"집은 어때?"

"어떨 것 같아? 엉망이지. 모두 형을 보고 싶어 해."

"적어도 처음은 아니잖아. 이젠 내가 없는 데 모두 익숙해져야 해."

숀은 레이가 허세를 부리는 이유를 알고 찬찬히 살폈다.

"방금 살인자가 된 사람치곤 침착하네."

레이는 어이없다는 표정을 짓고 한숨을 내쉬더니 씩 웃었다.

"됐어. 니샤가 보냈군. 내가 그런 게 아니라는 소릴 하려고 온 거야?"

숀은 수화기에 대고 조용히 말했다. "형이 안 한 거 알아."

레이는 웃었다. 건조하고 갈라진, 지친 웃음소리였다.

"넌 아무것도 몰라. 내가 했어. 내가 그년을 쐈더니 죽은 거야. 떵. 떵."

"자백했을 때 형은 살인이란 걸 몰랐잖아."

레이는 어깨를 으쓱였다. "그건 아쉽지 않아. 뭐, 취소하라고? 그 소린 니샤도 했어."

"형이 아니라는 거 알아. 내가 그 친구랑 얘기했어."

"누구?"

숀은 고개를 저으며 전화기를 가리켰다. 누가 이 대화를 녹음하는지는 알 수 없었지만, 위험을 감수할 생각은 없었다. 레이가 알아들을 때까지 눈을 응시했다.

레이의 온몸이 축 늘어지는 것 같았다. 안도로. 그는 전화기를 가슴에 대고, 파티션에 다가오더니 더러운 유리에 머리를 댔다. 자백하고 회개하는 사람 같았다. 다시 몸을 일으킨 그는 눈을 반짝이며 웃고 있었다.

"나라니까." 그는 다시 말했다. 하지만 이번에는 얼굴이 진실을 말했다.

숀은 편하게 앉았다. 이제 둘은 진짜 대화를 하고 있었다.

"총이 발견됐을 때 이미 망했어. 총을 안 쐈어도, 총기 소지만으로도 어차피 다시 수감돼. 그 총을 쏜 게 확인되면…… 뭐, 알잖아."

총을 쏜 게 확인될 것이고, 누군가 주인이 밝혀질 것이다. 숀만큼 레이도 잘 알고 있었다.

"어쩌다 총을 갖게 된 거야?" 숀은 비난하는 말투를 지우지 못했다. 대릴이 굴러다니는 총을 발견하지 못했다면 이렇게 무모하고 파괴적인 계획을 실행에 옮기지 못했을 것이다.

"이놈의 나라에선 죄다 총을 갖고 있잖아. 뭘 두려워하는 건데? 나한테 원한 있는 놈은 다 총을 갖고 있어. 나랑 가족을 지켜야지."

숀은 대릴의 깡패 허세를 떠올렸다.

"형한테 복수하려는 사람 없었어. 그리고 난 형을 사랑하지만 총을 가진다고 가족을 지키는 건 아니야."

레이는 콧구멍을 벌름거렸고 숀은 사촌의 허세 아래 감춰진 죄책감을 건드린 걸 알 수 있었다. 더 후벼 파는 건 무의미했다. 화제를 바꿨다.

"형이 무죄라고 하는 사람들이 많은 거 알아? 형이 보면 기쁠 거야. 인터넷에 형 이야기로 도배야. 다샤가 보여 줬어. 팬도 생겼더라."

레이의 표정이 밝아졌다. "그래? 나더러 뭐래?"

"형이 한 짓일 리 없다는 사람들이 많아. 레딧 알아?"

레이는 고개를 저었다.

"큰 게시판 같은 거야. 형이랑 한정자 얘기가 몇 페이지씩 돼. 난리 났어. 그 사람들은 그러고 있을 시간이 어디서 나는지 모르겠더라. 어쨌든 형이 무죄라는 사람이 많고, 형이 자백한 이유에 대해서도 온갖 이론이 다 있어."

"뭐래?"

"대부분은 형이 억지로 한 거라고 해. 누굴 숨겨 주기 위해서라고 하는 사람도 있고. 내 이름도 몇 번 오르내렸지."

숀은 레이를 보고 씩 웃었다. 대릴은 적어도 인터넷에서는 안전했다. 전과 기록이 없는 16세 아이는 집에 앉아 검색이나 하는 사람들이 찾아내기 어려운 상대였으니까.

"네가 죽였대?"

"누가 범인인지는 별로 관심 없는 거 같아. 형이 잡혀간 게 잘못된 거라고 생각할 뿐이지. 그 사람들이 보기엔 누구라도 방아쇠를 당길 수 있었어. 나나. 크립스나. 복수의 천사나. 형이 쐈다 해도 정당하다고 생각하는 사람이 많아. '어떤 배심원도 유죄판결을 내리지 않을 거다'라고 해."

레이는 묵묵히 고개를 끄덕였다. "변호사도 그러길 바란다지만, 두고 봐야지."

"한정자의 딸에겐 무슨 말 없어?"

"수감된 건 나잖아. 그 질문은 내가 해야지."

그레이스 박에겐 연락이 닿지 않았다. 검사 측의 전화도, 레이의 변호사 전화도 피하고 있었다. 실라 이모가 자기 아이를 죽인 여자의 죽음을 위로하는 길고 정성 어린 이메일을 보냈다. 그레이스는 그것도 무시했다. 놀라운 일이었다. 자신이 약속한 보상조차 실천하지 않다니.

그 여자가 죽은 지 몇 시간 지나지 않아 아직 애도 중인 건 숀도 알고 있었다. 한정자가 다른 사람들에게는 어떤 존재이든 그 여자에겐 어머니였으니까. 그래도 숀은 그 여자에게 관대할 의무가 없었다. 한정자가 에이바를 죽인 지 28년이 지난 지금에서야 죽다니. 질 나쁜 농담, 마지막으로 남긴 조롱 같았다.

"어쨌든, 그 여자나 기적 같은 건 기대하지 않아." 레이는 입술을 깨물더니 한숨을 쉬었다. "뭐, 한두 달 밖에 나가 있었나? 정신 똑바로 차릴걸. 후회돼. 애들이랑 시간이나 더 보낼걸."

숀은 아무 말도 하지 않았다.

"모르겠어. 힘들었어, 숀. 그렇게 오래 교도소에 있었으니 놓친 게 너무 많아. 애들을 사랑하지만, 걔들이랑 서먹해. 그러고 나서 매일 서먹하게 애들을 보고 있으니, 감당하기 힘들더라고."

"시간이 필요한 일이지. 다들 그건 이해해."

"시간이 없었어. 다 놓쳐 버렸네."

숀은 입을 다물고 있었다. 여러모로 모든 게 레이의 잘못이었다. 출소하고 나서 나돌아다니고, 총을 아이가 발견할 곳에 두지 않았더라면. 대릴이 자랄 때 함께하며 애들이 싫어하는 지루한 아버지 노릇을 했더라면. 그러면 대릴이 가족의 트라우마, 가족의 실수에 동참하려 들지 않았을 것이다. 하지만 그 실수는 옛일이고 돌이킬 수 없었다. 거긴 숀의 몫도 있었다.

"하지만 넌 함께했잖아." 레이의 음성에는 냉소와 감사가 섞여 있었다. "내가 그걸 모를 거라고 생각하지 마."

숀은 창문에 주먹을 댔다. 사촌을 끌어안고, 자신이 그 애들을 무척 사랑하고 돕고 싶으며, 레이를 대신하지도 그 희생을 폄하하지도 않을 거라고 알리고 싶었다.

"그리고 형은 여기 있잖아." 숀은 대신 이렇게 말하고 주먹으로 유리를 쳤다.

레이도 파티션 반대편에서 주먹을 쳤다. 웃는 그의 눈에서 눈물이 흘렀다.

**4**

어제 어머니를 묻었다. 버뱅크 묘지 옆 낯선 예배당 맨 앞줄에 앉아, 그레이스는 찬송가를 따라 부르고 설교를 흘려들었다. 권 목사가 장례식을 주관했고 미리엄이 가족을 대표해 조심스러운 한국어로 짧고 형식적인 추도사를 낭독했다. 그레이스는 연설을 거절했다. 뭐라고 말해야 할지, 생각도 할 수 없었다.

예배당은 조문객으로 좌석이 거의 꽉 찼다. 그레이스는 아버지, 언니와 함께 열어 놓은 관 옆에 서서, 새로 꾸민 밀랍인형처럼 으스스한 어머니의 모습을 곁눈질로 보며 일렬로 지나가는 손님들에게 인사했다. 친척들이 라스베이거스와 시카고에서 날아왔다. 교회 사람들, 마켓 사람들. 그레이스가 처음 보는 숱한 사람들. 그들이 다가와 다정한 말과 눈길을 주고, 포옹하고 악수했다.

그들은 그레이스가 어머니의 장례식에서 울지 않은 것을 기억할 것 같았다. 어쩌면 부자연스러운 행동이었지만, 얼굴은 방금까지 울다 나온 사람의 것이었다. 속이 텅 비었다가, 증오로 차곡차곡 채워지는 느낌이었다.

이게 다 무슨 짓일까? 남이나 다름없는 사람들이 싸구려 조의를 표하고 신이니 평화니 중얼거리는 짓거리가. 어머니가 살해당했다. 그걸 모른단 말인가? 천박한 동정이나 틀에 박힌 소리를 건넬 때가 아니었다. 그 아이. 그 살인자. 그 애에게 책임을 물어야 했다.

그레이스는 허리에 닿는 손을 느끼고 고개를 홱 돌려 언니를 노려봤다. 미리엄은 걱정 어린 표정으로 그레이스를 보고 있었다. "얘, 딴생각하지 마, 응?"

그들은 로스앤젤레스 시청 앞 드넓은 잔디밭 인파 속에 있었고, 뜨거운 바람에 온몸이 끈적거려 집중할 수 없었다. 그레이스는 마지막으로 도심에 갔던 날, LA 경찰청 뒤 거리에서 번쩍이는 연방 법원 앞 추모식을 기억했다. 겨우 몇 달 전이었는데, 전생의 일처럼 느껴졌다.

"사람들 좀 봐." 미리엄이 말했다.

예전 버스투어를 하는 한국인처럼 똑같은 티셔츠를 맞춰 입은 사람들이 모여 있었다. 군중 사이에 집에서 서툴게 만든 팻말이 들썩였다. 알폰소에게 정의를. 레이 할러웨이를 석방하라. 손 들었으니 쏘지 마. AmeriKKKa는 영원히 AmeriKKKa. 북소리와 노랫소리, 자동차 경적 소리. 베이컨으로 감싼 핫도그, 기름과 구운 양파, 고기 냄새가 뚜렷했다.

"사람들이 엄마를 정말 미워했나 봐."

"그게 다가 아니야." 미리엄은 별 확신 없이 말했다. "레이 할러웨이가 무죄라고 생각하는데, 트레버 워런이 풀려난 직후에 그가 기소된 걸 보니 정의가 사라진 것처럼 보이는 거지."

"언니도 그렇게 생각해?"

"사람들이 화를 내는 까닭은 이해해. 트레버 워런은 살인자야." 미리엄의 표정이 일그러졌고 그레이스는 언니에게 하고 싶은 말이 있었다.

"그런데?"

"누가 엄마를 죽였어." 미리엄은 곧바로 눈물을 글썽였다. 주위를 둘러보고, 그레이스에게 다가가 음성을 낮췄다. "그런데 사람들이 왜 그렇게 레이 할러웨이를 못 풀어 줘서 안달인지 모르겠어. 어째서 무죄라고 확신하지? 중범죄를 저지른 적도 있는 사람인데. 동기도 있고 일치하는 총도 소지했어. 이게 씨발 범죄 다큐멘터린 줄 아나."

그레이스가 입을 딱 벌린 모양인지, 미리엄은 얼굴을 붉히며 시선을 돌리고 중얼거렸다. "네가 여기 오자고 했잖아."

이본의 장례와 동시에 기소가 이뤄졌다. 그레이스는 조문객들과 글렌데일의 식당에서 한식 바비큐 점심을 먹다가 화장실에서 그 소식을 들었다. 무시했던 다른 문자메시지와 함께, 맥매너스의 메시지가 휴대전화 화면에 뜬 걸 보고, 그레이스는 깜짝 놀랐다. 연락을 하려고 했었는데, 날짜 감각도 흐려지고 멍하고 무기력할 뿐 의지도 사라졌었다.

실은, 레이 할러웨이가 교도소에 가든지 말든지 상관하고 싶지 않았다. 어머니가 돌아가시고, 그가 살인자를 보호하고 있었으니까. 그를 풀어 주러 온 게 아니었다. 아들 때문에 온 거였다. 그 아들이 분명 여기 있을 테니까.

"그 사람은 무죄야." 그레이스가 천천히 숨을 들이쉬고 미리엄을 봤다. 말할 때가 됐다. "누굴 감춰 주고 있어. 아들 같아."

그레이스는 미리엄에게 휴대전화에 저장해 둔 영상을 보여 줬다. 미리엄은 입을 딱 벌리고 영상을 두 번 보고 그레이스의 팔을 잡았다. "확실해?"

"내가 봤어. 실라 할러웨이의 집에서. 그 애도 날 봤고. 그런데 여기서 보이지. 엄마를 얼마나 유심히 보는지."

미리엄은 영상을 다시 보다가 아이 얼굴이 나올 때 정지시켰다. 5초 동안 그 애는 거기 서서 이본을 보고 있었다. 이본을 알아보는 데 5초가 걸렸다. 그레이스는 그 순간을 찾아서 이 영상을 100번은 봤다. 그 애가 이본을 죽이기로 결심하는 표정이 있는지 궁금해서.

"엄마가 어디 있는지 알고 왔어. 언니도 보이지? 엄마가 거기 있다는 걸 알고 약국으로 곧장 걸어온 거야."

휴대전화에서 고개를 든 미리엄이 눈을 동그랗게 뜨고 있었다.

"언니. 언니가 말해 줬어? 엄마가 어디 있는지?" 그레이스는 최대한 침착하게, 진지하게 말했다. "부탁이야, 언니. 거짓말하지 마. 어차피 알게 될 거야."

미리엄은 침을 삼키더니 갈라진 소리로 대답했다.

"내가 편지를 보냈어. 레이 할러웨이나 아들에게 보낸 건 아니야. 숀 매슈스에게 보냈지. 하지만 그것뿐이야. 1년도 더 전이었어. 그런데 숀 매슈스는 연락하지 않았어."

"약국 이야기를 했어?"

"기억 안 나." 미리엄의 얼굴이 새하얗게 질렸다. 그레이스는 미리엄이 이미 그 편지를 생각하고 있었고, 누군가 이본을 찾아낸 이후로 그 일을 곱씹고 있었음을 알 수 있었다. "엄마 새 이름은 알려 주지 않았어. 하지만 엄마가 무슨 일 하는지는 말했을지도 몰라. 어디서 일하는지도." 미리엄은 그러면 죄책감을 쫓을 수 있다는 듯 손을 흔들어 댔다. "그럼, 내 탓이었던 거야?"

미리엄은 이본과 절연하는 걸로 만족하지 못했다. 자기 마음의 평화를 위해 이본의 안전을 희생시키고 제물로 내놓아야 했다. 그레이스는 그렇다고 거의 확신했지만, 정말로 그렇다면 용서할 수 없는 일이었다.

하지만 그레이스는 언니를 포기할 수 없었다. 언니를 잃을 수 없었고, 그러길 원치도 않았다. 용서할 수 없는 것을 견디며 사는 방법을 배워야 했다. 그레이스의 대답을 기다리는 미리엄의 표정에 서린 두려움과 괴로움이 보였다. 그레이스는 한참 기다리게 한 뒤 미리엄이 원하는 걸 내놓았다.

"엄말 죽인 건 언니가 아니야."

사람들이 모이면서 불어났다. 숀은 해가 떠오르면서 데워진 바람에, 사람들에게서 끓어 넘치는 에너지가 날아오는 걸 느꼈다. 실라 이모의 설득에 못 이겨 공식 행사에 얼굴을 내민 지 몇 년이 지났다. 그리고 인정할 수밖에 없었다. 그가 사랑하는 사람들을 위해 사람들이 분개하고 모여드는 모습을 지켜보면 굉장하다는 느낌이 들었다.

기소가 받아들여졌을 때, 실라 이모는 지원 부대를 요청했다. 시위는 이미 예정되어 있었지만, 이모와 빈센트, 몇몇 운동가들은 작고 조용한 시위에 너무나 많이 참가해서 늘 그렇고 그런 주제의 변주에 반대를 표명해 왔었다. 친아들이 재판에 직면한 이번에는 가만있을 수 없었다. 이모는 온종일 전화를 붙잡고 친구와 동맹을 모았고, 들어 주는 매체라면 어디든지 성명서를 보냈다. 다샤도 트위터의 레이 지지자들에게 소식을 전하는 제 몫을 담당했다. 가족 전체가 여기 참석하는 건 확실했다. 숀도, 대릴도 저항하지 않았다.

실라 이모 옆에서 빈센트 신부가 마이크에 대고 천둥 같은 소리로 연설했고, 그가 말을 쉴 때마다 군중은 웅성거리거나 환호했다.

"새로운 하루가 밝았고, 새로운 부르심이 있습니다." 신부가 설교했다. "레이 할러웨이가 어릴 적부터 알고 지냈습니다. 왜냐? 1991년, 그의 사촌 에이바 매슈스가 세상을 떠났기 때문입니다. 한정자의 손에. 그녀는 유죄였습니다. 그녀의 죄가 영상에 남아 있습니다. 그리고 만약 정의가 있다면 그녀는 지금도 교도소에 갇혀 있어야 합니다. 하지만 정의가 이루어지지 않았고, 아쉽게도 그녀는 자유를 누리다가 쓰러졌습니다. 그녀가 자신의 신에게서 평화를 찾기를 빕니다."

숀은 옆에 어머니와 여동생과 나란히 서 있는 대릴을 보고 싶었다. 하지만 거기 모인 사람들이 든 휴대전화에는 전부 카메라가 달려 있고, 눈짓 하나까지 녹화되어 해부될 수 있었다. 대신 덩컨과 트래멀과 함께 사람들 앞에 서 있는 재즈를 찾았다. 모니크는 재즈의 손을 잡고 활짝 웃고 있었다. 아무것도 모르는, 천사처럼 착한 아이였다.

"그리고 확실히 소리 높여 말해 두겠습니다." 빈센트 신부가 말했다. "복수나 폭력을 용인하는 건 아닙니다. 피를 흘린 곳에서 정의를 요구하는 겁니다. 하지만 알리바이가 있는 사람을 체포해 재판하는 건…… 살해당한 여자아이와의 관계 때문에 용의자가 된 사람을 말입니다. 여기 정의가 어디 있습니까?"

모인 사람들이 고함을 질렀다. 주먹을 들고 적어 온 구호를 흔들며 외쳤다. "석방하라!" "정의가 없으면 평화도 없다!"

빈센트 신부가 연설하도록 다시 조용해졌다. 그 사이, 길 건너에서 알아들을 수 없는 야유가 날아왔다. 빈센트 신부는 그들을 무시하고 마이크를 다시 잡았지만, 숀은 소리 나는 쪽을 봤다. 퍼스트 스트리트 반대편, LA 경찰청 본부 앞 보도에 몇 명이 모여 있었다. 건물 앞에 30명 정도가 모였다. 그중 여자도 몇 명 있었는데, 상체를 성조기로 감싸고 사진을 찍고 있었다. 하지만 대부분은 반항적인 자세로 싸울 태세를 갖춘 남자들이었다. 중년의 경찰처럼 생긴 남자 셋이 파란색 바탕에 흰색으로 글씨를 쓴 깃발을 휘날리고 있었다. '파란 제복의 생명도 중요하다.' 좀 더 젊은이들은 덩치 큰 고등학생처럼 빨간 모자에 검정 폴로셔츠를 입고 있었다. 그들은 배낭과 성조기를 들고 사람들을 향해 외쳤다.

이쪽에 모인 사람이 훨씬 많아서 그들의 조롱은 묻혔지만, 숀 쪽 사람들도 그들을 알아봤다. 집중이 흩어지고 고개를 돌려 반대 시위를 보고는 분노가 치솟는 것이 느껴졌다.

숀은 처음 둘, 그다음에는 여남은 명이 길을 건너가는 걸 봤다. 멀어서 얼굴을 보이지 않았지만 발걸음과 굳은 자세에서 결의가 느껴졌다. 그들은 퍼스트 스트리트에 줄지어 선 경찰차를 지나 반대 시위자들을 향해 걸어갔고, 그쪽 시위자들은 기다렸다는 듯 어깨를 폈다. 말다툼이 일어났다. 숀은 아무것도 듣지 못했지만 무슨 일인지는 정확히 알 수 있었다. 그래서 학생 차림의 남자가 시위자에게 주먹을 날리자, 숀은 싸움이 이어지리라는 것을 알 수 있었다. 몇 초 만에 그들은 바닥에 쓰러졌고, 더 많은 남자들이 주먹다짐에 가담했다. 싸움을 하려는 건지, 말리려는 건지는 중요하지 않았다. 폭력의 덫이 그들을 사로잡았다. 이제 그들은 모두 얽혀 들었다.

사이렌이 울렸다. 폭동 진압 장비를 갖춘 경찰관들이 무질

서의 불씨를 찾아 끄려고 나섰다. 시위자들은 고함치며 경찰들을 밀어붙였다. 빈센트 신부는 여전히 연설 중이었지만 사람들은 잔디밭에서 벗어나 보도에 모여 길을 건너갔다. 숀은 그들이 무슨 짓을 하는지 알고나 있는지 의아했다. 그들은 한 몸이 되어 본능적으로 위협에 손을 뻗어 반응하는 것 같았다.

거기, 숀 매슈스 옆에 그가 고개를 돌려 왼쪽의 뭔가에 시선을 꽂고 있었다. 레이 할러웨이에 관한 이야기를 듣고 있자니, 그 애도 힘들 거라고 그레이스는 생각했다. 말 몇 마디면 아버지의 문제를 끝낼 수 있는 상황이었으니까.

"저 애야." 그레이스가 미리엄에게 말했다. "보여? 숀 매슈스 옆에."

미리엄은 얼굴을 확인하려고 눈을 가늘게 뜨고 봤다. 군중은 잔디밭 앞으로 움직이며 더 모여들었고, 자매는 아직 한참 떨어져 있었다.

"모르겠어."

그레이스는 벽처럼 막고 선 사람들 사이에 빈틈을 찾았다.

"돌아가자. 가까이 가면 보일 거야."

"무슨 생각이야, 그레이스? 그냥 따라갈 순 없어. 누가 널 알아볼 거야. 5분 만에 트위터 실시간 트렌드에 오를걸."

그레이스는 주위가 시끄러운 걸 고마워하며 야구모자 챙을 꾹 눌러썼다. 아무도 그들에게 관심을 두지 않았다.

사람들이 오른쪽으로 움직이는 것 같았다. 그레이스는 미리엄의 손을 잡고 사람들 흐름을 따랐다. 앞쪽으로 다가가니 모인 사람들이 느슨해지며 지나갈 구멍이 생겼다. 무슨 일이 벌어지고 있었다. 거리 반대편에서 사이렌 소리와 고함 소리가 들려왔다.

그때 어머니의 예전 이름이 들려오자, 그레이스는 무대 쪽을 홱 돌아봤다.

신부가 연설을 마치고 실라 할러웨이가 그 자리에 섰다. 작고 지친 모습으로 마이크 쪽으로 고개를 숙이고 있었다. 그레이스는 노파의 말을 알아듣기 위해 집중해야 했다.

"전 한정자를 용서했어요." 에이바 매슈스의 이모가 움직이는 사람들을 바라보며 말했다. "그 사람이 한 짓을 용서하진 않아요. 영원히 잊지 못할 겁니다. 하지만 용서해요. 우리 에이바를 30년 전에 데려가신 하느님과 함께하길 바라고 있어요. 그 사람 가족을 생각하면 마음이 아파요. 사랑하는 사람을 잃는 게 어떤지 저도 아니까요."

그레이스는 갑자기 열병이 난 것처럼 몸이 뜨거워지는 걸 느꼈다.

"하지만 그 사람이 내 말을 들을 수 있다면, 하느님이 들을 수 있다면, 여러분 모두가 내 말을 들을 수 있다면, 부탁할게요. 내 아들을 데려가게 두지 말아 달라고. 우리 아들 레이는 그런 짓을 할 사람이 아니에요. 한정자는 갇힌 적 없는데, 레이를 그 일로 가두다니, 이 늙은이 가슴이 얼마나 더 찢어져야겠어요? 천사들이 나서기 전에 얼마나 더?"

소년은 듣고 있었고 그레이스는 그 애 얼굴에 죄책감과 슬픔이 떠오르는 걸 봤다. 아이는 당장이라도 흐느끼거나 토할 것 같았다. 그레이스에게 조금이나마 의심이 남아 있었다면, 그때 사라졌다.

미리엄이 그레이스의 어깨를 잡아 돌려세웠다.

"세상에. 너 왜 이렇게 떨어."

그레이스는 어깨, 팔, 온몸이 귀신 들린 것처럼 부들부들 떨리는 걸 느꼈다. 얼굴을 감싸 쥐자 눈물로 젖은 것을 알 수 있었다. 어머니가 돌아가신 후 처음으로 눈물이 났지만, 후련함조차 느낄 수 없었다.

실라 이모는 이 무모한 사람들을 향해, 오래전 죽은 조카를 향해, 집 떠난 아들을 향해 슬픔을 쏟아 내며 울었다. 그녀는 숀이 아는 가장 좋은 사람이었다. 자비 없는 바다에서 그를 붙잡아 주고 셀 수 없이 구해 준, 가장 선하고 후하며 이타적인 영혼이었다. 실라 이모는 숱한 고통을 겪었지만 자기 아픔의 뿌리를 뽑아 알지도 못하는 사람들의 상처를 치유하는 약을 만들었다.

그런데 어떻게 되었나? 더 큰 슬픔, 더 큰 고통뿐이었다.

길 건너에서 본격적인 싸움이 시작됐다. 숀은 경찰이 싸움을 끝낼 줄 알았는데, 그들이 오자 불에 기름을 부은 듯했다. 경찰이 수적으로 열세였고 페퍼 스프레이나 더 심한 걸 쓴 것 같았다. 비명이 들리더니 "경찰 뒈져라."라는 구호가 점점 커졌다.

숀은 가슴의 분노에 불이 붙는 걸 느꼈다. 열세 살 때, 누나를 죽인 범인이 찢어 낸 그 인생의 구멍을 채워 주고 영원히 멋대로 날뛰던 분노에. 그동안 숀은 그것을 먹이고, 사랑해 주고, 길들여 입 다물게 했다. 바깥의 점잖은 세상에 대놓고 적개심을 드러내던 젊은 시절 손쉬운 분노의 발산을 포기했다. 지쳤기 때문에, 고된 노동과 선하고 깨끗한 삶의 보람을 기대하는 법을 배웠기 때문에 포기했다. 한동안은 그 보람을 느꼈던 것도 사실이었다. 안정된 일자리, 편안한 집, 사랑하고 사랑받는 안전한 가정. 하지만 이젠 그런 것이 없어지고 보니 분노는 여전히 남아 있었다. 숀은 한 번도 그 분노를 버리고 싶지 않았고, 그래서 내내 그 자리에 있었다. 왜? 분노는 그의 것이었다. 그가 잃은 모든 것의 증거였다. 그가 잊지 않았고, 세상 질서에 따라 살던 시절에도 세상을 똑바로 봤다는 증거였다.

박수갈채가 나왔고 실라 이모가 물러나자 니샤가 포옹했다. 이 스포트라이트에서 벗어날 때가 드디어 왔다. 그는 아무것도 모르는 어린 딸 모니크를 꼭 안고 싶었다.

그때, 다저스 모자로 반쯤 감춰진 노란 달 같은 얼굴이 보였다. 오른쪽으로 사람들이 스쳐 지나가자, 그 여자는 앞으로 나왔다. 대릴에게 시선을 꽂은 채.

숀이 보니 조카는 이미 그 여자를 봤다.

"엄마랑 같이 있어." 숀이 말했다. "내가 알아서 할게."

몸으로 시야를 가리며 나선 모습으로 봐서, 숀도 그 애가 한 짓을 알고 있다는 걸 그레이스는 알 수 있었다. 두 사람의 눈이 마주쳤고, 아무도 눈길을 거두지 않았다.

"어머니 일은 유감입니다." 들릴 만큼 가까워졌을 때, 숀이 말했다. 여자가 우는 걸 보고, 숀도 마음이 아팠다. 뒤에 다른 여자가 있었다. 앞에 선 여자를 말리고 진정시키려는 것 같았다. 다른 딸, 엄마를 부르며 법정에서 울어 댔던 딸이 분명했다. 25년 후 그에게 편지를 보낸 딸.

"누나 일은 죄송해요." 미리엄이 눈을 내리깔며 중얼거렸다.

"매슈스 씨." 그레이스가 말했다. "당신 조카와 얘기 좀 해야겠어요."

숀은 돌아서서 대릴을 보고 싶었지만 꾹 참고 버텼다.

"저 애 아버지가 구속 중이에요. 지금은 좋지 않은 것 같군요."

그레이스는 가까이 다가가 다른 사람이 듣지 못하도록 했다.

"저 애가 우리 엄마를 죽였어요." 그레이스는 침착하게 말하려고 애썼다. "내게 증거가 있어요. 절 막으면 그걸 쓰겠어요."

숀은 온몸을 스쳐 지나가는 오싹함을 감추며 버티고 섰다.

"무슨 소립니까?"

"비디오요."

"거짓말." 숀은 아니란 걸 알면서도 그렇게 말했다. 왜 그 여자가 레이 편에 서려는지 이제 알 수 있었다. 레이의 무죄를 믿는 이유가 있었던 것이다.

"거짓말이라고 하지 말아요." 높아진 그레이스의 음성에 분노가 서렸다.

"거짓말 아니에요." 미리엄이 말했다. "나도 봤어요."

연기로 공기가 탁해졌다. 길 건너 숯불 연기가 피어오르더니 바람에 번졌다. 누군가가 불을 지른 것이다.

"뭘 원하는 겁니까?" 숀은 그레이스의 시선을 마주하며 물었다. "바로 2주 전에 돕겠다고 하더니 이젠 우릴 협박하다니."

"협박하는 게 아니에요. 그저……."

"경찰에 가는 대신 여기 왔잖아요. 분명 우리에게 원하는 게 있을 겁니다. 그게 뭔지 말해 보세요." 숀은 떨리는 목소리로 부드럽게, 다급하게 말했다. "내가 애원하길 바랍니까? 무릎을 꿇고 자비를 구하길 바라는 거예요?"

숀은 한쪽 무릎을 꿇고 땅을 내려다봤다. 그 여자에게 자기 눈의 분노를 보이기 싫었다.

그레이스는 숀이 용서해 주지 않고, 자신에게 등을 돌렸던 지난 일이 떠올랐다. 그걸 원한 걸까? 이제 권력이 그녀 쪽으로 넘어왔으니, 숀이 빌기를 바란 걸까? 이제 드디어 그레이스 자신에게도 억울한 일이 생겼으니?

"아뇨. 제발. 일어나요. 이건……."

"그레이스." 미리엄이 팔을 잡았고 그레이스는 그쪽을 바라봤다. 레이 할러웨이의 아들이 숀 뒤로 다가왔다.

그레이스는 입을 딱 벌리고 그를 봤다. 이본을 찾아내, 그레이스가 지켜보는 가운데 방아쇠를 당기고 목숨을 앗아 간 장본인이었다. 연기 냄새가 났는데, 마치 그레이스의 마음에 불이 붙은 것 같았다. 비디오를 발견했는데 어머니가 살아 있었을 때는 범인이 가족의 상처를 씻으려고 하는, 길을 잘못 든 아이처럼 보였다. 그를 불쌍히 여기라고 배웠고, 이본이 회복하고 있을 때는 그 애를 용서했다. 어머니가 고통으로 죽음을 배상한다고 여길 때는 관대하게 행동하기가 쉬웠다. 하지만 그는 이본의 인생에서 하나의 일화가 아니었다. 이본의 이야기에 종지부를 찍는 자였다. 그는 이제 이본과 같은 살인자였고, 둘 다 카인의 표식을 얻었다. 그레이스는 그를 마주 보고 그가 어떤 인간인지 말해 주고 싶었다. 하지만 그가 실제로 나타나자, 그레이스는 뭐라고 말할지 알 수 없었다.

아이는 허리를 숙여 무릎을 꿇은 남자의 등을 건드렸다.

"숀 아저씨."

어디선가 자동차 경보가 요란하게 울렸다. 대릴의 끔찍한 목소리와 그 소리가 뒤섞였다. 숀은 고개를 들더니 조카를 노려봤다. "엄마한테 돌아가."

"왜 이러는 거야, 숀 아저씨?" 아이의 얼굴이 수치심에 붉어져 있었다.

숀이 일어서자 무릎에서 뚝 소리가 났다. "돌아가라고 했다."

"갈 거야. 삼촌 데리러 왔어." 대릴은 초조한 눈빛으로 두 여자를 봤다. "불을 지르기 시작했어. 할머니가 가자고 하셔."

멍청한 놈, 와서 한정자의 딸들을 보다니. 대릴의 땀에서 죄책감의 냄새가 풍기는 것 같았다. 사방에서 사람들이 당황하고 흥분해서 움직이고 있었다. 앞으로 혹은 바깥으로 달려나가 길을 건너는 사람들. 아이들 손을 잡고 그랜드 파크를 건너 안전하게 대피하기 위해 기차를 타러 가는 가족들도 있었다. 하지만 숀은 여기서 일이 끝나지 않았음을 알 수 있었다. 그들은 흘린 피와 알고 있는 사실 때문에 꼼짝할 수 없었다. 그들의 일은 결코 끝나지 않을 것 같았다.

"이름이 뭐니?" 미리엄이 소년에게 직접 물었다.

숀이 막으려고 했지만 대릴이 틈을 주지 않았다.

"대릴이요."

"대릴, 우리가 누군지 아니?"

아이는 마른침을 꿀꺽 삼켰다. "한정자의……" 목소리가 갈라졌다. "이본 박의 딸, 미리엄과 그레이스죠." 대릴은 이름을 말하면서 하나하나 고갯짓을 했다.

미리엄은 고개를 끄덕였다. "엄마 일을 알고 나서 마음에 걸린 게 하나 있는데, 엄마가 판사에게 편지를 쓰면서 네 아주머니의 이름을 잘못 쓴 거였어. '애나 매슈스'라고 했지. 그리고 그 애 어머니에게 미안하다고 했고."

그레이스는 뜨거운 바람을 맞은 얼굴에 불이 붙은 기분이었

388

다. 이 편지 이야기는 처음 들었는데, 이미 잊고 싶었다.

"살인으로부터 10개월 뒤 일이었는데, 엄마는 에이바의 이름도 확인하지 않았어요. 또 당신 어머니가 돌아가신 것도 알지 못했고요." 미리엄은 서글픈 표정으로 손을 봤다. "우리 엄마를 사랑하지만, 좋은 사람이 아니었던 건 알아요. 엄마는 저지른 짓의 책임을 받아들이지 않았죠." 미리엄은 눈물을 글썽이며 대릴을 봤고, 대릴은 구원을 주는 열쇠라도 되는 양 미리엄의 말을 경청했다. "넌 우리 엄마와 다르지? 네가 한 짓을 알 거야."

대릴이 몸을 후드드 떨자, 숀이 어깨를 잡았다. 아이를 안아들어 안전한 곳에 던질 수 있었다면, 1초도 망설이지 않고 그렇게 했을 것이다. 대릴은 어깨의 손을 떨치더니 여자들에게 한 걸음 더 다가갔다.

"아무 말도 하지 마, 대릴." 숀은 주위를 둘러봤다. 사방에 사람들이었지만 모두 다 소음과 혼란, 뜨거운 바람에 쫓겨 움직이느라 이 상황에 주목하지 않았다. 하지만 카메라가 여러 대 있었고, 대릴은 구경거리를 만들고 있었다. "다음에 말하면 안 됩니까?" 숀이 자매에게 물었다. "사람들이 듣지 않을 때?"

그레이스는 목청을 가다듬고 대릴에게 물었다. "몇 살이니?"

"열여섯이요."

"그럼 아주머니를 모르는구나, 그렇지?"

대릴은 아무 말도 하지 않았다. 침만 꿀꺽 삼켰다.

"네게 그분은 개념일 뿐이지. 우리 엄마는……." 그레이스는 입술을 깨물며 마음을 진정시켰다. "엄마가 끔찍한 짓을 한 건 알고 있어. 하지만 내 엄마였어. 너는 엄마가 있잖아. 그게 무슨 의미인지 알지? 넌 내게서 그걸 앗아 간 거야."

"알아요." 대릴이 중얼거렸다. 입술은 계속 움직였지만, 말은 나오지 않았고 아이는 할 수 없는 말 때문에 얼굴을 일그러뜨렸다. "죄송해요."

대릴은 허리를 숙인 채, 등을 심하게 들썩이고 있었다.

그레이스는 그 애가 싫었다. 그렇게 연약하고 불쌍하게 흐느끼는 애가 사람을 총으로 쏴서 죽일 힘은 있다니. 열여섯. 제 아주머니가 죽었을 때의 나이. 나약하고 겁에 질린, 분노한 여자가, 총을 들어 본 적도 없는 여자가 일생일대의 한 발을 쐈을 때.

이본은 에이바 매슈스보다 28년 더 살았다. 두려움과 회한으로 얼룩진 한 세대였다. 아름다운 것들도 있었다. 애정과 가족, 아무것도 모른 채 보호받았던 그레이스의 평생. 이본은 참회하지 않았고 사회에 진 빚을 갚지도 않았다. 이본의 도피 덕분에 딸들은 죄책감에 발목 잡히지 않은 채, 두 부모 슬하에서 안정적으로 자랄 수 있었다. 그들에 관해서라면 이본은 모두 올바르게 해냈다. 그레이스는 더 좋은 어머니를 상상할 수 없었다.

그리고 결국 그레이스의 이해를 받지 못한 채, 이본은 세상을 떠났다. 해결에 도달하지 못한 채. 그레이스가 할 수 없는 용서도 받지 못한 채.

그레이스는 우는 아이에게 양손을 뻗었다. 그 애 손을 잡았다. 손이 따뜻하고 젖어 있었고, 그레이스는 그 손바닥에서 뛰는 생명을 느꼈다. 아이의 손을 잡고서 무슨 일이 일어나는지, 앞으로 어떻게 해야 할지 어떤 지시가 내려오는지 기다렸다.

그레이스가 대릴을 다치게 할까 봐 손이 다가왔다. 그레이스의 두 눈에 단호하고 사나운 빛이 번득였다. 하지만 얼굴이 누그러지더니 눈을 감고 고개를 숙였다. 그들은 그렇게, 기도하는 모습으로 함께 있었다.

한 남자의 목소리가 울렸다. "젠장, 저거 그 여자 아니야?"

그레이스는 얼어붙었다. 보지 않아도 자기 이야기인 것을 알 수 있었다.

또 다른 사람이 말했다. "그리고 저건 레이 할러웨이의 가족이야. 저 앞에서 그 엄마가 연설할 때 봤어."

이제 그들을 알아보고, 드라마를 구경하러 걸음을 멈추는 사람들이 생겼다. 곧바로 사람들이 모여들었다.

미리엄은 그레이스 앞에 서서 굶주린 눈길로부터, 들어 올린 카메라로부터 동생을 감췄다. "구경할 거 없어요." 미리엄이 손을 내저으며 말했다.

"여기 오다니 대단하네." 누가 그레이스에게 들으라고 외쳤다. "쓰레기 같은 인종차별주의자."

연달아 야유와 혐오가 쏟아졌다.

그레이스는 어쩔 줄 몰라 어지러웠다. 온갖 것이 다 버거웠는데, 여기서는 낯선 사람들이 욕을 하며 미리엄 뒤의 그녀를 보려고 목을 뽑고 있었다. 눈이 따갑고 건조해 깜빡였고, 어두워지는 하늘을 배경으로 불붙은 야자수가 보였다. 눈을 깜빡여도 여전히 그건 사라지지 않았다.

숀도 저녁 하늘에 난 구멍에서 떨어진 벼락을 맞은 불기둥 같은 그 나무를 빤히 봤다. LA 경찰청 건물 앞이었다. 난리법석 중에 누군가 나무에 불을 붙였고, 긴 나무줄기를 타고 빠르게 불이 번졌다. 그리고 길 건너 이곳까지 불이 번지고 있었다. 숀은 흥분한 분위기에, 주위 사람들과 주고받으며 더욱 강렬해진 감정에 어쩔 줄 모르고 들떠서 둥그런 건물을 둘러봤다. 사람들 얼굴은 빠르게 내리는 어둠에 흐릿해졌지만 젊은이와 노인들, 흑인과 백인, 라틴계와 아시아인, 모두 이 짜증 나고 성가신 여자 때문에 함께 모인 로스앤젤레스 사람들이었다. 그들은 화를 내고 있었고, 그 여자는 분노하기 쉽게 만들어줬다. 인종차별주의자 살인자의 인종차별주의자 딸, 그 여자가 터져 나오는 분노의 초점이 됐다.

숀은 굴러다니던 시체와 공포에 질려 피를 흘리는 얼굴들이 사방에 보이던 폭력과 화재, 파괴의 엿새를 기억했다. 도시가 불길에 휩싸이고, 슬픔과 분노, 광란의 흥분에 사로잡힌 광경을 보았고, 작은 희망을 알아봤다. 재생. 파괴의 약속은 그것이었다. 감람나무, 무지개, 지구를 재건하기 위해 살아남은 선한 사람들.

하지만 새로운 도시는 어디 있을까? 그리고 누가 선한 사람들일까?

로스앤젤레스, 여기가 그곳이어야 했다. 서부의 끝, 태양의 땅, 약속받은 곳. 이민자, 난민, 도망자, 개척자의 종착지. 어머니와 누나가 살다가 죽은 숀의 고향이 그곳이었다. 하지만 숀은 떠났고, 그가 알던 사람들 대부분도 그랬다. 거기서 태어난 아이들이 폭력과 물가에 쫓겨났다. 그리고 남아 있는 이들의 얼굴에서 공포와 불화가 보였다. 호감과 관용, 진보와 이웃사랑을 대표하던 이 도시는 사람들을 쫓아내고 굶기고 죽인 곳이기도 했다. 터져 나갈 듯 도시가 헉헉거리고 숨을 몰아쉬는 것도 이상하지 않았다. 이 도시는 사람과 같았고 사람에겐 한계가 있었으니까.

한 여자가 앞으로 나오더니 두 자매 사이 어디쯤에 침을 뱉었다. 상황을 휴대전화에 녹화하던 젊고 열정적인 백인 여자였다. "당신들이 바로 이 나라의 온갖 문제야." 그녀가 외쳤다.

미리엄은 대놓고 경멸하는 표정으로 웃었다.

"가서 뒈져, 이 멍청한 백인 년아."

여자는 미리엄 앞으로 다가섰고 사람들도 거리를 좁혀 왔다. 미리엄은 동생을 찢어 가려는 마을 사람들을 쫓아내려는 듯 주먹을 꽉 쥐고 긴장했다. 그레이스는 멍한 표정으로 그 뒤에 서서 대릴의 손을 쥐고 있었다. 아이는 그레이스 옆에서 움츠리고 있었지만 숨을 곳이 없었다. 숀은 가만있을 수 없었다.

숀이 자매 앞으로 나서 사람들을 노려봤다.

"물러나요." 숀은 강한 자신의 음성에 놀랐다.

사람들은 조용해졌고 레이 할러웨이의 사촌이자 에이바 매 슈스의 동생인 그가 한정자의 딸들을 보호하러 나선 것을 보 고 혼란스러워했다. 하지만 이 무리가 자매에게 분노를 터뜨려 봐야 무슨 소용인가? 대릴에게 문제만 생길 뿐이지, 아무런 도 움도 될 수 없었다. 쓸데없는 인간들. 로스앤젤레스 시청과 경 찰서, 법원이 바로 거기 있었다. 그들은 체제의 심장부에서 어 머니를 애도하는 두 여자에게 돌을 던지고 있었다.

"이건 아무것도 아니에요." 숀은 크게 외쳤다. "당신들이 아 무 노력도 없이 위로받으려고 하는 행동이죠. 뭔가 바꾸고 싶 다면, 우린 놔두고 정말로 '뭔가' 해 봐요."

그는 폭동과 거리, 범죄의 도시를 향해 팔을 뻗었다. 혼란은 빠르게 퍼졌다. 사이렌과 자동차 경보가 울렸고 무시무시한 에 너지로 불길이 번지며 뜨겁고 시큼한 연기가 자욱했다. 숀은 사람들이 여자들에게서, 조카에게서 시선을 돌릴 때까지 마주 보고 서 있었다. 그들이 숀 자신의 말을 들은 것인지 그저 관 심 대상이 변한 것인지 알 수 없었다. 사방에서 사람들이 박수 를 치고, 발을 구르고, 구호를 외쳤다. 그들은 뛰고, 분노하고, 싸웠다. 하나씩, 그러더니 일제히, 작은 무리가 퍼지더니 더 큰 무리로 모여들었다. 숀은 대릴을 향해서만 아니라면 그들이 어 디로 가든지 개의치 않았다.

그레이스는 자신의 피를 요구하며 아우성치던 사람들이 멀어지는 광경을 멍하니 시켜봤다. 적개심의 바다가 갈라지는 기적처럼 느껴졌다. 숀은 그레이스를 등지고 불길에 번쩍이는 혼란을 배경으로 서 있었다. 불과 유황이 떨어지는 와중에 당당히 고결하게 선 옛날 선지자 같았다.

그때 숀이 어깨를 떨며 몸을 숙였다. 그가 돌아서자 기침하는 것이 보였다.

그는 비틀거리며 셔츠에 코를 박고 숨을 쉬었고, 그레이스도 목구멍이 가려웠다. 입을 벌리고 숨을 쉬자 매캐한 공기가 들어왔다.

숀은 옷깃 너머로 돌아보며 대릴을 찾았다. 아이는 안전했다. 그레이스가 아직 손을 잡고 있었지만, 숀이 다가오자 손을 놨다. 그레이스는 얼굴을 가리고 기침을 시작했다. 그레이스와 숀의 눈이 마주쳤고, 미리엄이 웃었다.

사나우면서도 기뻐하는 웃음이었다. 두 사람은 미리엄이 실성했나 생각했다.

"가자." 미리엄이 말했다. "저거 봐. 빌어먹을 깃발에 불이 붙었어."

그때, 캘리포니아 주기(州旗)가 보였다. 야자수에서 불똥이 튀었는지, 주기 세 개가 경찰청 앞에서 타오르고 있었다. 그 아래 바닥에서는 유리가 반짝이는 잔디밭에서 남자들이 싸우고 있었다. 차 한 대가 가로등을 들이받은 채 있었고, 남자아이가 보닛 위에서 춤을 췄다. 키가 작고 마른 10대로 보이는 아이였다. 그 애는 불빛 속에 서서 그들에게 들리지 않는 노래에 맞춰 허리를 흔들었다.

곧, 그들은 앞으로의 일을 고민해야 한다는 걸 깨달았다. 뭐라고 말할지, 무슨 일을 할지, 알고 있는 사실을 안고 어떻게 살아가야 할지. 그때까지 그들은 불길을 함께 바라봤다. 열기와 화재를. 빙빙 돌며 춤추더니 공중으로 뛰어오르는 아이를.

〈끝〉

# 작가의 말

1991년 3월 16일, 15세의 라타샤 할린스가 오렌지주스를 사러 엠파이어 주류 마켓 앤드 델리에 걸어 들어갔습니다. 주스 값을 내려고 했을 때, 두순자라는 이름의 가게 주인이 주스를 훔쳐 간다고 하더니 카운터 위로 손을 뻗어 그 아이와 배낭을 붙잡았습니다. 라타샤는 거기 맞서 두순자를 네 차례 가격하고 돌아서서 나오려고 했습니다. 두순자는 총을 꺼내 라타샤의 뒤통수를 쐈고 소녀는 왼손에 2달러를 쥔 채 사망했습니다. 모든 상황이 비디오에 녹화됐고 두순자는 고의에 의한 과실치사로 유죄판결을 받았습니다. 금고형은 받지 않았습니다.

『너의 집이 대가를 치를 것이다』는 소설이지만 이 사실을 알고 있는 분이라면 쉽게 알 수 있듯이 라타샤 할린스 살인 사건을 바탕으로 했습니다. 제 소설을 쓰기 위해 이 사건을 허구로 만들고 실제 사건을 최대한 그대로 두면서 제가 만든 인물들을 채워 넣었습니다. 인물 중 한 사람만 실제 인물을 모델로 했습니다. 실라 할러웨이는 지난 12월 작고한 라타샤의 이모 데니즈 할린스에게서 영감을 받았습니다. 데니즈는 라타샤의 사망 후 조카와 다른 폭력 피해자들을 위해 운동가로 활동하며 모두가 라타샤를 잊지 않도록 끊임없이 노력했습니다.

라타샤와 LA 역사에서 중요한 이 순간에 대해 더 알고 싶은 분이 계시다면, 브렌다 스티븐슨의 『라타샤 할린스 살인 사건을 둘러싼 논란: 정의, 젠더, LA 폭동의 근원(The Contested Murder of Latasha Harlins: Justice, Gender, and the Origins of the LA Riots)』을 권합니다.

# 감사의 말

나를 늘 믿어 주고 이 책의 형편없었던 첫 3분의 1분량 초고들을 읽는 지난한 수고를 해 준 내 에이전트 이선 배소프에게 큰 감사를 전한다. 내 편집자 재커리 웨그먼과 나머지 에코 팀 케이틀린 멀루니-라이스키, 미건 딘즈, 미리엄 파커, 도미니크 리어, 대니얼 핼펀에게도 큰 감사를 전한다. 해외 판권을 담당하는 마리아 메이시, 영국 편집자 앵거스 카길, 파버 앤드 파버 출판사의 여러분에게 이 미국의 이야기를 해외로 전해 준 데 감사한다.

이 책을 집필하기 위한 조사에 많은 사람의 도움을 받았고 그 모든 분에게 감사드린다. 2014년 11월, 내게 단 몇 페이지 적은 글과 아이디어 한 가지뿐이었을 때 도와주겠다고 자청한 피터 우즈에게 굉장히 고맙다. 그사이 그의 제안을 마음껏 써먹었다. 90년대 초 로스앤젤레스에 대해 그에게 이야기하다 보면 이야기와 인물들이 형태를 잡았고 원고가 생기자 그가 처음 읽어주었다. 마이크 손크슨, 게리 필립스, 니나 리보이어 모두 이 책을 시작하던 단계에서 내게 길잡이가 되어 주었다. 니나의 『사우스랜드(Southland)』는 이 책을 쓸 수 있겠다는 생각을 하게 해 준 책이다.

친구이자 이웃인 캐럴라인 야오는 총상과 병원 내부 사정에 대해 숱한 메시지에 답해 주었다. 가족 약국을 운영하는 친구 존 리는 그레이스의 일과 박 씨 가족 사업을 이해하는 데 도움을 주었다. 처음 몇 개의 초고에서 그레이스는 검안사였는데 내 친구 재니스 김은 그 설정을 하는 데 필요한 배경 정보를 제공했다. 야킨 쿼와스미와 아르투로 메자는 팜데일의 생활을 이해하는 데 도움을 줬다. 《LA 타임스》 기자로서 라타샤 할린스 살해 사건과 LA 소요를 취재한 존 리(다른 존 리다.)는 당시 맥락에 관한 자료를 많이 줬다. 마이클 프리드먼과 브루스 리오던은 법적 문제에 대한 질문에 대답해 줬고 브루스는 절차상의 오류나 문제가 있는지 내 책을 검토해 주기도 했다.

스테퍼니 파커, 조지 카마초, 알마 마가냐, 제이민 안은 바쁜 와중에도 소설가 친구의 원고를 읽어줬다. 스테프와 조지는 자세한 노트와 질문을 제공했다.(로열 레프와 스테프의 그룹 채팅 멤버들에게도 고마움을 전한다.) 은왐카 이지비와 에이바 베이커 역시 소중한 조언을 줬다.

(가엾은) 내 에이전트 이선과 함께 내 친구들 엘리자베스 리틀과 세라 라브리가 이 책을 마지막까지 꼼꼼하게 읽고 내가 너무 많이 읽어서 오히려 명확하게 볼 수 없었던 문장에 새로운 의견을 줬다. 찰스 핀치 역시 그 단계에서 새로운 아이디어

를 줬다.

내가 소설가 커리어를 시작했을 때부터 지지해 준 세라 와 인먼에게 깊은 감사를 느낀다. 아이비 포초다, 에밀리아 그레이, 벤 루리, 제이드 장, 나오미 히라하라, 킴 페이, J. 라이언 스트러들, 유미 사쿠가와, 메리 나오미에게. 그들의 끊임없는 격려와 동행이 없었더라면 이 책을 느릿느릿 집필하는 동안 비참했을 것이다.

부모님과 피터, 앤드루, 셀레스틴에게 감사드린다. 어시스턴트 듀크와 마일로에게 등을 토닥여주고 칭찬해 주고 싶다.

그리고 남편 맷에게. 지치지 않는 지지와 사랑, 인내심, 내 능력에 대한 확고한 믿음에 감사한다. 이 책을 자꾸만 자꾸만 읽어 주고 지난 5년 동안 내가 이 책에 대해 불평하고 횡설수설하고 집착하는 것을 들어 준 데 감사한다. 나 역시 당신에게 그렇게 했을 것이지만, 그걸 증명하지 않아도 되는 것이 기쁘다.

**옮긴이 | 이나경**

이화여자대학교 물리학과를 졸업하고 서울대학교 영문학과에서 르네상스 로맨스를 연구해 박사학위를 받았다. 현재 전문 번역가로 일하고 있다. 옮긴 책으로는 『메리, 마리아, 마틸다』, 『어쌔신 크리드: 르네상스』, 『어쌔신 크리드: 브라더후드』, 『불타 버린 세계』, 『애프터 유』, 『로그 메일』, 『세이디』, 『마이 러블리 와이프』, 『검은 미래의 달까지 얼마나 걸릴까?』, 『사라지는 대지』, 『컨페션』, 『그림 슬리퍼』 등이 있다.

# 너의 집이 대가를 치를 것이다

1판 1쇄 찍음  2021년 4월 16일
1판 1쇄 펴냄  2021년 4월 23일

**지은이 |** 스테프 차
**옮긴이 |** 이나경
**발행인 |** 박근섭
**편집인 |** 김준혁
**책임편집 |** 장은진
**펴낸곳 |** 황금가지

**출판등록 |** 2009. 10. 8 (제2009-000273호)
**주소 |** 06027 서울 강남구 도산대로 1길 62 강남출판문화센터 5층
**전화 | 영업부** 515-2000 **편집부** 3446-8774 **팩시밀리** 515-2007
**홈페이지 |** www.goldenbough.co.kr

도서 파본 등의 이유로 반송이 필요할 경우에는 구매처에서 교환하시고
출판사 교환이 필요할 경우에는 아래 주소로 반송 사유를 적어 도서와 함께 보내주세요.
06027 서울 강남구 도산대로 1길 62 강남출판문화센터 6층 민음인 마케팅부

㈜민음인은 민음사 출판 그룹의 자회사입니다.
황금가지는 ㈜민음인의 픽션 전문 출간 브랜드입니다.